本书荣获中国人民大学985工程资金资助

本书为“欧美、日本现代戏剧影响下的中国现代戏剧社团研究及资料汇编”阶段性成果

影响研究

范方俊 著

比较文学基本范畴与经典文献丛书

顾问 杨慧林 主编 高旭东

北京大学出版社
PEKING UNIVERSITY PRESS

图书在版编目（CIP）数据

影响研究 / 范方俊著 . 一北京：北京大学出版社，2018.4
ISBN 978-7-301-28971-6

Ⅰ. ①影… Ⅱ. ①范… Ⅲ. ①比较文学 — 文学研究 Ⅳ. ① I0-03

中国版本图书馆 CIP 数据核字 (2017) 第 303356 号

书　　名	影响研究 YINGXIANG YANJIU
著作责任者	范方俊 著
责任编辑	于海冰
标准书号	ISBN 978-7-301-28971-6
出版发行	北京大学出版社
地　　址	北京市海淀区成府路 205 号　100871
网　　址	http://www.pup.cn　新浪微博：@北京大学出版社　@培文图书
电子信箱	pkupw@qq.com
电　　话	邮购部 62752015　发行部 62750672　编辑部 62766820
印 刷 者	三河市国新印装有限公司
经 销 者	新华书店
	660 毫米 ×960 毫米　16 开本　26 印张　322 千字 2018 年 4 月第 1 版　2018 年 4 月第 1 次印刷
定　　价	58.00 元

目　录

下 编

比较文学影响研究的诸领域及研究案例 213

绪　论

比较文学的百年学科发展变迁及其理论与实践的双重性质

比较文学是十九世纪末二十世纪初在文学研究领域内衍生的一门新兴学科。在过去的一百多年的时间里，比较文学由初期的国别文学史研究的一个分支逐渐扩张成为跨国家、民族、语言、学科和文化的文学研究总称，其扩张速度之迅猛，涉及研究领域之广泛，使比较文学一跃成为世人瞩目的一门“显学”。但与此同时，在比较文学不断“跨越”文学研究的各种边界高歌猛进的过程中，有关比较文学的“危机”的呼声一直相伴始终，比较文学也在回应或克服“危机”的过程中出现了两次重要的“转向”。这样，“跨越”→“危机”→“转向”构成了比较文学百年学科发展变迁的主线。然而，比较文学所涉及的内容虽然庞杂，且在发展的过程中也出现了研究重心或方向上的持续转向，但从比较文学的整体发展和学科定性上而言，无论是二十世纪上半叶由法国学派所主导的影响研究，还是二十世纪中叶以后崛起的由美国学派所主导的平行研究，以及后来由中国学者所主导的阐发研究，此外还包括比较文学内所倡导的跨学科研究、比较诗学，以及在当代仍然方兴未艾的比较文化研究，都是具有明显的理论与实践上的双重性质。

一、“跨越”：比较文学对于国别、民族、语言、文化等文学传统边界的突破

什么是比较文学？对于任何一门新兴的学科而言，如何以定义的方式对其“正名”都是一个最基本的、约定俗成的工作。然而，对于比较文学而言，恰恰是对这个最基本的、最简单的“什么是比较文学”的问题，比较文学界却一直莫衷一是、争论不断：有关比较文学的“定义”、“性质”的说法或论述不在少数，但各种观点和意见混杂其中，始终难有一个权威的、令人信服的结论。相较而言，中国学者陈惇、孙景尧和谢天振主编的《比较文学》中对于比较文学应“看作跨民族、跨语言、跨文化、跨学科的文学研究”的认识，[①] 得到了越来越多的比较文学同行的认可，因为其揭示了比较文学的一个显著的性质，这就是“跨越”。

首先是二十世纪上半叶比较文学法国学派对于传统文学研究的国别、语言、民族界限的“跨越”。关于比较文学对于传统文学研究的国别、语言、民族界限的“跨越”性质，比较文学法国学派的奠基人梵·第根（von Tieghem）在其代表作《比较文学论》（*On Comparative Literature*，1931）中指出，文学研究最根本的任务就是追寻作家本人

---

① 参阅陈惇、孙景尧、谢天振主编：《比较文学》，北京：高等教育出版社 1997 年版，第 9 页。

的生涯以及作家作品的源流及影响。在对传统文学史的源流、影响的考源中，梵·第根不仅从时间和地域方面指出了文学史上的源流、影响的多样性：本国的、古代的、外国的、近代的，而且还从显示影响研究的力度和划分文学研究归属两个方面强调了对于外国文学影响研究的独特性和重要性，即从显示影响研究的力度而言，相较于局限于本国之内的文学影响，超出本国界限之外的文学影响，无疑更有力度、也更为重要，因为“在同一种族同一语言的作家们之间，模仿是并不很丰富的。这种模仿或者只是一种一般的影响，…… 它或者一点不能摆脱窠臼，而一无独特见长之处。……（而）如果把我们的注意力集中于它和别国文学的接触，那时我们便会立刻见到这些接触的频繁以及重要了”；[①] 从划分文学研究归属而言，通常的文学史研究都是局限于一国文学之内，而牵涉到一国文学与外国文学的接触，问题就会变得“格外复杂”。因为一国的文学史只需掌握一国的文学即可，出现了外国文学影响则意味着除了本国文学之外还需掌握与本国文学发生接触的外国文学，而外国文学不仅内容繁多，而且还有语言上的困难，往往超出了国别文学史研究的能力和范围。总之，在梵·第根看来，传统的文学史研究是一种封闭于国别、民族和语言界限之内的文学研究，在应对本国文学与外国文学的关联时有着明显的缺陷，解决此一问题的最明智的办法便是“分工从事”，把超出本国文学之外的外国影响从传统的文学史研究分离出来，使之成为一种专门探讨本国文学与外国文学相互关系的文学研究，这就是比较文学。很显然，比较文学法国学派于二十世纪上半叶确立比较文学成为一门新兴的独立学科的关键，正是其对于传统文学研究的国别、语言、民族界限的“跨越”。

---

① 梵·第根：《比较文学论》，戴望舒译，台北：台湾商务印书馆 1937 年版，第 7—8 页。

其次是二十世纪中叶比较文学美国学派对于法国学派“事实关联”的“跨越”。按照比较文学法国学派对于比较文学的性质和范围的表述，当一国文学的影响超出本国的界限显示出外国因素，也即一国文学与另一国文学之间发生了实质性接触时，比较文学就身当其时、应运而生了，这表明比较文学法国学派所说的比较文学对于传统文学研究的国别、语言、民族界限的“跨越”本身，并不是任意而为的，而是有明确界定的，这就是法国学派一直所强调的一国文学与另一国文学之间确实发生或存在的“事实关联”。应该说，法国学派对于两国文学之间相互接触、彼此渗透的“事实关联”的强调，不仅明确了比较文学的研究对象是对国与国之间的文学关系的考察，而且用确定无疑的文学事实打消了人们对于比较文学可比性“任意”、“杂乱无章”的质疑，既对十九世纪末二十世纪早期比较文学学科的确立意义重大，也对比较文学随后的半个世纪的发展影响深远。然而，随着二十世纪中叶美国在世界范围内的强势崛起，比较文学美国学派对引领比较文学发展的法国学派发起了猛烈抨击，批评的焦点直指法国学派不准比较文学越雷池半步的“事实关联”。其中，比较文学美国学派的代表人物雷内·韦勒克（Rene Wellek）就在《比较文学的危机》（*The Crisis of Comparative Literature*，1959）一文中，抨击法国学派所主张的“事实关联”，其实质是把十九世纪陈旧的唯事实主义强加于比较文学之上，把“比较文学”缩小成为研究文学的“外贸”关系。比较文学美国学派的另一位代表人物亨利·雷马克（Henry Remak）在其论文《比较文学的定义和功用》（*Comparative Literature, Its Definition and Function*，1961）中同样对法国学派一味拘泥于“事实关联”表示不满，并给出了美国学派不再像法国学派那样以是否有“事实关联”为前提来界定比较文学的定义：“比较文学是超出一国范围之外的文学研究，并且研究文学与其他知识信仰领域之间的关系，……简言之，比较文学是一国文学与另一国或多国文学的比较，是文学与人类其他表现领域的比较。”[①]在比较文学的美国学派看来，“真正的”文学研究所关注的是对文学作品的艺术理解和美学评价，不是一些死板的事实；而要增进人们对于文学作品的理解和评价，需要有一系列的文学原理、范畴和判断标准。由于文学原理、范畴和判断标准不是可以凭空产生的，必须借助对于尽可能多的文学进行综合、比较、分析和区别，所以，美国学派所主张的不是专门针对某一部、某一组或某一国文学作品的文学研究，而是涵盖了不同时代、不同民族和不同传统的“整一性”的文学研究。正因此，美国学派在猛烈抨击法国学派的同时，仍然肯定了其在促进比较文学“跨越”国别、语言和民族方面的历史性贡献。只不过在美国学派的眼里，法国学派的“事实关联”让比较文学对于国别、语言和民族的“跨越”大打折扣，而美国学派对于法国学派“事实关联”的摒弃，就是要打破法国学派给予比较文学研究范围的人为限制，实现比较文学对于国别、语言和民族边界的真正“跨越”。

再次是二十世纪七十年代比较文学中国学派[②]对于欧美文化圈的“跨越”。二十世纪五十至六十年代，美国学派倡导的不拘泥于“事实关联”的平行比较研究在比较文学界风头甚劲，受其影响，寻求“跨越”不同国家、民族、语言和文学传统之上的共同的美学规律，成为包括中国学者在内的世界范围内文学研究中的一个热门话题。而且，

① 亨利·雷马克：《比较文学的定义和功用》，张隆溪译，见张隆溪选编：《比较文学译文集》，北京：北京大学出版社 1982 年版，第 2 页。

② 关于比较文学“中国学派”，比较学界是有较大争议的，本文提及“中国学派”这一称谓并不表示本人认可或反对它的比较文学主张，只是客观陈述在比较学界有“中国学派”这一称谓的提出。

在探寻不同文学传统的共同规律的过程中，中国的比较学者还在反思美国学派比较文学研究特色的同时，开始尝试着发出自己的声音，如台湾学者古添洪和陈慧桦在1976年主编《比较文学的垦拓在台湾》系列丛书的《序言》中所说："什么是比较文学呢？简言之，就是超越国家疆域的文学比较研究。就其研究重心的不同，有所谓法国派和美国派之别。……在晚近中西间的文学比较中，又显示出一种新的研究途径。我国文学，丰富含蓄；但对于研究文学的方法，却缺乏系统性，缺乏既能深探本源又能平实可辨的理论；故晚近受西方文学训练的中国学者，回头研究中国古典或近代文学时，即援用西方的理论与方法，以开发中国文学的宝藏。由于这援用西方的理论与方法，既涉及西方文学，而其援用亦往往加以调整，即对原理论与方法作一考验、作一修正，故此种文学研究亦目之为比较文学。我们不妨大胆宣言说，这援用西方文学理论与方法并加以考验、调整以用之于中国文学的研究，是比较文学中的中国派。"[①] 在这里，尽管"中国派"的提法的确有些"大胆"且在比较学界备受争议，但"中国"一词的出现对于二十世纪七十年代国际比较文学的发展绝对是意味深长的。因为在此之前的比较文学的发展，尽管有法国学派和美国学派之争，但它们都同属于一个"同质"的欧美文化圈，相互之间在文化类型或模式上并没有质的差异；但是随着中国比较学者把"异质"的中国文化引入原先以欧美文化圈为核心的比较文学时，就势必会出现如美籍华裔比较学者叶维廉所说的中西"文化模子"的冲突。所以，尽管中国的比较学者最初把比较

---

① 古添洪、陈慧桦：《〈比较文学的垦拓在台湾〉序》，见黄维樑、曹顺庆编：《中国比较文学学科理论的垦拓——台港学者论文选》，北京：北京大学出版社1998年版，第178—179页。

文学的研究从西方学者主导的欧美文化圈扩展至中国文化时遭受了西方学者的激烈批评，但就世界文化发展的大潮来看，随着二次大战结束后西方中心主义的瓦解和包括中国文化在内的世界多元文化的兴起，比较文学打破欧美文化圈的束缚实现世界多元文化的拓展，无疑代表着比较文学正确的发展方向，而中国比较学者对于欧美文化圈的“跨越”，则是比较文学向全球多元文化拓展迈出的关键的、实质的一步。

最后是二十世纪九十年代至今的比较文化研究对于文学研究的“跨越”。早在二十世纪五十年代末，随着世界范围内冷战格局的出现和地缘政治的影响，在以英、美为代表的西方国家中出现了由文学研究向文化研究的转向，并在以后的数十年的时间里逐渐形成了文化研究的热潮。二十世纪九十年代，伴随着冷战的结束和世界秩序的重建，对于不同文化之间关系的解读和比较，成为当代社会无法回避、必须直面应对的焦点话题。对于比较文学而言，进入二十世纪九十年代以后，出现了明显的由比较文学向比较文化的转向，其重要标志有二：其一，1992 年，美国比较文学学会会长伯恩海姆（Charles Bernheimer）主持一个十人委员会，专门讨论比较文学的现状，并于 1993 年完成了一个名为《跨世纪的比较文学》（*Comparative Literature at the Turn of the Century*）的报告，指出了比较文学的两个发展趋势：一个是比较文学由欧美向全世界扩展；另一个是比较文学转向比较文化。其中，前一个趋势已被后来的比较文学的发展所证实，而后一个趋势则引发了比较学界关于比较文学和比较文化之间关系的激烈论争；其二，国际比较文学学会对于比较文化的不遗余力的提倡。1994 年，国际比较文学学会第 14 界大会的主题是“多元文化语境中的文学”，明确强调文化对于文学的影响作用，而其下设的六个分题：文化的民族个性、外国与本土的相互影响、文学类型语言和文化、文学与其他文化表现形式、区域研究、比较文学与多元化研究的方式与方法，比较文化所占的比重也明显地超过了比较文学。事实上，1994 年之前的国际比较文学学会的历届大会议题，尽管有文化内容的出现，但其核心确定无疑的是文学研究。然而，反观 1994 年以后的国际比较文学学会的多界大会议题，诸如“作为文化记忆的文学”（1997 年第 15 界年会）、“多元文化主义时代的传递与超越”（2000 年第 16 界年会）、“‘在边缘处’：文学与文化的空白、前言及开端”（2004 年第 17 界年会）、“超越对立：比较文学的间断与位移”（2007 年第 18 界年会）、“拓展比较文学的疆界”（2010 年第 19 界年会）等等，比较文学已经基本上被比较文化所“淹没”，比较文学的文学研究边界也被比较文化无情地“跨越”。

二、“危机”：比较文学学科定位的合法性问题

与比较文学的“跨越”形成鲜明对照的是它的“危机”。“危机”一词，对于比较文学而言，其出现频率之繁，持续时间之长，的确算得上是这门学科发展上的“奇观”。不仅比较文学要面对外界对其能否成为一门独立学科的合法性的质疑，而且比较文学内部也频现“危机”的声音。

关于比较文学的“外部”危机，梵·第根在《比较文学论》中归纳了两类对于比较文学作为一门独立学科的“原则性”的反对意见：一类是对比较文学影响研究的“有效性”的否认；另一类是对比较文学学科的“科学性”的否认。美国比较文学学者乌尔利希·维斯坦因（Ulrich Weisstein）也在《比较文学与文学理论》（*Comparative Literature and Literary Theory*，1973）一书的“历史附录”部分，记录了比较文学发展之初各国学者特别是一些知名学者对于比较文学的反对意见。然而，说到比较文学的“外部”批评，名气最大、对于比较文学学科产生巨大

冲击和影响的人物，毫无疑问的是意大利的大学者、大批评家贝奈戴托·克罗齐（Benedetto Croce）。克罗齐对于比较文学的攻击，主要集中于研究方法和研究对象两个方面。关于比较文学的研究方法，克罗齐反对比较文学把“比较的方法”用作一门独立学科的基石，因为“比较”不仅是一个普遍的、常用的方法，而且是一切文学研究共有的工具，并不为比较文学所专有。关于比较文学的研究对象，克罗齐对比较文学的主要领域如主题学、题材史、文类学以及文学的和历史的影响研究持“全盘否定态度”。应该说，对于任何一门学科的确立而言，独立的研究对象和研究方法都是必不可少的。从这个意义上讲，克罗齐从方法和对象两个方面对于比较文学的质疑和反对，是触及到比较文学的学科根本的，不仅在外部形成了对于比较文学学科定位的外在压力，而且从内部引发了比较文学学者直面比较文学学科“危机”的内在勇气，而比较文学内部后来频繁响起的“危机”声，可以视作是对克罗齐危言比较文学的回声和反响。

比较文学“内部”的危机，就是比较文学的内部人士对于其学科定位的危机意识。这种危机意识，最直观地体现于比较文学内部权威学者直接冠以“危机”之名的各篇论文中。在比较文学危机论的相关学者中，美国的雷内·韦勒克是为人所熟知的一位。维斯坦因曾经以医生和病人为喻，用半开玩笑的口吻描述了韦勒克和病人危机的比较文学之间的关系：“在‘比较文学及有关疾病医院’的‘美国分院’中，韦勒克担任（也许被迫担任——‘半拉半就’）主治大夫和定期公报的签署者。他描述病人的状况，有时也冒险做出诊断。”[①] 而韦勒克对于比

① 乌尔利希·维斯坦因：《我们：从何来，是什么，去何方——比较文学的永久危机》，韩冀宁译，见孙景尧选编：《新概念　新方法　新探索——当代西方比较文学论文选》，桂林：漓江出版社 1987 年版，第 23 页。

较文学所作的危机诊断，最著名的就是他的《比较文学的危机》。从时间上讲，克罗齐对于比较文学的发难是二十世纪初，距离韦勒克二十世纪五十年代末这次的“危机”言论，中间有将近六十年之久的间隔。在这期间，确切地说，在克罗齐从研究方法和研究主题两个方面提出对于比较文学的反对和质疑之后，如何从上述两个方面回应克罗齐的责难，实现比较文学学科的科学定位，一直是后来的比较学者特别是以巴登斯贝格（Femand Baldensperger）、梵·第根、伽列（Jean-Marie Carré）和基亚（Marius-Francois Guyard）等人为代表的比较文学法国学派孜孜以求的目标。尽管在法国学派看来，他们已经完满地解决了比较文学在研究主题和研究方法方面的问题，但在韦勒克的眼里，法国学派对于这些问题的说明并不令人满意。比如，关于比较文学的研究主题，韦勒克认为法国学派区分比较文学拥有“特别的主题材料”的企图是失败的，至于法国学派建基于“事实联系”之上的探寻来源—影响的“特别的研究方法”，韦勒克更是直言其是“更为明显”的失败。韦勒克肯定地表示，比较文学“至今还不能明确确定研究主题和具体的研究方法”，就足以说明比较文学学科所处的危机状态，法国学派对于比较文学所提出的纲领性意见“还没有解决这个基本课题”。[①] 韦勒克的《比较文学的危机》发表后，在比较文学内部引起了法国学派和美国学派的激烈论争。作为回应，法国学者艾田伯（Etiemble）发表了《比较不是理由：比较文学的危机》（*Comparaison isn't the Reason: The Crisis of Comparative Literature*，1963）一文，副标题直接使用了韦勒克的原标题。这场发生于二十世纪中后叶比较文学内部的法国学派与美国学派对于比较文学学科定位的论争，也被人们通常冠称为比较文

① 雷内·韦勒克：《比较文学的危机》，沈于译，见张隆溪选编：《比较文学译文集》，北京：北京大学出版社 1982 年版，第 22 页。

学的“第一次危机”。而自上世纪九十年代文化研究兴起之后，受世界范围内文化研究大潮的影响，比较文化研究逐渐在比较文学研究中占据越来越重要的地位，直接引发了比较文学内部的比较文学与比较文化之争，论争的焦点是比较文学研究中文学与文化的主从关系，以及比较文学研究是否应该被比较文化研究所取代。按照伯恩海默等人的意见，比较文学的研究重心应该而且已经被比较文化取代，而另一位美国比较学者卡勒（Jonathan Culler）则针锋相对地提出反对意见，指出把比较文学研究扩展成为全球范围内的比较文化研究，会导致比较文学文学研究属性的丧失，从而引发比较文学学科地位的又一次危机。事实上，有关比较文学究竟应该是坚守文学研究的本位还是应该打破文学研究的边界扩展为更大范围的文化研究的论争，已经成为当下国际比较文学界的一个热点话题，并由此引发了比较文学内部的“第二次危机”。而关于比较文学的学科定位及未来发展走向，也在比较文化与比较文化的激烈论争中，显得格外的前途未卜、扑朔迷离。

三、“转向”：比较文学的研究范式转型及学科未来发展走向

比较文学的“危机”，直接导致的是比较文学研究范式的转型和学科定位的“转向”。在这方面，由比较文学的“第一次危机”所引发的从比较文学的文学史研究属性向比较文学的诗学研究属性的“转向”应该是有代表性的。如前所述，比较文学的“第一次危机”，是由美国学者挑战法国学者谨守比较文学的文学史学科定位所引发的，而美国学者对于将比较文学扩展至文学理论研究的主张，也遭致了法国学者的强烈不满。为此，双方论战数年，几乎导致了比较文学内部的分裂。然而，也恰恰是经过两派不同观点的论争，才真正地促使比较文学界认真地去反思比较文学自身所存在的“危机”和问题，就此探寻比较

文学的健康发展方向，而被比较学界所公认的积极成果，就是法国学者艾田伯发表的《比较不是理由：比较文学的危机》。在这部纵论比较文学学科发展的经典论著中，艾田伯历史地、公允地追溯和评述了法国学派的“历史主义”和美国学派的“批评主义”的理论主张，以及它们对于比较文学的历史性的贡献，并特别指出，法国学派的“历史主义”和美国学派的“批评主义”，不仅是可以互补的，而且相互的取长补短，将是比较文学解决研究对象和方法问题的唯一正确之道，即比较文学把历史方法和批评精神结合起来，把事实考据和文章分析结合起来，把社会学家的谨慎和美学理论家的勇气结合起来，这样比较文学便可以找到正确的研究对象和合适的方法，比较文学也借此超越单纯的文学史研究的局限，坚定地走向比较诗学。而事实上，二十世纪六十年代末七十年代以来，在比较文学研究领域已成文学理论热潮席卷之势，比较文学的“诗学”研究转向已是大势所趋，代表了比较文学的“觉醒”和发展“新动向”。

然而，比较文学的研究“转向”也势必带来比较文学研究格局的调整与震荡。比如，对于比较文学的“诗学”研究转向，美国学者维斯坦因是持反对态度的，并为此撰写了《我们：从何来，是什么，去何方——比较文学的永久危机》（*D'où venons? Que sommes-nous? Qù allons-nous? The Permanent Crisis of Comparative Literature*）的长篇论文。在文章的开头部分，维斯坦因坦言写作此文的目的是“希望能够说明，作为一种拥有自己的方法论的学科，我们从何而来，又是什么，将去何方——如果我们确实走向某处的话。”[①] 对于比较文学的“诗学”

① 乌尔利希·维斯坦因：《我们：从何来，是什么，去何方——比较文学的永久危机》，韩冀宁译，见孙景尧选编：《新概念　新方法　新探索——当代西方比较文学论文选》，桂林：漓江出版社1987年版，第23页。

转向，维斯坦因忧虑不已："随着文艺学所引起的一种潮流以及被一些民族语言学（英、美、法甚至西班牙和德国）推动所兴起的理论，在比较文学学科中也获得了热门论题的地位。目前，这一形势的发展之快，以致完全有理由担心我们这门学科，有朝一日会被这一巨人生吞活剥地吃掉。"[①] 在文章的结尾部分，维斯坦因曾以预言式的口吻展望比较文学的未来："由于我不是一个未来学家，我觉得要推测未来要发生的事是无益的，但我还是准备说，无论比较文学这个慢性病患者的命运如何，文学和文艺学将继续存在下去。……时间会告诉我们，二十年或五十年后，比较文学是否会因为离心发展而消失，它是否会作为一种新的'总体科学'而把文学理论吞掉，或者反被文学理论所吞并，从而成为一种'辅助科学'。"[②] 而从比较文学的后来发展来看，维斯坦因所担心的文学理论对于比较文学的"吞并"并没有实际发生，但是，由于二十世纪九十年代以来"文化研究热"的兴起及其对比较文学的渗透和影响，比较文学在跨越文学研究边界扩展至比较文化研究的同时，比较文学自身原有的文学研究的质的规定性也从根本上发生了越界和动摇，也再一次引发了比较学界对于比较文学学科定位和未来走向的严肃思考，维斯坦因对于比较文学"永久性危机"的另一种担心："如果'比较'这一限定词不再发生作用时，就毫无保留地将它舍弃。……也许从长远来说，它所留下的既不是它的名称（它如此容易被人取笑），也不是它的定义（不断地变化，难以统一）"，[③] 则不幸成为

① 乌尔利希·维斯坦因：《我们：从何来，是什么，去何方——比较文学的永久危机》，韩冀宁译，见孙景尧选编：《新概念　新方法　新探索——当代西方比较文学论文选》，桂林：漓江出版社 1987 年版，第 39 页。

② 同上书，第 43 页。

③ 同上。

了事实。

在当今的文化研究大潮之下，比较文学的研究重心的确已经出现了由文学研究向文化研究“转移”的趋势和动向。比较文学研究会彻底“转向”比较文化研究吗？或者是比较文学真的会被比较文化所取代吗？这是人们迫切关心的话题，但也注定是一个现在无法定论的答案。但尽管如此，我们从比较文学百年来的“跨越”—“危机”—“转向”的学科发展之路来看，比较文学的学科边界从来不是固定不变的，而是始终处于转移和变动之中。移动的边界，既是比较文学学科不断实现“跨越”、获得拓展的强劲动力，但同时也是引发其陷入自身学科定位“危机”并继而导致“转向”的内在根源。或许，在未来的某个历史时段内，我们可以有幸看到比较文学文化研究“转向”的最终结果，但可以肯定的是，即便未来真的由比较文学“转向”了比较文化，这也并不意味着比较文学学科发展和扩展的终结，比较文学仍将延续着自身的“跨越”—“危机”—“转向”之路发展下去。这是比较文学有别于文学研究其他门类的学科特点，也是比较文学注定无法停滞驻足的学科宿命。

四、“我们：从何来，是什么，去何方”：比较文学的理论与实践的双重性质

维斯坦因的论文主标题“我们：从何来，是什么，去何方”，直接采用了法国印象派大师保罗·高更（Paul Gauguin）的同名著名画作。对于比较文学这门新兴的学科而言，维斯坦因采用“我们：从何来，是什么，去何方”这样一个带有明显终极追问意味的标题，无疑是有些令人惊讶的。毕竟，从时间跨度上讲，比较文学从十九世纪末二十世纪初正式确立到今天，不过一百多年的时间，历史如此之短却

要去做过去—现在—未来的终极追问，咋看不免让人产生故弄玄虚之感。然而，正如维斯坦因在文中已经指出的，比较文学尽管历史不长，但由于其早期的“名不副实”和以后发展过程中定义的不断变化，比较文学一直深陷“自我反省”和“疑虑前程”的“危机”之中。从这个意义上讲，引用“我们：从何来，是什么，去何方”这样一个终极性质的追问，来反思比较文学的历史发展和学科定位是很有必要的。

比较文学从何处来？在《我们：从何来，是什么，去何方——比较文学的永久危机》的论文中，维斯坦因把法国学派对于比较文学学科的确立，特别是梵·第根《比较文学论》的发表，看作比较文学的“出发点”，至于在此之前的比较文学的发展，则被他认为可以简单地归为“学科的史前史”、“与本文关系不大”而一笔带过。[①] 然而，在韦勒克看来，对于比较文学的追溯必须从它的漫长而复杂的史前史开始。其中，首当其冲的就是“比较文学”的名称在几个主要语种的出现和使用。按照韦勒克在《比较文学的名称与性质》（*The Name and Nature of Comparative Literature*，1968）一文的考源，“比较文学”是由“比较”和“文学”组合而成的一个合成词，“比较”和“文学”单独拿出来都不会有引起多大问题。比如，以英文为例，“比较”（comparative）一词，最早见于中世纪，是从拉丁文“comparativus”派生的，有明显的动作意味，相当于“可以比较”（comparable）；“文学”（literature），在早期的英语习惯用法中，意为“学识”或“文学修养”，尤其是特指拉丁文知识。近代以后，“文学”（literature）逐步脱离了原先的“文学研究”

---

① 乌尔利希·维斯坦因：《我们：从何来，是什么，去何方——比较文学的永久危机》，韩冀宁译，见孙景尧选编：《新概念　新方法　新探索——当代西方比较文学论文选》，桂林：漓江出版社 1987 年版，第 24 页。

（study of literature）之意，成为指涉“文学创作”和“一批作品”的常用词汇。但是，当“比较”和“文学”在十九世纪末二十世纪初合成为“比较文学”时，由于“比较文学”究竟代表了什么意思并没有交代清楚，使用它的人语焉不详且自说自话，加上“比较文学”的名称有从别的比较学科如比较解剖学移用过来之嫌，“不合句法”，[①] 所以，“比较文学”的名称一经使用，它所遭受的误解、质疑以及抵制，成为比较文学发展史前史上的一道特殊的景观。从表面上看，比较文学史前阶段的名称之争似乎只是简单的命名而已，但由于它关涉的是比较文学从哪里来的实质性问题，对于此一问题的追溯和回答势必成为了解和把握比较文学学科的一个核心的理论话题，正如韦勒克所说：“‘比较文学’这个名称引起了人们对其确切范围与方法的争论，分歧至今尚未解决。教条主义地去看待它是于事无补的，因为每个词都有作者所赋予的意义，掌握某个词的历史知识或惯用法，既不能阻止词义发生变化，也不能避免对原义的严重歪曲。然而，搞清这些问题却可以防止思想混乱，而含含糊糊或者主观武断则会造成思想上的危害。”[②]

与比较文学的名称密切关联的理论话题是它的定义、范围和性质，如果说前者追溯的是比较文学从哪里来的话，那么后者就是从理论上说明比较文学是什么。在《我们：从何来，是什么，去何方——比较文学的永久危机》中，维斯坦因从时间和空间的拓展层面肯定了比较文学的“是”，即从时间层面上讲，“梵·第根在其经典的概述中，出于实用的原因将焦点集中在西方文学上，由此提出，作为文学史的一

① 雷内·韦勒克：《比较文学的名称与性质》，黄源深译，见干永昌等编选：《比较文学研究译文集》，上海：上海译文出版社1985年版，第138页。

② 同上书，第141—142页。

个分支的比较文学可分为三类：1）对‘希腊和拉丁文学之间关系’的研究；2）‘现代文学通过中世纪向古典文学借贷’的探索；3）对‘现代文学之间关系’的研究。……正如梵·第根的定义在时间上的分段所示，比较文学的鼻祖们是有意地忽略了介于古代和文艺复兴中间的那个时期，即中世纪。……在比较文学学科内，为承认中世纪研究的奋斗是漫长而艰苦的，有很多学者参加了这场战斗。……弥补了比较文学中本来就不应该存在的一个空白”；[①] 从空间层面上讲，“比较文学的空间方面，……从历史上讲，我们的学科侧重于把自己的研究限制在欧洲，而且主要是西方文学范围内——其原因只能假设为早期从事这一研究的人，既方便于这一课题，也擅长于这一课题。……全靠艾田伯的战斗性比较主义才迫使我们抛弃了……根深蒂固的欧洲中心主义，并恢复了世界文学的观点”。[②] 与之相对应的则是韦勒克在《比较文学的名称与性质》中，从定义、范围和性质出发来质疑比较文学的“非”：

从广义上说，“比较文学”包括梵·第根所说的“总体文学”。梵·第根把“比较文学”局限于两大成分之间的“双边”关系，而认为“总体文学”则涉及研究“几国文学之间的共有的事实”。然而，值得讨论的是，要在比较文学和总体文学之间，……划一条界线是不可能的。此外，“总体文学”的名称本身就会造成混乱：历来人们把它理解成为文学理论、诗学和文学原则。比较文学如被狭隘地看成双

① 乌尔利希·维斯坦因：《我们：从何来，是什么，去何方——比较文学的永久危机》，韩冀宁译，见孙景尧选编：《新概念　新方法　新探索——当代西方比较文学论文选》，桂林：漓江出版社1987年版，第28—30页。

② 同上书，第30页。

> 边关系就不可能成为一门有意义的学科，它就只会去研究两国文学之间的“贸易交往”，从而只研究文学创作中的鸡零狗碎的东西。……
>
> ……
>
> 雷马克……扩大比较文学定义的打算，不是那么武断，显得雄心勃勃。……然而雷马克先生不得不作一些人为的、站不住脚的划分：如把霍桑与卡尔文主义之间的关系的研究，称之为“比较文学”，而把对霍桑的内疚、罪恶、赎罪的看法的研究，纳入了“美国”文学的领域。这一整套设想给人这样一个印象：它纯粹是为美国研究生院的实际情况服务的，因为在那里你不得不对那些缺乏同情心的、埋怨你闯入他们某个学术领域的同事们，证实你的论文题目属于“比较文学”范围。但作为一个定义，它却经不起推敲。[①]

而在这些“是”和“非”的背后，折射的是比较文学百年发展的复杂情状。

比较文学将要走向何方？对于比较文学这样一门不断发展变化着的新学科而言，在其发展的过程中，频繁地出现有关比较文学未来发展前景的期盼或预言，是再正常不过的了。但比较文学飞速发展的现实，则让各种针对它的未来走向所作的“前景”、“方向”，不仅习惯性的失灵，而且让人有恍如隔世之感。比如，早在二十世纪早期，巴登斯贝格就在《比较文学：名称与实质》（*Comparative Literature: Name and Essence*，1921）的文章中，把比较文学视作是促进人类之间的相互同情和团结的重要途径，并预言二十世纪比较文学的未来将会是向着他本人所谓的“新人文主义”的道路阔步迈进：

---

① 雷内·韦勒克：《比较文学的名称与性质》，黄源深译，见干永昌等编选：《比较文学研究译文集》，上海：上海译文出版社 1985 年版，第 143—144 页。

……在仅限于人类精神范围本身的文学史内容显得纷繁多变的情况下，为如此动荡的表面确定一个基本的中心，难道不重要吗？模糊一团的物质，越是不确定和不可捉摸，就越应该明确和坚固它的核心。同样，在我看来，这就是“新人文主义”的准备工作，在今天还支配着我们的危机过去以后，比较文学的广泛实践尤其可以促成这种“新人文主义”：“比较主义”的努力所要达到的，是一种仲裁，一种清算，它将为新的、人道的、有生命的、文明的信念开辟道路，我们的这个世纪是能够再次做到这一步的。[①]

而比较文学在二十世纪的最终发展却将巴登斯贝格的美好预想击得粉碎，诚如美国比较学者勃洛克（Haskell M．Block）在《比较文学的新动向》（*New Tendances of Comparative Literature*，1970）一文中所评述的：“巴登斯贝格曾设想通过比较文学的发展来‘为新的人文主义做准备’。二十世纪的混乱历史为他这个设想做出辛辣的评注。”[②] 二十世纪六十年代，艾田伯在《比较不是理由：比较文学的危机》中，把比较文学的未来遐想到了二十一世纪：

（2050年）与其在只有一个教授和助教的可怜的学院里讲授比较文学，研究非常有限的几个题目，毋宁……把教学力量集中起来，这样可以向学生提出各种各样的研究题目。举例如下：“法国实证主

① 巴登斯贝格：《比较文学：名称与实质》，徐鸿译，见干永昌等编选：《比较文学研究译文集》，上海：上海译文出版社1985年版，第47—48页。

② 勃洛克：《比较文学的新动向》，施康强译，见干永昌等编选：《比较文学研究译文集》，上海：上海译文出版社1985年版，第206页。

义在拉丁美洲的影响”，“在西班牙安达卢西亚地区犹太人、基督徒和穆斯林的接触”，“明治文学中的西方影响”，“发现日本对启蒙时期自由思想形成的作用”，“发现美洲和黑非洲以后欧洲种族主义思想的演变”，“20世纪欧洲小说在苏美影响下的变化”，“美国电影对20世纪法国（或者德国，英国）文学的作用”，“能乐和悲剧的比较诗学（或者狂言和闹剧)”，“殖民地国家两种语言的混用及其对文学的影响”，“18到20世纪间道教（或禅宗）在欧洲的传播”，“俄文（英文、法文）句法对白话文演变的影响”。在一个面向今日世界的比较学者所能向学生建议的题目中，在一个像我……所说的那样建立起来的学院里可以讨论的题目中，我所列举的只是沧海一粟。毋庸赘言，每个国家都会把教学集中在一部分它特别感兴趣的问题。我想，在法国应特别注意西欧各文学的相互作用，而苏联、东欧则会强调他们地区的特殊情况。……但是，我希望不论哪个国家讲授比较文学，都能有一个堪称国际化的比较文学学会提出一些引起普遍的兴趣、可以在世界各地进行研究的课题，这样就可以使各国学生知道，正因为各国文学是相互影响的，所以每个国家的文学都从所有其他国家的文学中得到补益。这样做将会有利于思想家的团结。①

然而，站在二十一世纪的今天来看这些设想，不仅艾田伯所提到的那些比较文学题目没有成为现实，甚至他所热衷的比较文学研究本身也在今天的文化研究大潮下存在着被比较文化取代的可能。当然，未来

---

① 艾田伯：《比较不是理由：比较文学的危机》，见《比较文学之道：艾田伯文论选集》，罗芃译，北京：三联书店2006年版，第43－44页。

的比较文学的发展是否一定会是走向比较文化，那是谁也保证不了的事。比较文学究竟要走向何方？尽管当下的比较学界不断有人试图去指引比较文学的未来方向，但考虑到比较文学学科自身的不确定性和易变性，与其不切实际地预言比较文学的未来，不如接受维斯坦因关于推测比较文学未来所要发生的事“是无益”的忠告，留待以后的时间去揭晓。

需要指出的是，维斯坦因的《我们：从何来，是什么，去何方——比较文学的永久危机》在从理论上追溯比较文学百年发展历程的同时，特别强调了比较文学的实践性质，即如他引述比较文学的同行克本（Erwin Koppen）的话所说的“（比较文学）不是一门以建立理论为任务的科学，而是一种用比较方式，凭经验从事的科学”。[①] 的确，从内容归属上讲，对于名称、定义、范围、性质和走向等问题的探讨，都是属于比较文学的“理论”部分，包括我们前面已经提到的比较文学的论文、论著和教材，诸如巴登斯贝格的《比较文学：名称与实质》、梵·第根的《比较文学论》、韦勒克的《比较文学的危机》《比较文学的名称与性质》、雷马克的《比较文学的定义与功能》、艾田伯的《比较不是理由：比较文学的危机》、维斯坦因的《比较文学与文学理论》、勃洛克的《比较文学的新动向》、古添洪和陈慧桦的《比较文学的垦拓在台湾·序》和陈惇等的《比较文学》等等，都无一例外地属于比较文学的“理论”研究性质。不可否认，对于一门急需从原理上论证和确立自身合法性的新兴学科而言，如何从理论上厘清和说明比较文学的对象、

① 乌尔利希·维斯坦因：《我们：从何来，是什么，去何方——比较文学的永久危机》，韩冀宁译，见孙景尧选编：《新概念　新方法　新探索——当代西方比较文学论文选》，桂林：漓江出版社1987年版，第37页。

方法、定义、范围和性质等事关学科成立和发展的重大问题，确实非常重要，这一点在比较文学内部通行的众多以学科名称为题名的论著（文）中已有充分说明。然而，单纯地从理论上定义、论证、说明“比较文学是什么？”或“什么是比较文学？”，对于比较文学学科而言，是不够的，也是行不通的。其中的原因，固然是因为比较文学是一门开放性的、不断变动的学科，无法形成一个固定的、各家都认可的关于比较文学的对象、方法、定义、范围和性质的“理论”，硬性地推行各自对于比较文学的理论主张，不仅徒劳无益，而且任意引发口舌之争，比较文学内部频发的“危机”就多半属于此类；但更主要的则是由比较文学的实践性质所决定的。这就要求我们在历史地追溯比较文学的发展历程时，绝对不能无视比较文学的实践性质，必须给予比较文学的具体实践足够的重视。而这一点，在以往的比较文学的研究中常被有意无意间忽视，不能不说是一种遗憾。

事实上，作为一门文学研究的辅助性学科，比较文学从一开始就是围绕着一些诸如“歌德在法国”、“海涅在法国”、“莎士比亚在欧陆”、“巴尔扎克的外来影响”、“卢梭与世界主义的起源”等跨越国别文学的文学现象所从事的具体的文学研究实践。正因此，在比较文学的发展中，比较文学的奠基者们不仅身体力行地留下了许多经典的研究案例，而且有意识地对于比较文学的研究实践进行分析、归纳和总结。以法国学派为例，巴登斯贝格、梵·第根、伽雷和基亚等代表人物，不仅本人都做过比较学界内公认的堪称经典的个案研究，而且在他们的比较文学的理论著述中，也一再强调比较文学的实践性质。比如，梵·第根的《比较文学论》，多次提及了巴登斯贝格的比较文学研究实践至于比较文学学科的重要意义：“巴登斯贝格……的《歌德在法国》（1904）使他成为一位比较文学家。……从本世纪之初起，大部分在……巴登斯贝格的影响之下，关于比较文学的博士论文在法国增多起来了。……这一大批书形成了一个总体，使任何别国都不能和它匹敌。这个运动开始了之后，便一直继续下去，至今没有间断过。这些研究底共有的特点，便是细密的考证。……那由十八个国家的学者中的六十二位学者共同合作编成的，献给巴登斯贝格的《一部文学史与比较文学史杂著》，表现出一种双重的历史意义。……这是第一个完全关于比较文学的集子。再则，这个集子使人证明了比较文学研究的中心无可置辩地是在法国。”[①] 基亚的《比较文学》（*Comparative Literature*，1951）也重点介绍了法国学派比较文学影响研究的三个经典范例：莎士比亚、歌德和巴尔扎克：

依靠朱瑟尔兰德（Jusserand）和梵·第根有关旧制度时期的研究著作和巴登斯贝格有关1789—1910的文学情况“梗概”，人们可以对莎士比亚在法国的历史有一个粗略的概念。……在法国，十八世纪时莎士比亚几乎是无人知道的。如果说是伏尔泰把莎士比亚介绍到法国这种说法不确切的话，那起码也可以说是他使莎氏传播开来的。……在德国浪漫主义发展的同时，也出现了莎士比亚热。1808年，威尔赫姆（August Wilhelm Schlegel）在他的著名课程中出色地阐述了他崇拜莎氏的理由，……这个时候莎氏已被德国文化吸收得很好了。……1910年，巴登斯贝格用比较清醒的语言总结了他的《梗概》：“自然，我很怀疑他（莎士比亚）所表现的艺术形式能够被我们的剧场接受——甚至对广大的虔诚的读者也是如此。”……（所以）莎士比亚迟缓地进入我们的社会，是本世纪里

① 梵·第根：《比较文学论》，戴望舒译，台北：台湾商务印书馆1937年版，第37—39页。

我们能够看到的、在法国口味方面所产生的一个显著的革命标志。

当人们通过巴登斯贝格和伽雷的论著(《歌德在法国》、《歌德在英国》)来观察他(歌德)的神秘著作传入两个大国的情况时,人们会发现无论是对法国人还是英国人来说,他的著作都是陌生的。……于是我们可以为歌德在英国和法国的截然不同的命运下一个相同结论:他的绝大部分作品还没有被人认识或了解。而当人们对少年《维特》的同一种迷恋中看到英国和法国的解释的分歧时——一方是朝伦理方面走去,另一方则朝纯艺术方面走去,谁又能不对歌德作品中所表现出来的巨大民族差异而表示敬意呢?

巴登斯贝格的有关《巴尔扎克作品中的外国方向》(1927)的调查说明研究超民族来源对了解一部作品的创作过程和一种个性曾起到了何等作用又是怎样被确定的。任何人都不会否定巴尔扎克的创造才能和力量。读过巴登斯贝格的著述之后,就会发现这位“幻想家”一点儿也没有受到自己幻想的束缚:流行的形式和个人的好奇心远远没有能够窒息他的天才,相反,还帮助了他,使他的天才更加发扬了。[①]

这里面所重点引述的比较文学著述,诸如梵·第根的《莎士比亚在欧洲大陆的影响》、巴登斯贝格的《歌德在法国》《文学史研究梗概(1907—1910)》《巴尔扎克作品中的外国方向》和伽雷的《歌德在英国》等等,都是法国学派比较文学研究的经典案例。另外,自瑞士比较文学学者路易—保尔·贝茨(Louis-Paul Betz)于二十世纪初开始编订

① 马·法·基亚:《比较文学》,颜保译,北京:北京大学出版社 1983 年版,第 65—88 页。

《比较文学书目》起，比较文学一直不遗余力地从事着比较文学书目和工具书的整理和增补工作，收录其中的大部分内容都是具体的比较文学研究题目，而其最主要的初衷也是为了更好地指导和帮助比较学者进行相关领域的比较文学的研究工作。

最后是比较文学的理论与实践之间的关系。尽管，从根本上而言，比较文学的理论与实践应该相辅相成、和谐一致，比较文学历史上的一些经典研究个案，也基本上都是理论与实践相结合的范例。但与此同时，在比较文学的实际发展过程中，由于学科本身的不确定性和实践性质，也时常会出现理论与实践相脱节、不一致的情况。比如，雷马克在《比较文学的定义和功能》中点评法国学派时，就曾以肯定的口吻表示过对于其实践方面的赞赏：

> 法国人幸而在实践中不像在理论上那么胆小和严守教条。比较文学有许多方面，尤其是比较研究的重大学术成果方面，大概大部分应当归功于法国人或在法国受训练的学者。戴克斯特的《卢梭与文学世界主义的起源》、巴登斯贝格的《歌德在法国》和《法国移民中思想的传播》、伽列的《歌德在英国》、阿扎尔的研究欧洲启蒙运动全貌的精彩专著等等，不过是法国人综合研究中的少数几个例子，这类研究的特点是处理比较好影响的问题十分妥帖灵敏，对文学价值和个人气质的特点了解得细致入微，并且极善于把观察得来的大量结果归纳进总体发展的清晰的轮廓当中。梵·第根和基亚的比较文学导论的法文著作本身就是切实可用的综合著述。[1]

---

① 亨利·雷马克：《比较文学的定义和功用》，张隆溪译，见张隆溪选编：《比较文学译文集》，北京：北京大学出版社 1982 年版，第 4 页。

并坦言“在美国，（比较文学）的理论和实践也并不完全一致”。[①]这也再一次提醒我们，对于比较文学百年发展历程的追溯和反思，不能人为地割裂比较文学的理论和实践之间的关联，必须同时兼顾理论和实践两个方面。

总之，比较文学的历史发展及学科定位，很明显地呈现出理论与实践的双重性质。这提示我们在历史地梳理、考察比较文学的诸项内容时，既要明晰其在理论上的各种说明及界定，同时也必须关注它在实践上业已进行的具体研究。而这正是本书对于比较文学的影响研究的考察及介绍的主导思想。

---

① 亨利·雷马克：《比较文学的定义和功用》，张隆溪译，见张隆溪选编：《比较文学译文集》，北京：北京大学出版社 1982 年版，第 15 页。

上编

比较文学影响研究的缘起与理论概述

影响研究是比较文学中出现得最早且普遍流行于各国早期比较文学研究中的一种研究方法。在二十世纪上半叶的比较文学的学科定位和发展过程中，法国比较学者对于影响研究进行了系统性的理论说明，确立了影响研究的方法论原则和研究范围，不仅明确了比较文学的学科定位，而且使影响研究成为二十世纪上半叶比较文学研究中占据主导地位的一个研究方法。但是，随着二十世纪中后期比较文学美国学派的兴起，法国学派的影响研究，开始受到比较学界的批评、质疑和挑战。比较文学的影响研究，在法国学派所奠定的研究基础之上，也出现了与比较文学自身的学科定位的演化、变迁相适应的新发展、新变化。

第一章

“影响”的定义及比较文学影响研究的性质

在比较文学的研究中，有关比较文学的定义与性质的探讨，一直是至关重要的问题。对于比较文学的影响研究而言，弄清楚“影响”的定义以及比较文学影响研究的性质，同样是首要而且必须给予回答的问题。另外，影响研究并不是有了比较文学之后才开始出现的，而是在比较文学出现之前的民族文学或国别文学研究中就已经是非常重要的内容。那么，“影响”的定义是什么？影响研究在民族文学或别国文学研究中扮演怎样的角色？以及比较文学影响研究的性质究竟是什么呢？

第一节
“影响”一词的本意、流变及其在文学研究上的衍用

谈及比较文学的影响研究，无法回避的就是我们对于“影响”一词的定义及理解，诚如美国比较学者乌尔利希·韦斯坦因在《比较文学与文学理论》一书的“影响与模仿”一章里所开宗明义指出的：“‘影响’应该被认为是比较文学研究中十分关键的一个概念”。[①] 事实上，在比较学者们关于比较文学的著述中，“影响”是经常被提及的一个概念，也是在比较文学研究中出现的一个频率颇高的词汇。但令人遗憾和不解的是，比较学者们在频繁使用“影响”一词以及在从事比较文学具体的影响研究时，却很少或吝于给予“影响”一词以明确和清晰的定义或解释。比如，在比较学界，人们所能了解到的对于“影响”一词的说明，主要是源自日本学者大塚幸男（Otsuka）和美国学者哈罗德·布鲁姆（Harold Bloom）。其中，大塚幸男在《比较文学原理》（*The Principle of Comparative Literature*）一书中指出，对于比较文学中的“比较”一词，应该做“对比”和“比较”两层意思的区分。具体而言，所谓“对比”，就是任取相互毫无任何影响关系的两个（或数个）作家、两国（或数国）文学对比分析它们的相同与差异之处，这种对比分析通常被称作“对比研究”（Parallélisme），但由于它只是单纯地对于不同国度的作家、文学的异同对比，所涉及的对比内容之间并无可以证实的影响事实，故此种对比研究不能算是一种真正意义上的比较文学研究；而所谓“比较”，则不是任意选取两个或（数个）不同国家的作家、文学加以对比，而是有意识地选取不同国度的作家、文学之间所业已产生

---

① 乌尔利希·韦斯坦因：《比较文学与文学理论》，刘象愚译，沈阳：辽宁人民出版社 1987 年版，第 27 页。

明显影响作用的事实关联，用以阐明外国作家的文学创作或文学思潮对于本国作家之间的渊源关系（sources）和影响作用（influences），这种比较研究，才是一种真正意义上的比较文学研究。在大塚幸男看来，“影响”一词既为比较文学研究中的关键概念，且在比较文学研究中，人们也经常使用“影响”一词，那么，对于“影响”一词的含义，有必要进行解释或说明。为此，大塚幸男从“影响”一词的词源入手，考察了“影响”一词的本意及其在文学批评领域的使用情况：

> 根据《小罗伯尔》辞典以及《法语大拉罗斯》辞书所释，具有影响含义的英语和法语 influence（德语是 influenz）一词，是由中世纪拉丁语 influentia 衍化而来的，因而在原本意义上，它包含有“主宰人类命运的天体之力”的意思。这种“力”，具有“神秘”的本质。而且，这一名词是由古代拉丁语中的动词 influere（流向、流出的意思）演变而成的，后转义为“主宰他者的精神的·理智的力”，被“法国文艺对外国的影响（influence）”这样的文艺批评所采用。在罗伯尔辞典里，有对我们比较文学研究者来说显然是十分刺耳的解释，如“我对于‘影响’一词几乎不怀好感，因为它只不过是用来指称‘无知’和‘假设’”（瓦莱里语）。同样，对“影响”（influence）一词，在《简明牛津辞典》中下了这样的定义：“Action of person or thing on or upon another，perceptible only in its effects.”所谓只有在其结果（效果）之中被察觉，不是极妙地道出了“影响”一词的特质了吗？对于我们说来，重要的是如何察觉它。[1]

---

[1] 大塚幸男：《比较文学原理》，陈秋蜂、杨国华译，西安：陕西人民出版社 1985 年版，第 22—23 页。

与之相类似的是，布鲁姆也在《影响的焦虑》（*The Anxiety of Influence: A Theory of Poetry*）一书中，谈到了"影响"（influence）一词的拉丁语词根及其在英国文学批评中被采用的情况：

> 早在阿奎那的经院拉丁文时代，"影响"（influence）这个词就带上了"具有凌驾他人的力量"的意义。但是，没有过几百年，它就失去了它的本义"流入"（inflow）以及它的主要意义：从星球射向人类的一种放射和力量。起初使用这个词时，所谓"受到影响"就是受到来自天体的以太流的流入。这种以太流会影响人的性格和命运，改变尘世上的一切事物。这是一种神圣的伦理力量——后来干脆被视为一种神秘的力量——它显示出自身的威力，藐视人们心中一切似乎是自愿的意志。在我们现在这个意义，即"诗的影响"意义上的"影响"一词，是很晚才形成的。在英语中，"影响"一词在德莱顿的批评术语里是没有的。蒲柏也从来没有在我们现在这个意义上使用这个词。1775年，约翰逊对"影响"下的定义是星相学或伦理学意义的，并指出后者是一种"上升的力量，是一种指导或修正的力量。"但他举的例子都是宗教性的或个人方面的，不涉及文学方面的内容。又过了两代人的时间，当柯勒律治在文学领域使用这个词时，"影响"才基本上具有了我们今日使用时的意义。①

应该说，大塚幸男和布鲁姆对于"影响"一词的说明，虽然有助于我们对于"影响"（influence）的拉丁文词源及其在文学批评上的使用的了

---

① 哈罗德·布鲁姆：《影响的焦虑》，徐文博译，北京：三联书店1989年版，第27页。

解，但所述内容过于笼统或简短，我们有必要对于“影响”（influence）一词的词源、本义以及它在文学批评上的使用情况，做进一步的梳理与解释。

为了清晰地说明“影响”（influence）一词的词源、本义以及它在文学批评上的使用情况，笔者特别请教和拜托了我在中国人民大学文学院的外籍同事雷立柏（Leopold Leeb）教授。雷立柏教授祖籍奥地利，除了德语为其母语之外，他还通晓希腊语、拉丁语、英语、法语等，在中国编著多部有关希腊语、拉丁语的辞典及经典文献。为了梳理清楚“影响”（influence）一词的词源、本义及其在文学批评上的使用状况，雷立柏教授查阅了与之相关的希腊语、拉丁语、英语、法语、德语的辞典及文献，汇总了以下几个方面的内容：

第一，在西语中，与“影响”一词有关联的词汇，主要有希腊语（eisroe）、拉丁语（influentia）、法语（influence）、英语（influence）和德语（Einfluss）。其中，希腊语中的 eisroe 在古希腊语中的意思是“流入”，eisroe 的词性是名词，是从古希腊语中的动词 eisrheo（流进，流入）衍生而来，但是名词 eisrhoe（流入）在古希腊语的文献中很少出现，而且也没有“影响力”的意思。在古希腊语中，用来表达“影响”、“影响力”的单词是 dynamis（力量）。另外，英语和法语中的“影响”一词所使用的是同一个词 influence，其词根均是出自拉丁语的 influentia。

第二，在古拉丁语中没有“influentia”一词，如果想表达其意义，则用 auctoritas（权威）、amplitudo（影响力）、gratia（感召力，吸引力）、opes（财力）、multum valere（有很大的影响力）、potestas（权力）。前面的这些词都指人的“影响力”。在事物方面则是 momentum（推动力）、pondus（重力，重量）、gravitas（重量，影响力）、vis（力量）。另外，在古典拉丁语中，动词 influo 指“流入”，根本没有

influentia 这个名词。比如，凯撒在写《高卢战纪》一书中，使用过 Rhenus in Oceanum influit（莱因河流入大海），引申的意义是“偷偷地进去”、“溜入”。在这方面，拉丁学者们也有类似的用法。比如 in aures influere（“流入耳朵”，西塞罗的用法）。昆体良写：Paulatim sermone Graeco in proximas Asiae civitates influente（“希腊语逐渐传播到亚洲附近的城市”）。奥古斯丁写：voces illae influebant auribus meis（“这些话传入我的耳朵”）等。同时，动词 influo 还有一个意思，即“加上”，“使获得”，比如塞内加（Seneca）：tantum bonum nobis influere（“我们能享有这种好事物”）。因此，fortuna influens 指“好运气”。值得注意的是，第五世纪的翻译家 Caelius Aurelianus（凯利乌斯·奥瑞利安）写：influxio sui，quam Graeci aporrhoian vocant（“希腊人称为‘流出’的‘流进’”），这种 influxio 指液体的流入，对身体产生某种影响。此外，古代晚期的作者 Firmianus（即 Lactantius 拉克坦提乌斯）曾用过 stellarum influxus（“星星的流入”）这样的词，即星星对人生的影响，而这种用法后来影响了中世纪法语和其他语言对于“影响”一词的解释：星星对人生和命运的影响力。

第三，在中世纪晚期（十三世纪）的拉丁语中出现 influentia 一词，著名的基督教神学家 Thomas（托马斯·阿奎那）将 influentia 和神学观念联结，用这词以表达“影响力”：Deus est quidem，in quo omnia cognoscuntur，non ita quod alia non cognoscantur nisi eo cognito，sicut in principiis per se notis accidit，sed quia per ejus influentiam omnis causatur in nobis cognitio.（“在神内一切事物被认识，然而，不是说如果他不被认识不能认识其他的事物，——比如那些基本原则本身就被知道——，而是说因为神的影响启发我们的一切认识”。《驳异教大全》Contra Gentiles 1，11）。在另一个地方 Thomas（托马斯）提到“心的影响

力”：Caput habet manifestam eminentiam respectu ceterorum exteriorum membrorum；sed cor habet quamdam influentiam occultam. Et ideo cordi comparatur Spiritus Sanctus，qui invisibiliter Ecclesiam vivificat et unit；capiti autem comparatur ipse Christus secundum visibilem naturam，secundum quam homo hominibus praefertur.（“从其他的肢体来看，头具有明显的优越性，而心有某种隐密的影响力。因此圣神/圣灵被比喻成‘心’，因为他无形中激活与结合教会。头则是基督的象征，即根据他的有形本性，根据它一个人居在万人之上”。《神学大全》Summa Theologiae III，8，1 ad 3）。这些例句是 influentia 出现的最早文献之一，后来很多欧洲语言用这个单词表达“影响力”、“重要性”。

第四，关于其他欧洲语言中的“影响”。在法语部分，在十四世纪的法语中出现 influer 这个动词，其及物意义是“使渗透（某行动或某力量)”，其不及物意义是“流入”、“沉下去”、“溜进去”。名词 influence 首次出现 1240 年，当时有天文学的意义（星星对人的命运的影响)。在英语部分，英语形容词 influential 出现在十六世纪。在十九、二十世纪的英语中，“influence” 指 1）作用，（社会上的或自然界中的）影响力；2）支配力，感化力；3）势力，权力；4）有影响的人；5）星力（即星体对人的影响)；6)（电学中的）感应。在德语部分，中世纪德语的 invluz 主要是神秘神学家先使用的单词，指神的力量对人的“流入”(influxus)。在近代德语中，Einfluss 没有“流入” 的意思，只有“影响力”的意思。除了名词 Einfluss 以外，还有 einfliessen（流入）这个动词，但它的使用频率不高，经常这样用：etwas im Gespraech einfliessen lassen（“在对话中加入或暗示某话题”)。

第五，“影响”(influence) 在文学批评上的使用。在法语世界，将“影响”引入文学批评的是法国诗人、评论家保尔·瓦莱里（Paul

Valery)，比如，他对“影响”一词的文学性说明：“Il n’est pas de mot qui vienne plus aisement ni plus souvent sou la plume de la critique que le mot d’influence，et il n’est point de notion plus vague parmi les vagues notions qui composent l’armement illusiore de l’esthetique. Rien toutefoi dans l’examen de nos productions qui interesse plus philosophiquement l’intellect et le doive plus exciter a l’analyse que cette modification progressive d’un esprit par l’oeuvre d’un autre.”意思是说“评论家们最常用的一个词是‘影响’这词，而它也是美学家们虚构的术语中最模糊的概念之一。……一个有哲学追求的头脑会很激动地去分析这种词的意思，即‘一个心灵通过另一个心灵的著作而受逐渐的改变’（modification progressive d’un esprit par l’oeuvre d’un autre）”（Valery，Variété II，p.196）。而在英语世界，“influence”在文学批评上的使用，则是源自英国文学批评家柯勒律治（Coleridge）的《文学生涯》(*Biographia Literaria*)，其使用 impression，influence，power，operation on the minds 等词表达“影响”和“影响力”，论述作家、诗人的作品对读者的影响，以及作家、诗人所特有的幻想和想象力对文学的影响。

因此，综合一下大塚幸男、布鲁姆和雷立柏这三位学者对于“影响”（influence）一词的梳理与分析，我们可以对于“影响”（influence）一词得出如下结论：其一，“影响”（influence）一词的本义是指天体的以太物的流出，这是古代星相学的一个术语，带有神秘主义的色彩和意味，后来逐渐由此引申出自然环境、外在事物和他人对于另一些事物或人产生影响作用。其二，“影响”（influence）一词的词源，来自于拉丁语的 influentia，从 influentia 到 influence，其间历经了数个世纪的流变过程。其三，“影响”（influence）一词在文学批评上的使用是近代以后才开始出现的，主要得益于十九世纪之后柯勒律治和瓦莱里这样的英法文学批评大家的援用，使得“影响”成为二十世纪西方文学批评和文学研究中的一个重要概念。

第二节
民族文学内部影响研究的国别文学史性质

民族文学内部的影响研究，顾名思义，就是指在各民族国家文学内部对于本国文学中出现的文学影响事实及作用进行梳理、分析、评价的一种文学性研究。而如前所述，“影响”一词的本义是指神秘的天体以太物的流出，后引申为自然环境、外在事物和他人对于另一些事物或人产生影响力或影响作用，并自十九世纪之后由柯勒律治和瓦莱里等英法文学批评大家将其引入文学批评领域，用以说明一个作家及作品在文学创作过程中受到别的作家、作品在文学题材、手法及观念上的影响，故在比较文学于十九世纪末二十世纪初正式创生之前的各民族国家的文学批评或文学研究内部，针对本国文学中出现的文学影响事实及作用进行的影响研究，成为各民族国家的文学批评和文学研究中的常见内容。其中，最具代表性的人物，就是法国文学批评家、文学史家朗松（Gustave Lanson，1857—1934）。①

---

① 朗松（1857—1934），法国文学史家、文学批评家。主要代表作有《博叙埃》（1860）、《布瓦洛》（1892）、《法国文学史》（1894）、《高乃依》（1898）、《伏尔泰》（1906）等。其中，《法国文学史》从法国文学的起源一直写到十九世纪末，全书材料丰富、翔实，分析细致、深刻，论断客观、严谨，被公认是文学史写作上的权威性著作。另外，在文学史的写作和研究方法上，朗松把历史学的研究方法引入文学史的撰写与研究之中，对于十九世纪末二十世纪初的欧洲诸国的国别文学史的写作与研究，产生了广泛和深刻的影响，也即文学史界通常所谓的“朗松主义”。

关于文学史研究，朗松直言主要的方法就是历史的方法，即在文学史研究中，文学史家与历史学家一样，都需要收集、翻阅、整理大量手抄的或印刷的资料，所不同的是，历史学家所要处理的对象是过去业已发生的历史事实，而文学史家所要面对的直接研究对象则是作家的文学作品。[①] 关于文学作品，朗松认为它的定义，主要包含了两个方面的内容：其一是从文学与公众的关系的角度，对于文学作品所下的一个定义，即“文学作品是这样一种作品，它不是为某一个特殊的读者，为某一个特殊的事由或功用而作，或者，它在开始时虽有这个目的然而后来超越了这个目的，或者，原来的目的已经消失，作品仍然继续存在，并被一群人阅读，而他们从中追求消遣或智育方面的修养”。[②] 其二是根据文学作品的内在性质，对于文学作品的特殊定义，即“文学作品的定义尤其应该根据它内在的性质来确定。有一些诗篇，就其技巧而言，是专门为一个极其有限的读者层写的，将永远不能为

---

① 尽管朗松强调历史学的研究方法可以成为文学史的研究方法，但从他对于历史学和文学史的研究对象所做出的明确的区分来看，他并不是如某些批评他的学者所说他把文学史研究简单化或矮化为历史学研究的一个分支，而是在把历史学的研究方法引入文学史研究的同时，也明确地强调了文学史所要面对的研究对象——文学作品具有不同于历史学的研究对象——过往的历史事实的特性与性质，诚如他本人在《文学史方法》一文中所言：“在浩如烟海的印刷出来的文本中，只有这样的文本（即指文学史的研究对象——文学作品，引者注）才属于我们研究的范围：由于其形式的性质，它们具有能唤起读者的想象，激动读者的感情，使他们产生美学的情操这样的特性。正因于此，我们的研究才跟其他历史研究不致混淆，文学史才不是历史的一门微不足道的辅助科学”。参见昂利·拜尔编：《方法、批评及文学史——朗松文论选》，徐继曾译，北京：中国社会科学出版社 1992 年版，第 5 页。

② 朗松：《文学史方法》，见昂利·拜尔编：《方法、批评及文学史——朗松文论选》，徐继曾译，北京：中国社会科学出版社 1992 年版，第 5 页。

广大公众所鉴赏。这样的诗篇就应该排除在文学之外吗？文学作品的标志在于艺术意图或艺术效果，在于形式的美和韵味。特殊的创作之所以成为文学作品，是由于它的形式扩大了或者延长了它原有的作用。文学包括一切只有通过形式的美学分析才能充分显示意义与效果的作品”。[①] 关于作家，朗松则认为，对于作家的关注和研究，固然要揭示其在文学创作中所表现出来的个性或独特性，但真正的文学研究决不能仅仅局限于对于作家个人的研究，必须扩大对于作家个人研究的范围、广度及深度：

> 如果我们只关注他们自身，我们就无法对他们有所认识。最有独创性的作家大多在他身上既装载着前几代的沉积，又作为当代各项运动的总汇：他身上有四分之三的东西不是他自己的。要发现他本人，那就必须把所有那些外来成分从他身上剥离。应该认识延伸到他身上的那段过去，渗透到他身上的这个现在；这时我们才能得出他真正独创的东西，把它确定下来，予以测度。然而我们还只是有可能认识他真正独创的东西而已；要想知道这东西的真正性质和强度，我们还必须看它如何行动，如何发挥它的功效，也就是说，我们要对作家在文学生活与社会生活中的影响进行跟踪。所以我们必须研究围绕大作家及杰作的一般事实、文学类型、思维、鉴赏趣味和感情状态。[②]

---

① 朗松：《文学史方法》，见昂利·拜尔编：《方法、批评及文学史——朗松文论选》，徐继曾译，北京：中国社会科学出版社 1992 年版，第 5 页。

② 同上书，第 7 页。

正因此，朗松在文学研究中，对于文学史上的有代表性的作家及作品的分析与研究，一直采取两个看似相反实则统一的方向同时进行：“一方面找出个性，指出它与众不同、不可略去、不可分解的那一方面，另一方面又要把一部杰作放回到那个系列之中，将这天才的作家看作某一环境的产物，某一群体的代表”。[①] 而这样的文学研究策略及内容，即是通常所说的影响研究。兹以朗松的《笛卡尔哲学对法国文学的影响》（*The Influence of Descartes on French Literature*）这篇影响研究个案为例，对于国别文学史中影响研究的原则、方法、内容及特点，作进一步的说明。

笛卡尔（Rene Descartes，1596－1650）是十七世纪法国声名卓著且对后世产生深刻影响作用的哲学巨匠，正如朗松在《笛卡尔哲学对法国文学的影响》一文的开篇所提到的：“笛卡尔拥有大量的读者，在哲学家和学者的圈子以外博得热烈的赞赏，这是无可置疑的事实。大量事实表明，这一新哲学[②]的出现当时为他赢得了极大的声誉。巴尔扎克[③]为他不惜花费精力与笔墨；夏普兰[④]把他的思想尊为

---

① 朗松：《文学史方法》，见昂利·拜尔编：《方法、批评及文学史——朗松文论选》，徐继曾译，北京：中国社会科学出版社 1992 年版，第 7 页。

② 这里的新哲学是指笛卡尔在十七世纪开创的以“普通怀疑”及批判反思为导向的近代理性主义哲学，它在当时一经提出，就震动了法国和欧洲的思想界和哲学界，并对后世法国和欧洲的哲学，产生了强大而深刻的影响，由此奠定了欧陆理性主义哲学的传统，笛卡尔也被誉为欧陆“现代哲学之父”。

③ 巴尔扎克（Jeanlouis de Balzac，1595－1654），十七世纪法国作家，其散文写作以风格优美为人称道。

④ 夏普兰（Jean Chapelain，1595－1674），十七世纪法国诗人及文艺理论家，当时他在法国王室的支持和授意下，负责组建了法兰西学院，并担任学院终身秘书，是十七法国新古典主义文学及理论的重要倡导者之一。

卓越的峰巅。帕斯卡尔[①]认为他的名字代表整个现代哲学，而神学家博叙埃[②]在《对上帝和对自身的认识概论》中认为只有他的学说才能跟托马斯[③]的学说相提并论。一些纯粹的文人、诗人、妇女、布瓦洛[④]、拉布吕耶尔[⑤]、拉封丹[⑥]、德·格里尼昂夫人[⑦]都阅读、欣赏、理解他的

---

① 帕斯卡尔（Blaise Pascal，1623—1662），十七世纪法国数学家、物理学家、哲学家和散文家，著有《论圆锥曲线》《液体平衡及空气重量的论文集》《思想录》及《致外省人书》等。

② 博叙埃（Jacques-Benijne Bossuet，1627—1704），十七世纪法国神学家，学识渊博，口才出众，他是严格的天主教正统派，反对新教，著有《新教教会改易史》等。

③ 托马斯（Thomas Aquinas，1226—1274），欧洲中世纪的著名神学家和经院哲学家，著有《神学大全》《反异教大全》及《亚里士多德形而上学注释》等。

④ 布瓦洛（Nicolas Boileau Despreaux，1636—1711），十七世纪法国诗人和文艺理论家，他在《论诗的艺术》提出了法国新古典主义文学的一系列规范及原则，如理性至上原则、学习与借鉴古代作家原则、摹仿自然原则、人物性格类型化原则，以及悲剧的“三一律”原则等等，被公认是十七世纪法国新古典主义文学及理论的立法者和发言人。

⑤ 拉布吕耶尔（Jean de La Bruyere，1645—1696），十七世纪法国作家、哲学家、道德家，著有讽刺性散文作品集《品格论》，这部著作由格言式的简短段落和典型人物的肖像描绘两部分组成，文笔简练精确，观点鲜明、深刻，被视作法国文学史上一部划时代的散文名著，对于十八世纪法国散文发展产生很大的影响作用。

⑥ 拉封丹（Jean de La Fontaine，1621—1695），十七世纪法国著名的寓言诗人，他的寓言作品经后人整理为《拉封丹寓言》，与古希腊著名寓言诗人伊索的《伊索寓言》以及俄国著名作家克雷洛夫所著的《克雷洛夫寓言》并称为世界文学中的三大寓言。

⑦ 德·格里尼昂夫人（Madame de Grignan，1646—1705），是十七世纪法国知名的书信作家塞维涅夫人（Madame de Sevigne，1626—1696）的女儿。塞维涅夫人26岁时丧夫，一直把女儿视为掌上明珠。女儿出嫁后，塞维涅夫人爱女依旧，给女儿写了大量情真意切的书信。这些书信在塞维涅夫人的《书简集》中占了很大部分。

作品”。[1]不过，朗松同时也明确地指出，要弄清楚笛卡尔对于法国哲学和文学的影响，最重要的问题，既非是看笛卡尔的名声在法国有多大，也不是简单地、没有确凿证据就把法国十七世纪文学中一切似乎与笛卡尔的哲学观点或主张有相似之处，全部都说成是笛卡尔的影响，而是要定下确实可行的研究原则，即：

> 要正确地评估笛卡尔的影响，必须采取一切预防措施。首先，应该警惕那些仅仅是文字上的相似之处：词语的一致并不能说明概念的一致。要想在布瓦洛的《诗艺》中去找笛卡尔主义，光是指出布瓦洛随时都让理性统帅一切还不够。因为，显然不能先验地认为布瓦洛理解的理性跟笛卡尔是一回事。
>
> 其次应该避免古典主义文学的某些一般特性归到笛卡尔影响名下，这些特性可能来之于别的原因。譬如说，古典文学条理分明，那么这个条理到底是笛卡尔原理产生的效果，还是希腊罗马艺术留下的遗产？贺拉斯[2]也说过要条理分明（Lucidus Ordo），可能跟笛卡尔的《方法论》起了同样的作用。……
>
> （所以）当我们研究笛卡尔主义与文学之间的关系时，我们应该十分小心，将仅仅是两者间的契合、谐和、类似跟真正属于先例与后果、原因与结果之间的关系区分开来。还应该记住，除了笛卡尔主义以外，还可能有许许多多各种各样的原因一同起作用，而且

---

① 朗松：《笛卡尔哲学对法国文学的影响》，见昂利·拜尔编：《方法、批评及文学史——朗松文论选》，徐继曾译，北京：中国社会科学出版社 1992 年版，第 230 页。

② 贺拉斯（Quintus Horatius Flacuus，前 65—前 8），古罗马著名诗人和文艺理论家，他的《诗艺》（又名《论诗的艺术》）提出了古典主义文学原则，成为古罗马文学的指导原则。

在笛卡尔主义当中，也不是一切都是新的、独创的东西。因此，每当笛卡尔主义跟文学间肯定有密切关系时，如果在被考察的那一点上，笛卡尔主义本身也受到了外间的影响的话，那就很可能文学所受到的影响不是来自于笛卡尔主义，而是来自笛卡尔主义自身也曾受惠的那个原因。因此，要想精确地量度笛卡尔对文学作出的贡献，必须努力探索某些明确确定了的文学现象之间的关系，以及在笛卡尔哲学当中最富有他个人色彩，完全属于他个人的东西。①

在朗松看来，在以上原则被确定下来之后，就可以进行对笛卡尔哲学对于法国文学的影响的探索与研究了。而从朗松对于笛卡尔哲学对法国文学的影响所做的实际研究来看，主要包含了以下几个方面的内容：

首先是对笛卡尔哲学的独特性及其与时代精神的共性之间存在紧密联系的揭示。朗松指出，笛卡尔哲学所特有的东西，就是其在哲学方法论当中所提出的第一条基本原则：“只有当我肯定地认识到某一事物为真的时候，才承认它是真的”，② 但同时，朗松也特别说明，这样的一条方法论原则，并非为笛卡尔哲学所独有，而是在那个时代许多同时代人都有的相同或近似的思想倾向，所以，唯有从笛卡尔哲学与时代精神相互契合的关系入手，才能真正地解释在十七世纪的法国为什么会有笛卡尔哲学的出现，即：

① 朗松：《笛卡尔哲学对法国文学的影响》，见昂利·拜尔编：《方法、批评及文学史——朗松文论选》，徐继曾译，北京：中国社会科学出版社 1992 年版，第 231—232 页。

② 朗松：《笛卡尔哲学对法国文学的影响》，见昂利·拜尔编：《方法、批评及文学史——朗松文论选》，徐继曾译，北京：中国社会科学出版社 1992 年版，第 233 页。

十七世纪初，在法国到处都可以看到一种坚决要求智力活动独立的精神，这种精神既不追求无政府状态也不想造反，对冒险和幻想也格格不入，对秩序和理性则热衷追求。人们对天马行空的大胆遐想已经不感兴趣，也不再在上流社会和图书当中寻求消遣的或者放肆的新鲜事物了。人们要的是清楚的真理和可靠的推理。善于构想，善于将概念连贯起来，这是每一个人都努力追求的，当然各有各的方式，成绩有大有小，笛卡尔的方法论既符合当时哲学或科学发展的总情况，同时使当时已经成了法国思想的主要问题得到了答案，第一需要得到了满足。它是，至少部分地是，当时那种智力要求的直接产物，这种要求并非作者个人所独具，而在一定程度上是他的全体同代人所共有。

此外，笛卡尔主义作为一种实证的学说，人们必须有一定的思想状态才能接受，而当时的法国社会恰恰提供了这样的状态。整个笛卡尔体系仿佛是针对这样一种心态组织起来的，它特别渴求知识和清晰的概念，对想象没有太强的需要，也不受任何强烈的感情（美学的或实际生活的）的折磨。特别是，笛卡尔鼓吹的关于激情和意志的理论，并不是作为宜于遵循的理想的规则，而是作为一种精确的科学提出来的——这科学符合心理现象，要求人的性格坚强，具有自制的愿望与习惯，行动时永远怀有明确的目标，不达目的决不休止。[①]

① 朗松：《笛卡尔哲学对法国文学的影响》，见昂利·拜尔编：《方法、批评及文学史——朗松文论选》，徐继曾译，北京：中国社会科学出版社 1992 年版，第 236—237 页。

其次是对于笛卡尔哲学之于法国社会精神和作家精神的一般影响的说明。朗松指出，在笛卡尔活着的时候，他的哲学主张与他同时代的作家或社会之间存在着许多相一致之处，我们没有权利说这些都是得益于笛卡尔的影响，但在笛卡尔去世以后，当他的哲学著作已经流传开来，随着新的几代年青的思想家在他们成长时期接触到笛卡尔哲学这一哲理丰饶而有力的思想时，笛卡尔的影响就产生出来了。在朗松看来，笛卡尔的这种影响，主要表现为对于法国社会精神和作家精神的一般性影响。其中，最先被笛卡尔哲学影响到的是几何学家兼物理学家的帕斯卡尔和神学家博叙埃：

> 帕斯卡尔是以笛卡尔的方法，根据笛卡尔的原则，来处理经验，把感知到的现实用清楚明白的概念表达出来的。只要不违背让森派的教义，帕斯卡尔在科学和心理学方面，总是自觉地应用笛卡尔哲学的观点、定义和观念。就这样，帕斯卡尔从广延与思维的区别中生发出许多美妙的想法，而“人是能思维的芦苇”就是这些想法的扣人心弦的归纳。……帕斯卡尔谈的科学与理性，正是笛卡尔的科学观，是笛卡尔要把理性用来从最简单的概念出发去认识一切事物的抱负。帕斯卡尔为证明理性的无力和科学的虚无所论说的理性与科学，是笛卡尔组织并建立起来的理性与科学。
>
> 至于博叙埃……他在他的哲学著作中引进笛卡尔的许多思想，认为这些思想与正统教义相符合或者并不对立，而他在这些思想当中，有时看到某些事实的清楚的格局，有时看到对某些事实的可能的解释。……我们在他的作品中时常可以看到显然是源出于笛卡尔的一些思想、论证、表达方式。……（比如）他的《新教教会分歧

史》……这本书之所以有价值，完全由于它的精神是受到笛卡尔方法的指导的。[①]

在他们之后，则是新古典主义的作家布瓦洛和拉布吕耶尔：

这两位与其说是严格意义上的哲学家，倒不如说是在不同程度上懂得一点哲学的作家。对这两位来说，笛卡尔的影响是很容易看得出来的：他们那点哲学全都来之于笛卡尔。他是他们哲学思想的源泉，每当他们处理一些问题而他们所受的智力训练又拿不出具有独创性的解决方法时，他们就向那个源泉伸手。《滑稽判决书》表明布瓦洛是何等坚持笛卡尔的各项原则，一心把《方法论》的作者看成是把理性带回到哲学中去的人。论自由思想者的那一章完全就是一个不能独立思考但想了解笛卡尔思想的人的哲学教理问答课本。[②]

再次是对笛卡尔哲学对于法国文学的美学价值和文学形式的具体影响的说明。朗松指出，从笛卡尔的哲学学说中是看不出有“任何美学的因子”的，在美学价值上，笛卡尔哲学与他同时代的十七世纪法国古典主义文学是相互“对立”的，但在随后发生的古今之争中，笛卡尔哲学成为厚今派向厚古派进行攻击的思想资源，即“古今之争是

① 朗松：《笛卡尔哲学对法国文学的影响》，见昂利·拜尔编：《方法、批评及文学史——朗松文论选》，徐继曾译，北京：中国社会科学出版社 1992 年版，第 240—241 页。

② 同上书，第 241 页。

笛卡尔精神针对古代鉴赏趣味，是分析针对诗情，是概念针对形式，是科学针对艺术的一场报复。那些对古代展开这场战役的人是公开的笛卡尔派，如夏尔·佩罗[①]、丰特奈尔[②]，而他们竭力想强加于文学的就是笛卡尔思想的那些必然推论。新派的全部思想都是笛卡尔思想”，[③]其影响是，笛卡尔哲学颠覆了新古典主义在十七世纪法国文学的崇高地位，“笛卡尔主义摧毁了人们头脑中对于古代的尊崇，消除了他们的诗歌感和艺术感，从而给古典主义文学来了个致命的打击”，[④]并为十八世纪的法国文学的发展，开辟了新的道路。在朗松看来，十八世纪的法国文学，不仅在美学精神和鉴赏趣味上是“完全的笛卡尔主义”的文学，“一心关注概念，对理性的崇拜（尽管在理性这个名义下放出了不少偏见和流行风尚），在思想中执著地追求区别和明晰，极端的抽象与论理精神，异常清楚然而不免枯燥的文句，这些看来正是与笛卡尔的方法论相符合的文学理想：通过丰特奈尔、孟德斯鸠[⑤]、伏尔

---

① 夏尔·佩罗（Charles Perrault，1628—1703），十七世纪法国作家和文学批评家，是当时的古今之争中的厚今派的领袖，其文学作品童话集《鹅妈妈的故事》，也在世界上广为流传。

② 丰特奈尔（Bernard Le Bovier de Fontenelle，1657—1757），十七、十八世纪法国哲学家和诗人，在古今之争中为厚今派，同时也是十八世纪启蒙哲学的先驱，著有《关于宇宙多样性的对话》等。

③ 朗松：《笛卡尔哲学对法国文学的影响》，见昂利·拜尔编：《方法、批评及文学史——朗松文论选》，徐继曾译，北京：中国社会科学出版社 1992 年版，第 252 页。

④ 同上书，第 254 页。

⑤ 孟德斯鸠（Baron de Montesquieu，1689—1755），十八世纪法国启蒙主义思想家，是西方现代国家学说和法学理论的奠基人，代表作有《波斯人信札》《罗马盛衰原因论》和《论法的精神》等。

泰[①]、迪克洛[②]、达朗贝[③]、德方[④]之辈，这个理想在十八世纪比任何时期都更接近于实现”，[⑤]而且在文学形式上，笛卡尔的哲学方法也显示出“特殊功效”，即：

从文学的观点来看，十八世纪哲学有一个创新，就是用中篇小说或长篇小说这种形式来阐述哲学思想。当你把故事的结构加以分析时，你会对它的严谨、确切、技巧赞叹不止；每一件事实、每一个事件、每一个人物都是某一思想的形象。在这些故事当中毫无诗意、毫无景色、毫无生动活泼之处；但它们却有几何学那样的准确性，使得它们别有一番风味，别有一种智能上的优美，为其他任何东西所不能比拟。

这些虚构作品当然无意制造幻觉，作者也并不要你相信。它们只是要提醒我们，这些事实和这些人物并不是当作会有深刻思想内

① 伏尔泰，本名为弗郎索瓦—马利·阿鲁埃（Francois-Marie Arouet，1694—1778），伏尔泰（Voltaire）是其笔名，十八世纪法国启蒙主义思想家、文学家、哲学家和史学家，代表作有《哲学通信》《形而上学论》《路易十四时代》和《老实人》等。

② 迪克洛（Charles Duclos，1704—1772），十八世纪法国小说家，著有《某伯爵忏悔录》等。

③ 达朗贝（D’Alembert，1717—1783），十八世纪法国启蒙主义哲学家、作家和自然科学家，著有《数学手册》《动力学》《文集》和《百科全书·序言》等。

④ 德方即德方侯爵夫人（Marquise du Deffand，1697—1780），十八世纪法国女作家，她在家庭沙龙中接待丰特奈尔、孟德斯鸠和百科全书派启蒙主义思想家，并与伏尔泰、达朗贝等人保持通信，文笔优美。

⑤ 朗松：《笛卡尔哲学对法国文学的影响》，见昂利·拜尔编：《方法、批评及文学史——朗松文论选》，徐继曾译，北京：中国社会科学出版社1992年版，第254—255页。

涵的实际事例表现出来的，并不是像可以从中提炼出规律和典型的实验或观察那样表现出来的；这些虚构作品纯粹是描绘明白易懂的概念的形象，是用来将想象中的各种关系用图解表现出来的一些结构——所以，这些虚构有任意性也好，是空想的也好，是臆想的也好，是荒诞的也好，都一点关系也没有。人物是真实也好，不真实也好，也一点关系也没有。只要这虚构清清楚楚、精确无误、富有指示意义就行。密克罗梅加[①]、查第格[②]、老实人[③]，都是除此之外别无他求，他们的价值也正由此而来。这种绝对排除任何现实主义的意图、毫不追求逼真性或幻觉的小说形式的叙述，这种用法多少有点像是几何学的，是前所未有的，只能说是跟笛卡尔的方法是一家。可说这是笛卡尔式想象的文学，《老实人》是这种文学的杰作，也是样板。[④]

最后是对笛卡尔哲学对于法国文学的影响的总结。朗松指出，笛卡尔哲学对于法国文学的影响，无疑是深刻而广泛的，笛卡尔哲学的精髓——笛卡尔主义为法国社会和文学奠定了一种清晰可见的哲学气质，笛卡尔主义也由此成为法国精神的一种突出的哲学表现形式。但同时，透过笛卡尔哲学对于十七、十八世纪法国社会和文学的影响的细致分析，朗松也明确指出：笛卡尔哲学对于法国社会和法国文学中

---

① 密克罗梅加，系伏尔泰哲理小说《密克罗梅加》（1752）中的同名主人公。

② 查第格，系伏尔泰哲理小说《查第格》（1747）中的同名主人公。

③ 老实人，系伏尔泰哲理小说《老实人》（1759）中的同名主人公。

④ 朗松：《笛卡尔哲学对法国文学的影响》，见昂利·拜尔编：《方法、批评及文学史——朗松文论选》，徐继曾译，北京：中国社会科学出版社 1992 年版，第 266 页。

的影响作用是不能简单地画上等号的，笛卡尔哲学在法国社会和法国文学中的命运是截然不同、“难以相提并论”的，正如其在《笛卡尔哲学对法国文学的影响》一文的结语部分所总结的：

笛卡尔学说在十七世纪是反对不信教思想的一个堡垒；它帮助我们伟大的古典主义文学保持一种表象，同时在一定程度上也帮助它保持了基督教思想；而到了路易十四统治末期，它就不再能把它的色彩强加于公众思想和文学作品了。

笛卡尔的学说表现了笛卡尔的方法，同时又掩盖了这个方法；学说是方法的应用，却又掩盖了方法的意义。正当它的方法要取得最终的统治地位时，他的学说却日薄西山了。

在文学中，这个方法在长期内被来自古代的美学趣味中和了，至少是冲淡了，十七世纪伟大的古典主义作品中的艺术、雄辩、诗情，全都不是来之于笛卡尔（不过笛卡尔精神却在古今之争中取胜了）。……整个十八世纪文学，从它特有的创新，从它的基本优点和主要缺点来看，都是笛卡尔风味的文学，只是到了这个世纪的后半叶，由于某些美学和感情因素进入文学，由于人们心中热情的苏醒；由于感觉论方法和归纳法在人们头脑中的传播，上述那种特性才慢慢减弱。……这样，笛卡尔支配文学界的时期当始于1700年，终于1750或1760年。[①]

---

① 朗松：《笛卡尔哲学对法国文学的影响》，见昂利·拜尔编：《方法、批评及文学史——朗松文论选》，徐继曾译，北京：中国社会科学出版社1992年版，第267—268页。

应该说，朗松的这篇《笛卡尔哲学对法国文学的影响》的研究论文，是公认的国别文学史中的影响研究的范例，基本上反映或代表了比较文学诞生之前在国别文学史中的影响研究的方法论原则及研究特点。但同时，我们也必须要指出的是，朗松的这种文学史研究方法，曾被一些学者“时常或者高傲地或者酸溜溜地称之为‘朗松主义’”,[①] 言下之意，上述的文学史研究方法只是单纯地属于朗松的个人所为。而事实上，正如朗松本人所一再指出的：他所遵循的文学史研究方法，并不是他个人的“发明创造”，而是“对我的一些前辈和同代人，甚至是一些比我年轻的朋友们的实践进行了一番思考的结果”,[②] 同时，这样的文学史研究，也并非只见之于法国文学史研究之中，而是普遍地流行于包括法国在内的欧洲诸国的国别文学史的研究里面，即“这种方法曾是阿尔弗雷德·克鲁瓦泽[③] 和莫里斯·克鲁瓦泽[④] 两位先生撰写希腊文学史，加斯东·布瓦西埃[⑤] 先生研究拉丁文学，加斯东·巴里斯[⑥]

① 昂利·拜尔:《方法、批评及文学史——朗松文论选·编者导言》，徐继曾译，北京：中国社会科学出版社 1992 年版，第 6 页。

② 朗松:《文学史方法》，见昂利·拜尔编:《方法、批评及文学史——朗松文论选》，徐继曾译，北京：中国社会科学出版社 1992 年版，第 1 页。

③ 阿尔弗雷德·克鲁瓦泽（Alfred Croiset，1845—1923），十九、二十世纪法国知名的希腊文学史家，与其弟莫里斯·克鲁瓦泽一起合著五卷本《希腊文学史》。

④ 莫里斯·克鲁瓦泽（Maurice Croiset，1846—1935），与其兄阿尔弗雷德·克鲁瓦泽同为十九、二十世纪法国知名的希腊文学史家，一起合著五卷本《希腊文学史》。

⑤ 加斯东·布瓦西埃（Gaston Boissier，1823—1908），十九世纪法国的拉丁文学专家，编著有维吉尔、贺拉斯、西塞罗等古罗马拉丁诗人及演说家的作品集。

⑥ 加斯东·巴里斯（Gaston Paris，1839—1903），十九世纪法国著名中世纪文学专家，著有《中世纪法国文学》等。

及约瑟夫·贝迪耶[①]先生整理中世纪法国文学时所用的方法。也正是这种方法产生了一些关于欧洲及全世界各国文学的极其优秀的著作”。[②]所以，如果我们要为世界各国内部的各民族文学中的影响研究做一个清晰的定性的话，就是国别文学史研究。

第三节
比较文学影响研究的世界文学性质

比较文学的影响研究，简言之，就是指对于超越了一国文学的范围涉及两国文学或多国文学之间业已出现的相互渗透或影响作用的文学现象或事实所进行的文学研究。对于比较文学的影响研究，美国学者威斯坦因曾引述勒内·韦勒克的观点指出：“‘影响’……是把两个……可资比较的实体放在一起：发生影响的作品和影响所及的作品。(但在）这里，有一点无须强调就可以明白，正如韦勒克所指出的，在一个民族文学范围内的影响研究和超越语言界限的两种文学之间的影响研究，并没有本质和方法上的不同”。[③]然而，在比较文学的影响研究与国别文学内部的影响研究之间，是决不应该不加区别就简单地画

---

① 约瑟夫·贝迪耶（Joseph Bedier，1864—1938)，十九、二十世纪法国中世纪文学专家，著有《特里斯坦与绮瑟殉情记》等。另外，约瑟夫·贝迪耶还是加斯东·巴里斯的学生及其中世纪法国文学讲座的继承人。

② 朗松：《文学史方法》，见昂利·拜尔编：《方法、批评及文学史——朗松文论选》，徐继曾译，北京：中国社会科学出版社 1992 年版，第 1—2 页。

③ 乌尔利希·韦斯坦因：《比较文学与文学理论》，刘象愚译，沈阳：辽宁人民出版社 1987 年版，第 27 页。

上等号的。比较文学的影响研究，无论是在影响研究的学科归属上还是在影响研究的性质方面，都是有别于国别文学内部的影响研究的。

首先是比较文学的影响研究与国别文学内部的影响研究在学科归属上的明确的分际。正如本书在绪论部分就已经指出的，比较文学作为在十九世纪末二十世纪初所创生出来的一门新兴文学研究学科，其发端是从之前的欧洲诸国的国别文学史研究中衍生出来的。而众所周知，欧洲文学的最早源头，是古希腊文学。在古希腊文学之后，则是古罗马文学。由于古罗马文学的文艺理论导向是向古代希腊先贤学习、借鉴、模仿的古典主义，于是在古罗马文学与古希腊文学之间，就形成了一种非常紧密的文学继承关系。同时，由于古罗马是一个地跨欧、亚、非三大洲的庞大帝国，古罗马文学事实上又成为了古希腊文学与古罗马文学之后的欧洲中世纪文学之间的重要中介或桥梁。欧洲的中世纪，在原先统一的西罗马帝国崩溃之后，民族国家开始在欧洲纷纷出现，欧洲诸国的民族文学也开始出现并分途发展。但尽管如此，由于欧洲各国的民族文学在其产生之前就已经形成了古希腊文学—古罗马文学—中世纪文学的共同文学渊源，而且在欧洲各国的民族文学出现之后，由于各国之间地域接壤，语言、文化相近，相互间的人员交流和文化交流频繁，故欧洲各国的民族文学之间的相互渗透、交往、学习，一直都是频繁发生且从未中断的。尤其是近代以来的欧洲文学，几乎每一个大的文学思潮，如人文主义、新古典主义、启蒙主义、浪漫主义、现实主义、现代主义等等，都不是在欧洲某个国家内部单独出现和发展，而是透过欧洲各国彼此之间便利的文学交流及联系，最终汇成为全欧流行的文学思潮或文学运动。正因如此，欧洲各国的民族文学，相互之间既有区别，拥有各自的民族性、独特性，同时又存在着密切的关联，你中有我、我中有你，所以，在欧洲各国的国别文学史研究中，在进行本国文学内部的影响研究时，很自然地就会出现跃出本国文学的范围而关联到本国文学与别国文学之间的影响研究的现象。关于这一点，我们选取朗松的另一个影响研究个案《伏尔泰的影响》（*The Influence of Voltaire*）为例，对于国别文学史研究中从民族文学内部的影响研究关联到本国文学与别国文学之间的影响研究情况，作进一步的说明。

伏尔泰（Voltaire，1694—1778）是十八世纪法国启蒙主义思想家、文学家、哲学家和史学家，被誉为"法兰西思想之王"、"法兰西最优秀的诗人"、"欧洲的良心"，对于十八、十九世纪的法国乃至欧洲的文学、史学、哲学及政治学，都产生过广泛而深刻的影响，诚如朗松在《伏尔泰的影响》一文的开篇所指出的：

> 在史学方面，伏尔泰的影响超出了法国的国境。他建立了哲理史学派，……伏尔泰虽然也有下笔仓促轻率，夹杂激情成见的弱处，但他毕竟还是劝告大家对事实要认真研究，如实陈述。他在文字结构及简练方面作出了榜样，在叙述方面创造了典范。在英国史学家罗伯逊[①]和吉本[②]身上，可以看出伏尔泰的做法和影响。在法国，说实在的，在浪漫主义史学以前的以及虽在以后但与之无关的最优秀的史学著作中，都可以看到这种情况。很多史学家都试图学习他清晰的阐述和表达方法，而不学他那些哲理，那些有关学术性的东西。

---

① 罗伯逊（William Robertson，1721—1793），十八世纪英国著名史学家，著有《苏格拉史》《查理五世在位史》《美洲史》和《古印度史》等。

② 吉本(Edward Gibbon，1737—1794)，十八世纪英国著名史学家，著有多卷本的《罗马帝国衰亡史》。

吕希埃尔[①]是彻头彻尾脱胎于伏尔泰，在昂克蒂尔[②]、多努[③]、达吕[④]和梯也尔[⑤]的作品中都是有点伏尔泰味的。米什莱[⑥]熟读伏尔泰的作品，当他年轻时要写一部简明清晰的现代史概论时就想起了伏尔泰，他甚至把《风俗论》[⑦]中的一章一字未改地搬到他的作品当中，不敢指望自己能写得比他更好。

在小说方面，他那些哲理小说在十八世纪模仿者大有人在。但《新爱洛绮丝》[⑧]和《少年维特的烦恼》[⑨]以及那股情感的洪流，使得

---

① 吕希埃尔（Claude-Carloman de Rulhiere，1735—1791），十八世纪法国史学家，著有《波兰无政府的历史》等。

② 昂克蒂尔（Louis-Pierre Anquetil，1723—1808），十八世纪法国史学家，著有《法国史等》。

③ 多努（Pierre Claude Francios Daunou，1761—1840），十八、十九世纪法国史学家和文学史家，著有《法国文学史》等。

④ 达吕（Pierre-Antoine Daru，1767—1829），十八、十九世纪法国史学家，著有《威尼斯共和国史》。

⑤ 梯也尔（Adol-phe Thiers，1797—1877），十九世纪法国政治家和史学家，著有十卷本的《法国大革命史》。

⑥ 米什莱（Jules Michelet，1789—1874），十九世纪法国史学家，著有《法国史》。

⑦ 《风俗论》全名为《论各民族的精神与风俗》，是伏尔泰于1756年发表的一部史学著作，是伏尔泰史学名著《路易十四时代》（1751）的姊妹篇。

⑧ 《新爱洛绮丝》，是十八世纪法国启蒙运动思想家、小说家让—雅克·卢梭（Jean-Jacques Rousseau，1712—1778）于1761年发表的一部长篇书信体小说，小说歌颂人的自由情感，反对封建专制和等级观念，在当时的法国和欧洲社会产生巨大的反响。

⑨ 《少年维特的烦恼》，是十八、十九世纪德国大文豪歌德（John Wolfgang von Goethe，1749—1832）于1774年发表的一部爱情小说，小说反映了当时德国青年内心的苦闷和对现实的绝望，充满感伤色彩。小说发表后在当时引起巨大社会反响，掀起了一股“维特热”。

伏尔泰对小说这个类型的发展实际上并没有带来多大改变。……在十九世纪,夏多布里昂[①]、乔治·桑[②]和巴尔扎克[③]把小说带上与《老实人》[④]和《天真汉》[⑤]越来越远的道路上。……在十九世纪末,伏尔泰式小说得到了出乎意料的新生，这是通过伟大的艺术家阿纳托尔·法郎士[⑥]以及一些青年作家实现的。这些青年作家想在自然主义、抒情主义和象征主义之间，保持轻快、风趣、辛辣，略为有点干巴巴但十分清楚的表达。[⑦]

关于伏尔泰对于法国的影响，朗松从文学影响和社会影响两个方面，做了细致的梳理与分析。其中，在文学影响方面，朗松指出，伏

---

① 夏多布里昂（Francois-Rene de Chateaubriand，1768—1848），十八、十九世纪法国文学家、政治家和外交家，著有小说《阿达拉》《勒内》，是十九世纪法国浪漫主义文学的先驱。

② 乔治·桑（George Sand，1804—1876），十九世纪法国著名的浪漫主义女作家，著有长篇小说《安蒂亚娜》、多卷回忆录《我的一生》等。

③ 巴尔扎克（Honore de Balzac，1799—1850），十九世纪法国现实主义文学大师，他的小说全集《人间喜剧》汇集了90多部中长篇小说，全面、真实地再现了法国十九世纪上半叶的社会现实，堪称现实主义文学的一座丰碑。

④ 《老实人》，是伏尔泰于1759年发表的一部哲理性讽刺小说，反映了反对专制主义和封建特权，争取资产阶级自由平等的民主思想。

⑤ 《天真汉》，是伏尔泰于1767年发表的另一部哲理小说，主题和思想与《老实人》相近。

⑥ 阿纳托尔·法郎士（Anatole France，1844—1924），十九、二十世纪法国作家、文学批评家和社会活动家，著有《金色诗篇》《波纳尔之罪》等文学作品，获得1921年度诺贝尔文学奖。

⑦ 朗松:《伏尔泰的影响》，见昂利·拜尔编:《方法、批评及文学史——朗松文论选》，徐继曾译，北京：中国社会科学出版社1992年版，第404—406页。

尔泰之所以能够对于法国文学产生“既深远，又明显而持续的影响”，主要是得益于他的论战式的行文形式及文风，即：

> 他是咄咄逼人的嘲讽和置人死地的奚落的大师。他教给人的是不怀好意的花招、出人意料的虚构、滑稽可笑的移花接木，使公众不得不竖起耳朵来听；他教给人的是怎样把一个大问题加以剖析，加以简化，使之化为一些常识范围的真理，怎样把对方的论点转变成一些无需加以驳斥的荒谬的命题，怎样通过一再重复，通过不断更新表达某一思想的吸引人的形式和古怪的符号来使得这一思想深入读者心坎。他是这样一种作品的伟大艺术家，在这种作品里，一般是看不出什么艺术的色调的，而他也培养了十九世纪的一批论战家，他们通过写作技巧的创新把现实生活中的事件烘托出来。这些人当中，王政复辟时期[①]有保尔—路易·库里埃[②]，路易—菲利普时期[③]的蒂里埃，普雷沃—巴拉多尔[④]也向他学习，多半还有昂利·罗

---

① 王政复辟时期，指法国波旁王朝复辟时期，起于拿破仑帝国失败的1815年，终于1830年的法国七月革命。

② 引文原注：保尔—路易·库里埃（Paul Louis Courier，1772—1825），法国大革命前服役军中，1798年随拿破仑军进入意大利，目睹征服者的暴行，产生反战，反对拿破仑的共和思想。退出军队后以写抨击文章为主。

③ 路易—菲利普时期，指法王路易—菲利普（Louis-Philippe de France）统治阶段，起于1830年的七月革命，终于1848年的二月革命。

④ 引文原注：普雷沃—巴拉多尔（Prevost-Paradol，1829—1870），法国新闻记者、政治家，为《论战报》及《星期日信使报》撰稿，反对第二帝国，有自由思想。

什福尔[①]。第三共和国时期[②]，阿布和萨尔塞在他们的《十九世纪报》中所写文章的笔调和风趣也都是伏尔泰式的。[③]

在朗松看来，伏尔泰在文学方面的魅力一直是传播其启蒙思想的重要媒介，他很巧妙地运用自己的才智，“把他的同代人的那些观点和意愿以使人喜爱的形式表达出来”，因此，虽然与伏尔泰同时代的孟德斯鸠、卢梭、布丰[④]、狄德罗[⑤]等人，都是伟大的天才，但是“伏尔泰这个人却最有广泛的代表性，十八世纪法国社会的真髓最充分地凝集在他身上，臻于最完美的地步。他把法国社会的善与恶、优点与缺点、宽阔与局限、前进与落后都汇集在一起”。[⑥]在社会影响方面，朗松则用编年的形式，列举出伏尔泰对于法国社会的具体影响，即：

---

① 引文原注：昂利·罗什福尔（Henri Rochefort，1821—1913），法国新闻记者、作家。《明灯报》的创办人，拥护巴黎公社，后被流放至新喀里多尼亚，逃出后定居日内瓦，回国后创办《不妥协者报》。

② 第三共和国时期，指法国第三共和国，起于1870年（法国普法战争失败，第二共和国垮台），终于1940年（第二次世界大战法国战败投降）。

③ 朗松：《伏尔泰的影响》，见昂利·拜尔编：《方法、批评及文学史——朗松文论选》，徐继曾译，北京：中国社会科学出版社1992年版，第406页。

④ 布丰（Georges-Louis Leclere de Buffon，1707—1788），十八世纪法国博物学家和作家，著有《自然史》等。

⑤ 狄德罗（Denis Diderot，1713—1784），十八世纪法国启蒙思想家、哲学家和戏剧家，百科全书派的代表人物之一，著有《哲学思想录》《对自然的解释》《怀疑者漫步》《拉摩的侄儿》《达朗贝尔和狄德罗的谈话》《美之根源及性质的哲学的研究》《论戏剧艺术》《谈演员》《绘画论》等。

⑥ 朗松：《伏尔泰的影响》，见昂利·拜尔编：《方法、批评及文学史——朗松文论选》，徐继曾译，北京：中国社会科学出版社1992年版，第408页。

1789年把贵族阶级解除武装，把它交给大革命，伏尔泰思想在其中起了很大的作用，当他自己所属的那个阶级被剥夺时，他是在精神上的同谋者。……当然，伏尔泰的影响到了大革命时期就中断了。事态发展得那么快，伏尔泰的影响很快就过时了。他抨击过的那些弊端随着他要维护的制度连根拔除了，……（所以）在大革命期间，伏尔泰精神也就没有用了。这时需要的是热忱、激情、过激的情感和言语。卢梭就比伏尔泰更适应这时的事态和思想的调子。

（然而）到了执政府和帝国时期，现实生活又使人想起了伏尔泰精神。……伏尔泰精神高奏凯歌是在王政复辟时期，1815年至1830年之间，它对正统派和天主教的反动进行斗争。它为自由主义的新闻记者和抨击文章作者提供武器、战略、论点、事实、观点、笑话。伏尔泰的作品是自由资产阶级喜爱的读物，他们从中找到他们所能理解的思想，合乎他们口味的风趣。

在十九世纪余下的那几十年里，伏尔泰的作用就在于为反教权主义提供炮弹。因此，在教权主义最有危害性的时代，伏尔泰就受到欢迎。到了1830年以后，伏尔泰精神就占了统治地位。

1848年的革命又把伏尔泰抛弃了，因为他已经满足不了形势的需要。但他在第二帝国、第三共和国期间，在《世纪报》与《十九世纪报》的论战文章中又重现了。

到1850年以后，伏尔泰的影响逐渐削弱，淹没在十八世纪传统的总体之中，而这个传统本身也日益减弱衰退了。[①]

① 朗松：《伏尔泰的影响》，见昂利·拜尔编：《方法、批评及文学史——朗松文论选》，徐继曾译，北京：中国社会科学出版社1992年版，第410—412页。

但值得注意的是，朗松在梳理完伏尔泰对于法国文学和法国社会的影响之后，还专门留出篇幅，介绍了伏尔泰对于外国文学和外国社会的影响状况：

> 伏尔泰在英国的影响是十分微弱的，只有历史文学方面是例外。英国的哲学思想早就走在伏尔泰前面，没有多少东西要取之于他。他在很多方面还引起讲道德和礼仪的英国人的反感呢。再说，当伏尔泰开始写作时，我们的古典主义形式在英国文学身上打上印记的时代正接近尾声，英国人正恢复他们自己的精神。倒不是说英国人就不承认伏尔泰的正当权利，他们可能比我们做得还好；不过他们更多的是给他作出正确的评价，而不是跟着他走。
>
> 在（欧洲）大陆上则相反，在所有各国，包括西班牙、葡萄牙在内，在十八世纪中期和后期，都有人数众多的一代伏尔泰式的才智之士，都是些怀疑宗教教条、性喜调侃、尖酸刻薄的王侯、大领主、资产者，他们不知尊敬为何物，对明快轻松的言语则爱之入迷。普鲁士国王弗里德里希二世就是这类人的杰出代表，在这些人的成长中伏尔泰似乎起着压倒一切的作用。在各国人当中都有这样的知识分子，德国人、匈牙利人、俄罗斯人、意大利都有。[1]

对照一下《笛卡尔哲学对法国文学的影响》和《伏尔泰的影响》，不难发现，这两篇影响研究在研究方法上确实是相同的，但同时两者

---

① 朗松:《伏尔泰的影响》，见昂利·拜尔编:《方法、批评及文学史——朗松文论选》，徐继曾译，北京：中国社会科学出版社 1992 年版，第 414—415 页。

之间也存在着一个明显的差别：前者的影响研究完全是在一国文学内部进行的，而后者的影响研究则是除了一国文学影响的内容之外，还跃出了一国文学的界限，进行了一国文学与他国文学之间的影响研究。事实上，从比较文学最初从国别文学史中的分离或衍生来看，在比较文学作为一门独立的文学研究学科正式出现之前，在欧洲诸国的国别文学史研究中，类似朗松的《伏尔泰的影响》的影响研究，在进行本国文学内部的影响研究过程中跃出了本国文学的范围，涉及本国文学与外国文学的影响内容，是并不鲜见和非常普遍的。只不过，这种研究内容，在当时欧洲各国的文学史研究中是零散的、不成体系的，但随着一些文学史家开始集中的、系统的从事一国文学与他国文学之间的事实关联和影响作用的研究，比较文学就从原先的国别文学史中分离出来，成为一门新兴的、独立的学科，正如比较文学法国学派的奠基人梵·第根在《比较文学论·导论》中所指出的：“在意大利，在英吉利，在德意志，在俄罗斯，外国影响所起的作用至少是和在法兰西同样重要的。在这些国家的每一个国家中，本国文学的专家如何能够懂得那么许多语言和外国文学，去发现并就近研究他所研究的作家所受到的许许多多的影响，以及他们所假借的形式内容呢？……现在只有一个方法来解决这个困难：那便是分工从事。既然那组成对于一件作品或一位作家的完全研究之各部分，可以单凭本国文学史着手，而不及于那接受到或给予别人的诸影响之探讨和分析的，那么就让这种探讨自立门户，具有它的确切的目标，它的专家，它的方法，这想来也并无不合吧。它可以在各方面延长一个国家的文学史所获得的结果，将这些结果和别的诸国家的文学史家们所获得的结果联在一起，于是这各种影响底复杂的网线，便组成了一个独立的领域。它绝对不想去代替各种本国的文学史：它只补充那些本国的文学史并把它们联合在一起。同时，它在它们之间以及它们之上，纺织一个更普遍的文学史的网。……它名为‘比较文学’”。[①] 因此，在学科归属上，既然国别文学史与比较文学属于不同的学科，那么，国别文学史内部的影响研究与比较文学的影响研究，也就判然有别，前者归属于传统的国别文学史范畴，而后者则归属为新兴的比较文学范围。

其次是比较文学的影响研究与国别文学内部的影响研究在研究性质上的根本性差异。说到比较文学对于国别文学的国家、民族、语言等界限的跨越，就不能不提及与“比较文学”这一专有名称或学科密切相关联的两个术语或概念——“民族文学”和“世界文学”。其中，“民族文学”（National Literature）的概念，最先是由德国的哲学家、诗人赫尔德（Johann Gottfried Herder，1744—1803）在十八世纪末提出来的，意指一种具有一国风土人情、民族性特征及文化传统的文学，即“在某个民族土壤上产生的具有自己独特的历史传统和民族特色的文学。它受制于本民族的文化背景，由民族的政治、社会、心理、语言等条件所决定，同时也反映了本民族的审美心理和美学品格”，[②] 故“民族文学”基本上所指的就是各个国家的国别文学。而“世界文学”一语，则是由德国大文豪歌德（Johann Wolfgang von Goethe，1749—1832）于1827年1月31日与自己的文学秘书艾克曼（Johann Peter Eckermann）的一次对话中提出来的：

---

① 梵·第根：《比较文学论》，戴望舒译，台北：台湾商务印书馆1937年版，第11—12页。

② 陈惇、孙景尧、谢天振主编：《比较文学》，北京：高等教育出版社1997年版，第11页。

> 我（指艾克曼，引者注）问：“但是，这部中国小说[1]在中国算不算最好的作品呢？”
>
> 歌德说：“绝对不是，中国人有成千上万这类作品，而且在我们的远祖还生活在森林里的时候就有了。”
>
> 歌德接着说：“我愈来愈深信，诗歌是人类的共同财富，随时随地由成百上千的人创作出来。……”
>
> “不过，说句实在话，我们德国人如果不跳出周围狭窄的小圈子朝外面看一看，就会过于轻易地陷入那种学究气的自高自大。所以我喜欢环视四周的外民族情况，也奉劝每个人都这样做。现在民族文学是个毫无意义的说法，世界文学的时代就要到来了，每个人都应该加倍努力促使它早日来临。”[2]

从“世界文学”在这里出现的语境可知，歌德所说的“世界文学”的意思主要是强调要超越“民族文学”的局限，以更大、更开放的心胸和视野去看世界的文学。1848 年，马克思恩格斯在《共产党宣言》中，又从近代资本主义对于全球统一市场的开拓，物质生产的世界性所必然导致的精神生产的世界性，精辟地论述了“世界文学”必将超越“民族文学”的历史必然性：

---

① 这部中国小说指的是流传于中国明清两代的传奇小说《好逑传》，又名《侠义风月传》，它是第一部被译成西方文字并得以出版的中国小说，在当时的西方社会曾经引起较大的反响。

② 艾克曼辑录：《歌德谈话录》，吴象婴、潘岳、肖芸译，上海：上海社会科学院出版社 2001 年版，第 235 页。

资产阶级，由于开拓了世界市场，使一切国家的生产和消费都成为世界性的了。……过去那种地方的和民族的自给自足和闭关自守状态，被各民族的多方面的互相往来和各方面的互相依赖所代替了。物质的生产是如此，精神的生产也是如此。各民族的精神产品成了公共的财产。民族的片面性和局限性日益成为不可能，于是由许多民族的和地方的文学形成了一种世界的文学。[①]

很显然，在比较文学于十九世纪末二十世纪初被正式确立之前，超越“民族文学”，走向“世界文学”，已经是成为时代共识，并对其后的比较文学的正式确立，产生了积极的影响。

在比较文学被正式确立之后，有关民族文学—比较文学—世界文学的讨论，也持续成为比较文学家们重点讨论的理论问题。比如，在法国，法国比较学者马·法·基亚在他的那本流传甚广的比较文学授课教材——《比较文学》的开篇，就开宗明义地把比较文学的起源归结于世界主义文学意识的兴起：

歌德说：“所有的文学都不时地需要向外国学习。”在法国，这种需要则以浪漫主义时期表现得最为迫切，比较文学就是在这种情况下问世的。……比较文学是由于世界主义文学的觉醒而产生的，它兼有历史地研究世界主义文学的意愿。中世纪的欧洲是属于世界主义的，它被基督教和拉丁文化统一起来；文艺复兴时期，共同的人文主义则把欧洲的作家们结合起来，到了十八世纪，欧洲竟然法

① 马克思恩格斯：《共产党宣言》，见《马克思恩格斯选集》第1卷。北京：人民出版社1972年版，第254—255页。

> 国化、哲学化了。这初期三个阶段的世界主义，实际上是时间长短不一的语言统一时期——至少是承认一种被普遍运用并受到热爱的语言占了优势的时期。随着浪漫主义的出现，民族独创性被肯定了，并与各种文学频繁接触，变得空前地一致起来。人们知道维尔曼[①]、安培[②]、基内[③]这些世界主义者就是比较文学的先驱。……直到世纪末（指十九世纪末，引者注），他们所预想的、向世人宣告的比较文学，才作为一个有组织的和相对独立的学科出现。[④]

在美国，美国比较学者亨利·雷马克在《比较文学的定义和功用》一文中，专门辨析了“民族文学”、“比较文学”、“世界文学”、“总体文学”等几个主要概念或术语的界限与含义。其中，民族文学是指一国内部的文学，比较文学则是指超出一国范围之外的文学研究。在雷马克看来，民族文学与比较文学在研究方法上并没有“根本的区别”，它们之间的根本区别是在研究范围方面，即比较文学的研究范围超出了民族文学的单一国别范围，涉及两个或两个以上的民族文学。关于“世界文学”，雷马克指出，它的含义既可以是在空间上指世界上的全部文学，也可以是在时间上指“经过时间考验、获得世界声誉并具有永久价值的文学作品”，如《神曲》《堂·吉诃德》《失乐园》《老实人》《少

---

① 维尔曼（Villemain，1790—1870），十九世纪法国比较文学先驱，最先在法国的大学里建立比较文学的讲座。

② 安培（Ampere，1800—1864），现通译为昂贝尔，十九世纪法国比较文学先驱，他在法国大学所作的《比较的文学史》，在当时广受欢迎。

③ 基内（Quinet，1803—1875），十九世纪法国比较文学先驱，曾在法国的里昂大学作《各国文学比较》的专题讲座。

④ 马·法·基亚：《比较文学》，颜保译，北京：北京大学出版社 1983 年版，第 1 页。

年维特之烦恼》等等，这样在“比较文学”与“世界文学”之间，就会存在包括空间、时间、质量和感染力等多方面的差别，即：

> 比较文学往往探讨两个国家、或不同国籍的两个作家、或一个作家和另一个国家之间的关系（例如法德文学关系、艾伦·坡[①]与波德莱尔[②]、歌德作品中的意大利等等）。口气更大的“世界文学”这个术语则意味着研究全世界，一般是指西方世界。
>
> “世界文学”也包含着时间的因素。获得世界声誉通常需要时间，“世界文学”一般也只包括经过时间检验证明其伟大的文学。因此，“世界文学”这个术语不常包括当代文学，而比较文学至少在理论上可以比较任何可比的东西，不管这作品是古还是今的。然而必须承认，在实际当中许多甚至大多数比较文学研究，都是探讨已经获得世界声誉的过去时代的文学家们。我们已经和将会做的工作，大部分实际上是比较的世界文学。[③]

关于“总体文学”，雷马克指出，它指的是“总”的文学潮流、问题和理论，在内容上与“世界文学”存在类似或重合之处，故而有鉴于“总体文学”这一术语在概念上“模糊不清”，雷马克希望在比较文学研究中“尽可能地避免”使用“总体文学”的术语，而用“世界文学”、“西

---

① 艾伦·坡（Edgar Allan Poe，1809—1849），十九世纪美国著名诗人、小说家和文学评论家，著有《怪诞故事集》《莫格街谋杀案》《乌鸦》《诗歌原理》等。

② 波德莱尔（Charles Pierre Baudelaire，1821—1867），十九世纪法国著名象征主义诗人和文艺理论家，著有《恶之花》《巴黎的忧郁》《美学珍玩》《浪漫派的艺术》等。

③ 亨利·雷马克：《比较文学的定义和功用》，张隆溪译，见张隆溪选编：《比较文学译文集》，北京：北京大学出版社 1982 年版，第 8—9 页。

方文学”、“文学理论”等相近的名词来代替它。有意思的是，另一位美国比较学者勒内·韦勒克也在他的那本在西方学界引起很大反响的文学理论著作——《文学理论》（*Theory of Literature*）一书中，专辟了“总体文学，比较文学和民族文学”一章，对于“民族文学”、“比较文学”、“世界文学”、“总体文学”这几个术语，同样进行了细致的辨析。尽管在韦勒克看来，要想完全厘清上述概念的所指及区别，是十分困难的，且“世界文学”的概念太过庞杂，相较而言，“总体文学”这个名称“可能比较好些”，但他特别地肯定了比较文学在打破或超越民族文学，将文学研究引向更大规模、范围的“世界文学”或“总体文学”的历史性贡献，即：

> 无论全球文学史这个概念会碰到什么困难，重要的是把文学作为一个整体，并且不考虑各民族语言上的差别，去探索文学的发生和发展。提出“比较文学”或者“总体文学”或者单单是“文学”的一个重要原因是因为自成一体的民族文学这个概念有明显的谬误。至少西方文学是一个统一的整体。我们不可能怀疑古希腊文学与古罗马文学之间的连续性，西方中世纪文学与主要的现代文学之间的连续性，……我们必须承认一个包括这个欧洲、俄国、美国以及拉丁美洲文学在内的紧密整体。这个理想是由十九世纪初期文学史的创始人……设想出来并且在他们力所能及的范围内实现的。但是，由于后来民族主义的进一步发展，加上日益专业化的影响，形成用日益狭隘的地方性观点来研究民族文学的倾向。然而，到十九世纪后半期，全球文学史的理想在进化论的影响下又复活了。……这些学术上的成就冲破了已经确立的民族主义的樊笼，令人信服地证明：

西方文化是一个统一体，它继承了古典文化与中世纪基督教义丰富的遗产。

这样，一部综合的文学史，一部超越民族界限的文学史，必须重新写过。从这个意义上来研究比较文学将对学者们掌握多种语言的能力提出很高的要求。它要求扩大眼界，抑制乡土和地方感情，这是不容易做到的。然而，文学是一元的，犹如艺术和人性是一元的一样。运用这个概念来研究文学史才有前途。[①]

总之，比较文学作为一门十九世纪末二十世纪初正式被确立的文学研究学科，在民族文学与世界文学或总体文学之间，起着重要的中介和桥梁作用。而在其中，比较文学对于各民族文学之间的相互关联和交往的文学事实所进行的影响研究，对于世界文学的观念或意识所起到的促进作用，更是显而易见、重中之重的。这也使得比较文学的影响研究，在研究性质超越了民族文学内部的影响研究的国别文学史性质，具有鲜明的世界文学的研究性质。

① 勒内·韦勒克：《文学理论》，刘象愚、邢培明、陈圣生、李哲明译，北京：三联书店1984年版，第44—45页。

第二章

比较文学早期发展阶段对于影响研究的关注及说明

比较文学作为一门独立的文学研究学科是在十九世纪末二十世纪初正式被确立的，而在此之前，带有比较文学研究萌芽或倾向的相关研究，在欧洲诸国都有不同程度的发生，比较文学界通常把它们称作是比较文学的史前史或比较文学的早期发展阶段，一些有代表性的比较文学史家如梵·第根、雷内·韦勒克、乌尔利希·威斯坦因等，也都曾在他们的比较文学著作中，专门梳理过欧洲诸国比较文学早期发展的历史。我们在这里，并不是要简单复述这段历史，而是要特别点出在比较文学的早期发展阶段各国对于影响研究的关注及说明情况。

第一节
法国比较文学早期发展阶段对于影响研究的关注及说明

关于法国的比较文学的史前史，尽管诚如有些比较学者所指出的最早可追溯到公元十六世纪的古今之争，但从比较文学的学科发展而言，比较文学史家们对于法国比较文学的真正关注是从十九世纪上半叶的阿贝尔·弗朗西斯·维耶曼（Abel-francois Villemain，1790—1870）和让·雅克·昂贝尔（Jean Jacques Ampere，1800—1864）开始的。其中，维耶曼于1827年至1830年间在法国的大学里开设带有比较文学性质的系列讲座，这是有关比较文学内容的讲座进入大学的开始，被视作是法国比较文学的新纪元。昂贝尔是维耶曼在法国大学里从事比较文学性质讲座的继任者，并正式把讲座的名称命名为“比较的文学史”，被看作是“比较文学”的名称在法国开始采用并流行的重要因素。[①]可以说，维耶曼和昂贝尔在法国比较文学早期发展史上被人铭记，主要就是源于他们在十九世纪上半叶对于“比较文学”的讲座及名

① 根据美国学者勒内·韦勒克的考证，在法国最早使用“比较文学”这一名称的是1816年的两位法国教师诺尔（Nosl）和拉普拉斯（Laplace），他们在当时编辑出版了一套丛书，里面编选了法国文学、古代文学和英国文学中的优秀作品，使用了一个前所未有的题目《比较文学教程》。但尽管如此，无论是韦勒克本人，还是威斯坦因在叙述比较文学早期发展时都业已指出：诺尔（Nosl）和拉普拉斯（Laplace）这两位法国教师只是使用了“比较文学”这一名称，但他们在当时并没有引起人们的关注和反响。“比较文学”的名称在法国能够流行，主要是得益于昂贝尔对于“比较的文学史”的使用以及他对于比较文学方面的精彩讲座，故当时的法国文学批评大家圣伯夫专门写了文章，欢呼昂贝尔为“比较文学中真正的哥伦布”。参阅乌尔利希·韦斯坦因：《比较文学与文学理论·附录一历史》，刘象愚译，沈阳：辽宁人民出版社1987年版，第169页。

称的设立、使用和推广，而从他们所做的一些具体演讲题目来看，如维耶曼的《十八世纪法国作家对外国文学和欧洲思想的影响》，以及昂贝尔的《论中世纪法国文学与外国文学的关系》，在内容上很显然都是围绕着法国文学与外国文学之间的影响关系进行的。

在维耶曼和昂贝尔之后，最为比较文学史家们关注的就是十九世纪末二十世纪初的约瑟夫·戴克斯特（Joseph Texte，1865—1900）和路易—保尔·贝茨（Louis-Paul Betz，1861—1903）。其中，戴克斯特于1892年受聘在里昂大学主持“文艺复兴以后日耳曼文学对法国文学的影响”的讲座，后来在这个讲座的基础上设立了正式的比较文学教授职位，“成为法国境内逐渐发展的比较文学教学事业的基石”。[①] 戴克斯特在就职做了题为“外国和法国的比较文学研究”的演说，初步提出了比较文学的发展纲领，树立了比较文学超越国别文学的研究性质。1895年，戴克斯特发表比较文学博士论文《让·雅克·卢梭和文学世界主义的起源》（*Jean Jacques Rousseau and Origins of Literary World Socialism*），以及论述比较文学研究方法的论文《文学比较研究史》（*History of Literature Comparative Research*），使他成为当时法国乃至全欧首屈一指的比较文学的代表性人物。而贝茨于十九世纪末二十世纪初编排、出版《比较文学书目》的工作，同样是促进比较文学学科发展的一项重要举措。在《比较文学书目》一书出版之前，贝茨请戴克斯特为该书作序，戴克斯特为此写了题为《文学的比较史》（*The Comparative History of Literature*）的序言。在序言中，戴克斯特开宗明义地提请读者们关注贝茨的《比较文学书目》，并解释了该书目应该

---

① 胡戈·狄泽林克：《比较文学导论》，方维规译，北京：北京师范大学出版社2009年版，第20页。

引起大家关注的两个原因：其一是该书目的编撰为以往未有的一次全新的尝试，其二是该书目所涉及的比较文学学科本身的复杂性和困难度。为了让读者对于比较文学有个基本的了解，戴克斯特用较大的篇幅回顾了比较文学的历史。戴克斯特指出：文学的比较史并不是今天才出现的新课题，更不是说如今才有研究的必要，而是从古罗马时期的古典时代对于拉丁作家受希腊作家影响的研究就已发端，以后历经文艺复兴时期大量运用比较研究方法，以及十七世纪的将法国新古典主义文学与古代文学之间进行的研究等，文学的比较研究历史从未中断。戴克斯特指出，欧洲各国的民族文学在早先发展阶段都存在着对于古典文学的模仿，开始并未形成各自鲜明的国别文学特征，但文艺复兴和法国大革命促使欧洲各国民族意识觉醒，开始努力寻找自己国家的文学特征，而文学成为最能体现一个国家民族精神的载体。不过，戴克斯特同时指出，各民族的特性并不是闭门造车就能形成的，而是在各民族达成对本民族精神的集体认同之前，普遍经历了与其他民族和种族的接触，通过接触各民族既能明白彼此的差异，也能够相互模仿借鉴。因此，详细地辨析各国文学中，哪些部分属于本国文学的原创，哪些部分是对他国文学的模仿和借鉴，就成为比较文学学者们需要深入研究的课题。关于贝茨的《比较文学书目》的意义或价值，戴克斯特直言，编排比较文学书目对于从事比较文学研究的工作者而言，无疑是一个非常有用的工具，并把贝茨的《比较文学书目》的主要内容，归结为比较文学研究的三个方面：其一是研究一本著作对他国著作的影响；其二是研究一位作家对外来影响的接受；其三是对两国文学的并列研究。在戴克斯特看来，以上三个方面的内容，既代表了比较文学在业已开展的研究领域所取得的成绩，也对未来的比较文学研究提出了更高的要求，唯有对它们进行深入的学术研究，我们才能最终得出对于文学史的总体认识。[①] 可以说，戴克斯特和贝茨的比较文学，无论是在理论上还是实践上，影响研究的色彩都是非常明显的。

另外，应该说明的是，比较文学史家们在追溯法国比较文学的早期发展历史时，通常就是把十九世纪末二十世纪初戴克斯特和贝茨的出现及相关论著的发表，看作法国比较文学早期发展阶段的正式结束的标志。[②] 然而，在我看来，在戴克斯特和贝茨于十九世纪末二十世纪初为法国比较文学的影响研究在理论和实践上贡献出实绩的同时，还有一个对于当时乃至其后的法国比较文学的影响研究都产生过巨大影响的大人物，是理应引起我们的重点关注的，他就是我们在前面的章节部分已经提到过的朗松。颇为有趣的是，或许是出于对朗松的学术兴趣和研究范围主要都是与法国文学相关联这一点上来考虑，包括乌尔利希·威斯坦因、胡戈·狄泽林克（Hugo Dyserinck）等在内的一些非法国籍的比较学者在谈到法国比较文学的早期发展时，通常都是不把朗松划入在内的。但与之形成鲜明对比的是，包括费尔南·巴登斯贝格、梵·第根等在内的法国比较学者则是明确地把朗松划入法国比较文学的先驱序列的，尤其是梵·第根在《比较文学论》中追溯法国比较文学的早期发展历史时，更是不吝美言，盛赞朗松在十九世纪末二十世纪初对于法国比较文学发展的重要意义：

---

① 参阅约瑟夫·戴克斯特：《文学的比较史》，见孙景尧等编著：《西方比较文学要著研读》，上海：上海教育出版社 2014 年版，第 3—10 页。

② 比如，美国比较学者乌尔利希·威斯坦因的《比较文学与文学理论》，以及德国学者胡戈·狄泽林克的《比较文学导论》，都是做这样的历史表述的。而中国比较学界在介绍西方比较文学的发展历史时，也是这样做划分的，可参阅干永昌：《比较文学理论的渊源与发展》，见干永昌等编选：《比较文学研究译文集》，上海：上海译文出版社 1985 年版，第 5—6 页。

> 在法国比较文学之所以能因戴克斯特及其后继者之力而有那么显著的进步，那是因为它的方法是追踵着本国文学史的方法的。在十九世纪的末年，方法这一方面还没有十分定备。人们渐渐地感到需要一种更完全得多的引证；一种对于本文的更深切的研究；一种对于在当时读者甚多的，把大作家一一联系起来，培养这些大作家并解释他们的，那些平庸的作者们的，深深的注意；以及一种更详细更客观的历史意识。在今日，我们觉得这都是文学史的主要的特质。
>
> 近代法国文学史的这种改革的主要的先驱者，那带了许多语学上的和历史上的精密和把握来给近代法国文学史的人，是居斯塔夫·朗松（Gustave Lanson），这是我们知道的。从 1895 年起他的影响已成为支配的了；不论远近，由于他在高等师范学院和巴黎大学的讲授，由于他的研究指导和教益，由于他的短论和书籍，他劝人们用广博的证据和明确的批评去研究文学史的诸命题。他的教益和范例所提高的风气，对于比较文学的发展发生了一种有益的影响。①

而从朗松对于法国比较文学早期阶段的影响研究的实际贡献来看，除了他所做的那些诸如《伏尔泰的影响》《莫里哀与闹剧》（*Moliere and Farce*）、《十七世纪法国文学与西班牙文学的关系》（*The Relationship of 17th Century French Literature and Spanish Literature*）等影响研究的范例之外，更为重要的是朗松在《文学史与社会学》（*History of Literature and Sociology*）、《外国影响在法国文学发展中的作用》（*Role*

① 梵·第根：《比较文学论》，戴望舒译，台北：台湾商务印书馆 1937 年版，第 36 页。

in the Development of Foreign Influence on French Literature)、《什么叫做影响》(*What is called Influence*)[①] 等文章中，对于超出本国文学范围的影响研究的理论说明。

首先是外国文学影响的发生原因。朗松指出，影响的发生是文学中是一个常见而普遍的现象，而外国文学影响的发生，通常可归结为两种情况或规律，它们有时是分别的出现，但有时则是混合在一起出现，无法区别，即：

(1) 因执著于某一外国政治的、军事的威慑而推及该国在文明上通常也呈优越，从而接受他民族的文学影响。其他各个民族并不考虑自身的欲求、能力、传统和生活条件，盲目地从在大民族中所见到的一切——风俗、习惯、艺术、文学，都生吞活剥地照搬到自己国内。在这种场合，可以看到文学同社会关系的暂时间离。这类如法炮制的毫无生气的作品，本身是当时的一个事实，即无非是一

① 《什么叫做影响？》这篇文章就是上面提到的《十七世纪法国文学与西班牙文学的关系》。其中，《十七世纪法国文学与西班牙文学的关系》是朗松这篇文章的原来标题，美国学者昂利·拜尔（Henri Peyre）在选编《方法、批评及文学史——朗松文论选》时把这篇文章的标题改为《什么叫做影响？》。至于为什么这么改的原因，主要是因为这篇文章通过梳理十七世纪法国文学与西班牙文学之间的关系，对于“影响”的定义、分类、性质等方面，做了重要的理论说明，而后来的学者们受此影响，通常采用《什么叫做影响？》这个文章标题，而较少使用《十七世纪法国文学与西班牙文学的关系》为标题。笔者在这里之所以要同时罗列出《十七世纪法国文学与西班牙文学的关系》和《什么叫做影响？》这两个标题，是要说明前面使用《十七世纪法国文学与西班牙文学的关系》，代表的是朗松对于比较文学影响研究所从事的实际案例，而后面使用《什么叫做影响？》，则是为了说明朗松对于比较文学影响研究的理论见解。

民族对他民族影响力的表现。例如十七、十八世纪德国对法国文学的模仿。

(2) 因种种缘由，当一国文学不能满足大多数人或少数人的精神需求时，即当一国文学或因繁琐，或因枯竭，或因贫乏，或因停滞，或因僵化而失却生命活力之际，便会迎合外国文学潮流。此时，政治的、军事的威慑则退居第二位，战胜国往往从战败国文学那里获取借鉴，如同贺拉斯所说的“被征服的希腊人的文化震慑了强悍的罗马征服者”[Graecia Capta ferum Victorem cepit.]（Horatius，Epistolae，II，1，156）那样，意大利发现查理八世时代的法国人发现意大利文学也是一例。[①]

其次是外国文学影响对于本国文学的作用。在朗松看来，外国文学对于本国文学的影响，通常会起到三种功用：“一是证明求新的要求是正当的；二是通过提供所要求的新鲜事物的样本而把新的理想予以明确；三是满足民族文学不能提供的智力和美感方面的需要”，[②] 并以外国文学对于法国文学的影响为例，说明了外国文学对于本国文学的双重影响作用，即：

---

① 朗松：《文学史与社会学》，由于在《方法、批评及文学史——朗松文论选》的中文译本中，对于朗松的这部分内容出现了部分漏译现象，故对于此处的引文，笔者转引了日本比较学者大塚幸男对于朗松这部分文字的日译文本，见大塚幸男：《比较文学原理》，陈秋峰、杨国华译，西安：陕西人民出版社1985年版，第24—25页。

② 朗松：《文学史与社会学》，见昂利·拜尔编：《方法、批评及文学史——朗松文论选》，徐继曾译，北京：中国社会科学出版社1992年版，第57页。

我所说的作用是双重的作用。一方面，我们可以看到这个作用在于使民族精神超越自我，将它丰富起来，从而帮助它向前发展。……（比如）我们在十六、十七世纪产生了悲剧，因为希腊人和意大利人有悲剧；我们在十九世纪产生了抒情诗歌，因为英国人和德国人有抒情诗歌。……如果没有外来的刺激，谁知道我们会不会无限期地停留在我们原本可以达到的水平之下？……我们所实现的许多进步，在开始的时候有外来的影响，是对别人的模仿，但这不仅没有扼杀我们的独创精神，反而把它唤醒，促使我们发挥出我们潜在的力量——没有外来的影响，我们可能还意识不到这份力量呢！

外国文学的另一个同样重要的作用，是在某些时刻还我自立的权利。外来影响不止一次地起着解放我们的作用。一次是拉丁语的使用使我们摆脱了意大利风格的影响；又一次是英国帮助我们抛弃了希腊罗马的主宰。还有的时候是这个或者那个文明民族让我们从自己的束缚中解脱出来。……的确，我们感兴趣的并不是照原样复制外国思想，复制外国诗歌，带着产生它们的民族的印记，带着取悦于产生它们的民族的东西。我们只是从中吸取为我所用的东西。[①]

最后是如何看待超出国界的文学影响性质。朗松归纳了几种典型的外国影响，指出这些所谓的外国文学影响，其实未必就是真的“影响”：

---

① 朗松：《外国影响在法国文学发展中的作用》，见昂利·拜尔编：《方法、批评及文学史——朗松文论选》，徐继曾译，北京：中国社会科学出版社 1992 年版，第 74—77 页。

(1) 法国人接受外国的观念。

A　对时事政治的关心。

B　因对古代政治的关心所产生的称之为“遗传”的感情。

C　社会的、商业的、社交的关系。

D　对法国民众的历史知识的影响。

E　有关该国的文学知识（但处在实际上尚未阅读文学作品的阶段）。

(2) 因外国书籍的实际普及而获得的知识——然而，知识未必就意味着影响。

(3) 从外国文学中获得灵感，对外国文学的改写和模仿——这仍然不能称之为“影响”，我们即便借取某种外国文学题材，却无以把握其精髓。在决定“影响”上有着深刻意义并成为决定“影响”标志的，只是在此种借取为数众多而又构成连续性的场合。①

并对超出国界的文学影响性质，作了明确的界定和说明：

那么何谓真正的“影响”呢？真正的影响，是当一国文学中的突变，无以用该国以往的文学传统和各个作家的独创性来加以解释时在该国文学中所呈现出来的那种情状——究其实质，真正的影响，较之于题材选择而言，更是一种精神存在。而且，这种，这种真正的影响，与其是靠具体的有形之物（matérialité）的借取，不如是凭借某些国家文学精髓（Pénétration des génies）的渗透、即谓之“作

① 朗松：《什么叫做影响》，转引自大塚幸男：《比较文学原理》，陈秋峰、杨国华译，西安：陕西人民出版社 1985 年版，第 31—32 页。

品的色调和构思的恰当”而加以显现，真正的影响理应是得以意会而无可实指的。[①]

应该说，朗松对于“影响”的上述见解，不仅对于十九世纪末二十世纪初的比较文学的影响研究产生了重要影响，而且对于以后的比较文学的影响研究，也有很好的启发意义。[②] 另外，从维耶曼、昂贝尔到戴克斯特、贝茨再到朗松，也可以明显看出，在法国比较文学的早期发展阶段，对于影响研究的实践和理论上的重视与关注是一脉相承的，说法国比较文学在其发展之初就打上了很深的影响研究的印记，并不为过。

第二节
德国比较文学早期发展阶段对于影响研究的认识和论争

德国比较文学的开端，被公认是始于德国文学批评家、美学家约翰·歌德弗雷德·赫尔德在十八世纪下半叶所提出的“民族文学”(National Literature) 这一概念。如前所述，所谓“民族文学”，系指

---

① 朗松:《什么叫做影响》，转引自大塚幸男:《比较文学原理》，陈秋峰、杨国华译，西安：陕西人民出版社 1985 年版，第 32 页。

② 比如美国比较学者约瑟夫·T. 肖在《文学借鉴与比较文学研究》一文中对于“影响”的定义界定和说明，很明显的就是来自于朗松对于“影响”性质的论述。另外，日本比较学者矢野峰人对于比较文学的影响研究“必须从可视之处着手而后导致不可视的世界之中，并以发现和把握潜藏于对象深处的本质为其目的”的说明，也是直接脱胎于朗松。参见大塚幸男:《比较文学原理》，陈秋峰、杨国华译，西安：陕西人民出版社 1985 年版，第 32 页。

“一种具有一国风土人情、民族性及传统等特征的各个国家的文学”，[1] 也即通常所说的国别文学，如德国文学、法国文学以及英国文学等。在日本比较学者大塚幸男看来，赫尔德的民族文学概念的提出，不仅在欧洲确立了各国以民族性和传统为主要个性特征的民族或国别文学观念，而且由于赫尔德本人在《关于近代德国文学的片段》(*The Fragments of Modern German Literature*）一文中，“提出了语言是民主精神和诗歌之魂的主张……而且，他还探讨了语言的起源、本质、特性及生成等诸问题，并把语言的三个阶段（青春期、成熟期、衰老期）同文学作品的三种样态（诗、散文、哲学）加以对照研究”，[2] 已经事实上开启了对于民族文学或国别文学进行系统性及历史性研究的先河，使得国别文学史或民族文学史的写作与研究，成为欧洲各国学者从事文学研究的一种主要范式或潮流，即“进入十九世纪以来，随着历史学、语言学等学科的兴旺发达，以民族性观念为基础、对别国作家作品进行按时代研究的这种方法，便成为文学史的正统研究法。而且，不久它延及法国和英国，最终成为一种世界性学派”。[3] 而德国比较学者胡戈·狄泽林克则在《比较文学导论》(*An Introduction to Comparative Literature*）一书中进一步指出，赫尔德的民族文学概念，虽然是就民族国家内部的国别文学而言的，但由于在赫尔德所处的欧洲浪漫主义时代，由他所提出的民族文学概念，赋予了欧洲“每个民族”以自己的“超个性的个性”，把每个民族的语言、文学、艺术、哲学、政治等连为一体，作为“民族灵魂”或“民族精神”的统一标志，

---

① 大塚幸男：《比较文学原理》，陈秋峰、杨国华译，西安：陕西人民出版社 1985 年版，第 37 页。

② 同上书，第 38 页。

③ 同上书，第 12 页。

并“进而把它们和民族地理、气候及历史的生存前提相提并论，视为同等重要的现象”，[1] 因此，在十八世纪末十九世纪初的欧洲浪漫主义时期，欧洲各国的文学批评家或文学史家们，在接受赫尔德的民族文学概念时，也把赫尔德视各民族的文学、文化具有同等重要价值、可以并列在一起的观念，用于民族文学或国别文学的研究之中，形成了在研究一国的民族文学或国别文学时，总要涉及它与其他民族文学或通常所说的外国文学的关系的研究模式或者风气，赫尔德本人虽然从来没有真正地进行过比较文学的研究，但是他还是“自然而然”被那些对于比较文学感兴趣的人、甚至是一些比较文学家看作比较文学这门学科的一个主要创始人。[2]

美国比较学者威斯坦因在其《比较文学与文学理论》一书的“附录历史”部分，对于德国比较文学从十九世纪初至十九世纪末二十世纪初的早期发展历史，做了较为系统的介绍。从他对于其间德国一些比较文学学者的主要观点的引述来看：

> 民族文学的概念不能容忍僵化的保护关税的政策，在理智生活中，我们大家都是自由的。但是我们（德国人）能够确定我们的文学是自足的还是仰仗他人的吗？能够确定它接受外来影响和生产自足的比例吗？能够确定什么是真的吸收和同化，什么是假的吸收和

---

① 胡戈·狄泽林克：《比较文学导论》，方维规译，北京：北京师范大学出版社2009年版，第11页。

② 在胡戈·狄泽林克看来，从整个欧洲着眼，为比较文学这门学科的诞生真正起到过重大推动作用的人物，可以堪称其创始人的，就是德国的赫尔德和法国的斯达尔夫人。参阅胡戈·狄泽林克：《比较文学导论》，方维规译，北京：北京师范大学出版社2009年版，第10—11页。

同化吗？能确定它怎样逐渐获得了普遍的承认吗？这里首先就有一个它和古代的关系问题，而对当代，人们却有着各种不同的看法。

——埃里希·施密特[1]1880年在维也纳大学的就职演说

把古典语言学和德国文学的研究联系起来，对于那些知识装备不足的人来说是没有好处的，因为这使他们的精力分散到两个领域，如果专攻其中之一就可以取得成就；但是它显然又有可以弥补上述不足的好处。从曾经繁荣过很长时间的古典语言学中，德国语言学可以发现一些规律和方法；通过德国古典研究中的对比和类比，可以使希腊人和罗马人的世界被人看得更真切、更生动。我力图对史诗的本质和历史作出解释，我所采用的方法主要是对平行类似的现象作细致的比较研究。人们对史诗的本质和历史的理解往往是片段的，特别是在教学中。

——莫里兹·霍普特[2]1854年在柏林科学院的就职演说

我们的民族文学……最终被承认为一门学科，并为它建立了几个系。学生们现在应该把注意力转向比较文学，要搞这门学问，需要勤奋博学和审美判断力。根据不同民族所作的不同解释，研究像普罗米修斯、美狄亚、罗密欧与朱丽叶、唐璜和浮士德之类的主题，比较维加、卡尔德隆的作品和莎士比亚、歌德的作品，在我看来都是颇有价值的工作。这类研究所取得的成就将为建设这一新的学科

---

① 埃里希·施密特（Erich Schmidt），十九世纪德国文学史家，坚持从德国立场来研究德国以来的文学现象。

② 莫里兹·霍普特（Moriz Haupt），十九世纪德国比较文学先驱之一。

提供出色的工具。和别的学科一样，只有当多方面的力量合在一起，这一学科才会发展壮大。

——莫里兹·加里耶[1]：

《诗的本质和形式以及比较文学史的基本特点·序》（1884年）

无论何时都以辨识特征为宗旨，在研究一个文学总体时，比较文学首先要强调民族性格；在研究各种文学体裁时，它主要强调它们被用在不同国家中的差别。它不以确定事实为满足，也要探索其原因，而这些原因则要从不同民族的理智和精神结构中去寻找。这样，它就转向了心理学，能够从文学中抽出关于民族性格的珍贵资料来。

——威廉·韦茨[2]:《从比较文学的观点看莎士比亚》（1890年）[3]

不难发现，德国比较文学在其早期发展阶段，尽管也有涉及德国文学与外国文学之间的影响研究的内容，但与法国同时期的比较文学基本上是以法国文学与外国文学之间的影响研究为主相比，德国比较文学似乎从其发端时期开始就更多地关注民族文学与总体文学之间的理论问题。正因如此，威斯坦因在《比较文学与文学理论》的历史附录中，在介绍德国早期比较文学的历史时，就在开始部分点题性地说明：德国比较文学在其发生之初，虽与法国一样也

① 莫里兹·加里耶（Moriz Galliez），与莫里兹·霍普特同时代的十九世纪德国比较文学先驱。

② 威廉·韦茨（Wilhelm Wetz），十九世纪末德国比较文学学者。

③ 乌尔利希·韦斯坦因：《比较文学与文学理论·附录一历史》，刘象愚译，沈阳：辽宁人民出版社1987年版，第183—188页。

是“文学史的一个分支”，但德国比较文学在其发生到后续发展的很长时期里，都是很明显地偏向德国学者所热衷的所谓“总体文学史”（Allgemeineliteraturgeschichte）的。[①] 并且，似乎是为了表明德国比较文学与法国比较文学在早期发展上的差异，威斯坦因在介绍德国比较文学在十九世纪末二十世纪初的发展时，特别提及了汉斯·达菲斯（Hans Daffis）、恩斯特·艾尔斯特（Ernst Elster）这两位德国知名学者对于法国比较学者贝茨所提出的在德国的大学建立以“国际文学关系史”为主要内容的比较文学讲座的主张的“反对”与“攻击”：

> 作为对贝茨的反驳，哥廷根学者汉斯·达菲斯认为在德国的大学中开设讲座的时机尚不成熟：“在考虑在我们的大学中开设比较文学的讲座之前，我们应该为自己民族文学的研究留下余地。此外，在每一所大学里，应该有学者把文学史作为总的‘文化史’的一个部分，和德国的政治、经济、音乐、造型艺术结合起来，以形成一部混合的德国生活和艺术史。”
>
> 艾尔斯特支持达菲斯的观点，但却出于不同的原因。他认为“比较文学”这个说法容易被人误解，因为比较的方法对民族文学研究也是适用的。按照艾尔斯特的看法，贝茨脑子里想的是“国际文学史”，各民族文学中那些占据这些席位的教授已经进行了这方面的实践。“比较文学”这一术语是按照“比较语言学”的模式创造的，以便写一部适合大学管理者口味的一般文学史。……

---

① 参阅乌尔利希·韦斯坦因：《比较文学与文学理论·附录一历史》，刘象愚译，沈阳：辽宁人民出版社 1987 年版，第 182 页。

> 艾尔斯特和达菲斯对比较文学的攻击，究竟在多大程度上阻碍它成为一个学科还很难说。事实是，直到第一次世界大战前，还没有一所德国大学注意到贝茨的号召。[①]

但是，与威斯坦因强调德国比较文学与法国比较文学的差别十分不同的是，德国比较学者胡戈·狄泽林克在其《比较文学导论》中不仅明确表示："德国虽然在学术领域强调比较文学研究的可能性晚于法国，而且在这方面的努力在数量上看也落后于法国，然而状况却没有根本区别"，[②] 而且特别以戴克斯特、贝茨与德国比较文学之间的渊源关系为例，说明了在比较文学早期发展阶段法国比较文学对于德国比较文学发展的影响作用。其中，关于戴克斯特，狄泽林克指出：戴克斯特与德国比较文学之间的渊源关系是值得关注的，这不仅是因为他是第一个称呼德国人赫尔德是"比较文学真正的创立者"，名声小于戴克斯特的人"是不敢这么做的"，[③] 而且特别强调戴克斯特于1892年在法国里昂大学所开设的比较文学讲座"文艺复兴以后日耳曼文学对法国文学的影响"，其内容就是关于德法文学之间事实关联和影响关系的，故在狄泽林克看来，从比较文学学科的早期发展来看，戴克斯特固然"成了后来逐渐在法国得到巩固的这一学科的先行者。很长一段时间，法国比较文学研究在世界上无与伦比，以致人们至今还常把法

---

① 乌尔利希·韦斯坦因：《比较文学与文学理论·附录一历史》，刘象愚译，沈阳：辽宁人民出版社1987年版，第189—190页。

② 胡戈·狄泽林克：《比较文学导论》，方维规译，北京：北京师范大学出版社2009年版，第14页。

③ 同上书，第11页。

国视为比较文学的摇篮”，[1]但鉴于戴克斯特与德国比较文学之间的渊源关系，戴克斯特关于德法文学之间的影响研究，仍然是值得德国比较学者关注和重视的。关于贝茨，狄泽林克同样回顾了德国学者达菲斯、艾尔斯特等人与贝茨在德国大学是否应该开设比较文学课程的论争，肯定了贝茨对于德国比较文学学科发展的促进及推动作用：“贝茨介入了德国的讨论，并借此机会摇旗呐喊，主张在德国大学中设立比较文学课程。这一学科在德国的启动和进展，主要归功于贝茨的努力”。[2]不仅如此，狄泽林克还特别提及了贝茨与德国比较学者威廉·威茨（Wilhelm Wetz）于十九世纪末针对比较文学的研究性质和方法所展开的一场论争：

> 1890年，当时的斯特拉斯堡大学高级讲师威廉·威茨发表了内容丰富的《从比较文学史的观点看莎士比亚》一书。他认为，比较文学理当“通过对类似现象的比较，深入到每种个别现象最内在的本质中去”，并挖掘“造成类似和差异”的规律。这在很大程度上是以伊波里特·泰纳[3]的理论为依据的，对此我们暂且不论。威茨显然强调综合比较的方法，这种方法的目的在于，越过国别文学的界限去探索一般表现形态和文学的审美准则。与此同时，他甚至把文

---

① 胡戈·狄泽林克：《比较文学导论》，方维规译，北京：北京师范大学出版社2009年版，第20页。

② 同上书，第24页。

③ 伊波里特·泰纳（Hippolyte Adolphe Taine，1828—1893），十九世纪法国杰出的文学批评家、历史学家、艺术史家、文艺理论家和美学家，著有《拉封丹及其寓言》《巴尔扎克论》《英国文学史引言》《艺术哲学》等。他提出的“种族”、“环境”、“时代”三因素说，对于当时的文学批评、文学研究、艺术研究产生了巨大而深远的影响。

学关系的研究以及思想和形式流变的研究从比较文学中革除出去。令人吃惊的是，威茨在反驳贝茨的那些当时已被看做太“传统”的比较文学理论时所提出的论据，我们后来竟能在雷内·韦勒克驳斥20世纪的法国比较文学学派的时候“久别重逢”，而且有时在用词上也惊人地相似。

由于时代的局限和新的人文科学方法的出现，威茨要“认识规律”和解释特殊文学现象的因果关系，这种愿望没多久就变得毫无希望了。如果我们抛开这一点不谈，那么，威茨丰富了超国界文学研究，使它增添了一个重要环节，这在今天看来是毫无疑问的。然而，他拒绝影响研究和关系研究，便走上了一条特别危险的道路。这也促使贝茨在《关于比较文学的性质、任务和意义的批评研究》(1896)一文中，把威茨的观点归于“文学的美学”(Literarische Asthetik)，并将它从比较文学史摒除了出去。[①]

并着重指出：

贝茨对比较文学所提出的要求是完全正确的。他的那些建议，半个多世纪以后又见之于法国学派所制定的研究纲要，简直就是先见之明：“探讨民族和民族是怎样互相观察的：赞赏和指责，接受和抵制，模仿和歪曲，理解和不理解，口陈肝胆和虚与委蛇。——揭示出不同个体或者某个时期，只不过是一根长长的链条上的一个

① 胡戈·狄泽林克：《比较文学导论》，方维规译，北京：北京师范大学出版社2009年版，第25页。

个环节；这根链条把过去和现在，民族和民族，人和人联系在一起。总的说来，这些就是比较文学史的任务。”[①]

这些都提醒我们，在看待德国比较文学的早期发展时，在了解到德国比较文学不同于法国比较文学的发展面向的同时，也不能完全忽略德国比较文学与法国比较文学之间的渊源关系，否定或无视法国比较文学（尤其是影响研究）对于德国比较文学学科发展在历史上所曾起到过的影响及促进作用。

第三节
英国比较文学早期发展状况及其对影响研究的认识

关于“比较文学”的名称在英国的出现，按照美国比较学者雷内·韦勒克在《比较文学的名称与性质》（*The Name and Nature of Comparative Literature*）一文中的考证：英语中的“比较文学”（Comparative Literature）一词是由“比较”（Comparative）和“文学”（Literature）组合而成的，其中的“比较”一词是从古代拉丁语中用来指称“比较”的词汇——“Comparativus”衍化而来，且在公元十二至十五世纪的中世纪英语[②]中就已经使用了，而“文学”一词在早期的英语中指的是“学识”和“文学修养”，尤其是指拉丁文的知识，用“文学”一词来指称所有的文学创

① 胡戈·狄泽林克：《比较文学导论》，方维规译，北京：北京师范大学出版社2009年版，第25—26页。

② 中世纪英语指的是公元十二至十五世纪所使用的英语，而不是通常所说的公元五世纪开始的欧洲中世纪。

作作品，是从十八世纪从法语引入“文学”含义后开始出现的，但是，由“比较”与“文学”组合成“比较文学”，这样的新词或用法，首见于英国人马修·阿诺德（Mathew Arnold）在1848年的一封信中：“现在已经一清二楚：虽然在过去五十年内，只要对比较文学稍加注意便会使任何人对此有所了解，但英国在某种程度上仍远远落后于欧洲大陆”。[①] 威斯坦因则在《比较文学与文学理论》的附录历史部分中直接说明：英语里的“比较文学”（Comparative Literature）这一术语就是由马修·阿诺德模仿法语中的Littérature Comparée（比较文学）“创造”出来的。[②] 那么，马修·阿诺德究竟是何许人物？他与英国早期的比较文学发展又有怎样的关系呢？

马修·阿诺德（Mathew Arnold，1822—1888）是十九世纪英国著名的文化批评家和诗人。马修·阿诺德出身于教师家庭，他的父亲托马斯·阿诺德（Thomas Arnold，1795—1842）是英国近代著名的教育家，曾任英国最古老的公学之一的拉格比公学（Rugby School）[③] 的校长长达十四年之久。在拉格比公学，托马斯·阿诺德确定公学的教育目的为培养“基督教绅士”；在教育方法上，采用苏格拉底的方法教育学生，以设计问题激发学生的学习兴趣，并注意培养学生的自学能力；

---

① 雷内·韦勒克：《比较文学的名称与性质》，韩冀宁译，见孙景尧编选：《新概念新方法新探索——当代西方比较文学论文选》，桂林：漓江出版社1987年版，第68—69页。

② 乌尔利希·韦斯坦因：《比较文学与文学理论·附录一历史》，刘象愚译，沈阳：辽宁人民出版社1987年版，第214页。

③ 拉格比公学（Rugby School），位于英格兰中部沃里克郡拉格比镇，是英国最古老的公学之一，学校以其为橄榄球运动发源地而闻名于世。托马斯·阿诺德于1828年起担任拉格比公学校长，在任长达14年之久，在改造拉格比公学上取得巨大成功，使拉格比公学成为公认的英国公学教育中的典范。

在教学科目上，不赞成将自然科学置于学校课程的首位，而代之以历史。此外，学校还开设语言、地理、科学、伦理和政治学等课程，注重语言课教学与历史、政治、哲学的联系。同时，托马斯·阿诺德本人也是一位学养深厚的历史学者，著有《罗马史》等。马修·阿诺德深受父亲影响，从少年、青年时代开始，就阅读了大量的从古希腊、罗马到中世纪直至近代的重要古典文献以及各国文学中的经典作品，以后在教育学和文化批评方面都有突出的建树和贡献。其中，在教育学方面，马修·阿诺德早年进入牛津大学学习，大学毕业后担任英国内阁大臣枢密院议长朗斯多恩勋爵（Lord Lansdown）的私人秘书，后被勋爵委任为学校视导，负责检验、调查全英格兰的普通教育状况。后来，马修·阿诺德奉命出国考察德国、瑞士、荷兰、法国的自由教育，以及教师地位、培训和待遇等状况，回国后撰写的教育研究报告，对于英国制定教育法规、制度及政策，产生较大影响。在文化批评方面，马修·阿诺德被公认是十九世纪下半叶英国“最重要的批评家”，[①] 著有《评论集》(*Assay in Criticism*)、《文化与无政府》(*Culture and Anarchy*)、《文学与教条》(*Literature and Dogma*)和《评论荷马史诗译本》(*On Translating Homer*)等。马修·阿诺德所处的十九世纪的英国社会，盛行着功利主义和庸俗风气，马修·阿诺德从事文化批评的意图就是反感于英国社会的岛国局限与故步自封，希望大力推荐世界上的一切优秀文化，打破英国人的自负无知，通过学习最优秀的思想和言论，实现人全面、和谐地走向“完美”的目标。正因此，在十九世纪下半叶的英国文学界和思想界，马修·阿诺德是少有的能够突破英国

---

① 雷内·韦勒克：《近代文学批评史》第四卷，杨自伍译，上海：上海译文出版社 2009 年版，第 213 页。

社会的时代局限和民族偏见，真正地了解外国思想、文化的精华，并且积极、努力地向英国人介绍外国文学、文化的英国批评家，诚如雷内·韦勒克在《近代文学批评史》（*A History of Modern Criticism*）中对他的经典性评价：

> 阿诺德首先是一位十分重要的批评辩护士。在他看来，批评当然不单单是指文学批评，而主要是指一般的批判精神，即对待任何以及一切学科都运用智力。阿诺德能言善辩，提倡"超乎利欲"，好奇心理，灵活态度，温文尔雅的自由传播。他特别抨击了英国人眼界狭隘，主张对欧洲的、主要是法德两国的学说潮流，采取开门政策。这在当世和现今，都是难能可贵的呼吁，应该参合历史背景来看待。……不难看出，阿诺德本人深切关注着他那个时代的问题，参加论战不以为耻，乃至怒形于色，他都不在乎。……他给优良的批评规定了"应有的思想基调及倾向"。"超乎利欲"，也指求知方面的"好奇心理"，是一种"本能，促成[我们]努力认识世界上为人认识思考过的精华，实际、政治以及诸如此类的问题，概不过问"。"精华"之说，也许又是避实就虚，但还是意味着某些具体和优秀的内容：摆脱个人的时代和地域的束缚，意识到西方的全部传统，意识到经典名著的存在，对于欧洲这个"整一伟大的联盟"怀有感情。……阿诺德淹通荷马和索福克勒斯的原著，欣然接受莱奥帕尔迪[①]、海涅、托尔斯泰的作品，且寝馈于当世法国批评。他不仅

① 莱奥帕尔迪（Giacomo Leopardi，1798—1837），十九世纪意大利著名浪漫主义诗人，开意大利现代自由体抒情诗之先河。

> 熟悉圣伯夫和泰纳，而且熟悉普朗什[1]……维耶曼……以及许多其他批评家。……他熟读希腊及拉丁典籍，以及德国和法国（还有部分意大利语）的作品，以批评家而论，他博洽多闻，……阿诺德提倡批判精神，益于自由交流思想的空气，他赞许客观态度，超乎利欲，……时至今日，凡此种种仍然可谓宝贵而健全。[2]

所以，以马修·阿诺德对欧洲大陆文学和文学批评的熟悉程度，以及他心怀世界的开放心胸，英语“比较文学”的名称由马修·阿诺德通过模仿法语创生出来，并不让人觉得意外。不过，马修·阿诺德虽然创造了英语的“比较文学”名称，但他本人并没有从事比较文学的研究，故比较文学史家们在谈及马修·阿诺德与英国比较文学的关系时，就点到其“发明”了英国比较文学的名称即止。而真正地给英国的比较文学带来明确的推动的，被公认是另一位英国学者波斯奈特[3]的《比较文学》（*Comparative Literature*）于十九世纪末的出版。

波斯奈特（Hutcheson Macaulay Posnett，1855—1927），早年是爱尔兰的一位律师，后来在英属殖民地新西兰的奥克兰大学担任古典语言和英国文学教授，《比较文学》是他于1886年出版的一部以“比较文学”为题名的专著。关于《比较文学》一书的写作缘起，波斯奈特

---

① 普朗什（Gustave Planche，1806—1857），十九世纪法国文学批评家，著有文学评论集《文学肖像》和《新文学肖像》。

② 雷内·韦勒克：《近代文学批评史》第四卷，杨自伍译，上海：上海译文出版社2009年版，第215—216页。

③ 波斯奈特是爱尔兰人，他于1886年出版《比较文学》一书时爱尔兰尚未脱离英国独立，故比较文学史家通常把把归入英国早期比较文学发展历史，1922年爱尔兰独立后，波斯奈特的国籍自然就是爱尔兰了。

在《比较文学》的前言中指出：科学与文学通常被看作敌对的两个领域，正如马修·阿诺德在其最近的著作《美国谈话录》（*Discourses in America*）中对于科学与文学之间这种臆想的敌意所进行的讨论那样，没有人对于文学的现状感到满意，希望文学有朝一日能够“得到更加理性的研究”，“本书打算对这种理性研究做出贡献”。[①] 而波斯奈特所谓的“理性研究”，就是要将历史科学运用于文学研究之中，同时对文学进行“比较的研究”。因此，在《比较文学》的导论部分，波斯奈特重点探讨的就是文学的科学定义以及用比较的方法研究文学。其中，关于文学的定义，波斯奈特指出：“文学”一词一直被“可悲地滥用”，要想获得明确的文学观念，必须树立两个科学原则：

> (1) 除非以混淆感觉、情感、思想的观念为代价，我们为文学所下的定义就不能覆盖人类社会的无限范围。这些观念不仅属于极为多样的社会与自然条件，而且在它们的文学表现形式和精神方面往往也是直接相冲突的。
>
> (2) 当我们从它们被严格束缚的那些条件中穿过的时候，我们必须在任何时候都准备放弃我们那些有限的文学定义，或者文学的任何类别。[②]

而当我们把文学研究作为一门“科学”来谈论，那么我们必然要去说明

① 波斯奈特：《比较文学·前言》，姚建彬译，北京：中国社会科学出版社 2015 年版，第 2 页。

② 波斯奈特：《比较文学》，姚建彬译，北京：中国社会科学出版社 2015 年版，第 18 页。

文学的依赖性，即文学所赖以生存的诸如气候、土壤、动物和植物的生活等等的自然环境和社会条件，以及从共同体的生活到个体的生活的进化原则，也即文学成长的原理。关于研究文学的比较方法，波斯奈特指出：比较，作为一种获得及传播知识的方法，尽管其发端"如思想本身一样古老"，但有意识地、科学地使用比较的方法，却是"我们19世纪的特别荣耀"，[①]而对文学研究而言，运用比较的方法，无论是对文学的依赖性的揭示还是对文学成长原理的说明，都具有别的研究方法无法取代的科学研究价值，即：

> 这些比较研究的中心点是个体对集体的关系。在这种关系所经历的那些有序变化中，一如对属于不同社会国家的文学所作的比较所揭示的那样，我们发现了将文学当作能够予以科学解释的一些主要原因。的确，存在着许多极为令人感兴趣的其他立场，文学的艺术与批评也许可以从这些立场——即大自然的立场、动物生活的立场——获得解释。但是，单单从这些立场出发，我们将无法洞察文学作品（literary workmanship）的诸种秘密。因此，我们之后将采纳稍加修改的观点：社会生活的逐渐扩张，从氏族到城市，从城市到国家，从这二者到世界人性，作为我们在比较文学的研究中的适当顺序。[②]

从波斯奈特对于"比较文学"的理论说明来看，很显然的，他是

① 波斯奈特：《比较文学》，姚建彬译，北京：中国社会科学出版社2015年版，第70页。

② 同上书，第81—82页。

从“文学”和“比较”两个方面分开来谈的。其中，“文学”是其关注和研究的对象，“比较”则是其进行文学研究的方法，他所谓的“比较文学”，主要是要说明文学是可以或必须进行比较的研究的。正因此，尽管波斯奈特在《比较文学》一书中，用了非常大的篇幅，洋洋洒洒地谈到了古希腊文学、古罗马文学、古代中国文学、古代印度文学的发展历程及他所谓的世界文学精神，但由于波斯奈特明确主张文学研究的重心是一国的民族文学，比较文学不必一定要超越民族文学，因此，与同时代的法、德等国的比较文学强调由民族文学走向世界文学不同，波斯奈特则是把世界文学看作民族文学的一部分，正如他在《比较文学》中对“氏族文学”—“城邦共和国文学”—“世界文学”—“民族文学”所着重分析的那样。而在对比较文学的影响研究的看法上，波斯奈特也同样显示出他的迥异于法、德比较文学同行们的观点，即强调民族文学内部的比较研究在重要性上远胜于民族文学与外国文学之间的影响研究：

> M. 迪默戈特[①]最近出了一本有趣的著作，探讨了由意大利、西班牙、英国以及德国对于法国文学所施加的种种影响。我们英国的批评家，也要为自己国家的文学进行同样的研究。事实上，……民族文学一直是既从内部发展，也受到来自外部的影响。因此，对文学的这种内在发展所作的比较研究，要比对其外部影响所作的比较研究具有更加重要的价值：因为前者较少与模仿有关，而更多地直

① M. 迪默戈特（Demogeot M.），十九世纪法国文学史家，这里提到的他的书是指 1880 年在法国巴黎出版的《外国文学史》（*Histoire des Littératures étrangères*，Paris，1880）。

> 接依赖于多种社会与自然原因的一种演化。[1]

甚至在他看来，由于要探索民族文学中的外来影响，必然会导致对其文学内部逐渐进化过程的忽视，故他最终把民族文学与外国文学之间的影响研究降格为民族文学研究中的一种点缀：

> 我们一定不要低估了在追溯这种内在的进化对于民族的韵文和散文的影响过程中的种种困难；我们宁愿一开始就承认：这样的进化必定会被对外国范本的模仿所模糊或者遮盖。……如果外部影响被扩展到超出某一个点，也许可以将文学从它所隶属的集体发展结果转变成一种纯粹的异域情调，只有作为一种间接依赖社会生活的人工产品才值得对它作科学的研究。……只有一股强烈的民族观念，或者关于外国和古代的范本的绝对无知，才能够阻止模仿产品的生产。[2]

所以，尽管波斯奈特的《比较文学》是英语世界出现的第一部以"比较文学"（Comparative Literature）为专名的比较文学专著，他本人也自夸他是"首次阐明了这一新学科的方法和原则，而且不仅在大英帝国，就是在全世界也是第一个这样做的人"，[3] 但他对于比较文学的理

---

① 波斯奈特：《比较文学》，姚建彬译，北京：中国社会科学出版社 2015 年版，第 77 页。

② 同上书，第 78—79 页。

③ 波斯奈特：《比较文学的科学》，转引自雷内·韦勒克：《比较文学的名称与性质》，韩冀宁译，见孙景尧编选：《新概念新方法新探索——当代西方比较文学论文选》，桂林：漓江出版社 1987 年版，第 69 页。

解是与他那个时代人们对比较文学的通常认知并不合拍的，他对于民族文学与外国文学之间的影响研究的贬斥，也是显然不利于英国比较文学早期发展阶段的影响研究的，故波斯奈特无论是在他的《比较文学》出版的时代还是比较文学在以后获得飞速的发展，他都一再成为比较学者们批评与质疑的对象，[①] 这也同样是不让人感到意外的。

第四节
其他欧洲国家比较文学早期发展阶段对于影响研究的关注及说明

在比较文学的早期发展阶段，除了法、德、英等国的比较文学对于影响研究给予了较多的关注及说明之外，欧洲的其他国家，诸如意大利、俄罗斯以及部分东欧和北欧国家等等，对于比较文学的影响研究，也有一些值得关注的内容。

在意大利，众所周知，由于意大利最知名的大批评家、理论家贝奈戴托·克罗齐[②] 在二十世纪初就对比较文学这门学科的合法性提出

① 有关比较学界对于波斯奈特的批评与质疑，可参阅乌尔利希·韦斯坦因：《比较文学与文学理论·附录一历史》，刘象愚译，沈阳：辽宁人民出版社 1987 年版，第 215—218 页。

② 克罗齐（Bendetto Croce，1866—1952），十九世纪中后期与二十世纪上半叶意大利最著名的文艺批评家、哲学家、美学家、历史学家和文学史家，著有《美学原理》《逻辑学》《历史学的理论与实践》《实践活动的哲学》《那不勒斯戏剧史》《十九世纪欧洲文学史》等，对于二十世纪西方的美学、哲学、历史学、文学批评及文学理论，都产生了广泛深远的影响。

了严厉批评及强烈质疑，[①] 故比较文学在意大利的发展一直是备受挫折的。但尽管如此，借助威斯坦因在《比较文学与文学理论》的附录历史部分对于意大利比较文学发展历史的记述及介绍，我们仍然可以从中挑出在意大利的比较文学的早期发展阶段在影响研究方面的一些重要论述或内容：首先，是约瑟皮·马志尼[②]（Giuseppe Mazzini，1805—1872）在十九世纪上半叶对于超越民族文学界限的统一的欧洲文学研究的提倡。威斯坦因指出：在马志尼的时代，源自歌德的“世界文学”概念已经在欧洲传播，而在法国和德国的比较文学的早期发展阶段，都已开始了旨在建立一个超越民族文学界限的欧洲文学的倡导和尝试，马志尼也在意大利进行了类似的以超国界的欧洲文学为努力方向的提倡和呼吁，诚如他本人在1829年所发表的《谈欧洲文学》（*Talk about the European Literature*）一文中所说：“在欧洲，时下有一种统一的意愿和需求，有一种共同的思想和精神，把各个民族沿着相似的路线引向同一个目标。因此，如果文学研究不想一无所获，就必须接受这种思潮，表现它，支持它，也就是说，我们的文学研究必须成为欧洲的文学研究”。[③] 不过，尽管如威斯坦因所言，马志尼的建立在各民族文学之上的统一的欧洲文学的设想过于“浪漫主义”而“实际上并未实

---

① 有关克罗齐对于比较文学的批评及质疑，本书在后一节中会有具体的介绍及分析。

② 马志尼（Giuseppe Mazzini，1805—1872），十九世纪意大利著名作家和政治家，一生积极从事意大利的民族解放事业，与同时代的加富尔（Camillo Benso Cavour，1810—1861）、加里波第（Giuseppe Garibaldi，1807—1882）一起被誉为十九世纪意大利建国三杰。

③ 马志尼：《谈欧洲文学》，转引自乌尔利希·韦斯坦因：《比较文学与文学理论·附录一历史》，刘象愚译，沈阳：辽宁人民出版社1987年版，第225页。

现”,[1]但他对于意大利文学与欧洲其他国家文学之间共同的思想与精神的文学研究的提倡，已经明显带有了比较文学影响研究的成分。其次，是弗朗西斯科·德·桑克蒂斯（Francesco de Sanctis，1817—1883）在十九世纪七十年代对比较文学影响研究的说明。桑克蒂斯是十九世纪意大利著名的文学史家，他的《意大利文学史》(*Italy Literary History*)被赞誉为“十九世纪意大利文化的杰作”。[2]早在十九世纪六十年代初，桑克蒂斯就利用自己担任意大利教育部长的权威，在那不勒斯大学创立了比较文学史的教席,[3]这是比较文学在意大利大学设置教席的开始。从1871年至1875年，桑克蒂斯本人亲自主持那不勒斯大学的比较文学史讲座，桑克蒂斯也因此被称为“意大利比较文学之父”。关于桑克蒂斯的比较文学观，威斯坦因坦言：很难作出令人满意的回答，因为桑克蒂斯本人对于比较文学的见解充满了矛盾，比如，“这位意大利学者认为，只有在一个民族的传统内部进行比较（如在但丁[4]和薄伽

---

① 乌尔利希·韦斯坦因：《比较文学与文学理论·附录一历史》，刘象愚译，沈阳：辽宁人民出版社1987年版，第225页。

② 雷内·韦勒克：《近代文学批评史》第四卷，杨自伍译，上海：上海译文出版社2009年版，第135页。

③ 这个教席原先是为当时年轻的德国作家格奥尔格·海尔韦(Georg Herwegh)所设，但他没有接受这个讲座的职位，故这个教席从设置开始一直空缺，直到1871年由桑克蒂斯本人亲自主持该讲座。参阅乌尔利希·韦斯坦因：《比较文学与文学理论·附录一历史》，刘象愚译，沈阳：辽宁人民出版社1987年版，第226页。

④ 但丁(Dante Alighieri，1265—1321)，意大利中世纪最杰出的诗人，他的代表作《神曲》，既是对旧的中世纪的终结，同时也是新的文艺复兴时代的先驱。

丘[①]之间、塔索[②]和阿里奥斯托[③]之间）才有意义，因为只有在这样的情况下，才有一个一致的参照系架构。另一方面，他还严厉谴责一种文学范围内平行类似的比较研究，不论是主题的还是人物性格的（例如圣一马可·杰拉丹[④]对高乃依的贺拉斯和雨果的特里布莱的比较[⑤]）；他也谴责国际范围内的平行比较（例如，施莱格尔论两个淮德拉[⑥]的论文）"，此外，"他厌恶极端的类同研究和主题学的实证主义研究，同时又嘲笑中庸之道，即民族文学之间的相互影响的研究"。[⑦]这也即是说，桑克蒂斯本人虽然也曾作过有关意大利文学与欧洲其他国家文学之间的事实关联或影响作用的比较文学性质的研究，但他对于各民族文学之间的相互影响的研究是持厌恶态度的。为此，威斯坦因开玩笑地表示说："倘若意大利的比较文学遵循他的指引，无疑将会走到死路

---

① 薄伽丘（Giovanni Boccaccio，1313—1375），意大利文艺复兴运动的杰出代表，人文主义作家，代表性《十日谈》被誉为意大利文艺复兴的宣言。

② 塔索（Torquato Tasso，1544—1595），意大利文艺复兴后期的杰出诗人，代表作《耶路撒冷的解放》是反映中世纪十字军东征历史的著名史诗。

③ 阿里奥斯托（Ludovico Ariosto，1474—1533），意大利文艺复兴时期著名诗人，代表作《疯狂的罗兰》是广为流传的一部叙事长诗。

④ 圣一马可·杰拉丹（Saint-Marc Girardin，1801—1873），十九世纪法国文学批评家，著有《文学随笔》等。

⑤ 贺拉斯是法国十七世纪新古典主义悲剧作家高乃依的悲剧《贺拉斯》（1640）中的主人公；特里布莱是法国十九世纪大文豪维克多·雨果的诗剧《国王取乐》（1832）中的主人公。

⑥ 淮德拉（Phèdre，现通译为费德尔），是法国十七世纪新古典主义悲剧作家拉辛的著名悲剧《费德尔》中的女主人公。

⑦ 乌尔利希·韦斯坦因：《比较文学与文学理论·附录一历史》，刘象愚译，沈阳：辽宁人民出版社1987年版，第227—228页。

上去”。[①] 而实际上，意大利的比较文学也没有完全按照桑克蒂斯的路数上走。最后，是十九世纪八十年代由阿图诺·格拉夫（Arturo Graf，1843—1913）等人倡导的实证主义的比较文学研究。应该说，格拉夫等人所提倡的实证主义的比较文学研究，其实就是前面提到桑克蒂斯所批评的那种“平庸的”关于民族文学之间的相互影响的研究，诸如意大利文学与英国文学之间的影响，意大利文学与法国文学之间的影响，以及意大利文学与德国文学之间的影响等等。这样的比较文学性质的影响研究，固然因为其太过实证主义而被人批评，[②] 但也如实地反映了意大利比较文学早期发展阶段影响研究的特点。

在俄罗斯，著名的文学史家和历史比较文艺学的创始人亚·尼·维谢洛夫斯基（Alexander Veselovsk，1838—1906）被公认为“俄国比较文学之父”。维谢洛夫斯基早年就读于莫斯科大学语文系，师从俄国神话学派的创始人费·伊·布斯拉耶夫（Feodr Ivanovich Buslayev）[③] 教授，从事各民族神话传统和俄国民间文学的收集、整理和比较研究工作，培养了注重史料收集、考证的严谨学风。大学毕业之后，维谢洛夫斯基去德国、捷克、意大利等国考察、学习，了解到当时欧洲学术的发展状况及未来趋势。1870 年，维谢洛夫斯基结束了在国外的长期考察之后回到国内，应聘在彼得堡大学首次在俄国开始了总体文学史

---

① 乌尔利希·韦斯坦因：《比较文学与文学理论·附录一历史》，刘象愚译，沈阳：辽宁人民出版社 1987 年版，第 228 页。

② 参阅雷内·韦勒克：《近代文学批评史》第四卷，杨自伍译，上海：上海译文出版社 2009 年版，第 190—191 页。

③ 布斯拉耶夫（Feodr Ivanovich Buslayev，1818—1897），十九世纪俄国著名的比较历史语言学家和民俗学家，他将德国格林兄弟开创的神话研究同语言学、民间文学、民族文化传统和古代文学的研究结合起来，成为俄国神话研究学派的奠基人，著有《俄罗斯语言历史文法考》《俄罗斯民间文艺历史概论》等。

课程。在这门总体文学史课程的第一讲，维谢洛夫斯基不仅开宗明义地介绍了总体文学史作为一门在欧洲最新出现的学科的性质、特点以及在俄国开设这门课程的必要性：

> 总体文学在德国是作为一门拉丁与日耳曼语言文学课程开设的。这门课程的特点可以从“语文学”这一名称本身得到说明。教授讲解某篇古代法语、古代德语或布罗温斯语课文，事先提出简要的文法规则，口述变位和变格表，如果课文是诗歌，还讲明韵律特点，然后才是对作者作品的阅读，辅之以语文的和文学的注释。……还会进一步谈到这一文献与以往各种民间的和文学的同一史诗的传说的关系，它在后来的歌谣和各种地名中的反映，以及它在一般德国英雄传说范围内的地位，等等。因此，起初在狭小的语文学基础上提出的任务，可能扩展为关于一般德国民间叙事诗的更为广泛的课题。同样，关于法国的《Chansons de geste》[①]的分析也很容易引起一系列这样的研究，……关于它们在俄国学术方面的可行性问题……无可置疑，关于德国史诗和法国“英雄叙事诗”的问题可以使我们弄清楚俄国歌谣创作的许多特征；如果不很好了解英国和法国的当代思潮运动，就无法理解18世纪的俄国文学；但是所有这

---

① 引文原注：Chansons de geste，11—13世纪的法国英雄叙事诗，其内容是叙述历史人物或传奇人物的功勋，事迹，往往集结成为组诗。表达的形式是由歌手——行吟诗人依据书面唱本，在乐器伴奏下叙说（或演唱）。在作者进行文学加工的基础上创造了这一体裁的经典文献，属于所谓系列化时期（12世纪末—13世纪初）。见维谢洛夫斯基：《历史诗学·文学史作为一门学科的方法与任务·注释》，刘宁译，天津：百花文艺出版社2003年版，第19页。

一切还只是向俄国文学史家所提出的任务，或者还有待于引起他的关注。总体文学史家可能为他准备材料。[①]

而且引人注目地提出运用历史比较的方法建构总体文学史的研究设想：

我指的是比较的方法。……也可以说，历史的方法。……它不过是历史方法的发展，即在各种可比较的类似系列中更经常地重复使用，并作为可能达到充分概括的历史方法。……众所周知，在语言学领域运用比较的方法在研究和评估所取得的成果的价值方面引起了怎样的转折[②]。近来这一方法被移植到神话学、民间诗歌、所谓迁徙传说的领域，而另一方面，则被运用于地理学和法律习俗的研究。由于迷恋任何一种新体系而暴露出在应用上的极端性，不应使我们对于方法本身的可靠性丧失信心，因为语言学在这条道路上所取得的成就使我们有希望在历史的和文学的现象领域内也取得即使不是同样的，也是相近的精确成果。这些成果局部地已经取得，或

---

① 维谢洛夫斯基：《文学史作为一门学科的方法与任务》，见维谢洛夫斯基：《历史诗学》，刘宁译，天津：百花文艺出版社 2003 年版，第 1—2 页。

② 引文原注：在 18—19 世纪之交，由于历史主义原则的传播而在语言学领域形成了从历史起源和演变的角度分析各种语言的比较方法。在语言学领域的比较历史方法的代表人物有德国的雅·格林（1785—1863）和俄国的亚·沃斯托科夫（1781—1864）。学者们的努力集中于建立语言系谱（族谱）分类，语言的家族和趋异。见维谢洛夫斯基：《历史诗学·文学史作为一门学科的方法与任务·注释》，刘宁译，天津：百花文艺出版社 2003 年版，第 21 页。

有望在近期内取得。[①]

以后，维谢洛夫斯基一直致力于历史比较文艺学或历史诗学的比较研究。这种研究的突出特点，就是“他反对把文学的地域性与世界性、民族性与全人类性割裂和对立起来，认为既然人类社会文化的历史发展有其共同的规律性可循，那么作为各民族社会生活的反映的文学艺术也必然有其共同的规律性。随着统一的世界文学的逐步形成，各民族文学之间的互相影响和交流起着越来越重要的作用。任何一个民族的文化艺术及其传统都不可能脱离其他民族的文化艺术的影响而孤立地形成和发展起来。因此，在维谢洛夫斯基看来，作为科学的总体文学史不应当局限于某一个或几个民族文学的研究，而应当运用历史的比较的观点去研究各民族文学在统一的世界文学形成过程中相同或相似的东西，从而揭示出世界文学形成和发展的某种共同规律性”。[②] 因此，维谢洛夫斯基对于各民族文学的历史比较研究，尽管绝对不能被简单归结为比较文学性质的影响研究，但他对于各民族文学之间的互相影响的关注及研究，不仅为俄国早期发展阶段的比较文学起到了倡导及示范的作用，而且对其后俄国比较文学进一步关注及强化各民族文学之间的影响研究铺平了道路，诚如维谢洛夫斯基的弟子．俄国著名比较文学学者维·马·日尔蒙斯基（Victor Zhirmonsky，1891—1971）所总结的：

---

① 维谢洛夫斯基：《文学史作为一门学科的方法与任务》，见维谢洛夫斯基：《历史诗学》，刘宁译，天津：百花文艺出版社 2003 年版，第 8—9 页。

② 刘宁：《亚·尼·维谢洛夫斯基的历史诗学研究述评》，见《历史诗学·译者前言》，天津：百花文艺出版社 2003 年版，第 8—9 也。

人类的社会发展的共同过程具有一致性和规律性的思想是历史比较地研究各民族文学的基本前提。……关于不同民族文学发展的类似道路的问题，关于文学过程的历史类型学的吻合问题总是同关于国际性文学相互影响和作用的问题错综交叉在一起。完全排除后一种情况显然是不可能的。人类社会的历史事实上不存在在其个别部分之间缺乏相互影响而绝对孤立的社会和文化（因而也有文学的）发展的例子。……任何一种伟大的民族文学都不能排除与其他民族文学之间的积极而富于创造性的相互关系的情况下得到发展。……

（因此）为了历史地正确提出国与国之间文学相互影响的问题，必须考虑到以下这些方法论方面的意见：一、影响不是偶然的，……历史类型的类似和文学的相互影响是辩证地相互联系的……；二、任何文学影响都是和被借用形象的社会变化相互联系的，我们把这变化当作形象的创造性的改造和适应那些成为相互影响的前提的社会条件……；三、像任何意识形态一样，特定时代和社会倾向的文学都不是在空地上产生的，而是在与现存思想（包括文学）传统的相互影响的复杂过程中产生的。……对文学进行历史比较的研究为我们打开实现这个重要的历史和文化任务的道路。[①]

在东欧，捷克、斯洛伐克、波兰、保加利亚等国，与俄国同为斯拉夫民族国家，彼此之间存在着密切的地缘政治关系，故在维谢洛夫斯基于十九世纪中后叶二十世纪初在俄国倡导总体文学史的研究时，

① 日尔蒙斯基：《对文学进行历史比较研究的问题》，倪蕊琴译，见刘介民编：《比较文学译文选》，长沙：湖南人民出版社 1984 年版，第 301—315 页。

在上述的这些东欧国家也出现了用历史比较的方法把斯拉夫文学作为一个总体进行考察的比较文学研究，其中的一部分内容就是关注本国文学与别的斯拉夫国家文学之间的事实关联及影响作用的影响研究。只是由于这些研究所产生的影响没有维谢洛夫斯基在俄国的影响大，同时也由于这些国家的比较文学研究深受政治因素的干扰，故在比较文学的早期发展史中，东欧这些国家的比较文学研究基本上很少被人提及。然而，我们并不能因此判定东欧国家的比较文学在其早期发展阶段就是无足轻重、无甚价值的，因为，在比较文学的早期发展史上，有一个东欧国家的比较文学一度走在整个欧洲比较文学发展的前列，并对比较文学的早期发展起到过很大推动作用，它就是东欧的匈牙利。关于匈牙利比较文学的早期发展状况，威斯坦因指出：匈牙利这个国家虽然地处东欧，但在文化上更接近于西欧文化而非东欧文化，因此，匈牙利不仅在东欧比较文学中一直起着“特殊的作用”，而且对于整个欧洲的比较文学发展，也曾起到过重要的促进及推动作用，这就是由匈牙利比较文学先驱雨果·梅兹尔（Hugo Meltzl，1846—1908）于1887年在匈牙利所创办的第一份比较文学杂志：

> 这份杂志以多种语言写成，题目是《总体文学比较学报》，它的创办者是劳姆尼茨的雨果·梅兹尔。他生于特兰西瓦尼亚，幼年时就能讲德语、匈牙利语和罗马尼亚语，后来又接受了古典语言、斯拉夫语言和日耳曼语言的知识，曾就读于莱比锡和海德堡大学，1873年在克劳森堡大学任德文教授。他办的杂志基于一个根本的信

念，那就是“从比较文学的立场看，任何在政治上弱小的国家，都与也将与任何大国同等重要”。用文学的术语来说，这就意味着“在比较文学中，一种文学的重要性不应建立在对另一种文学的歧视上。不论它们属于欧洲文学还是非欧洲文学，都同等重要”。由于其传统可追溯到十九世纪，因此，在今日比较文学的世界版图中，匈牙利的名字是十分突出的。[①]

狄泽林克则逐一列出了雨果·梅兹尔所主编的这份比较文学杂志的具体名称：

总名为匈牙利语：ŏsszehasonlitó Irodalomt ŏ rtenelmi Lapok（《比较文学杂志》），下设多语种名称：Zeitschrift für Vergleichenden Literatur（德），Journal de Littérature Comparée（法），Giornale de Letteratura Comparata（意），Comparative Literary Journal（英），Periòdico para la Historia de las Litetaturas Comparadas（西）。第二年（1878）改用拉丁语做总名，也就是我们现在多半引用的刊名：Acta Comparationis Litterarum Universarum。[②]

并特别指出：这份杂志的立场和方向是“典型的超国界”，正是它在当时对于超越民族、国家、语言的文学研究的倡导，使得比较文学作为

① 乌尔利希·韦斯坦因：《比较文学与文学理论·附录一历史》，刘象愚译，沈阳：辽宁人民出版社1987年版，第240页。

② 胡戈·狄泽林克：《比较文学导论》，方维规译，北京：北京师范大学出版社2009年版，第15页。

一门超国界的独立的新学科以及它可能的运作形式“显示出清晰的轮廓”。[①] 尽管这份比较文学杂志涉及面很广，即“从文学比较和文学关系研究到翻译问题，民歌概况甚至民俗比较，乃至‘人类学民族志学等学科的相似比较’”，[②]不能算是单纯地进行比较文学影响研究的杂志，但是有关各民族文学之间的事实关联及影响作用的影响研究，无疑是其中所倡导的一个重要内容。

在北欧，位于欧洲最北部的斯堪的纳维亚半岛的丹麦、瑞典、挪威、芬兰和冰岛这五个国家通常被合称为北欧国家。关于北欧诸国的比较文学的早期发展历史，威斯坦因在《比较文学与文学理论》的附录历史部分，就只有简单的一句话：“在斯堪的纳维亚诸国中，只有丹麦，由于格奥尔格·勃兰兑斯[③]所起的杰出作用，可以说具有比较文学研究的传统”。[④] 与之相类似，狄泽林克在《比较文学导论》中追溯比较文学的起源时，对于北欧的比较文学的早期发展历史，同样是用不多的文字单独地提及了丹麦的勃兰兑斯：“乔治·勃兰兑斯在丹麦也没能为这一学科（指比较文学，引者注）赢得相应的承认，尽管他已经发表了《十九世纪文学主流》，这部巨著堪称多国文学史编纂的最早的伟

---

① 胡戈·狄泽林克：《比较文学导论》，方维规译，北京：北京师范大学出版社2009年版，第14—15页。

② 同上书，第16页。

③ 勃兰兑斯（Georg Brandes，1842—1927），十九世纪末二十初丹麦杰出的文学史家和比较文学学者，他的代表作六卷本的《十九世纪的文学主潮》（1872—1890）被公认是欧洲十九世纪末的文学批评史和比较文学研究的巨著。

④ 乌尔利希·韦斯坦因：《比较文学与文学理论·附录一历史》，刘象愚译，沈阳：辽宁人民出版社1987年版，第234页。

大成就之一”。[①] 韦勒克在他的八卷本的《近代文学批评史》中，对于十九世纪中后期的北欧文学批评部分，也只是单列了勃兰兑斯的一章而没有涉及别的北欧文学人物，并非常醒目地把勃兰兑斯标题为“孤独的丹麦人”。[②] 很显然，从比较文学史家们的上述评价看来，似乎北欧的比较文学在其早期发展阶段，除了丹麦的勃兰兑斯及其《十九世纪文学主流》之外，再无其他值得一说的内容。而事实上，十九世纪的北欧文坛绝非寂寞平庸之时代，而是出现了一批在当时名震全欧的堪称文坛巨匠的辉煌时代，其中的代表性人物，除了丹麦的勃兰兑斯之外，还有丹麦的童话文学大师汉斯·克里斯蒂安·安徒生（Hans Christian Andersen）[③]、现代哲学先驱、诗人的索伦·克尔凯郭尔（Soren Kierkegaard）[④]，挪威的现代文学双璧：现代戏剧大师亨里克·易卜生（Henrik Ibsen）[⑤] 和现代戏剧家、小说家比昂斯藤·比昂松（Bjoumlrnst

① 胡戈·狄泽林克：《比较文学导论》，方维规译，北京：北京师范大学出版社2009年版，第22页。

② 雷内·韦勒克：《近代文学批评史》第四卷，杨自伍译，上海：上海译文出版社2009年版，第483页。

③ 安徒生（Hans Christian Andersen，1805—1875），十九世纪丹麦享誉世界的童话文学大师，被尊为“现代童话之父”，他的著名童话故事有《海的女儿》《拇指姑娘》《卖火柴的小女孩》《丑小鸭》《皇帝的新装》等，在世界广为流传，深受世界各国读者的喜爱。

④ 克尔凯郭尔（Soren Kierkegaard，1813—1855），十九世纪丹麦哲学家、思想家和诗人，西方现代存在主义哲学的创始人，著有《非此即彼》《恐惧与战栗》《哲学性片段》等。

⑤ 易卜生（Henrik Ibsen，1828—1906）十九世纪末二十世纪初挪威杰出的现代戏剧大师，被誉为“现代戏剧之父”，代表性剧作有哲理剧《布朗德》《培尔·金特》，社会问题剧《青年同盟》《社会支柱》《玩偶之家》《人民公敌》，自然主义戏剧《野鸭》《群鬼》，以及象征主义戏剧《罗斯莫庄》《海上夫人》《大建筑师》《当我们死人醒来时》等。

Bjornson）[①]，以及瑞典的现代主义戏剧家、小说家奥古斯特·斯特林堡（August Strindberg）[②]等等。那么,北欧的文坛何以会在十九世纪出现这样大家辈出、群英荟萃的繁荣局面呢？这是与北欧国家当时开放的心胸、视野以及积极地与欧洲其他国家和地域进行文学交往与交流密不可分的，尤其是易卜生、斯特林堡、勃兰兑斯等人，均从青年时代就去欧洲各地学习、旅行甚至留居、创业，这不仅让他们有机会了解、关注、学习当时欧洲新兴的文学发展状况，开拓了文学视野，吸收了先进的文学观念与技巧，而且直观地感受到北欧社会与欧洲其他国家及地区在政治制度、社会风气、文化传统上的差异，得以冷静地对比分析北欧乃至整个欧洲的社会思想状况以及所存在的各种社会问题，这是他们在当时能够引领文学时代风潮的主要因素。因此，北欧在十九世纪出现文学创作的繁荣，以及勃兰兑斯考察十九世纪欧洲各国文学之间的事实关联与影响作用的比较文学影响研究巨著《十九世纪文学主流》，绝对不是偶然的，而是与十九世纪北欧作家、文学批评家们与欧洲其他国家和地区的文学之间的互相学习、交往、影响息息相关的。[③]

---

① 比昂松（Bjoumlrnst Bjornson，1832—1910），十九世纪末二十世纪初与易卜生齐名的挪威戏剧家、小说家和诗人，获得1903年度诺贝尔文学奖，代表作品有戏剧《皇帝》《挑战的手套》，小说《阿尔纳》《渔家女》，以及诗集《诗与歌》等。

② 斯特林堡（Augllst Strindberg，1849—1912），十九世纪末二十世纪初瑞典杰出的戏剧家、小说家，被公认是欧洲现代戏剧、小说的先驱和奠基人之一，代表作有长篇小说《红房子》、历史剧《奥洛夫老师》、悲剧《父亲》《朱丽小姐》《死亡之舞》《一出梦的戏》《去大马士革》《鬼魂奏鸣曲》等。

③ 有关勃兰兑斯《十九世纪文学主流》所涉及到的比较文学方面的具体影响研究内容，本书在后面的章节会做细致的说明。

第三章

比较文学法国学派的形成及其对于影响研究的理论说明

法国学派是二十世纪上半叶由法国比较文学学者所创立的一个比较文学研究学派，也是比较文学内部出现的最早且被公认是影响最大的一个比较文学研究学派。法国学派早在十九世纪末二十世纪初比较文学正式建立之初，就有戴克斯特、贝茨对于比较文学初期发展的理论上及实践上的贡献在国际比较文学学界内崭露头角、引起关注，并在二十世纪二、三十年代由法国比较文学的泰斗级人物巴登斯贝格、梵·第根奠定了比较文学法国学派的理论主张和实践基础。由于法国学派在理论上明确地把比较文学定位是文学史研究的分支，把不同国家文学之间的事实关联及影响作用划定为比较文学的研究对象，建构了一套完整的考察跨越国界文学影响的事实及线索的研究方法，同时在实践上对于不同国家之间的文学关系或影响进行了大量的带有明显法国学派印记的实证性研究，故法国学派的比较文学研究通常就被称作影响研究。

第一节
比较文学法国学派的缘起、形成及确立

从源头上讲，比较文学固然不是在法国一国单独或最早发生的，而是在德、法、意、俄等欧洲国家中几乎同时生发出来的。但尽管如此，无论是从比较文学的史前史还是比较文学的后来发展来看，法国比较文学的发展所取得的进步和实绩，相较于其他国家比较文学在发展过程中所遭受到的质疑、挑战或挫折，[1] 无疑是首屈一指并引领比较文学发展时代风潮的。那么，法国的比较文学为何能在比较文学的早期发展阶段独树一帜并最终成家立派呢？

首先，是得益于法国文学自近代以后在欧洲文学的重镇地位。众所周知，从欧洲文学的整体发展来看，其源头源自古希腊文学，其后是古罗马文学，再后面是中世纪文学、文艺复兴时期文学以及近代、现代和后现代文学。而从法国文学的自身发展来看，其开端通常是以法兰克王国建立的第一份罗曼语文献即公元842年的《斯特拉斯堡誓词》作为起源标志的，换言之，法国文学的起源是从中世纪开始的。当时流行于法国的中世纪文学，基本上都是韵文，主要是为了便于民间的行吟诗人在法国各地口头传诵。其中，为人所熟知的

① 这方面的内容可参阅美国比较学者乌尔利希·韦斯坦因的《比较文学与文学理论》的历史附录部分，以及德国比较学者胡戈·狄泽林克的《比较文学导论》的比较文学的起源及历史部分。

文学作品有中世纪英雄史诗《罗兰之歌》(*The Song of Roland*)、骑士故事诗《亚瑟王故事诗》(*Metrical Tales of King Arthur*)和《特里斯坦和绮瑟》(*Tristan and Yee*)，以及反映市民生活的叙事性文学《列那狐传奇》(*Romance of The Fox*)和《玫瑰传奇》(*Romance of The Rose*)等。文艺复兴时期，法国文学开始在欧洲文学中崭露头角。其中，在小说创作方面，有拉伯雷（Francios Labelais）的长篇小说《巨人传》(*Gargantur and Pantagruel*)。在散文创作方面，有蒙田（Michel Eyquem De Montaigne）的《随笔集》(*Essays*)。在诗歌创作方面，有以诗人龙沙（Pierre de Ronsard）和杜贝莱（Joachim du Bellay）为代表的诗歌流派“七星诗社”(La Pléiade)。不过，法国文学真正在欧洲文学引起瞩目和重视，是以十七世纪新古典主义文学的出现为开端的。十七世纪的法国在路易十三、路易十四的励精图治下，法国国力在欧洲大陆空前强盛，法国取代西班牙等欧洲强权成为欧洲大陆的新霸主，法国王室在政治上主宰欧洲大陆的同时，在文学艺术领域提出了新古典主义，在文学理论方面，由夏普兰（Jean Chapelain)、布瓦洛（Nicolas Boileau）完成了新古典主义的理论建构，在文学创作方面，则涌现出高乃依（Pierre Corneille)、拉辛（Jean Racine)、莫里哀（Moliere）等享誉全欧的新古典主义的戏剧大师，由法国所倡导的新古典主义文学成为引领欧洲文坛的新潮流。进入十八世纪，随着启蒙主义运动在法国的兴起，法国不仅成为宣扬欧洲自由民主进步思想的大本营，而且由法国启蒙主义运动中的领军人物如狄德罗（Denis Diderot)、伏尔泰（Voltaire)、孟德斯鸠（Baron de Montesquieu)、卢梭（Jean-Jacques Rousseau）等人倡导的启蒙主义文学，也再次成为引领欧洲文学的新风潮。而十九世纪的法国文学，呈现出浪漫主义、现实主义和现代主义三大文学流派多元发展的新格局，夏多布里昂

(Francois-Rene de Chateaubriand)、拉马丁(Alphonse Marie Louis de Lamartine)、雨果(Victor-Marie Hugo)、维尼(Alfred de Vigny)、大仲马(Alexandre Dumas)、缪塞(Alfred de Musset)、乔治桑(George Sand)、司汤达(Marie-Henri Beyle)、巴尔扎克(Honore de Balzac)、福楼拜(Gustave Flaubert)、莫泊桑(Albert Guy de Maupassant)、左拉(Emile Zola)、波德莱尔(Charles Pierre Baudelaire)、马拉美(Stephane Mallarme)、兰波(Jean Nicolas Arthur Rimbaud)、魏尔伦(Paul Verlaine)、戈蒂耶(Theophile Gautier)、瓦莱里(Paul Valery)、龚古尔兄弟(Edmond de Goncourt,Jules de Goncourt)、纪德(Andre Paul Guillaume Gide)等一大批声名卓著的文学大师横空出世,各领风骚,进一步奠定了法国文学在欧洲文学中的中心和重镇地位。[①] 因此,无论是从法国文学的自身发展史还是法国文学与欧洲其他国家的文学关系史来看,十七世纪都是一条明显的分界线。在十七世纪之前,法国文学的发展处于起步阶段,不仅学习、借鉴古代希腊文学、罗马文学,而且深受意大利文艺复兴文学和西班牙十六、十七世纪文学的影响;而自十七世纪法国倡导新古典主义文学之后,法国文学开始逐步占据欧洲文学的中心与重镇地位,在继续接受欧洲其他国家文学的同时,法国的近、现代文学对于欧洲其他国家的文学产生了广泛、持续而深远的影响,欧洲的近、现代文学几乎形成了一个以法国为中心、联结欧洲其他国家的文学网络,而在其中无论是法国文学受欧洲其他国家文学的影响,还是法国影响欧洲其他国

---

① 本文对于法国文学的发展梳理只截止到十九世纪末二十世纪初的现代主义部分,而这一时段正好对应的是法国文学史写作及研究的开始及确立阶段。事实上,在二十世纪之后的欧洲现代主义文学和后现代主义文学发展阶段,法国文学仍然是公认的中心和重镇。

家文学，都有十分丰富的内容，且从总体而言，法国文学对欧洲其他国家文学的影响远大于欧洲其他国家文学对法国文学的影响，故在法国比较文学的早期发展阶段，法国文学史家们有充分的关于法国文学与外国文学之间的关系或影响的谈资并乐于展开这方面的话题或讲座的原因正在于此。

其次，是受惠于法国自近代以来所建立的文学批评和文学史研究传统。美国学者雷内·韦勒克的八卷本的《近代文学批评史》是公认的评述和研究西方近代文学批评发展史的权威性著作。在韦勒克看来，西方近代文学批评的起点就是十八世纪的新古典主义，新古典主义的渊源虽然可以远溯到古典时代的亚里士多德的《诗学》、贺拉斯的《诗艺》、昆提利安[①]的《雄辩家的培训》、朗吉努斯[②]的《论崇高》，但其直接来源则是十六世纪由意大利学者最先提出并最终在十七世纪由法国加以系统性论述的古典主义文学原则，而十八世纪新古典主义之于近代文学批评的开端意义就是对于十七世纪法国古典主义的批判、疏离和决裂，[③]其中的先驱性人物则是法国的伏尔泰、狄德罗、让—雅克·卢梭，故韦勒克的《近代文学批评史》从源头部分开始论述的近代文学批评家就是这三位法国人，以后递次扩展到英格兰、苏格拉、意大利、德国、美国、俄国等国近代以后的文学批评。从《近代文学批评史》所展开的具

---

① 昆提利安（Quintilian，约35—96），另译为昆体良，古罗马著名演说家和修辞学家，著有《演说术原理》《长篇雄辩术》《短篇雄辩术》等。

② 朗吉努斯（Longinus，约公元1世纪），古希腊后期作家，他的美学论文《论崇高》（*Peri Hupsous*）是一篇论述崇高的风格及思想内涵的重要文献，对后世欧洲古典主义时期的文艺理论产生过很大影响。

③ 参阅雷内·韦勒克：《近代文学批评史》第一卷，杨自伍译，上海：上海译文出版社2009年版，第1—29页。

体内容来看，直接按章节划分论及到的法国文学批评家，除了一开始就提到的伏尔泰、狄德罗、让一雅克·卢梭之外，还有十八世纪后期的布丰[①]、让一弗朗索瓦·玛蒙台尔[②]、让一弗朗索瓦·德·拉哈伯[③]、路易一赛巴斯梯恩·梅尔西尔[④]，十九世纪的斯达尔夫人[⑤]、夏多布里昂、司汤达、雨果、普罗斯佩·德·巴朗特[⑥]、弗朗索瓦·基佐[⑦]、让·夏尔·莱奥纳尔·西蒙娜·德·西斯蒙第[⑧]、克劳德·弗里埃[⑨]、让一雅克·安培[⑩]、圣伯

---

① 布丰（Comte de Buffon，1707—1788），十八世纪法国博物学家，著有多卷本《自然史》，另外发表《风格论》，提出“风格即人”的著名论断。

② 让一弗朗索瓦·玛蒙台尔（Jean-Francois Marmontel，1723—1799），十八世纪法国文学批评家、剧作家，著有《文学要素》等。

③ 让一弗朗索瓦·德·拉哈伯（Jean-Francois de La Harpe，1739—1803），十八世纪法国文学批评家，著有多卷本《古今文学讲稿》。

④ 路易一赛巴斯梯恩·梅尔西尔（Louis-Sébastien Mercier，1740—1814），十八世纪中后叶十九世纪初法国剧作家、文学批评家，著有剧本《法官》《酿酒人的独轮车》，以及戏剧评论《戏剧或关于戏剧艺术的新论》等。

⑤ 史达尔夫人（Madame de Stael，1766—1817），十八世纪末十九世纪初法国著名女作家、文学批评家，著有小说《戴菲林》《柯林娜》，以及文艺理论论著《论文学》《论德国》。

⑥ 巴朗特（Prosper de Barante，1782—1866），十九世纪法国政治家、历史学家和文学史家，著有《十八世纪法国文学》。

⑦ 基佐（Francios Pierre Guillaume Guizot，1787—1874），十九世纪法国政治家、文学批评家，著有《高乃依生平及其时代》。

⑧ 西斯蒙第（Jean Charles Léonard Simonde de Sismondi，1773—1842），世纪世纪法国文学史家，著有四卷本《南欧文学》。

⑨ 弗里埃（Claude Fauriel，1772—1844），十九世纪法国文学史家、比较文学先驱，著有多卷本《普罗旺斯文学史》与《但丁与意大利文学的起源》。

⑩ 安培（Jean-Jacques Ampère，1800—1864），十九世纪法国文学史家、比较文学先驱，著有《论诗史》《十二世纪前的法国文学史》《中古法国文学与外国文学的历史比较》《希腊、罗马与但丁：模仿自然的文学研究》等。

夫[①]、勒南[②]、奥扎南[③]、阿贝尔·弗朗索瓦·维耶曼[④]、菲拉艾特·查勒斯[⑤]、居斯塔夫·普朗什[⑥]、马克·吉拉尔丹[⑦]、德西雷·尼扎尔[⑧]、亚历山大—鲁道尔夫·维内[⑨]、夏尔·马尼安[⑩]、皮埃尔·勒鲁[⑪]、奥泰菲尔·戈蒂耶、波德莱尔、巴尔扎克、福楼拜、莫泊桑、朱尔·巴尔贝·多尔维利[⑫]、爱德

---

① 圣伯夫（Sainte-Beuve，1804—1869），十九世纪法国文学批评大家，著有《十六世纪法国诗歌与戏剧概观》《堡罗亚尔修道院史》《帝政时期的夏多布里昂及其文学朋党》《什么是古典作品？》《论传统》《文学肖像》《当代肖像》等。

② 勒南（Joseph-Ernest Renan，1823—1892），十九世纪法国史学家和文学史家，著有《基督教起源史》《闪米特族语言比较史》。

③ 奥扎南（Antoine-Frédéric Ozanam，1813—1853），十九世纪法国史学家和文学史学者，著有《论但丁与十三世纪天主教哲学》《德国研究》。

④ 维耶曼（Abel-Francios Villemain，1790—1870），十九世纪法国文学史家、比较文学先驱，著有多卷本《十八世纪法国文学史》《中古法国西班牙英国文学史》。

⑤ 查勒斯（Philarète Charles，1798—1873），十九世纪法国文学史家，比较文学先驱，著有《十六世纪法国文学发展进程》。

⑥ 普朗什（Gustave Planche，1808—1847），十九世纪法国文学批评家，著有《文学家肖像》《新文学家肖像》《艺术批评》。

⑦ 吉拉尔丹（Saint-Marc Girardin，1801—1873），十九世纪法国政治家、文学批评家，著有《戏剧文学讲座》《文学论集》《拉封丹和寓言作家》《卢梭研究》等。

⑧ 尼扎尔（Désiré Nisard，1806—1888），十九世纪法国文学批评家、文学史家，著有《抵制浅易文学》《衰落时期拉丁诗人风气的研究和批判》以及多卷本《法国文学史》。

⑨ 维内（Alexandre Vinet，1797—1847），十九世纪法国文学史家，著有《十九世纪法国文学研究》《布莱斯·帕斯卡尔研究》。

⑩ 马尼安（Charles Magnin，1793—1862），十九世纪法国作家、文学史家，著有《近代戏剧起源》《欧洲木偶戏史》。

⑪ 勒鲁（Pierre Leroux，1797—1871），十九世纪法国空想社会主义者、文学批评家，著有《人性》《论象征风格》。

⑫ 多尔维利（Jules Barbey d'Aurebilly，1808—1889），十九世纪法国文学批评家，著有多卷本文学批评集《人文荟萃》。

蒙·斯切埃[①]、埃米尔·蒙泰居[②]、埃米尔·埃内琴[③]，以及十九世纪中后叶二十世纪初的爱弥尔·左拉、朱尔·勒梅特[④]、阿纳托尔·法郎士[⑤]、依波利特·泰纳、费迪南·布吕纳介[⑥]、居斯塔夫·朗松、保罗·布尔热[⑦]等，人数之多，篇幅之大，绝非其他国家所能望其项背，无怪乎韦勒克要如此慨叹："我们要是想把批评史写得有血有肉，不流于一种播弄思想的影子游戏，那就不可忽视背景环境、具体人物和不同国度。所以根据国度来安排程序则在所难免。法国应当首先讨论，因为从我们西方批评的发展来看，法国是最为重要的国家"。[⑧]应该说，法国自近代以来的文学批评和文学史研究的兴盛，对于法国比较文学的出现及发展，起到了非常重要的促进作用，因为很明显的是，比较文学最先就是从文学史研

---

① 斯切埃（Edmond Scherer，1815—1889），十九世纪法国文学批评家，著有多卷本文学批评集《当代文学的批评研究》（1863—1895）。

② 蒙泰居（Jean Baptiste Joseph Emile Montegut，1826—1895），十九世纪法国文学批评家，著有《评泰纳的〈英国文学史〉》《文学类型》。

③ 埃内琴（Emile Hennequin，1859—1888），十九世纪法国文学批评家，著有《科学的批评》《法国作家》《若干法国作家》。

④ 勒梅特（Jules Lemaitre，1853—1914），十九世纪中后叶二十世纪初法国文学批评家，著有多卷本《当代人物》。

⑤ 法郎士（Anatole France，1844—1924），十九世纪中后叶二十世纪初法国著名作家、文学批评家，著有多卷本文学批评论集《文艺生活》。

⑥ 布吕纳介（Ferdinard Brunetiere，1849—1906），法国十九世纪中后叶二十世纪初著名文学批评和文学史家，著有《自然主义小说》《法国文学史教程》《巴尔扎克论》等。

⑦ 布尔热（Paul Bourget，1852—1935），十九世纪中后期二十世纪上半叶法国文学批评家，著有《当代心理学论集》《当代心理学新论》。

⑧ 雷内·韦勒克：《近代文学批评史·三、四卷导论》，杨自伍译，上海：上海译文出版社 2009 年版，第 7 页。

究中衍生出来，而前面提到的这些法国文学批评家和文学史家中，阿贝尔·弗朗索瓦·维耶曼、克劳德·弗里埃、让一雅克·安培、菲拉艾特·查勒斯、费迪南·布吕纳介、居斯塔夫·朗松等人，都被公认是法国比较文学的先驱。

当然，法国比较文学的兴盛尤其是法国学派的出现，最主要的是归功于法国比较文学学者们的自身努力。其中，最先被人提及的就是我们在前面已经说到过的十九世纪末二十世纪初的法国比较文学学者约瑟夫·戴克斯特。戴克斯特是法国文学史家费迪南·布吕纳介的高足，对于比较文学从文学史分离出来成为一门独立的学科，起到了非常重要的推动作用："法国批评家兼文学史家布吕纳介是把实证论和进化论应用于文学史的又一人[①]。他认为文学体裁也像生物种属一样，有因果关系，有其发生、壮大、消亡的过程，并会在分解后参与新体裁的形成。他运用这种观点编写法国批评史、戏剧史、抒情诗史，他的论题没有越出法国文学的范围，却传达了对比较文学十分有利的思想。他指出，有许多问题，国别文学史已不足以解答，有必要正确地阐述国际文学运动的历史，像欧洲的彼特拉克主义或卢梭的影响等。由于缺乏必要的外语知识和国际考据学的知识，他的心愿是由他的学生戴克斯特在后来加以实现的"。[②]对于法国比较文学的发展而言，戴克斯特是独占了好几项第一的大人物：1895 年，戴克斯特发表了法国比较文学的第一篇学位论文《卢梭与文学世界主义之起源》，成为获得法国

---

① 在布吕纳介之前，在法国文学批评和文学史研究上运用实证论和进化论的著名人物就是伊波利特·泰纳。

② 干永昌：《比较文学理论的渊源与发展》，见干永昌等编选：《比较文学研究译文集·前言》，上海：上海译文出版社 1985 年版，第 5 页。

比较文学博士学位的第一人；1896年，戴克斯特发表了《文学的比较史》一文，不仅高度地肯定了瑞士学者路易—保尔·贝茨在当时编选《比较文学参考书目》对于比较文学学科发展的重要意义，而且提纲挈领地总结了比较文学的学科性质及研究内容，被公认是法国比较文学早期发展史上的一篇重要论述文章；1897年，戴克斯特在法国里昂大学开设了法国第一个比较文学讲座，成为法国第一位比较文学教授。可以说，戴克斯特无论是在比较文学的研究实践上还是比较文学的理论表述上，甚至是比较文学学科的设立上，都对法国比较文学做出了历史性贡献，他被公认是“法国研究国际文学关系领域的最高权威，也是法国比较文学界的第一位伟大学者”。[①] 1900年，戴克斯特参与组织召开巴黎的比较文学大会，并任会议秘书，但非常不幸的是，戴克斯特在大会召开前夕英年早逝，年仅35岁。而在戴克斯特之后，承担起法国比较文学发展重任的是费尔南·巴登斯贝格。

巴登斯贝格于1901年接替戴克斯特留下的里昂大学的比较文学讲座，1902年他又与路易—保尔·贝茨合作，一起负责编选《比较文学书目》的工作，1904年贝茨去世后，巴登斯贝格继续《比较文学书目》的编选与出版工作，不仅更新了《比较文学书目》的版本，而且把书目的规模扩充了二倍。1910年，巴登斯贝格执教于巴黎大学，成为巴黎大学的比较文学教授。1921年，巴登斯贝格与法国文学史家、比较文学学者保尔·阿扎尔[②]一起创办了《比较文学评论》（*Revue de*

---

① 参阅孙景尧等编著：《西方比较文学要著研读》关于戴克斯特的《文学的比较史》的导读介绍部分，上海：上海教育出版社2014年版，第1—2页。

② 保尔·阿扎尔（Paul Hazard，1877—1944），十九世纪末二十世纪上半叶法国文学史家、比较文学学者，著有《莱奥帕蒂》《拉马丁》《司汤达》《堂·吉诃德》等。

Littérature Comparée，简称RLC)，巴登斯贝格担任杂志主编。在《比较文学评论》的创刊号上，巴登斯贝格发表了题为《比较文学：名称与实质》的创刊专文。在文章中，巴登斯贝格重点论述了比较文学的名称与实质问题。其中，关于比较文学的名称，巴登斯贝格历史地追溯了"比较文学"一词在法国的出现及演化过程：

> 一般的"比较"在1760年的《外国杂志》和1754年的《文学年鉴》中，用得已经比较自如；而在1749年9月的《学者报》中几乎认为它是一种方法："运用这种比较总可以获得巨大的好处……"在1780年2月的《法兰西信使报》上伽拉（Garat）笔下的"比较研究"已有完整的纲领："对那些拥有文学的民族引以自豪的作家进行比较研究，也许是最适宜于孕育和培养大量人才的研究……"
>
> 让我们继续探求，如果不是在相同的领域，那也是在相邻的领域。1802年，特雷桑神父尝试性地写了《神话学与历史的比较》；1806年，维莱尔的《比较色情》显得既放肆又笨拙；而德热朗多在1804年《哲学体系比较史》中，运用了培根所欣赏的"联系原则"，并自命为是这种总体的完整文学史中的一部分。此外，还有1810年索布里的《文学与绘画比较教程》，1814年斯科帕神父的"比较考察"等。
>
> 在这些探索之后，紧接着人们突然发现了那个初具形迹的术语，以及开始确定的观点。诺埃尔和拉普拉斯于1816年起发表他们的《比较文学教程》。维尔曼在他的《十八世纪概况》（1827和1828年的课程）的序言中谈到一种"比较文学研究"。安贝尔在马赛公学的第一堂课（1830）上，预见到"各国人民的文学艺术比较史"将产

生出文学艺术的哲学。1832年，他在巴黎大学的讲课中说道：“先生们，我们将进行这一项工作，没有这种比较研究，文学史将是不完备的……”总之，安贝尔在他的论文集《文学和旅游》的前言中指出，他的这些论文都与比较文学的历史有关联（1833）。也就在这个时候，《历史科学学报》为《比较语文学》开辟了专栏。

两年以后，即1836年1月17日，夏斯勒在公学的第一堂中，就自己选择的《比较外国文学》这一用语表示歉意：“这一题目，我曾感到唯一合适的题目，从许多方面来看，都缺乏准确性。”为了对夏斯勒在这一领域中的活动做一番分析，1841年肖德—埃格在他的《法国现代作家》中，坚持“比较文学史”这一工作；维尔曼和皮比斯克则在1842和1843年坚持了“文学比较史”的说法。同样，邦洛埃维于1849年在第戎提供了一篇“文学比较史导言”；上一年，安贝尔在法兰西学院入院演说中，再次谈到“比较文学研究。”A.杜凯内尔在1846年，把“比较文学教程”，作为他的《文学史》的副标题。

所有这些更加全面更加确切的各种表达方式，几乎都没有给适当的简称让位。

甚至在圣伯夫的这种语言“政变”之后[①]，老的用语也没有销声匿迹。洛德把他于1886年在日内瓦开设的课程命名为《论比较文学》；埃纳坎在他的《科学批评》的序言中提到波斯奈特的《比较文学》一

① 指圣伯夫在1868年9月1日的《两世界杂志》上发表的论述法国比较文学先驱昂贝尔的文学比较史研究文章中，使用了“比较文学”这一简略术语。参阅巴登斯贝格：《比较文学：名称与实质》，徐鸿译，见干永昌等编选：《比较文学研究译文集》，上海：上海译文出版社1985年版，第31页。

> 书，并用英文原文引用这一书名。J. 戴克斯特将他的《欧洲文学研究》中的第一篇，题名为《论文学的比较史》，他通常使用“比较批评”和“比较方法”这些词。同样，布吕纳介在各种较为明确的表达方式和一个虽不确切但比起所有其他表达方式来有其最大好处——简短——的术语之间犹豫不决。F. 罗力耶的《比较文学史》出版于1903年，而由我再版的贝兹的《比较文学》是在1904年出版的。[①]

在巴登斯贝格看来，“比较文学”作为对于过去一百多年来所出现的“文学比较史”、“比较文学史研究”、“各国文学关系比较研究”等名目的简要称谓，虽然并不能让所有人感到满意，但比起别的表达方式，已然是一个相对合适的用语，且已经被大多数比较学者所接受并采用。关于比较文学的实质，巴登斯贝格指出：在比较文学过去一百多年的发展过程中，一直存在着两种主要方向：一种是对于各国民间文学的题材、主题、形象的相似现象进行类比的研究，即“这一研究致力于将文学赖以生存的各种主题归并为单纯的传统要素，……这一研究所采用方法是，不断地在这些主题的原始简朴性和最初的含义中加入伪造的成分，……使比较文学从这一意图出发去探索哪些多少有点直接关系的渊源可以为一部文学作品提供分析材料，探索哪些相似的现象出现在世界的另一角落”。[②] 另一种是对于各国文学之间的事实关联及影响作用进行实证考察的研究，即：

---

① 巴登斯贝格：《比较文学：名称与实质》，徐鸿译，见干永昌等编选：《比较文学研究译文集》，上海：上海译文出版社1985年版，第33—35页。

② 同上书，第41页。

> （这）一种研究方向是在一系列国家的文学作品之间展开并明确那些显而易见的相互关系；在某些趣味、表达方式、体裁和情感演变之中，它要发现一些借用的现象，并确定大作家所受的外来影响。它不再是编制“欧洲”文学或“世界”文学的简单、并列的清单，而是指出勃兰兑斯所称之的横贯不同国家集团的“主潮”；是如同E.施米特在《理查生、卢梭和歌德》中所作的那样追寻一种侵入某种文学体裁、从英国流传到法国又从法国流传到德国的情感的形式；就像人们已经如此勤快地所作的那样，通过细节来证明意大利利用什么样的魅力把文艺复兴时代的法兰西引向一条新的道路；是用法里内利研究但丁的方式来研究伟大的作家在国外所获得的声望。[①]

巴登斯贝格本人是坚决反对第一种研究方向，坚信第二种研究方向代表着比较文学的实质内容和未来发展道路。可以说，巴登斯贝格的《比较文学：名称与实质》不仅历史地追溯了法国比较文学的发展历史，而且提纲挈领地提出了法国比较文学的实质内容，成为建构比较文学法国学派的一篇重要文献。巴登斯贝格本人的比较文学研究也主要专注于探讨、考证一些有代表性的大作家的文学创作在跨国界方面的影响，如《歌德在法国》《1789—1815年间法国流亡贵族中的思想动向》《巴尔扎克的外来影响》等，成为比较文学法国学派在影响研究上的典范之作。不仅如此，巴登斯贝格在巴黎大学担任比较文学教授期间，他的公开讲座和专业授课，以及研究指导和论文指导使得巴黎大学成为法国乃至全欧的比较文学研究中心。此外，在创办、主编《比

① 巴登斯贝格：《比较文学：名称与实质》，徐鸿译，见干永昌等编选：《比较文学研究译文集》，上海：上海译文出版社1985年版，第42页。

较文学评论》的同时，巴登斯贝格还与法国比较文学同仁共同主编《比较文学评论丛书》，这两本杂志成为法国比较文学学者撰写和发表比较文学论文的核心阵地，促进和推动了法国比较文学的良性发展，并在此基础上成立了巴黎大学的“近代比较文学研究所”，吸引大批法国比较文学菁英汇集于此，成为比较文学法国学派的大本营。其中的代表性人物，除了巴登斯贝格这位比较文学法国学派的重要开创者之外，还有他在“近代比较文学研究所”的助手、后来被誉为比较文学法国学派“泰斗”的保罗·梵·第根。

梵·第根于1911年就与人合办《历史综合杂志》，每期撰写与比较文学有关的新书评论。1921年，他发表了题为《文学史的综合：比较文学和总体文学》的文章，提出了对于比较文学的重要理论见解，引起比较文学的注目，巴登斯贝格在《比较文学评论》上专门发文讨论了梵·第根的生平与比较文学著述活动，并邀请梵·第根来巴黎大学的“近代比较文学研究所”担任自己的研究助手。1930—1946年间，梵·第根担任巴黎大学的比较文学教授，其间巴登斯贝格受邀前往美国大学担任比较文学教职，梵·第根成为比较文学法国学派的中坚人物，他对比较文学法国学派的重大贡献，就是他于1931年撰写、发表的那部著名的比较文学专著《比较文学论》。

梵·第根的《比较文学论》由《导言：文学批评——文学史——比较文学》《第一部：比较文学之形成与发展》《第二部：比较文学之方法与成绩》和《第三部：一般文学》四部分组成。其中，《导言》部分，梵·第根开宗明义地说明了由文学批评到文学史再到比较文学的发展线索，并论证了新兴的“比较文学”脱离传统的国别文学史成为“一个独立的研究领域”的必然性和可能性，即从一般的文学阅读开始就会涉及对于作家作品的感受和批判，这就是一种广义的文学批评，随着文学批评工作的深入，要真正地做好对于文学作品的解释和批评工作，必须掌握与文学作品密切相关的一些文学历史和事实，而文学史的最根本的任务就是追寻作家本人的生涯以及作家作品的源流，由于作家作品的源流常常会出现超出本国界限之外的文学影响，因而势必会发展出超出本国界限之外的文学影响研究，也即比较文学的研究，比较文学就是对于超出本国界限之外的文学渊源关系的这一独立领域的专项研究。《第一部：比较文学之形成与发展》分“原始”、“进步与论争”和“今日与明日”三章，主要论述比较文学的名称、发展历史及最新现状。关于比较文学的名称，梵·第根直言：一说起比较文学，第一会引起人们关注的就是它的名称，因此，论述比较文学，首先无法回避的就是辨析“比较文学”的名称。梵·第根指出：在法国比较学者使用“比较文学”的名称的时候，还同时存在着几个与之相类似的名称或别称也被使用，比如“比较近代文学”、“各国文学比较史”、“各国文学比较的历史”、“比较的文学的历史”、“一般文学史与比较文学史”等等。在他看来，“比较文学”这个名称与上述的几个别称相比，在名称与所指的内容的确切度上并不占优，但是由于上述别称“不是比较繁长便是不大方便”，加上“比较文学”这个名称在法国已经被使用了一个多世纪，人们用这个名称开设讲座，出版书籍，“它渐渐地普及起来。现在，它的名称是已经十分普遍，所以想改了这旧名而易更有根据的名称，已差不多是徒劳之事了”，[①]而与此同时，在外国，所采用的比较文学的名称基本上是直译法文的“比较文学”或意译为“文学的比较的历史”，“比较文学”的名称既然已被各国约定俗成地使用，故在名称上“为了从众起见，我们因此就用了‘比较文学’这个名称，至于

① 梵·第根：《比较文学论》，戴望舒译，台北：台湾商务印书馆1937年版，第15页。

这个名称之确切适当与否，我们也就不去管它了”。[①] 关于比较文学的发展历史，梵·第根指出：尽管在古代就已出现希腊和拉丁作家之间的对比，但是有关比较文学的历史的概念是从十九世纪才开始的，并从十九世纪后半期“决然地抬头了”，不仅勾画出比较文学的承续传统：赫尔德、史达尔夫人、施莱格尔兄弟、卢梭、歌德、维耶曼、昂贝尔等，而且经由布吕纳介、戴克斯特等人的推动，比较文学在十九世纪末获得了长足的发展，并最终在十九世纪末二十世纪初得益于居斯塔夫·朗松、巴登斯贝格等学者的不懈努力及贡献，比较文学作为一门独立的学科得以确立，并产生了较大的影响力。关于比较文学的最新发展状况，梵·第根重点介绍了比较文学在国外教育界和法国教育界所处的地位和发展状况，在肯定比较文学在各国教育界已有较好的发展局面的同时，也指明了比较文学在各国获得进一步发展所出现的缺失及所面临的急务，比如：

> 在那些大学中讲授文学史的三十个国家之中，有十五个国家没有可以说是研究比较文学的讲座；这些讲座的名称是不同的，而且水准又颇不相等：总计起来，约有四十个讲座，一般的“外国文学”讲座，“北欧文学”、“南欧文学”、“日耳曼系文学”、“斯拉夫系文学”、“罗曼系文学”等讲座，都不算在里面。因为这些讲座的名称并不含有比较或一般化的观念，而那些教授也可能地只平行地或接续地研究各外国文学而已。这些“比较文学”或“一般文学”的讲授，表显着一种很粗浅的性质，并特别是用来给学生作近代主要各国文学的进阶的，有时讲到这些国家的文学之接触和影响，有时却不提。

① 梵·第根：《比较文学论》，戴望舒译，台北：台湾商务印书馆 1937 年版，第 16 页。

> 在法国（在别国或许也是如此），那些以后并不打算教授外国文学的大学生们，都有不知道外国文学的危险；在另一些国家中——特别是那些介乎大国之间的国家，或那些自己一大部分的文化都是得之于毗邻的大国的国家——人们显得很愿意给学生开拓那对于近代主要各国文学之最广阔的眼界。如果教师有心于此，如果他的讲授着眼于那些接触和影响，并且不仅划出那稍稍有点粗浅的概略，却还注意那些最新最精密的探讨，那么这种绝好的实施便使学生们得到了研究比较文学的最初的梯阶，而且甚至可以使那些更有禀赋的学生们走上这条路去。
>
> 在法国，问题便两样了。那因考试预备而成为必要了的讲座的划分，使人没有地位去教国际的文学史。在中学毕业之后，一个学生必需打定主意去听那不和其他邻系沟通的某一系或某一系的文学课程。因此，比较文学讲座的创设在法国是比在别处更为必要。[1]

《第二部：比较文学之方法与成绩》是比较文学的主体部分，有关这部分的内容本书在后面章节中会有详细的分析和说明，这里只简要点出它所涉及的主要章节名称及大致内容。这部分的第一章“一般的原则与方法”，梵·第根确立了比较文学的专属研究对象及方法论原则，即比较文学的研究对象是两国文学之间的事实关联，所属的方法论原则是历史地探寻不同国别文学之间文学影响发生的由“放送者”、“传送者”、“接收者”联结而成的经过路线。而接下来的各章内容，如“文体和作风”、“题材典型与传说”、“思想与情感”、“成功与总括的影

① 梵·第根：《比较文学论》，戴望舒译，台北：台湾商务印书馆1937年版，第44页。

响”、“源流”和“媒介”等等，则是依据比较文学的独有研究对象和方法论原则，展开对于比较文学已有各专项研究领域的专题说明。《第三部：一般文学》，共分“一般文学之原则与任务”、“一般文学之命题与方法”和“向国际文学史去的路”三章。在这个部分，梵·第根重点区分了“比较文学”和“一般文学”之间的差别，即“比较文学”是对两个国家文学之间的二元关系研究，而“一般文学”则是对数目超过两个国家以上的文学关系的综合的、多元研究，并据此把“一般文学”排除在比较文学研究之外。同时，梵·第根对于一般文学的原则、任务、命题、方法等方面，一一作了细致的理论说明，并点出了一般文学走向国际文学史的发展道路：“我们已检阅过一般文学之探讨中的那些提出来的问题以及所使用的方法。在另一方面，我们要把一个时代或一个多少有点广阔的文学时期之综合的叙述写出来给更广泛的大众看，使他们可以得到一个对于各国文学间的关系，各巨大的影响以及巨大的国际潮流等的尽可能准确的观念。我们甚至可以根据那些于那些同样的原则，去着手西欧近代的文学史。这一类的著作是密切地依赖着的那些细部的研究的，它们整顿这些研究并加以总括，它们应该和这些研究并列著，并不断地翻新，使自已不落在学问之不断的进步后面。”①

这样，梵·第根的《比较文学论》不仅从学理层面上明确了关涉比较文学学科根基的名称、研究对象及方法问题，为比较文学学科的奠定打下了坚实的理论基础，而且历史地追溯和总结了法国比较文学对于比较文学学科发展及学术研究上的实绩和贡献，尤为关键的是，梵·第根在《比较文学论》中已经明确地提及了比较文学的法国学派：

① 梵·第根：《比较文学论》，戴望舒译，台北：台湾商务印书馆1937年版，第202页。

> 法国的戴克斯特的巨大的论文和其他许多好书，都在比较文学研究中导入了一种更广大更确切的知识。可是从1900年光景起，巴登斯贝格的研究结果表现出比较文学从此之后是可以依从文学史的更严格的要求了。继戴克斯特在法国当时唯一的里昂大学比较文学讲座担任讲席，做著贝兹的目录索引的重编者的他，继续着这两位和他有私人友谊的先驱者的研究。他的《歌德在法国》(1904年）使他成为一位比较文学家。……他第一个从事有体系地检查各杂志和日报，去捉住那绝微细的影响之迹，去追踪言论的异动。他的《文学史研究》（1907和1910）以及许多尚未收集成册的短论文，有把握地解决了许多影响的问题——大都是关于外国对于法国的影响。许许多多其他的著述、短论和出版物，证实了他的眼光之伟大和准确，他的知识之广博和精密，因而使他长久以来就做了比较文学的法国学派的首领，以及全世界比较文学家中的最受人重视的人。[①]

而事实上，梵·第根本人被公认是继巴登斯贝格之后奠定比较文学法国学派的代表性人物，他的《比较文学论》更被公认是奠基比较文学学科尤其是比较文学法国学派的一块基石，可以说是比较文学法国学派得以确立的理论标志。

---

① 梵·第根：《比较文学论》，戴望舒译，台北：台湾商务印书馆1937年版，第37—38页。

第二节
比较文学法国学派对于影响研究的对象及方法的理论说明

在比较文学的学科发展史上，十九世纪末二十世纪初被公认是一个关键时刻。一方面，如前所述，比较文学学科在这一时期获得了一系列重要的进展，即比较文学的讲座在各国大学中的设立（如桑克蒂斯在意大利那不勒斯大学，维谢洛夫斯基在俄国圣彼得堡大学，戴克斯特在法国里昂大学），以比较文学为专名的专著（如英国波斯奈特的《比较文学》、法国洛里耶的《比较文学史：自滥觞至二十世纪》）的出版，比较文学杂志的创刊（如匈牙利雨果·梅兹尔的《总体文学比较学报》，以及德国马克斯·科赫的《比较文学杂志》），以及有关比较文学方法论的专题文章的发表（如戴克斯特的《文学的比较史》）和比较文学书目的编辑出版（贝茨的《比较文学书目》）等等。但另一方面，毋庸讳言，在这一时期也出现了大量的对于比较文学能否作为一门独立学科存在的质疑和反对之声，在这些比较文学的反对者中不乏威廉·狄尔泰（Wilhelm Dilthey）[①]、汉斯·达菲斯（Hans Daffis）、恩斯特·艾尔斯特（Ernst Elster）以及贝奈戴托·克罗齐（Benedetto Croce）等学识渊博、声名卓著的知名学者和学术大家。其中，对于比较文学的攻击最为凌厉、所产生的影响也最为深远的就是克罗齐。

克罗齐与比较文学的关系是颇为复杂并令人困惑的。一方面，他对于自己的前辈、意大利比较文学之父桑克蒂斯推崇备至，桑氏于

---

① 威廉·狄尔泰（Wilhelm Dilthey，1833—1911），十九世纪中后叶至二十世纪初德国著名哲学家、历史学家和文学批评家，著有《施莱尔马赫的一生》《精神科学导论》《诗人的想象力》《黑格尔青年时代的历史》《体验与文学》等。

1871—1875年在那不勒斯大学的比较文学讲座是由克罗齐整理，在桑氏去世后于1897年结集为《十九世纪意大利文学》出版，而克罗齐本人早年也从事了意大利文学与西班牙文学之间的比较研究，正因如此，有评论者把克罗齐归入比较文学学者行列："他一生都是一位比较学家。他显然早就为十九世纪比较文学研究的兴趣所激动，在二十几岁时（1892—1894）就考察了从中世纪到十八世纪末意大利和西班牙之间在文学、思想和社会上的相应关系"。[①] 但另一方面，克罗齐对于比较文学的态度是坚决反对甚至完全敌视的，诚如美国比较学者威斯坦因所感慨的："克罗齐以自己与比较文学原有体制公然敌对的理论观念，取代了他的前辈桑克蒂斯那些前后不符，甚至时而互相抵触的观点。他在不同场合，以不同的方式给我们这一学科以沉重的打击，几乎要把它彻底粉碎"。[②] 比如，早在1894年，克罗齐就撰文批评比较文学所寻求的平行类似的比较研究"不是一种自足的活动，而只是对文学作品的解释和评价时而可能采取的一种形式"，[③] 与此同时，他称比较文学的方法是"历史研究的一种简单的工具"，目的是通过较好的相似或平行的例子流传于各民族间的证据，以便"建立更大的背景"。[④] 而克罗齐和比较文学的直接接触是从1900年以后开始的，当时美国学者乔治·伍德贝利（George Woodberry）和乔尔·斯平加恩（Joel Spingarn）等人准备创办《比较文学通讯》杂志，乔尔·斯平加恩专程给克罗齐写信索稿，克罗齐在给德国学者卡尔·沃斯勒（Karl Vossler）

---

① 转引自乌尔利希·韦斯坦因：《比较文学与文学理论·附录一历史》，刘象愚译，沈阳：辽宁人民出版社1987年版，第229页。

② 同上书，第228页。

③ 同上书，第229页。

④ 同上。

的信中对斯平加恩等人把比较文学作为一门独立学科的做法表示不解及反对，并对其时在比较文学界有很大影响的由德国比较学者马克斯·科赫所主办的《比较文学杂志》提出异议：

> 你可能已从斯平加恩那里获悉，一份比较文学的杂志将在纽约出版。斯平加恩曾给我写信索稿。我不能理解，比较文学怎么能成为一个专业。科赫主办的杂志应该成为对人们的一个警告。任何严谨的文学研究、任何认真的批评都必须是比较的，这就是说，它要求研究者熟悉一部作品在世界文学中的历史背景。[①]

1903年，克罗齐在自己创办的《批评》杂志上发表《比较文学》（*Comparative Literature*）一文，针对当时流行的把比较文学作为一门独立学科的三种定义，一一进行了分析和驳斥：第一种比较文学的定义是从"比较"的方法上给予比较文学的解释："比较文学就是运用比较的方法来研究文学"。[②]克罗齐指出：比较的方法只是一种研究的手段而已，在所有的研究领域都会用到比较方法，比较文学并不能把比较方法据为己有，换言之，比较方法并非比较文学所独有或特有，因而单凭使用了比较方法就认定比较文学可以成为一门独立的学科在学理上是根本不能成立的。第二种比较文学的定义是科赫的《比较文学杂志》在研究内容上对于比较文学的解释："比较文学探索和考证文学

---

① 转引自乌尔利希·韦斯坦因：《比较文学与文学理论·附录一历史》，刘象愚译，沈阳：辽宁人民出版社1987年版，第229页。

② Benedetto Croce：*Comparative Literature*，见孙景尧等编著：《西方比较文学要著研读》，上海：上海教育出版社2014年版，第15页。

思想或主题在不同国家文学中的兴衰、变迁和彼此的差异”。[①] 克罗齐指出：科赫的《比较文学杂志》对于比较文学的研究内容的说明：“比较文学应该追踪思想和形式的发展，以及过去和现在，相同或相关文学主题的不断变化；应该探讨在相互交往中，一国文学对他国文学的影响——这些都是比较文学研究中的应有之义”，[②] 是比较文学研究中经常涉及的内容，也引起了很多人的追随和效仿，比如不少学者致力于研究西班牙文学和意大利风俗的流传和影响问题，但从本质上讲，这些研究毫无意义，投入到以上研究中，只会导致研究者头脑的疲惫和空虚，这样的研究充其量可以算作博学而已，根本不能得出系统的研究成果。在克罗齐看来，科赫所提到的比较文学研究，无论是研究内容、研究成果还是研究意义，都存在着严重问题，即这些研究缺乏对于文学创作活动的研究，而这正是文学和艺术史真正应该关心的问题，所以这些所谓的比较文学研究只关注已经完成的文学作品的外在历史和流传资料，而不关注文学创作的核心和美学评价，这是无助于我们对文学作品的整体认识的，是应该被检讨并加以反对的。第三种比较文学的定义是从研究对象上对比较文学的解释：“比较文学是文学的比较史”。[③] 克罗齐指出：尽管科赫和戴克斯特等人试图把比较文学的研究对象从文学史中分离出来，即比较文学的研究对象是文学的比较史，“文学的比较史认为应该研究文学作品的所有的文学前辈们，无论远近亲疏、实际的和理想的、哲学的和文学的，这些文学前辈们在作品中建立了关联，或者以变化的和象征的形式等方式关联了起来。因此，

---

① Benedetto Croce：*Comparative Literature*，见孙景尧等编著：《西方比较文学要著研读》，上海：上海教育出版社 2014 年版，第 16 页。

② 同上。

③ 同上书，第 19 页。

文学的比较史应该独立于文学史”，[①] 但事实上，“比较的文学史”与“文学史”之间并没有什么区别，“文学史”本身就包含了“比较的文学史”，把“比较的文学史”从文学史中分离出来，强调它是“比较的”文学史研究，纯属画蛇添足的多余之举。1904 年，克罗齐又撰文对于比较文学中实证主义研究者特别关注的主题学或题材史提出批评，在他看来，“对同一题材不同的处理之间的比较，其前提首先是虚假的，例如伏尔泰笔下的索福尼斯巴[②] 题材，实际上和特里西诺或阿尔菲耶里笔下的同一题材毫无共同之处。因为每个作者在采用他所选择的题材时，已把它消化吸收为自己的东西，因此，这里很难从狭窄的意义上来谈影响”。[③] 此外，克罗齐对比较文学的文类学研究，也是持彻底否定态度的，“从克罗齐对文学自主性的倡导来看，把一部作品的背景纳入一

---

① Benedetto Croce：*Comparative Literature*，见孙景尧等编著：《西方比较文学要著研读》，上海：上海教育出版社 2014 年版，第 20 页。

② 索福尼斯巴（Sophonisba，？—前 203），是古代迦太基的一位贵族女性。她是迦太基武将之女，天生丽质，很早就同迦太基的盟国东努米底亚国王马西尼萨订婚。但在公元前 206 年，由于马西尼萨背盟改与迦太基的敌人罗马结盟，索福尼斯巴被重新许配给与迦太基结盟的西东努米底亚国王西法克斯为妻。前 203 年，马西尼萨与罗马大将西庇阿联手击败西法克斯并将其俘获。马西尼萨因为一直深爱着索福尼斯巴而与其结婚，但遭到罗马大将西庇阿的反对，他认为索福尼斯巴作为败将西法克斯之妻，应该被作为战利品带回罗马，并在凯旋式上遭受羞辱。马西尼萨忌惮罗马的武力，不敢违抗西庇阿的旨意，他告诉自己的爱妻索福尼斯巴，他无法尽到丈夫保护妻子的责任，为了避免妻子受辱，他给了妻子一瓶毒药。索福尼斯巴从容地喝下毒药自尽身亡。她的不幸遭遇和从容赴死，赢得了人们的同情和尊敬，后来包括伏尔泰在内的西方剧作家们以她为题材创作了不少传世的悲剧作品。

③ 乌尔利希·韦斯坦因：《比较文学与文学理论·附录一历史》，刘象愚译，沈阳：辽宁人民出版社 1987 年版，第 231 页。

个具有坚实传统的文学模式的架构中似乎是完全无用的，因为这样做，就无法对一出戏、一部小说、一首史诗和诗作确定的说明”。[1] 很显然，克罗齐对于比较文学的质疑及攻击，不仅从研究对象和研究方法上否定比较文学作为一门独立学科的合法性，而且对比较文学所有的具体的研究内容如题材史、主题学、文类学等，也全都一一否定。而对于任何一门学科而言，能否确立自身的研究对象、研究方法以及具体研究内容的意义，是评价或衡量该门学科能否成立的关键。对于比较文学而言，克罗齐在二十世纪初对比较文学的上述质疑及攻击之所以会对比较文学产生巨大的冲击，并非是因为克氏的学识渊博或学术影响力，而是其触及了比较文学能否成为一门独立学科的关键问题。因此，比较文学如果要证明自己可以成为一门独立的学科，就必须正视并应对克氏所提出的问题，在这方面最早给予系统性的理论回应的就是比较文学法国学派，尤其是梵·第根的《比较文学论》。

首先是对比较文学的研究对象的理论说明。如前所述，克罗齐在否定比较文学拥有独立的研究对象时指出：一般的文学史研究对象与比较文学所标榜的“文学比较史”研究内容之间根本没有区别，硬生生地把“文学比较史”从一般的文学史研究中分离出来纯属多余。而在比较文学法国学派看来，比较文学的研究对象与一般的文学史的研究对象之间并非是完全一致，而是有明显区别的。梵·第根在《比较文学论》的导言“文学批评——文学史——比较文学”部分，详细区分了一般文学史和比较文学在研究对象上的分野或界限。梵·第根指出：文学史研究的中心任务除了考察创作了文学作品的作家本人的生涯或传

---

① 乌尔利希·韦斯坦因：《比较文学与文学理论·附录一历史》，刘象愚译，沈阳：辽宁人民出版社 1987 年版，第 231 页。

记以外，就是“去研究那部著作的‘本原’：它的前驱，它的源流，帮助它产生的影响，以及其他等等；它的‘创世纪’，即它逐渐长成的阶段，从有时竟是很悠远的最初观念起，一直到它出版的时候为止；它的‘内容’：故事、思想、情绪，以及其他等等；它的艺术：结构、作风、诗法；它的‘际遇’：在读者大众间的成功，批评界的好评、重版，以及有时是迟发的影响”。[①] 而这些文学影响又可以具体划分为本国的、古代的、近代外国的和比较文学的影响。所谓本国的文学影响，是指发生在一国文学范围内部的文学影响。在梵·第根看来，尽管一国文学内部的影响研究在文学史研究中已经成为一项重要的内容，但是，并不能过分地抬高这种研究的意义和价值，因为“在同一种族同一语言的作家之间，模仿是并不很丰富的。这种模仿或者是一种一般的影响，一种因对于取为模范的先进者的研究和钦佩而起的潜伏的性癖之觉醒；它或者一点不能摆脱窠臼，而一无独特见长之处。然而即在后面这一种情形之下，模仿也绝不会明显的”；[②] 但是，当涉及一国文学与外国文学之间的文学接触或影响时，“我们便会立刻见到这些接触的频繁以及重要了，……必须不断地专注于那些影响、模仿和假借”。[③] 所谓古代的文学影响，梵·第根直言它们指的就是古代希腊的、拉丁的和希伯来的文学影响。在他看来，考察古代的文学影响相对简单，因为只需要根据模仿者所依据的古典文本，比照一下原文就可以知悉，但说到近代作家与同时代外国作家之间的文学接触或影响，问题就会变得“格外复杂”了，因为所涉及文学影响的近代的外国文学，

---

① 梵·第根：《比较文学论》，戴望舒译，台北：台湾商务印书馆1937年版，第5页。

② 同上书，第7页。

③ 同上书，第8页。

不仅国家数量众多，而且语种也不一样，一个称职的文学研究者除了要了解、熟悉本国文学之外，还需要了解和熟悉与本国文学存在事实关联或影响关系的别的国家的文学，这就对研究不同国家文学间的接触或影响的学者提出了掌握更多文学、更多语言的要求，已非传统的本国文学史家所能胜任，其结果就是专门从事不同国家文学间的接触或影响研究的学者从过往的国别文学史研究中分离出来，成为专门的比较文学学者，比较文学不同于一般文学史的地方就是把不同国家文学之间的事实关联或影响从国别文学史中分离出来，成为比较文学的专门的研究对象。

其次是对比较文学的研究方法的理论说明。不论是克罗齐还是别的比较文学的反对者，都把比较文学的研究方法归结为“比较”，并一再说明：“比较”作为一种方法是所有研究都采用的方式，绝非比较文学所独占或特有。而事实上，比较文学法国学派从来就没有把“比较”看作比较文学所独有或特有的研究方法，比如，巴登斯贝格在《比较文学：名称与实质》一文中，在为“比较文学”进行“正名”之前就明确指出：比较文学绝不是简单的文学比较，单纯地在不同文学间进行比较是“毫无价值的”，并且坦言：人们所理解的比较文学“是不值得有一套独立的方法的”。[①] 梵·第根则在《比较文学论》的第二部分（同时也是全书的主体部分）的首章“比较文学之方法与成绩”中，详细地论述了比较文学的一般原则和研究方法。关于比较文学的一般原则，梵·第根指出：比较文学的研究对象是“本质地研究各国文学作品的相互关系”，这些相互关系包含古代希腊拉丁文学之间的关系、

① 巴登斯贝格：《比较文学：名称与实质》，徐鸿译，见干永昌等编选：《比较文学研究译文集》，上海：上海译文出版社1985年版，第32页。

中世纪文学与近代文学之间的关系，以及近代以来各国文学之间的关系，故比较文学的一般原则就是确立一国文学与外国文学之间的疆界，把跨越了国家文学疆界的事实或影响按照其经过路线划分为“放送者”、“接受者”、“传送者”，并明确它们在跨国界文学影响中的定位及作用，即：

> 在两国文学的疆界既已确定之后，我们便要著手研究那在文学的领域中从这一边移到那一边而发生一种作用的一切了。这种发生的作用的性质往往是很不相同的：由于知识之获得而来的心智之发达；由于艺术手段之模仿而来的技巧之改善。那因为和外国的感觉协洽而颤动著的感觉的同情；以及还有那往往也是很丰富的反感，反动。我们不久就可以看到，我们如何可以把这一大群的现象加以整理，而终于划分出比较文学的领域来。
>
> 在一切场合之中，我们可以第一去考察那穿过文学疆界的经过路线的起点：作家，著作，思想。这便是人们所谓“放送者”。其次是到达点：某一作家，某一作品或某一页，某一思想或某一情感。这便是人们所谓“接受者”。可是那经过路线往往是由一个媒介者所沟通的：个人或集团，原文的翻译或模仿。这便是人们所谓“传送者”。一个国家的“接受者”在另一个说起来往往担当着“传送者”的任务。……所以，我们对于“传送者”应该像对于“放送者”和“接受者”一样地注重。①

---

① 梵·第根：《比较文学论》，戴望舒译，台北：台湾商务印书馆1937年版，第57—58页。

关于比较文学的研究方法，梵·第根指出：比较文学作为一门独立的学科，与各国的文学史研究是平行着的，它的研究方法，一部分就是本国文学史的方法，另一部分则是为比较文学所专有，“是专为它的特殊任务而用的”。[①]具体而言，就是：

> 比较文学家第一应该避免那些早熟的似是而非的批判；那些批评诱惑著心智，但它们的立脚点却是一些近似或一些错误，而它们又只会把人引导到空泛或不确的概论去。在这些不生效力的批评的起源上，我们差不多总可以发见一些混淆。人们往往把有一些字的种种意义混淆：自由、性、理、真、情……因为他们没有仔细读原文，而在原文的某一段中，它们的意义是说明白的。他们常常把同一部书中所表现或带来的各种思想、各种倾向和各种很不同艺术成绩混淆，而不小心地加以分析，以便区别出它们的因子来。反之，我们应该把“放送者”、“接受者”或甚至“传送者”的这些因子隔绝，以便个别地去探讨它们，并确切而有范围地证明那些影响或假借。在那些原文底复杂的织物中，我们需得带著一种一切真正的文学史家所必要的心理学上的细腻——即心灵——去寻出思想的、情感的或艺术的种种不同的丝缕来，以便再去探寻那一些丝缕是在别处可以发见，是织在别的织物中的。如果没有这种小心，那么我们一定会有一种太空泛、太混沌的批判——特别是对于影响方面——，而在那些并不充实而徒有其表的结论中，把真、伪以及可疑的都混在一起。一切整个的影响都可以分为无数特殊的小影响，

① 梵·第根：《比较文学论》，戴望舒译，台北：台湾商务印书馆1937年版，第58页。

而我们是应该把它们一一加以考验的。

这样说来，我们就应该做许多详细的札记，或如人们所说的做札记片，许多的札记片。……我们应得把内容或形式的每个变化不同之处，好好地分别札录下来，以备不忘，以后便把这些变化不同之处，用那我们上文以证明了其必要性的微妙的心理学的分析隔绝开来。这样，我们可以把那在表达出来的时候常常混错的东西分别清楚；而这样组成的每一组，将来便可以做那影响或假借的探讨的基础。[①]

最后是对比较文学的研究内容的理论说明。克罗齐在攻击比较文学时，科赫的《比较文学杂志》是其主要的一个目标。科赫的《比较文学杂志》创刊于1887年，至1910年停刊，被公认是十九世纪末二十世纪初在比较文学领域内影响很大的比较文学刊物。从其所开列出来的比较文学的研究项目来看，包括："1. 翻译的艺术；2. 文学形式和主题的历史以及跨越民族界限的影响的研究；3. 思想史（即鲁道尔夫·温格尔的《问题史》Problemgeschichte）；4. '政治史和文学史之间的联系'；5. 文学和造型艺术之间、文学与哲学之间的联系；6. 直到最近才不再被无视，最终成熟的民俗学科学"，[②] 几乎涵盖了当时比较文学的全部内容。同时，正是由于科赫《比较文学杂志》中的比较文学研究内容太过庞杂，克罗齐批评这些类型的比较文学研究只是徒添了许多

① 梵·第根：《比较文学论》，戴望舒译，台北：台湾商务印书馆1937年版，第58—60页。

② 乌尔利希·韦斯坦因：《比较文学与文学理论·附录一历史》，刘象愚译，沈阳：辽宁人民出版社1987年版，第186页。

无用的零碎材料，而不具备文学研究的真正意义。因此，比较文学法国学派对于比较文学的研究内容，是持谨慎的学术态度的。比如，巴登斯贝格在《比较文学：名称与实质》中，就明确地反对早期比较文学的民俗学和神话学针对主题、题材、人物、形式等进行的类比研究，并倡导比较文学关注于“一系列国家的文学作品之间展开并明确那些显而易见的相互关系”的研究方向，梵·第根则在《比较文学论》中以跨国界的文学影响的经过路线为线索，把比较文学的研究内容作了如下的归纳：

> 整个比较文学研究的目的，是在于划出“经过路线”，刻划出有什么文学的东西被移到语言学的疆界之外去这件事实。可是就是最小的一条经过路线，也是一件复杂的事，因为有种种物质的和心理学的因子跑了进去。为要研究它们起见，我们可以取两种不同的观点。
>
> 有时我们把考察加在经过路线这对象本身之上，加在那被移过去的东西之上。我们把尽可能多的事实聚集在一起——而在这事实之中的共同因子，与其说它是环境和状态，还不如说是“文学假借性”；于是我们便把这一假借或这一群假借记录起来。那人们假借得最多的，或则是文学的“文体”或艺术形式，“作风”式表现法；或则是“题材”、主题，典型或传说；或则是“思想”或“情感”。
>
> 有时候却相反，人们处身在这一方面或另一方面，去观察那经过路线是如何发生的。于是人们便在这两者之间取其一：如果他是置身在放送者的观点上的，他可以研究一件作品，一位作家，一种文体，一种全国文学，在外国的“成功”，它们在那儿所生的“影

响”，以及在那儿以它们为模范的各种模仿（在这些种种不同的表现之间，本位是在发送者那里的）；如果他是置身在接受者的观点上的，那么他便要去探讨一位作家或一件作品的可以任意变化的“源流”，而这时本位便在接受者那面了。最后，他会碰到那些促进影响之转移的“媒介者”；那时每个主题的本位便在传送者那里了。[①]

这样，比较文学法国学派对于比较文学的研究对象、研究方法和研究内容都作了清晰的理论说明。由于法国学派对于比较文学的研究对象、研究方法和研究内容的说明是完全围绕跨国界的影响研究展开的，故其对于比较文学的这些理论说明，具体而言就是对于比较文学影响研究的理论说明。这些理论说明不仅明确地论证了比较文学脱离一般文学史作为一门独立学科的合法性，而且确立了比较文学法国学派影响研究的方法论原则。所以，似乎是故意要带着宣言的意味，梵·第根在《比较文学论》中特意提到了包括克罗齐在内的比较文学的反对者对于它不能作为一门独立学科的批评：

我们曾经看见（我们现在或许也还看见）有些对于本国文学或一种外国文学很高明的文学史家，说他们觉得把比较文学作为文学史的特殊研究的一支是没有必要的。他们说：“在每一个国家的文学史研究每一个作家的时候很可以让出一个地位来讲这作家所受到的种种影响，而在这种种影响之中，外国的影响便可以包含在内。我们难道研究伏尔泰的时候不提起莎士比亚，研究席勒或托尔

---

① 梵·第根：《比较文学论》，戴望舒译，台北：台湾商务印书馆1937年版，第66—67页。

斯泰的时候不提起卢骚，研究加尔杜岂[1]的时候不提起维克多·雨果……？比较文学并不是一种别的科学；这是命题和结果之人工勉强归成的类集，而它们是都应该各别地归入那和它们有关系的一国文学底研究中去的”。[2]

并给予坚定的回应：

如果世人的心智，甚至那些文学教授的心智，没有充分地探讨和认识的能力，那么这种反对一定会被部分地接受了。在本书的《导言》中，我们已经说明了，一个国家的文学史学要把他的研究延长并推广到其他各国文学中，去发现或追求他所研究的作品底连续或归结，那是绝对不可能的事。他不得不去求教于那些学识超于他所知以外的专家们。那些专家不会是那些各外国文学史家们，因为他们只能握住联系索的一端，而另一端却不在他们手里；再则，那些影响的问题往往带到一些本身很没有什么了不得的作家；对于这些作家们，那研究他们所属从的国家的文学史的史家，是绝对不注意或绝无机会注意的。那些专家就是比较文学史家，因为他们的任务就是追求那从这一终点到那一终点的过程；如果一个人并不是这一类探讨的专门者，那么他是决不能胜任愉快的。

在最近——至少是在法国——像上面所说的这一类批评似乎已经缓和或稀少了。人们好像已认识了那作为独立学问的比较文学对

① 加尔杜岂（Giuseppe Carducci，1835—1907），十九世纪意大利著名诗人。

② 梵·第根：《比较文学论》，戴望舒译，台北：台湾商务印书馆 1937 年版，第 42—43 页。

于各国本国文学所尽的力量了。然而，那些原则上的反对，却至今还有，这在意大利特别多，……反之，在大部分的外国，不论美洲和欧洲，比较文学的观点却已被坦然采纳了。[①]

第三节
比较文学法国学派对于影响研究之特性的理论说明

在比较文学法国学派之前，比较文学界内充斥着大量的生搬硬套、穿凿附会地打着“比较”之名进行的所谓比较文学研究，成为反对者批评和否定比较文学的一大口实。因此，比较文学法国学派的代表人物之一的巴登斯贝格在《比较文学：名称与实质》一文的第一部分就对比较文学研究中经常出现的随意比较、自行其是的现象提出严肃批评，并对规范比较文学研究提出了明确的要求：“仅仅对两个不同的对象同时看上一眼就作比较，仅仅靠记忆和印象的拼凑，靠一些主观臆想把可能游移不定的东西扯在一起来找点类似点，这样的比较决不可能产生论证的明晰性”。[②] 而从法国学派对于比较文学研究的理论说明看来，不仅旗帜鲜明地把比较文学研究定性为跨国界的文学影响研究，而且突出地强调了比较文学影响研究的实证性和科学性。

首先是比较文学影响研究的实证性。比较文学是从国别文学史研究中分离出来的，而众所周知，法国文学史研究的一大特色就是强调

---

① 梵·第根：《比较文学论》，戴望舒译，台北：台湾商务印书馆 1937 年版，第 43 页。

② 巴登斯贝格：《比较文学：名称与实质》，徐鸿译，见干永昌等编选：《比较文学研究译文集》，上海：上海译文出版社 1985 年版，第 33 页。

实证性。法国文学史家朗松在谈到文学史的研究方法时指出：文学史家研究的主要工作就在于认识文学作品，通过比较，“以区别其中属于个人的东西与属于集体的东西，区别创新与传统，将作品按体裁、学派与潮流加以归类，确定这些东西与我国智力生活、精神生活及社会生活的关系，以及与欧洲文学及文化发展的关系”，[①] 而要弄清楚以上事实，必须对所涉及的文学作品进行细致的实证性研究或分析：

1. 文本是否真实？如不真实，是错误地归之于某一作者？还是完全伪造？

2. 文本是否纯正而完全，有无篡改与删节？

3. 文本的年代，不仅是出版的年代，而且还有成稿的年代。不仅是全书的年代，而且还有各组成部分的年代。

4. 自初版至作者所定最后一版之间有何修改？各种异文中体现了在思想和审美趣味方面的哪些演化？

5. 文本怎样自最初的提纲发展成为初版稿本？如有作品草稿及初样，其中体现了什么审美趣味、艺术原则、思想方式？

6. 然后确定文本字面上的意义。通过语音史、语法及历史句法确定词的意义。通过弄清隐晦的关系，历史的或人物传记方面的影射来确定词句的意义。

7. 其次确定文本文学上的意义，即确定其在知识、感情及艺术各方面的价值。将作者个人对语音的使用与其同代人共同的用法相区别，将作者个人的意识状态与人们共同的感觉及思想的方式相区别。

---

① 朗松：《文学史方法》，见昂利·拜尔编：《方法、批评及文学史——朗松文论选》，徐继曾译，北京：中国社会科学出版社 1992 年版，第 16—17 页。

8. 作品是怎样写成的？作者是在怎样的情况之下，又是以怎样的心情面对这样的境况？这就要请教传记了。作品是利用什么材料写的？这就要探索它的来源：对这来源两字应作广义的理解，不要只去寻找明显的模仿和赤裸裸的抄袭之处，而应去寻找口头或书面传统的一切印记，一切痕迹。在这一方面，应该把可感知的一切暗示和色彩都推至极度。

9. 作品取得了怎样的成就？产生了什么样的影响？影响与成就并不总是吻合一致的。决定其文学影响的研究恰恰与其源流的研究反其道而行之，但方法则是一样的。对其社会影响的研究更为重要，也更难以弄清。记载版次和印刷次数的目录学可以显示书的流通情况：这是从图书发行的起点即出版社那里得到数字。私人图书馆的目录、死者遗产清单、阅读室的目录，可以在终点那里告诉我们书的流通情况，我们可以看到这本书在流通过程中触及了怎样的人，至少是哪些阶级、哪些地区的人。最后，报刊上的书评、私人间的通信、个人日记，有时还有读者所作的眉批、议会中的辩论，报刊上的论战，甚至司法案件，都会提供一些信息，使我们知道读者是怎样阅读此书，它在他们思想上又留下什么痕迹。[①]

而比较文学法国学派的两位代表性人物巴登斯贝格和梵·第根本身也是学识渊博的文学史研究专家，同时他们都有意识地要将文学史的研究方法引入比较文学的研究之中，因此，与文学史研究强调实证性颇

---

① 朗松：《文学史方法》，见昂利·拜尔编：《方法、批评及文学史——朗松文论选》，徐继曾译，北京：中国社会科学出版社 1992 年版，第 17—19 页。

为一致的是，实证性同样成为比较文学法国学派对于比较文学研究的一项理论诉求。比如，巴登斯贝格在《比较文学：名称与实质》中就特别肯定了戴克斯特的比较文学研究“开始大量引证报刊杂志、第二手材料，甚至同时代人平庸的舆论”，[①] 并指出比较文学对于有真实性的“证据”的考证是确保其研究可靠性的根基：“重要的是重新找到不只是激励过那些还留在我们记忆中的名著名作的动力，而且还要找到激励过大量的至今不被人们关注，而在当时却是名著的动力；同样还要重新找到围绕这些作品有利和不利的舆论，以及作品周围一样格调的社会倾向。……人们对世界的多变性，对趣味，对风尚，对成就和对荣誉的领悟总是在不断地增强；并有可能因此对艺术现象做出更正确的评价，不管这些艺术现象因我们的喜爱而被固定下来，或是因被人遗忘而销声匿迹，但是它们都曾在它们那一时期参与了形式和倾向的连续不断的组合和分解”。[②] 梵·第根也在《比较文学论》中告诫比较文学研究者要想对跨国界的文学影响进行追本溯源的探讨和研究，必须扎扎实实地作好实证性的材料准备工作，即：

> 我们就应该做许多详细的札记，或如人们所说的做札记片，许多的札记片。人们往往嘲笑某一些学识不全的学者们的“札记片癖”；如果这种嘲笑会使那些初步的研究者避免了以为把一切情感一切局面都录在纸片上就认识了一首诗、一出戏曲、一部小说的这种可笑的事情和拙劣的行为，那么这种嘲笑倒是有益于人的了。可是我们

---

① 巴登斯贝格：《比较文学：名称与实质》，徐鸿译，见干永昌等编选：《比较文学研究译文集》，上海：上海译文出版社 1985 年版，第 46 页。

② 同上书，第 45—46 页。

应得把内容或形式的每个变化不同之处，好好地分别札录下来，以备不忘，以后便把这些变化不同之处，用那我们以证明了其必要性的微妙的心理学的分析隔绝开来。这样，我们可以把那在表达出来的时候常常混错的东西分别清楚；而这样地组成的每一组，将来便可以做影响或假借的探讨的基础。

为要尽可能多地容纳事实和文献，我们第一应该小心地去检查所研究时代中的各种定期刊物。披读许多二流或三流作家的作品和各种文学杂志也有用处，因为这样一来那探讨者可以知道所研究的时代底智识温度之高低，并以那与我们现在不同的当时人的观点去看。如果没有这种对于一个时代的一般的初步知识，人们对于那已证实的事实，是有误解的危险的。有一些比较文学的研究成绩——对于某一点的很精密的探讨的结果——便显得对于接受国的当代文学总体，并没有充分的稔读。[①]

比较文学法国学派对于比较文学研究的实证性要求，由此可见一斑。

其次是比较文学影响研究的科学性。关于法国学派对于比较文学研究的科学性的理论说明，威斯坦因曾在《比较文学与文学理论》中特别指出：法国比较学者对于比较文学研究的科学性的论述，并不是如一些反对者所批评得那样试图将自然科学移植到比较文学的研究中，而是“并不希望比较文学像自然科学一样被人看作一门学科”。[②] 比如，

① 梵·第根：《比较文学论》，戴望舒译，台北：台湾商务印书馆 1937 年版，第 59—62 页。

② 乌尔利希·韦斯坦因：《比较文学与文学理论·附录一历史》，刘象愚译，沈阳：辽宁人民出版社 1987 年版，第 170 页。

戴克斯特在说到比较文学的科学性设想时，就明确表示：

> 我绝不打算把文学史归入实验科学的范畴，正如其他的历史一样，文学史不是严格意义上的“科学”。但也正如其他的历史一样，它一旦获得两个条件，就可以理直气壮地称作“科学的”。这两个条件是：1. 具有较高的目的，不仅仅把它看作文学史家和读者的消遣；2. 采取一切手段获得知识，获得构成其正当目标的真理。[①]

巴登斯贝格在《比较文学：名称与实质》中，并不否认比较生物学、比较生理学、比较胚胎学等“比较”科学对于比较文学提供了某些有益的启示：

> 生物学方面的“比较”科学，在十九世纪前三分之一时期内形成了专门的学科，文学史自然会效法它的方法。居维叶在比较解剖学方面（1800—1805），布朗维尔在比较生理学方面（1833），科斯特在比较胚胎学方面（1837），都已经凭借不同的对象发表了他们从比较研究这一角度写成的著作。他们不是简单地比较“同一群体”的类似事物——这对任何一个观察者来说，显得太容易办到了——以求达到分门别类的目的，而是比较“群体间在某种关系下被人忽视的种种现象，这些现象最正常地属于群体，但必须通过比较，它们之间的共同特征才能显示出来，这时人们得到启示：从前被认为毫不

① 转引自乌尔利希·韦斯坦因：《比较文学与文学理论·附录一历史》，刘象愚译，沈阳：辽宁人民出版社 1987 年版，第 170—171 页。

相干的群体，相互间是有着亲缘关系和发展过程中的联系的”。[1]

但他同时指出：对于文学史研究而言，完全借用或照搬自然科学的方法“是不可能”的。为此，巴登斯贝格严厉地批评了文学史家泰纳把所谓自然科学原则机械地移植到文学史研究的做法：“泰纳……认为‘艺术作品由整体所决定，而整体则是精神和周围环境的总的状况’，他在一首诗歌和一个种族中同时发现‘内部结构’，他的这些日益增多的论点，和各种比较方法最大量的实践却是背道而驰的”。[2] 与之相类似，梵·第根在《比较文学论》中，也认为泰纳的做法对于比较文学的发展“是一点也不能有所帮助”的：

泰纳……把文学以及产生文学的社会联在一起，他指出一切艺术作品都是“种族”（Race）、“环境”（Milieu），以及“契机”（Moment，现通译为“时代”，引者注）的产物。“影响”的观念在这堂皇的结构中是没有的，除非我们把它归在那个更广泛的“契机”之内；但这是一个有时正确而并非非常正确的见解，而泰纳又似乎从来也没有这样暗示过，再则，他的学说体系的精神也与此相反。泰纳……确信文学正如绘画一样，是在固定的地方和时间的环境之中的，一个固定的种族底理想和气质之必然的表现，他确信艺术作品愈是充分地显露出这种理想和气质，而无其他外国分子夹杂在内，那么便愈有意义并愈完美。这样，这位滔滔雄辩的理论家，如何能在那些最应

① 巴登斯贝格：《比较文学：名称与实质》，徐鸿译，见干永昌等编选：《比较文学研究译文集》，上海：上海译文出版社 1985 年版，第 37—38 页。

② 同上书，第 39 页。

> 受人钦佩的杰作之中，见到那在作者固有的天才以及种种文学影响之间的不断的合作底结果呢？那些文学影响不但没有歪曲或减损作者，却反而使他认识自己，并帮助他从思想过渡到文字。[①]

并力主比较文学研究必须拥有自身的科学性原则：

> 人们把比较文学导入文学史去，其时期差不多和人们把这种比较研究导入博言学、解剖学和生理学去相近，而其用意也相等。可是，在胚胎作用中，在解剖学中或在语言学中，我们是用不到害怕发生什么错误的。我们知道，那种“比较”，是在于把那些从各种不同，而且往往距离很远的集体中取出来的事实凑在一起，从而提出一些一般的法则来。可是当我们碰到文学作品的时候，我们可以相信：那“比较”是只在于把那些从各国不同的文学中取得的类似的书籍、典型人物、场面文章等并列起来，从而证明它们的不同之处合相似之处，而除了得到一种好奇心的兴味、美学上的满足以及有时得到一种爱好上的批判以至于高下等级的分别之外，是没有其他的目标的。这样地实行的“比较”，在养成鉴赏力和思索力是很有兴味而又很有用的，却一点也没有历史的涵意，它并没有由于它本身的力量使人向文学史推进一步，反之，真正的“比较文学”的特质，正如一切历史科学的特质一样，是把尽可能多的来源不同的事实采纳在一起，以便充分地把每一个事实加以解释是扩大认识的基础，以便找到尽可能多的种种结果底原因。总之“比较”这两个字应该

① 梵·第根：《比较文学论》，戴望舒译，台北：台湾商务印书馆1937年版，第25页。

摆脱了全部美学的涵义而取得一个科学的涵义的。[①]

很显然，法国学派是把比较文学研究的科学根基建基于历史科学之上的，为此不惜把对于文学作品的美学评价排除在比较文学研究之外，用以确保比较文学对于影响研究的所谓科学性特质。但问题是，诚如克罗齐在反对比较文学的研究价值或意义时已经指出的：文学研究的核心是分析文学作品本身，完全舍弃对于文学作品进行美学评价的文学研究是没有意义的。从这个意义上讲，法国学派固然从历史科学的角度论证了其比较文学影响研究的所谓科学性特质，但它把文学研究的科学性与美学价值完全对立并进而排斥美学分析的做法，对于比较文学研究的负面作用，也是显而易见的。而这一点，也正是后来出现的比较文学美国学派所极力攻击和反对的。

---

① 梵·第根：《比较文学论》，戴望舒译，台北：台湾商务印书馆1937年版，第16—17页。

第四章

比较文学美国学派的异军突起及其对法国学派影响研究的质疑与批评

比较文学美国学派是继法国学派之后在比较文学领域出现的一个由美国比较学者所倡导的比较文学研究学派。尽管比较文学在美国出现的时间几乎与法、德等欧洲国家开展比较文学的时间相去不远，但美国比较文学真正获得学界关注并引起较大反响，被公认是在上世纪五十年代末比较文学美国学派的异军突起开始的。同时，由于美国学派在提出自身的比较文学的理论建构和研究实践中，很明显的是以法国学派的质疑者和批评者的面目呈现的，故讲到比较文学的美国学派，自然无法回避对于美国学派崛起的时代语境以及其与法国学派之间的理论分野的论述与分析。

第一节
美国比较文学在早期阶段的发展状况和其后美国学派的异军突起

按照威斯坦因在《比较文学与文学理论》一书的附录历史部分对于美国比较文学发展历史的记述，美国的比较文学，早在十九世纪上半叶爱默生[①]、朗费罗[②]和詹姆斯·拉塞尔·洛威尔[③]等人的文学作品所反映出的世界主义观念中就已经有所反映，并在十九世纪最后三十年间的美国大学里正式起步，其代表性的标志包括：其一，1871年，美国比较文学先驱人物查理·谢克福德（Charles Shackford）牧师在美国的康奈尔大学主持"总体文学与比较文学"讲座，这是在美国大学里最早出现的总体文学与比较文学讲座；其二，1887至1889年，美国比较文学界的另一位元老查理·M. 盖莱（Charles Gayley）在美国的密执安大学开办了一个"比较的文学批评"讲习班，他本人后来在致《日晷》杂志的一封信中公开讨论了比较文学的问题，并强烈呼吁在美国建立比较文学学会；其三，1890—1891年，美国比较学者阿瑟·里齐蒙·马什（Arthur Richcmond Marsh）教授在哈佛大学开办了美国的第一个比较文学讲座；其四，1899年，美国最早的比较文学系在哥伦比亚大学创立，由当时美国知名的比较文学学者乔治·E. 伍德贝利

---

① 爱默生（Ralph Waldo Emerson，1803—1882），十九世纪美国著名散文作家、思想家和诗人，著有《论文集》《诗集》等。

② 朗费罗（Henry Wadsworth Longfellow，1807—1882），十九世纪美国著名浪漫主义诗人，著有《夜吟》《伊凡吉林》《海华沙之歌》《迈尔斯·斯坦狄什的求婚》等。

③ 詹姆斯·拉塞尔·洛威尔（James Robert Lowell，1819—1891），十九世纪美国著名作家和文学批评家，著有《比格罗诗稿》《在我的这些书中》《我的研究入口》等。

（George Woodberry）负责主持、乔尔·斯平加恩（Joel Spingarn）一起协助。[①] 有关美国比较文学在二十世纪初的发展状况，威斯坦因重点介绍了伍德贝利主编的《比较文学学报》和弗兰克·W. 钱德勒（Frank Chandler）出任美国辛辛那提大学比较文学教授时的就职演说。关于前者，威斯坦因引述了伍德贝利在《比较文学学报》第一期的前言中所宣扬的对于比较文学的信条：

> 我认为……研究文学形式可以最终产生批评的原则，这就是一种新的、更伟大的古典主义，它在自己的进化过程中对天才作家的作品产生优雅崇高的影响，也对读者大众对古典名作的鉴赏趣味产生优雅崇高的影响。而对主题的研究可以从气质上揭示灵魂的本质，正如对形式的研究可以从结构上揭示灵魂的本质一样。浪漫主义作为一切文学的生命，正是在气质中，在心态中保存自己的地位。揭示必然的形式、美的灵魂的生气勃勃的心态，是我们努力的远期目标。[②]

并明确指出：从方法论上说，伍德贝利对于比较文学的纲领"缺乏准确性"，因为"它包含的是'一个民族文学范围内的'比较研究。作为这一学科研究主要领域，他列出了'渊源……主题……形式……环境……和艺术上的平行类似'。这样，这一专业由传统的三部分组成的观念就和社会学的角度联系起来。伍德贝利提出研究艺术上的平行类

① 参阅乌尔利希·韦斯坦因：《比较文学与文学理论·附录一历史》，刘象愚译，沈阳：辽宁人民出版社 1987 年版，第 202—205 页。

② 同上书，第 205—206 页。

似的号召在当时的美国尚不成熟”；[①] 而从所使用的概念术语上讲，伍德贝利在其文章中喜爱使用的“灵魂的本质”、“必然的形式”、“古典主义”、“浪漫主义”等术语“都变成了缺乏明确意义的模糊的概念，很难成为一门新学科理论的奠基石”。[②] 关于后者，威斯坦因同样引述了钱德勒对于比较文学的观念：

> 文学作为一个整体的观念，与各民族文学的观念绝不是水火不容的。的确，在我们思考文学的整个机体时，我们可以真正感到民族之间的差距。比较文学家的一部分任务就是要发展这种差距。……当然，民族之间差别的根源必须从种族、地理和历史的环境中去寻找，这些环境状况对艺术的影响必须加以分析。[③]

并指出：钱德勒的比较文学观，对于美国比较文学的发展，就像伍德贝利的文章一样“只有历史意义”，因为他本人并不愿意把比较文学局限在纯文学的范围内，而只是要它在“比较社会学”或“比较心理学”中起到“辅助作用”。此外，在威斯坦因看来，钱德勒关于比较文学的观点实在太过“宽泛”和“混杂”，比如，他主张比较文学的真正目标是研究“主题……典型……环境……渊源……影响和弥漫”，很明显的是对之前马什和伍德贝利的观点的“调和混合”；他提出研究文学“时代或运动，尽力找寻其发生的规律”，研究美学问题，探索各民族“文

---

① 乌尔利希·韦斯坦因：《比较文学与文学理论·附录一历史》，刘象愚译，沈阳：辽宁人民出版社 1987 年版，第 205 页。

② 同上书，第 206 页。

③ 同上书，第 206—207 页。

学成长的规律”，又不可避免地使得文学研究与美学问题及自然科学之间发生“撞击”，因此，尽管钱氏关于比较文学的出发点“是好的”，但他对于美国比较文学的发展所实际起到的作用却是“阻碍多于启发”。[①] 最后，对于美国比较文学在伍德贝利和钱德勒等人之后的二十世纪二、三十年代的发展，威斯坦因基本上是用“衰落”一词来定性的：“在二十年代，（美国）比较文学或多或少与‘总体文学’、‘世界文学’、‘文学名著’、‘人文科学’等混为一谈。……在美国，比较文学与总体文学的界限从来就没有清晰过。……在二十世纪三十年代，比较文学的概念和术语以及感情方面产生了很大的混淆”。[②]

然而，在二十世纪三十年代末，由于法国学派的代表人物之一的巴登斯贝格受到美国大学方面的邀请，于1939至1945年间在哈佛大学和加利福尼亚大学开设比较文学讲座，使得美国比较文学与法国学派之间产生了首次的、直接的、历史性的关联。巴登斯贝格是公认的比较文学法国学派的大家，1939年他来到美国的时候，正是他本人和整个法国学派风头正劲之时刻。巴登斯贝格来到美国之后，也的确为比较文学在美国的发展做了许多有益的工作，比如，他在美国大学开设了比较文学讲座，指导美国比较学者及学生进行比较文学的论文写作，并与美国比较学者韦尔纳·保尔·弗里德里希（Werner Paul Friederich）一起合编《比较文学书目》等等。应该说，巴登斯贝格来到美国从事比较文学的工作，其本意当然是希望能够在美国把比较文学法国学派的理论、方法及治学风格发扬光大。然而，如前所述，比

① 乌尔利希·韦斯坦因：《比较文学与文学理论·附录一历史》，刘象愚译，沈阳：辽宁人民出版社1987年版，第207页。

② 同上书，第208页。

较文学法国学派的形成并非偶然，主要是得益于法国文学和文学研究自近代以来确立的在欧洲文学的中心或重镇地位，法国文学与欧洲其他国家文学之间的相互联系和影响非常紧密，故法国比较学者很自然地形成了以法国文学为中心，用以考察法国文学与欧洲其他国家文学之间事实关联及影响作用的比较文学研究套路或规范，并最终将其系统化、理论化为法国学派的比较文学纲领。而在美国，众所周知，尽管其与欧洲国家在文学或文化传统上存在着亲缘关系，但从美国文学与欧洲文学之间的文学关系或影响作用上看，欧洲国家的文学对于美国文学，无疑更多地占据着文学影响的"放送者"地位，而美国文学则是充当了欧洲文学影响的"接收者"角色，所以，美国比较学者是没有办法也没意愿或兴趣像法国比较学者那样按照法国学派的规范或要求一板一眼地进行美国文学与欧洲国家文学之间的所谓影响研究的。另外，与法国文学研究偏重于文学史且法国学派自觉地要把文学史研究方法引入比较文学研究中不同，美国文学研究由于受到二十世纪初俄国形式主义文学理论和英美"新批评"的影响，明显地偏重于文学理论及文学批评。因此，尽管巴登斯贝格在比较学界德高望重且法国学派在比较学界的影响如日中天，但巴登斯贝格和他所代表的法国学派在美国并没有真正地打开局面，反而，"由于他的讲学陷入繁琐的考证，与美国一些大学的学风大异其趣，因而受到美国学者的非难，说他创立了'累赘而受限制的方法论'，给比较文学带来危机"。[①] 到了二十世纪五十年代末，随着一批美国年轻比较文学学者的崛起，有关法国学派给比较文学带来危机之说，成为这批美国比较学者用来抨击法国

---

① 干永昌：《比较文学理论的渊源与发展》，见干永昌等编选：《比较文学研究译文集》，上海：上海译文出版社 1985 年版，第 9 页。

学派奠基美国比较文学的共识。这批美国比较学者中的佼佼者，如雷内·韦勒克、亨利·雷马克、欧文·奥尔德里奇（Owen Aldridge）、哈利·列文（Harry Levin）等，后来都被视作是比较文学美国学派的中坚力量，而其中最具代表性和影响力的无疑是雷内·韦勒克。

韦勒克祖籍捷克，1926年在布拉格的卡尔洛夫大学获得博士学位，1930年一度加入“布拉格语言学派”[①]，接触到俄国形式主义者的文学理论。1935年，韦勒克前往英国，接触到英国文艺评论家弗兰克·雷蒙德·利维斯（Frank Raymond Leavis）的文学批评理论。1939年，韦勒克移居美国，在衣阿华大学英语系执教，并与衣阿华大学同事奥斯汀·沃伦（Austia Warren）一起合著了《文学理论》（*Theory of Literature*）一书。该书吸收了俄国形式主义和英美新批评的理论主张及研究方法，把文学研究分为文学的外部研究和内部研究，前者关注文学与传记、文学与心理学、文学与社会、文学与思想等文学外在因素，后者则聚焦文学作品的存在方式、节奏和格律、文体、意象、隐喻、象征、文学的类型以及文学的评价等，尽管两位作者的写作意图是希望能把文学研究通常被划分为的三个部分——文学理论、文学批评和文学史统一成为一体，但显然该著最为学界和读者所关注的是其文学研究的“文学理论”倾向。1946年，韦勒克担任美国耶鲁大学比较文学系教授。他的文学理论的文学研究背景使得其对比较文学的认识或看法，有别于当时法国学派把比较文学看作文学史的一个分支的传统做法。1952年，美国比较学者维尔纳·弗利德里希（Werner

---

① 布拉格语言学派，又称功能语言学派，是二十世纪二三十年代西方结构主义语言学的一个主要流派。重要成员有捷克语言学家斯卡利奇卡、穆卡洛夫斯基，以及旅居捷克的俄国形式主义语言学家和理论家雅克布逊等。1939年，德国占领捷克之后，布拉格语言学派的成员流散他国，学术活动中断。

Friederich）在其主编的《比较文学和总体文学年鉴》的创刊号上，以《比较文学的一个序言》（*A Preface of Comparative Literature*）为标题，刊印了法国比较学者让—马利·伽列（Jean-Marie Carré）为马瑞斯—弗朗索瓦·基亚（Marius-Francois Guyard）的《比较文学》所写的序言。伽列是巴登斯贝格的弟子，在巴氏离开法国去美国之后，他接替他的老师成为巴黎大学比较文学教授，以后成为继巴登斯贝格、梵·第根之后的比较文学法国学派的重要人物，而基亚则是伽列的学生。1951 年，法国的教育部门鉴于梵·第根的《比较文学论》作为法国大学的比较文学教材已经通行多年，全书的编排体例及部分观点已经不符时代的发展，要求更新法国大学的比较文学教材，基亚在秉承梵·第根法国学派精神的基础之上，重新编排和撰写了一本简练实用的《比较文学》，成为法国大学比较文学教学的通用教材，并请自己的老师伽列为此书写了一个简短的序言。在这篇序言中，伽列言简意赅地归纳了法国学派对于比较文学的主要见解：

> 比较文学不是文学的比较。问题并不在于将高乃依与拉辛、伏尔泰与卢梭等人的旧辞藻之间的平行现象简单地搬到外国文学的领域中去。我们不大喜欢不厌其烦地探讨丁尼生与缪塞、狄更斯与都德等等之间有什么相似与相异之处。
>
> 比较文学是文学史的一个分支：它研究在拜伦与普希金、歌德与卡莱尔、瓦尔特·司各特与维尼之间，在属于一种以上文学背景的不同作品、不同构思以至不同作家的生平之间所曾存在过的跨国度的精神交往与实际联系。
>
> 比较文学主要不是评定作品的原有价值，而是侧重于每个民族、

每个作家所借鉴的那种种发展演变。……此外，人们或许又过分专注于影响研究。这种研究做起来是十分困难的，而且经常是靠不住的。……相比之下，更为可靠的则是由作品的成就、某位作家的境遇、某位大人物的命运、不同民族之间的相互理解以及旅行和见闻等等所构成的历史。譬如英国人与法国人、法国人与德国人等等之间彼此如何看法。

最后，比较文学并不是总体文学（它只在美国被作为研究目标）。……诸如人文主义、古典主义、浪漫主义、现实主义、象征主义这样一些大的平行性（同时也是同步性）的领域，往往会有失于刻板，在时间与空间上都过于空泛，以致有可能导致抽象，而且带有随意性和空洞性。[①]

韦勒克并不认同伽列的上述主张，特地写了一篇名为《比较文学的概念》（*Concept of Comparative Literature*）的短文予以回应及批评。[②] 在这篇文章中，韦勒克首先直言法国学派的比较文学在研究对象及方法上存在着显而易见的错误：

研究易卜生对萧伯纳的影响同研究华兹华斯对雪莱的影响，没有方法学上的差别。研究莎士比亚对18世纪英国的影响和研究莎

---

① 伽列：《〈比较文学〉初版序言》，李清安译，见北京师范大学中文系比较文学研究组选编：《比较文学研究资料》，北京：北京师范大学出版社1986年版，第42—44页。

② 这篇文章于1953年发表在维尔纳·弗利德里希主编的该年度的《比较文学和总体文学年鉴》上。

士比亚对18世纪法国的影响，也没有差别。

如果我们把比较文学研究局限于两种或多种文学之间的关系上，如果我们把它看做仅仅是文学“外贸”（“foreign trade” of literature），那就无法产生独特的东西，无法产生独特的方法学，剩下的只有文学史零散破碎的片段，脱离了文学发展的活跃进程。[①]

其次，对于伽列所热衷的形象学研究，韦勒克同样不以为然，认为这样的研究会把比较文学导入歧途：

了解美国人当前在法国的形象以及这一形象是怎样和为什么产生的等等问题，这对美国之音评论员来说是重要的。应该说，文学作品在这一形象的形成过程中起了一定的作用，但不能夸大这一作用。那样的话，美国游客和士兵的实际行为，以及时事政治，就会远比小说家所塑造的现象重要得多。把兴趣集中于作品中反映的形象，与过去那种“题材史”相比，真是有过之而无不及：英国舞台上的爱尔兰人？伊丽莎白时代剧作中的意大利人？就像克罗齐在论述德国的一篇论述玛丽·斯图亚特[②]时期题材的论文时早就指出的那样，这类研究缺乏文学连续性，充其量不过是诸形象的社会史，文学知识消散在心理学和社会学之中。[③]

---

① 转引自胡戈·狄泽林克，《比较文学导论》，方维规译，北京：北京师范大学出版社2009年版，第49—50页。

② 玛丽·斯图亚特（Mary Stuart，1542—1587）：1542至1567年为苏格拉女王。

③ 转引自胡戈·狄泽林克：《比较文学导论》，方维规译，北京：北京师范大学出版社2009年版，第50页。

最后，韦勒克对于法国学派区分比较文学与总体文学的做法，也给予了严厉的批评：

> 梵·第根先生给“比较文学”和“总体文学”做了划分，前者研究两种或多种文学之间的相互关系，后者涉及国际发展。但是，我们如何确定“莪相风格”[①]（Ossianism）是“总体”文学题材或是“比较”文学题材？我们无法令人信服地把瓦尔特·司各特在外国的影响和历史小说的时尚区别开来。“比较”文学和“总体”文学不可避免地会合二为一。[②]

需要指出的是，尽管韦勒克本人一再宣称他对于法国学派的批评纯属他的个人之见，“从未僭称要扮演美国学术界代言人的角色。……并不欣赏把自己置于反对法国或者甚至隐约地反对欧洲的奇特地位”，[③]

---

① 胡戈·狄泽林克的《比较文学导论》对于“莪相风格”的注释：莪相（Ossian）原为传说中三世纪左右的英雄及行吟诗人，生活于爱尔兰及苏格兰高地。1760—1763年，麦克森（James Macpherson）发表了一系列诗作，称之为莪相的作品。一些学者惊叹不已，视之为文学上的一大发现；但是大多数人断定其为麦氏伪作。“莪相风格”是指莪相式的诗，诗的形式属于诗化的散文。“莪相风格”充满高尚的情操，是一种对自然的浪漫恋慕，且弥漫着忧郁的气氛，因而掀起全欧洲浪漫主义热潮，尤其是推动了法国，特别是德国的浪漫主义文学的发展。斯达尔夫人把欧洲文学分为南方文学和北方文学：南方文学的始祖是古希腊诗人荷马，北方文学的鼻祖则是莪相。见胡戈·狄泽林克：《比较文学导论》，方维规译，北京：北京师范大学出版社2009年版，第51页。

② 转引自胡戈·狄泽林克：《比较文学导论》，方维规译，北京：北京师范大学出版社2009年版，第51页。

③ 雷内·韦勒克：《今日之比较文学》，黄源深译，见干永昌等编选：《比较文学研究译文集》，上海：上海译文出版社1985年版，第165页。

但由于他个人的丰富的学术成长经历，以及他在美国文学研究领域内卓越的理论建树和学术影响力，使他在二十世纪五十年代就已经被公认是美国文学研究领域尤其是美国比较文学方面的代表性人物，而他在 1958 年国际比较文学学会第二届年会上的著名发言《比较文学的危机》（*The Crisis of Comparative Literature*），更是被人众口一词地尊奉为比较文学美国学派挑战法国学派的"宣言"。

第二节
美国学派对于法国学派影响研究的质疑与批评

1958 年，国际比较文学学会第二届年会在美国北卡罗莱纳大学的所在地教堂山举行。国际比较文学学会（the International Comparative Literature Association，简称 ICLA）是 1954 年成立的比较文学的国际性组织，并于 1955 年在意大利威尼斯举行了第一届年会，大会的主题是"世界各国现代文学中的威尼斯"，来自全球（主要是欧洲）的三十多位比较文学学者参加了此次大会，会议选举法国巴黎大学的伽列和意大利佛罗伦萨大学的卡罗·佩雷特利尼（Carlo Pellegrini）为国际比较文学学会会长，并定下学会以后每三年召开一届年会的章程。不过，美国学者并没有参加国际比较文学学会的首届年会，其原因诚如韦勒克所指出的："一方面因为季节晚了，美国人不可能光临；另一方面因为大会的中心议题'文学中的威尼斯'没有得到美国学者的响应（虽然它并非与美国毫不相干，如果我们想到豪威尔斯[①]、

① 豪威尔斯（Willian Dean Howells，1837—1920），十九世纪后半叶二十世纪初美国小说家和文学批评家，著有《一个现代的例证》《塞拉斯·拉法姆发家记》等。

亨利·詹姆斯[①]、甚至海明威的话)。因此，教堂山会议使美国比较文学家们得以首次正式与他们的欧洲同人会晤”。[②]北卡罗莱纳大学是公认的美国比较文学的重镇之一：北卡罗莱纳大学在1925年设立了比较文学系。1936年，美国著名比较文学学者维尔纳·弗利德里希担任北卡罗莱纳大学的比较文学教授，在北卡罗莱纳大学进行了比较文学的教学改革，使之成为美国大学比较文学教学的样板。1950年，弗利德里希与巴登斯贝格合编的《比较文学书目》由北卡罗莱纳大学出版。1952年，弗利德里希创刊了《比较文学与总体文学年鉴》(*Yearbook of Comparative and General Literature*，简称YCGL)，使之成为二十世纪五十年代美国最重要的一份比较文学杂志。所以，国际比较文学学会把第二届年会的召开地选在北卡罗莱纳大学的教堂山，显然看重的是北卡罗莱纳大学在美国比较文学中的重要地位，而本届年会的主题“欧美文学之关系”，也要凸显的是欧洲文学与美国文学之间的密切关联。然而，按照国际比较文学学会的最初安排，参加此界年会的除了四十几位来自欧洲的比较文学学者之外，只邀请了当时拥有国际比较文学学会资格的少数美国会员。这自然引起了美国学者方面对于大会安排及组织的不满。幸好的是，大会组织者弗利德里希后来改变了原定计划，把原先只对国际比较文学学会会员或工作人员开放的小型年会，改为有更多文学研究学者参与的大型座谈会，这使得包括韦勒克在内的众多美国学者有机会参加了这次年会。但让人意想不到的是，代表美国学者发言的韦勒克在其题为《比较文学的危机》的会议论文

---

① 亨利·詹姆斯(Henry James，1843—1916)，十九世纪后半叶二十世纪初美国小说家和文学批评家，著有《一位女士的画像》《鸽翼》《使节》《金碗》等。

② 雷内·韦勒克：《今日之比较文学》，黄源深译，见干永昌等编选：《比较文学研究译文集》，上海：上海译文出版社1985年版，第159页。

的开篇，就以挑战的口吻提出了对于主导了比较文学近半个世纪的法国学派的比较文学纲领的强烈质疑及批判：

> 世界（或更准确地说，我们这个世界）起码自1914年起就一直处于永久性的危机状态之中。大约自同时开始，文学研究同样也一直因为不同方法间的冲突而四分五裂，只是不那么激烈，不那么引人注目。十九世纪学术界确信不疑的观念，简单地相信任何积累起来的事实，希望这些砖可以用于建筑知识的金字塔，相信可以仿照自然科学的模式以因果关系来解释一切——对所有这些观念早已有人提出过反对意见了：在意大利有克罗齐，在德国有狄尔泰等人。因此，最近几年不能说有什么特别之处，也不能说文学研究的危机已到了可以解决或可以暂时缓和的时刻。我们的目的和方法仍需要重新检查。在过去十年中，梵·第根、……伽列、巴登斯贝格……等几位大师的过世，实在具有一点象征的意味。
>
> 我们至今还不能明确确定研究主题和具体的研究方法，就足以说明我们的研究尚处于不稳定状态，我认为巴登斯贝格、梵·第根、伽列和基亚提出的纲领性意见还没有解决这个基本课题。他们把过时的方法强加于比较文学，使之受制于早已陈腐的十九世纪唯事实主义、唯科学主义和历史相对论。[①]

并具体列出了法国学派导致比较文学发展停滞不前导致学科危机的三大症状。

---

① 雷内·韦勒克：《比较文学的危机》，沈于译，见张隆溪选编：《比较文学译文集》，北京：北京大学出版社1982年版，第22页。

首先是题材和方法的人为的划分。关于法国学派对于比较文学研究题材的划分，韦勒克直接挑战了梵·第根的《比较文学论》在比较文学与总体文学之间所作的区分："我们怀疑梵·第根试图区别'比较'文学和'总体'文学的尝试能否成功。据他说来，'比较'文学限于研究两种文学之间的相互联系，而'总体'文学关心的是席卷几种文学的运动和风气。这种区分肯定是站不住脚而且难以实行的。例如，为什么瓦尔特·司各特在法国的影响算是'比较'文学，而研究浪漫时代的历史小说就属于'总体'文学呢？为什么我们研究拜伦对海涅的影响应该有别于研究在德国的拜伦主义？"[①] 在韦勒克看来，法国学派把比较文学的研究对象人为地缩小成不同国家文学之间的事实联系或相互影响，对于比较文学而言，是非常不幸的：

> 那样，比较文学在主题方面就会成为一组零散破碎、互不相关的片段，一组随时被打散并脱离开有意义的整体的关系。这种狭隘意义上的比较学者，只能研究来源和影响、原因和结果，他甚至不可能完整地研究一部艺术品，因为没有一部作品可以完全归结为外国影响，或视为只对外国产生影响的一个辐射中心。……人为地把比较文学同总体文学区分开来必定会失败，因为文学史和文学研究只有一个课题：即文学。想把"比较文学"限于两种文学的外贸，就是限定它只注意作品本身以外的东西，注意翻译、游记、"媒介"；简言之，使"比较文学"变成一个分支，仅仅研究外国来源和作者声誉的材料。[②]

---

① 雷内·韦勒克：《比较文学的危机》，沈于译，见张隆溪选编：《比较文学译文集》，北京：北京大学出版社1982年版，第23页。

② 同上书，第23页。

关于法国学派对于比较文学研究方法的说明，韦勒克同样不能认同，直接断言其是一种“失败”之举：“不仅想使比较文学有特别的主题材料，而且有特别的研究方法，这种企图失败得甚至更为明显。梵·第根建立了两个标准，据说能使比较文学有别于国别文学的研究。他告诉我们，比较文学关心的是环绕着诗人的神话和传说，它只研究次要的和最次等的作家。但是，研究一国文学的人也完全可以做到这一点”。[①] 而对于在梵·第根之后的法国学派的伽列和基亚所热衷的形象学研究，韦勒克几乎照搬了他在五年前的文章中对于此种做法的不屑、嘲讽和批评：

伽列和基亚最近突然扩大比较文学的范围，以包括对民族幻想、国与国之间相互固有的看法的研究，但这种作法也很难使人信服。听听法国人对德国或英国的看法固然很好——但这还算是文学学术研究吗？这岂不更像是一种公众舆论研究，只是对美国之音的节目编辑人以及其他国家的同类组织有用？这只是民族心理学、社会学；而作为文学研究，只不过是过去那种题材史研究的复活。“法国小说中的英国和英国人”比“英国舞台上的爱尔兰人”或“伊丽莎白朝戏剧中的意大利人”，并不见得更好。这样扩大比较文学无异于暗中承认通常的主题搞不出什么结果——然而代价却是把文学研究归并于社会心理学和文化史研究之中。[②]

---

① 雷内·韦勒克：《比较文学的危机》，沈于译，见张隆溪选编：《比较文学译文集》，北京：北京大学出版社 1982 年版，第 23 页。

② 同上书，第 24 页。

其次是关于来源与影响的机械的概念。韦勒克指出：整个法国学派，无论是梵·第根和他的前辈还是他后来的追随者，由于机械地采用十九世纪实证主义的唯事实主义的观点看待文学研究，把它只作为来源与影响的考证，直接导致了比较文学研究的严重偏差，即：

> 他们相信因果关系的解释，相信只要把一部作品的动机、主题、人物、环境、情节等等追溯到另一部时间更早的作品，就可以说明问题。他们积累了大量相同、类似、有时是完全一致的材料，但是很少过问这些彼此相关的材料除了可能说明某个作家知道和阅读过另一个作家的作品以外，还应当说明些什么。然而艺术品绝不仅仅是来源和影响的总和：它们是一个个整体，从别处获得的原材料在整体中不再是外来的死东西，而已同化于一个新结构之中。因果解释只能导致“追溯到无限”，此外，在文学中似乎永远不能绝对成功地做到全然符合“有 x 必有 y”这一因果关系的第一要求。我不知道有哪一位文学史家向我们证实了这种必然联系，甚或有能力证实这一点，因为艺术作品是由自由的想象构思而成的整体，如果我们把它分为来源和影响，就会破坏它的完整性和意义，所以孤立地找出艺术品中的原因是根本不可能的。[①]

在韦勒克看来，真正的文学艺术研究所应关注的绝不是文学作品之外的死板的事实，而是文学作品自身的价值和质量，即：

---

① 雷内·韦勒克：《比较文学的危机》，沈于译，见张隆溪选编：《比较文学译文集》，北京：北京大学出版社 1982 年版，第 24—25 页。

> 今天的文学研究首先需要认识到明确自己的研究内容和重点的重要性。必须把文学研究区别于常常被人用以代替文学研究的思想史研究，或宗教和政治的概念和情感的研究。许多研究文学、尤其是研究比较文学的著名学者其实并非真正对文学感兴趣，他们感兴趣的是公众舆论史、旅行报告、民族性格等等——简言之，在于一般文化史。但是，文学研究如果不决心把文学作为不同于人类其他活动和产物的一个学科来研究，从方法学的角度说来就不会取得任何进步。因此我们必须面对“文学性”这个问题，即文学艺术的本质这个美学中心问题。[①]

并力主把文学作品的美学研究置于文学研究中的中心地位：

> 如果这样理解文学研究，则文学作品本身将必然成为问题的焦点，我们也会认识到，在研究艺术品与作者心理的关系或与作者的社会环境的关系时，我们是在研究不同的问题。我已说明可以把艺术品设想为一个符号和意义的多层结构，它完全不同于作者在写作时的大脑活动过程，因此也和可能作用于作者思想的影响截然不同。在作者心理与艺术品之间，在生活、社会与审美对象之间，人们正确地认为有所谓“本体论的差距”（“ontological gap”）。我把艺术品的研究称为“内在的”，而把研究它同作者的思维，同社会等等的关系称为“外在的”。可是这个区别并不意味着应该忽略甚至蔑视产生

---

① 雷内·韦勒克：《比较文学的危机》，沈于译，见张隆溪选编：《比较文学译文集》，北京：北京大学出版社1982年版，第30页。

> 作品的诸关系，也不意味着内在的研究仅仅是形式主义或不适当的唯美主义。经过仔细考虑才形成的符号和意义分层结构的概念，正是要克服内容和形式分离这个老矛盾。艺术品中通常被称为“内容”或“思想”的东西，作为作品的形象化意义的世界的一部分，是融合在艺术品结构之中的。……在我看来，唯一正确的概念是一个断然“整体论”的概念，它视艺术品为一个多样统一的整体，一个符号结构，但却是一个有含义和价值，并且需要用意义和价值去充实的结构。相对论的好古主义和外部形式主义都是使文学研究失去人情味的错误尝试。文学研究不可能而且也不应该把文学批评排除在外。[1]

最后是狭隘的文化民族主义的泛滥。韦勒克指出：巴登斯贝格在《比较文学：名称与实质》中提出了比较文学超越国别文学狭隘的民族主义的新人文主义设想，但令人遗憾和感到反讽的是，比较文学在法国学派的影响之下，却反过来成为各国片面宣扬文化民族主义的促进因素，即：

> 过去50年中实际进行的“比较文学”研究的心理和社会动机存在着一种矛盾状态。比较文学的兴起是为反对大部分十九世纪学术研究中狭隘的民族主义，抵制法、德、意、英等各国文学的许多文学史家们的孤立主义。……但是，这种想作为各民族之间的协调因素的真诚愿望，却常常被当时当地狂热的民族主义所淹没和歪曲。

---

① 雷内·韦勒克：《比较文学的危机》，沈于译，见张隆溪选编：《比较文学译文集》，北京：北京大学出版社1982年版，第31页。

> 阅读巴登斯贝格的自传《生活在他人之间》，我们会感到他的每一行动都是基于一种强烈的爱国情绪：1914 年在哈佛挫败德国的宣传，1915 年在哥本哈根拒绝会见勃兰兑斯，1920 年赴解放了的斯特拉斯堡，对这一切他都颇感自豪。伽列论《歌德在法国》的书中有一篇前言，论证说歌德属于全世界，而作为莱茵河的儿子，尤其属于法国。[①]

韦勒克特别强调他的意思并不是说这些学者的爱国主义不好或者不对甚或是不高尚，而是不满这种爱国主义动机助长了比较文学研究中的狭隘的文化民族主义倾向：

> 法、德、意等国的比较文学研究许多基本上出于爱国主义动机，结果成了一种记文化账的奇怪做法，极力想可能多地证明本国对别国的影响，或者更为巧妙地证明本国比任何别国更更全面地吸取并“理解”一位外国名家的著作，想借此把好处都记在自己国家的账上。基亚先生为大学生写的小册子里列的图表，近乎天真地表现出了这一点：表中专门留有空格子准备列入尚未有人写出的论龙沙在西班牙，高乃依在意大利，帕斯卡在荷兰的影响等论文。甚至在美国也能发现这种文化扩张主义，总的说来，美国不大受这种影响，一半是因为它可供吹嘘的东西本来就不多，一半也是因为它不大关心文化政治学。可是，一部多人合作、写得很好的《美国文学史》（R. 斯

---

① 雷内·韦勒克：《比较文学的危机》，沈于译，见张隆溪选编：《比较文学译文集》，北京：北京大学出版社 1982 年版，第 26 页。

彼勒，W. 李普等人合编，1948），仍然不假思索地宣称陀思妥耶夫斯基是艾伦·坡乃至霍桑的追随者。[①]

并呼吁美国学者超越狭隘的文化民族主义的窠臼，引领比较文学的正确发展方向：

在美国，我们站在大洋彼岸注视整个欧洲，比较容易采取某种超脱态度，不过必须以脱离根基和精神上的流放为代价。然而我们一旦把文学不是当作争夺文化威望的论战中的一个论据，不作为外贸商品，也不当成民族心理的指示器，我们就将获得人类能够获得的唯一真正的客观性。它将不是纯粹中性的唯科学论，也不是冷冰冰的相对主义和纯历史主义，而是直接接触对象的本质：引向分析并最终引向价值判断的冷静而又专注的凝神关照。我们一旦把握住了艺术与诗的本质，它战胜命运、超越人类短促的生命而长存的力量，还有它那创造一个想象的新世界的能力，民族的虚荣心也就会随之而消失。那时出现的将是人，普通的人，各地方、各时代、各种族的人，而文学研究也将不再是一种古玩式的消遣。不再是各民族之间赊与欠的账目清算，甚至也不再是相互影响关系网的清理。文学研究像艺术本身一样，成为一种想象的活动，从而成为人类最高价值的保存者和创造者。[②]

---

① 雷内·韦勒克：《比较文学的危机》，沈于译，见张隆溪选编：《比较文学译文集》，北京：北京大学出版社 1982 年版，第 27—28 页。

② 同上书，第 32 页。

韦勒克的《比较文学的危机》对于法国学派影响研究的质疑及批评，很自然地让人联想起半个世纪前克罗齐对于比较文学的反对和否定。然而，在克罗齐的时代，当时的比较文学学科尚未完全确立，且克氏本人也是以比较文学的外部的反对者的面目出现的。而韦勒克此次对于比较文学法国学派影响研究的发难，却是比较文学学科在法国学派正式确立了比较文学的研究对象、方法论原则之后，在比较文学内部引发的一次严重的危机。同时，尽管韦勒克一再表白他对于法国学派的质疑及批评仅为其个人之见，但他的主要见解或主张却无疑反映或代表了当时美国比较学界不满于法国学派继续主宰比较文学学科未来发展的集体倾向或共同呼声，韦勒克的《比较文学的危机》被公认是美国比较文学界挑战法国学派奠基美国学派的基石的原因，也正在于此。

第三节
美国学派是否真的完全排斥法国学派的影响研究？

关于比较文学的研究对象或内容方面，美国学派是明确地反对法国学派将其局限于不同国家文学之间的事实关联或影响作用的。美国学派的另一位代表人物亨利·雷马克在《比较文学的定义与功用》一文中给比较文学下了一个经典的美国学派的定义："比较文学是超出一国范围之外的文学研究，并且研究文学与其他知识和信仰领域之间的关系，……简言之，比较文学是一国文学与另一国或多国文学的比较，是文学与人类其他表现领域的比较"，[①] 并特别强调：尽管美国学派和法

① 亨利·雷马克：《比较文学的定义和功用》，张隆溪译，见张隆溪选编：《比较文学译文集》，北京：北京大学出版社 1982 年版，第 1 页。

国学派都赞同比较文学是超出国界的文学研究，但两者之间的根本差别是法国学派强调比较文学必须是对有事实关联的文学研究，而美国学派则认为比较文学不是简单的影响文学，而是不同国家的文学，不论相互之间是否有影响，“都是卓然可比的”。[①] 正因如此，相对于法国学派基于事实关联的影响研究，美国学派的比较文学研究被定性为无需考虑事实关系的平行研究。而在此后有关法国学派与美国学派的学术论争中，美国学派的平行研究与法国学派的影响研究，似乎成为势不两立的比较文学研究方式或原则。然而，美国学派的平行研究是否真的完全排斥法国学派的影响研究呢？我们不妨以美国学派对于欧洲浪漫主义文学的平行研究为例，看看事情的究竟。

在美国学派的比较文学实践中，对于欧洲各国的浪漫主义文学的“平行”研究一直是美国比较文学研究中的一个引人注目的领域。美国比较文学学者如此关注欧洲的浪漫主义文学，一个显而易见的事实当然是浪漫主义文学与比较文学之间存在着密切的亲缘关系，比如，英、法、德、意等国的比较文学的兴起最初都与本国的浪漫主义文学研究息息相关，以及浪漫主义文学运动也很早就被划定属于比较文学的“总体文学”部分等等，但更为直接的原因则是美国文学批评界对于“浪漫主义”和“浪漫派”的质疑和挑战：

> 术语“浪漫主义”（romanticism）和“浪漫派”（romantic）在很长一段时间以来，一直受到攻击。A. O. 洛夫乔伊在一篇题为《论浪漫主义的分野》的著名论文中层引人注目地争辩道：“‘浪漫派’这

---

① 亨利·雷马克：《比较文学的定义和功用》，张隆溪译，见张隆溪选编：《比较文学译文集》，北京：北京大学出版社 1982 年版，第 2 页。

一单词的含意太复杂了，以至它本身什么含意都没有了。它已停止履行一个词语符号的功能。”洛夫乔伊提议，为了弥补这个“文学史和文学批评的丑事”，需要向人们证实“一个国家的‘浪漫主义’可能与另一个国家的‘浪漫主义’根本没有什么共同点；事实上，存在着无数的浪漫主义运动和性质上可能截然不同的复杂观念。”他承认：“它们或许有一个公分母；但即便如此，这个公分母也从来没有被清楚地展示过。”此外，在洛夫乔伊看来，“浪漫派的观念大都不是清一色的，它们在逻辑上是各自独立的，其含义有时在本质上还是相互对立的。”[①]

作为对于上述挑战的回应，包括雷内·韦勒克和亨利·雷马克等人在内的美国比较文学的代表人物运用平行研究发表了一系列关于浪漫主义文学的比较文学论文，如雷内·韦勒克的《文学史上浪漫主义的概念》《再论浪漫主义》《德国和英国的浪漫主义的对比》，亨利·雷马克的《近年来西欧浪漫主义研究的趋势》《浪漫主义中的异国情趣》《对欧洲浪漫主义的界定》等等，反击洛夫乔伊对于浪漫主义的极端唯名论的错误指责，并力图证明“欧洲各主要的浪漫主义运动事实上形成了一个理论、哲学和风格的统一体，反过来，这些因素又形成了一组连贯一致而又相互关连的思想观念”。[②]其中，最具代表性的就是雷内·韦勒克的长篇论文《文学史上浪漫主义的概念》（*The Concept of Romanticism in Literature History*）。

---

① 雷内·韦勒克：《文学史上浪漫主义的概念》，见《批评的诸种概念》，丁泓等译，成都：四川文艺出版社 1988 年，第 125—126 页。

② 同上书，第 126 页。

《文学史上浪漫主义的概念》全文共分两个部分：其一是“浪漫派”这一术语及其派生，其二是欧洲统一的浪漫主义运动。在文章中，韦勒克从词源流变入手，历史地追溯了“浪漫主义”和“浪漫派”的术语在欧洲各国的出现和派生，从中归纳、总结了欧洲浪漫主义文学运动的一体化性质及其所共有的美学观念，而其中的关键，就是韦勒克对于欧洲各国浪漫主义之间的亲缘关系的梳理。韦勒克指出，德国文学理论家施莱格尔兄弟在十九世纪初关于浪漫主义的系列演讲，“将古典文学与浪漫文学的差异视为古代的诗与近代的诗之间的差异进行了详尽的阐述，并将浪漫文学同进步的基督教文化联系起来。……其中，浪漫文学和古典文学的概念，与有机的和机械的概念、造型的和绘画的概念联系起来了。古代文学和新古典主义文学（主要是法国）与莎士比亚和加尔德隆的浪漫主义戏剧，完美的诗与无限期望的诗，被清楚地作了对比”，[①] 是浪漫主义概念在欧洲得以确认和流传的关键，形成了以德国为中心向四面八方进行浪漫主义传播的局面：

首先是距离德国较近的北欧国家，“早在 1840 年，J. 巴格森就写下了（或开始写了）德语的《浮士德》的仿作，其副标题为《浪漫世界或陷入混乱的小说》。巴格森至少在形式上是《钟声文学年鉴》编辑人。A. 奥伦斯莱格在十九世纪第一个十年，就把德国浪漫主义的概念带到了丹麦。在瑞典，围绕在《晨星》杂志周围的一群作家似乎已初次讨论过这些术语。1810 年，阿斯特的《美学》的部分译文出版了，并在《晨星》上得到了广泛的评论。这些文章涉及了施莱格尔、诺伐里斯和瓦肯洛德尔。在荷兰，我们发现 N. G. V. 卡姆本 1823 年详细阐述了古典

---

① 雷内·韦勒克：《文学史上浪漫主义的概念》，见《批评的诸种概念》，丁泓等译，成都：四川文艺出版社 1988 年，第 132 页。

诗同浪漫诗之间存在的差异”。[①]

其次是拉丁语系的法国和意大利。韦勒克指出，法国的“浪漫派”的术语和概念，所受到的最直接的影响就是德国，具体途径则是一位名叫 C. 维耶尔斯的德籍法国移民于 1810 年发表在《百科杂志》上的一封信，在这封信中，但丁和莎士比亚被描述为“经得起时间考验的浪漫主义者”，德国的“浪漫派”受到了赞扬。但同时，韦勒克也坦言，维耶尔斯的这篇文章在当时的法国“几乎没有引起任何注意”，一直到 1813 年，“浪漫主义”在法国的传播才出现了根本性的改变，“在这一年，S. 西蒙斯第的《南欧文学》在 5、6 两月出版。10 月，史达尔夫人的《论德意志》……在伦敦出版。……1813 年 12 月，A. W. 施莱格尔的《戏剧文学讲演录》的译本出现。译者为史达尔夫人的表妹 N. D. 索绪尔夫人。但最重要的事件还是《论德意志》1814 年 5 月在巴黎的再版。”[②] 关于“浪漫主义”在法国得以传播的关键，韦勒克认为，法国的“浪漫派”的概念都是从德国的施莱格尔这个中心散发出来的，西蒙斯第和史达尔夫人在其中担当了重要的中介作用：

> 没有必要再重述 A. W. 施莱格尔与史达尔夫人过从的情况。《论德意志》第十一章对古典艺术与浪漫艺术作了比较性的评述，其中包括古典的与雕塑的平行，浪漫的与绘画的平行，古希腊情节剧与近代性格剧之间的对比，命运诗与天命诗的比较，以及完美的诗与发展的诗的对比，诸如此类显然都是来自施莱格尔。西蒙斯第就个

---

① 雷内・韦勒克：《文学史上浪漫主义的概念》，见《批评的诸种概念》，丁泓等译，成都：四川文艺出版社 1988 年，第 134 页。

② 同上书，第 135 页。

人而言是不喜欢施莱格尔的，因为后者许多“反动的”观点令他震惊。在细节上，或许他从布特维克远比从施莱格尔引用得多；但他认为传奇文学在精神实质上是浪漫主义的，而法国的文学形式是其中的一个例外这一观点，无疑来自施莱格尔。他对西班牙戏剧和意大利戏剧之间的差异的描述，也是这样。

在法国，西蒙斯第、史达尔夫人和施莱格尔的三部著作引起了非常热烈的评论和讨论。……对学者气的西蒙斯第的反驳是相当温和的，对外国人施莱格尔的反驳却强硬了，对史达尔夫人的反驳则两者兼而有之，而且常常令人大惑不解。所有这些论战文章中，敌人都被称作“浪漫主义者”。①

意大利的“浪漫派”的概念，在韦勒克看来，同样是由施莱格尔到史达尔夫人这条线索传播的：

史达尔夫人的《论德意志》，争论自然也在那儿（意大利）扩展开来。她这本书早在1814年就译了过来。H. 雅伊的激烈地反浪漫主义的《论文学中的浪漫主义类型》发表于1814年，不久就出现在一部意大利译文中。史达尔夫人写的一篇论德文和英文翻译的文章所起的作用，也是众人皆知的。这篇文章引出了L. 迪·布雷蒙的辩护，但他所指的是作为一个法国事件的整个辩论，并且在术语中显然想到了“浪漫派”。这是些不仅赫尔德，甚至华顿也能理解的术

① 雷内·韦勒克：《文学史上浪漫主义的概念》，见《批评的诸种概念》，丁泓等译，成都：四川文艺出版社1988年，第135—136页。

语。……1817年，G. 格拉迪尼翻译了施莱格尔的《讲演录》，……小册子的大爆炸，即整个辩论的出现，……是1818年的事。……（“浪漫主义”）一个由史达尔夫人引进的含义广泛的类型学和历史学上的术语，成了一群作家的战斗口号。[①]

最后是英国。韦勒克指出，在英国的浪漫主义文学的发展过程中，施莱格尔和史达尔夫人的外来影响依然清晰可见：

古典派文学与浪漫派文学的区分，最先出现在柯勒律治1811年所作的讲演里，而且这种区分显然来自施莱格尔，因为这种区分同有机的和机械的概念，以绘画为代表的艺术和以雕塑为代表的艺术这一观点是相联系的，措词也紧紧追随着施莱格尔。但是这些讲演那时并没有发表，因此这种区分在英国流传开来是通过史达尔夫人的媒介作用，正是她才使施莱格尔赫西蒙斯第为英国人所认识。《论德意志》首先在伦敦出版，几乎同时就出现了英文译本。J. 麦金托什爵士和瑙威治的W. 泰勒发表的两篇文章，再一次在古典派文学和浪漫派文学之间划出了界线。泰勒提及了施莱格尔，而且了解史达尔夫人曾接受后者的影响。施莱格尔1814年在英国与史达尔夫人有过交往。他的《讲演录》的法文译本在《评论季刊》上获得了好评。1815年，一个名叫J. 布莱克的爱丁堡记者出版了他的英文译本，这个本子也受到了欢迎。有的评论文章把施莱格尔的区分重

① 雷内·韦勒克：《文学史上浪漫主义的概念》，见《批评的诸种概念》，丁泓等译，成都：四川文艺出版社1988年，第137—139页。

新划分得相当广泛，如赫兹里特在《爱丁堡评论》上的文章即是一例。施莱格尔对古典派与浪漫派的区分及其对莎士比亚的多方面的观点为赫兹里特所引用。另外，N. 德雷克在其《莎士比亚》(1817) 中，司各特在其《戏剧论》(1819) 和《奥利尔文学杂志》(1820) 中，都曾援引过施莱格尔这些论点，后面那个杂志还刊登了施莱格尔一篇论《罗密欧与朱丽叶》的旧文和译文。在施莱格尔著作的英译本发表后，柯勒律治在讲演中对他的观点的援引，这里就不再赘述了。[①]

这样，尽管"浪漫主义"在欧洲各国出现的时间晚近不同，相互之间的发展也并不同步，但借助着由施莱格尔到史达尔夫人的这条传播线索，韦勒克明确了欧洲各国浪漫主义文学之间事实存在着的亲缘关系，并从中归纳出欧洲浪漫主义文学运动的共同的美学观念。[②] 因此，尽管韦勒克的《文学史上浪漫主义的概念》从表面上看是对于牵涉到

① 雷内·韦勒克：《文学史上浪漫主义的概念》，见《批评的诸种概念》，丁泓等译，成都：四川文艺出版社 1988 年，第 140—141 页。

② 韦勒克在《文学史上浪漫主义的概念》发表之后，针对学界对他在文章中所归纳、总结的欧洲浪漫主义文学的共同美学价值的不同看法，韦勒克特地写作了《再论浪漫主义》一文，除了为自己所提出的欧洲浪漫主义文学拥有共同美学价值的观念辩护之外，还特别指出：尽管有关批评者所指出的在欧洲的浪漫主义文学运动中，英国的柯尔律治与德国浪漫派之间只有过几次接触，且双方对于浪漫主义的理解并不完全一致，但是，"指出他们那个时代的接触不频繁和他们个人的意见远非完善，企图以此解决德英浪漫主义的关系问题，肯定是不可能的"。参阅雷内·韦勒克：《再论浪漫主义》，见《批评的诸种概念》，丁泓等译，成都：四川文艺出版社 1988 年，第 202 页。

欧洲多国且时间跨度很长的浪漫主义文学的一种平行研究，但其总结欧洲各国浪漫主义文学的共有美学价值的关键却是对于欧洲各国浪漫主义之间的亲缘关系的实证主义的梳理，这是非常典型的法国学派的影响研究的表现。事实上，欧洲的浪漫主义文学之所以可以被看作一场统一的文学运动，其根本的原因就是在于欧洲各国的浪漫主义文学之间存在着显而易见的亲缘关系。况且，众所周知的是，欧洲的文学本身在历史上就是同源的，同时在欧洲文学的发展过程中各国文学之间的相互联系又是非常紧密的，所以，即便是从平行研究的角度上看，美国学派对于类似欧洲浪漫主义文学的这种所谓的"平行研究"，绝不是其所标榜的"绝对的平行"，而是局限于欧洲或西方文学内部的"有限的平行"，[①] 这种"有限的平行"之所以能够成立，主要就是基于欧洲或西方文学的同源性和历史上业已形成的相互之间的密切的关联，正因此，美国学派的韦勒克在进行类似欧洲浪漫主义文学的"平行研究"

① 所谓"有限的平行"，就是将平行研究限定在一定的范围之内，确切地说就是限定在西方文化范围之内，诚如维斯坦因在《比较文学与文学理论》一书中所说："我不否认有些研究是可以的，……但却对吧文学现象的平行研究扩大到（东西）两个不同的文明之间仍然迟疑不决。因为在我看来，只有在一个单一的文明范围内，才能在思想、感情、想象力中发现有意识或无意识地维系传统的共同因素。这些共同的因素如果差不多同时发生，就被看作有意义的共同潮流，即便超越了时空的界限，也常常形成一种令人惊异的粘合剂，……而企图在西方和中东或远东的诗歌之间发现相似的模式则较难言之成理"。而所谓"绝对的平行"，则是维斯坦因在《我们从何处来，是什么，去何方——比较文学的永久危机》一文中反思欧洲中心主义立场后对于平行研究所持的一种新的、开放性的立场，也即他原先在"有限的平行"中所质疑的没有事实联系的、超越东西方文化的平行比较研究。关于以上方面，可参阅刘象愚：《比较文学与文学理论·中文译者前言》，沈阳：辽宁人民出版社 1987 年版，第 5—6 页。

时，不可避免地运用到法国学派历史地追索欧洲各国浪漫主义文学的亲缘关系的“影响研究”。这也反过来提醒我们，没有必要把美国学派的平行研究看作与法国学派的影响研究势不两立的一种研究范式或方法，而美国学派与法国学派的论争之后的比较文学最终出现两大学派从对立走向融合的发展趋势，也清楚地说明了这一点。

第五章

比较学界对于影响研究的反思、吸纳及新见解

1958 年美国学者雷内·韦勒克在国际比较文学学会第二届年会上发表《比较文学的危机》，直接引发了比较文学内部法国学派与美国学派之间的激烈论争。固然，从消极的一面讲，法国学派与美国学派之间的论争，由于牵涉到参与论争者的不同国籍、学派主张甚至个人情绪，造成了比较文学内部的分裂和危机，但从积极的方面而言，法国学派与美国学派之间在有关比较文学的学科定位及研究方法上的不同见解的交锋与碰撞，也让包括法国学派和美国学派在内的国际比较学者对于比较文学的发展现状及未来走向，进行了严肃而认真的思考，不仅促使了法国学派对于自身的影响研究予以反思，而且美国学派也对法国学派的影响研究中的合理部分给予了吸纳，比较学界由此发展出对于比较文学影响研究的新见解。

第一节
法国学派对于自身的影响研究的反思

说实话，在二十世纪五十年代末法国学派遭到美国学派的质疑和挑战之时，法国学派中的许多学者一开始在情绪上是不能冷静接受的。毕竟，在比较文学的早期发展历史中，法国的比较文学在世界各国中的发展是最为顺利的，所取得的实绩也是最多的，尤其是法国学派经过巴登斯贝格、梵·第根等比较文学大师的理论奠定和研究实践，已经在二十世纪上半叶的国际比较文学界取得了公认的主导性地位。相较而言，美国比较文学的早期发展历史对于比较文学的定义和定位是模糊不清，美国比较学者在二十世纪五十年代之前，无论是在比较文学的理论认识上还是具体的研究实践上所取得的成就，都是无法与法国学派相提并论的，因此，在当时甫一受到美国学派的理论抨击，法国学派很自然地产生了一种被冒犯的不良情绪，而法国学派对于美国学派的理论回击，也不免掺杂了狭隘的文化民族主义意识和一些门派之见。但在法国学派与美国学派长达数年的激烈论争之后，包括法国学派在内的一些法国比较学者开始理性地看待美国学派对于自身的质疑及批评。关于这一点，诚如法国学派在二十世纪后半叶的代表性人物基亚后来在他的《比较文学》一书的再版序言中所指出的：

对确立比较文学的合法性我并不迟疑，我要使它在国家方面和“世界”方面的界限都能被标示出来，以便尽可能地达到既简单又忠实的要求。

在国家方面：把不同类型的二甚至三部著作集拢进行比较，这不等于是比较文学。……比较文学并非比较。比较文学实际只是一种被误称了的科学方法，正确的定义应该是：国际关系史。

关系，这个词在“世界”方面划出了一条界线。人们曾想，现在也还在想把比较文学发展成为一种“总体文学”来研究；找出“多种文学的共同点”（梵·第根），来看看它们之间存在的是主从关系抑或仅只是一种偶合。为了纪念“世界文学”这个词的发明者——歌德，人们还想撰写一部“世界文学”，目的是要说明“人们共同喜爱的作品的主体”（盖拉尔）。1951年时，无论是前一种还是后一种打算，对大部分法国比较文学工作者来说，都是些形而上学的或无益的工作。我的老师伽列继P. 阿扎尔和巴登斯贝格之后，认为什么地方的“联系”消失了——某人与某篇文章，某部作品与某个环境，某个国家与某个旅游者等，那么那里的比较工作也就不存在了，取而代之的如果不是修辞学，那就是批评领域的开始。

这就是美国学派和法国学派所争论的问题，这是人们常滥用的一种说法。值得庆幸的是，人们对比较文学的这种看法不是一份护照，从这个观点来看，许多每个人是“法国化”的，许多法国人却是“美国化”的。早在1953年，《比较文学杂志》的一份专刊就介绍了各种“倾向”：美国的、德国的、意大利的、法国的。1960年特灵菲（Robert Triomphe）汇报了有关苏联的《比较文学在国外》的研究。次年，出版了一本多人合撰的著述，这本书对法国这门学科所给予的解释比我们在国内所看到的范围要宽得多：亨利·雷马克写道：“这是给予一种文学与另一种文学的比较工作，是文学与人类其他表现形式的比较工作。”①

① 马·法·基亚：《比较文学·再版前言》，颜保译，北京：北京大学出版社1983年版，第2页。

不过，说到法国比较学者对于法国学派的影响研究的冷静反思，[①] 最具代表性的人物被公认是法国比较学者雷内·艾田伯（Rene Etiemble）。

艾田伯毕业于法国著名学府巴黎高等师范学院，先后在美国、墨西哥、埃及等国的大学执教多年，后来回国执教于蒙彼利埃大学和索邦大学。二十世纪五十年代末，艾田伯替代去世的伽列，担任巴黎大学的比较文学教授。不过，由于艾田伯对于比较文学的见解，并非是属于由巴登斯贝格、梵·第根到伽列的法国学派一脉，因此由艾田伯职掌法国学派的大本营巴黎大学的比较文学教席，在当时的比较学界曾引起广泛关注，而艾田伯本人由于在比较文学上不依循法国学派的旧路，公开宣称要在这门学科中引进“新观念”，而被比较学界戏称为法国比较文学的“捣蛋鬼”。[②] 在艾田伯看来，“比较学者的首要任务是反对一切沙文主义和地方主义。他们必须最终认识到，没有对人类文化价值几千年来所进行的交流的不断认识，便不可能理解、鉴赏人类的文化，而交流的复杂性又决定了任何人也不能把比较文学当作一种语言形式或某一个国家的事，包括那些地位特殊的国家在内”。[③] 对于法国学派与美国学派之间的激烈纷争，艾田伯没有因为自己是法国人就选择维护法国学派的立场，而是站在客观、公允的立场，对于法国学派所谓正统的影响研究主张进行了冷静的反思：

---

① 比如基亚在《比较文学·再版前言》中，尽管并不否认比较文学应该“不排除补充和更新”，但他同时希望人们“会发现一些过去曾多次受到诋毁的方法是丰富的”。况且，他的《比较文学》的再版，尽管对于一些过时的主张做了小幅的修正，但整体上并没有脱离法国学派的基本精神与理论主张。马·法·基亚：《比较文学·再版前言》，颜保译，北京：北京大学出版社 1983 年版，第 1—3 页。

② 参阅艾田伯：《比较不是理由：比较文学的危机》，罗芃译，见《比较文学之道：艾田伯文论选集》，北京：三联书店 2006 年版，第 45—46 页。

③ 同上书，第 4 页。

首先，艾田伯对于法国学派把比较文学的研究范围限定为不同国家文学之间的事实关联的影响研究的做法提出了批评。艾田伯指出：法国学派把比较文学看作文学史的一个分支，并自诩在比较文学中运用了朗松的历史方法，而实际上并没有真正明了其文学史研究的核心，即：

> 在这位最正统文学史的奠基人来说，历史方法远不足构成文学教学的核心，它只应该也只能打开一条理解的途径。这在那本统治法国教学半个世纪的《法国文学史》中是写得明明白白的。可是很遗憾，人们对这部书的旨趣一直没有弄清楚。不知道人们到底读过这本书的序言没有？下面这段话很值得我们深思："如果治文学不是为了修身养性，亦非为了赏心悦目，而是另有他求，那我就弄不懂了。欲执教者无疑需通晓系统的知识，治学需遵循一定的方法。不揣冒昧地讲，较之一般好文学之辈须有更加严格、更加精确、抑或更加科学的概念。然则有两点切不可忘记：一，教学生而不特别陶冶学生的文学情趣，此等先生实属劣等……二，为学者之前须先有对文学之兴味，否则万不能教好学生。"①

对于伽列等人把对丁不同国家文学或作家之间的事实联系的影响研究奉为法国学派的"正统"观念，艾田伯明确表示不能认同："法兰西学派有几位代表人物把……歪曲了的朗松方法机械地运用到比较文学中。在朗松的思想里，公允准确的历史研究只是文学研究、作品欣赏的前导。而这些人头脑发热，竟然企图把文学研究，甚至包括比较文学研

---

① 艾田伯：《比较不是理由：比较文学的危机》，罗芃译，见《比较文学之道：艾田伯文论选集》，北京：三联书店2006年版，第21—22页。

究，都限制在历史研究的范围之内”，[①] 并以自己的实际教学经历，证明了上述主张的荒谬：

我在蒙彼利埃时任教18世纪末欧洲的早期浪漫主义课。……我从文学史家的教本中把可以列举的词句都收拢来：自然、景色——心灵状态、爱情——激情、劫数、感觉、时光的流逝、衰败。总之，囊括无遗，然后我讲了一堂道地的保守观点的课，临下课时我说：“需要指出，关于欧洲早期浪漫主义我所引的话全部出自中国，从公元前的屈原到宋朝的诗人之口。”我这样做，……表示同意这种观点：作家、流派或者文学体裁之间事实联系的历史并不能包括比较文学的全部内容。因为，如果我能用公元前和公元后1至12世纪中国诗人的话说明18世纪欧洲早期浪漫主义的全部问题，那显然是因为到处都有文学形式、体裁不变的东西。一句话，因为到处都有人，都有文学。[②]

其次，艾田伯对于美国学派要求把文学批评引入比较文学研究的主张，很坦诚地予以肯定：

美国的韦勒克以及其他许多人是对的。他们认为，比较文学历史的研究和文学的比较研究并不相吻合。文学是人类加给自己自然语言的形式体系，文学的比较研究不应该局限于事实联系的研究，

① 艾田伯：《比较不是理由：比较文学的危机》，罗芃译，见《比较文学之道：艾田伯文论选集》，北京：三联书店2006年版，第22页。

② 同上书，第23—24页。

而应该尝试探讨作品的价值，对价值进行判断（为什么不这么做），甚至可以——这是我个人的意见——参与提出价值，这些价值将不会像我们现在依靠它们生活或者因为它们而每况愈下的价值那样缺乏依据。[①]

并且直言：“如果法国学派……很有理由加以重视的历史研究不着眼于使我们终于能够专门地谈论文学，甚至谈论一般的文学、美学和修辞学，那么比较文学就注定永远也不能成其为比较文学”。[②] 但同时，艾田伯也特别强调：他肯定美国学派把文学批评引入比较文学研究的主张，并不意味着他赞成他们以轻蔑的态度完全排斥有关来源、影响等实证主义文学研究的做法，而是有意提醒比较学界：

希望正确地理解我的意思。我的意思不是把历史学从我们的教学中剔除出去。就像有些人说的，我们已经置身于急流之中，历史从各个方面挤促、挤压我们，经常还压迫着我们。从历史的角度，起码对时空范围内的“事实联系”进行考察，我以为对每个比较学者来说都是合适的，甚至是必需的。……

我同时希望比较学者有鉴赏力，会欣赏。希望他学到的全部知识只不过为他后来阅读作品指出方法，使他与那些一无所知或者所知甚少的人相比能够有更深的理解，获得更大的愉悦，更多的快感。[③]

① 艾田伯：《比较不是理由：比较文学的危机》，罗芃译，见《比较文学之道：艾田伯文论选集》，北京：三联书店 2006 年版，第 24 页。

② 同上书，第 24—25 页。

③ 同上书，第 31—32 页。

并且认为：法国学派和美国学派，尽管在表面上两派之间似乎势不两立，而实际上它们之间应该是互补的、可以协调一致的，即：

> 把这样两种互相对立而实际上应该相辅相成的方法——历史的考证和批评的或审美的思考——结合起来，比较文学就会像命中注定似的成为一种比较诗学。由于这样的美学不是从思辨原则上加以推导的，而是在对体裁的历史演变或者从各种不同文化体形的（nature des cultures différentes）特点和结构上做了细致的研究之后归纳出来的，所以它不同于任何教条，它将会是有益的。………不论我们对美学如何入迷，我们谁也不会把自己的修辞理论强加于人，即令它是从体裁的历史中归纳出来的。但是，我们为什么要拒绝尝试建议一种固定因素系统，只要加以慎辨，这种系统就可以帮助现代文学摆脱混乱、迷惘、丑恶的状态。……在一个或者出于讥讽，或者出于挑战，那么多的人放弃了所有的美学原则，或者提出一些与他们口称热爱的艺术水火不容的规则的时代里，文学的比较研究，即使是相互毫无影响的文学之间的比较研究，对振兴今日的艺术也是有益的。[①]

很显然，作为一位法国比较学者，艾田伯对比较文学的上述认识是与法国学派的正统观念不合拍甚至相违背的，他这样的一位“捣蛋鬼”也因此遭受到一些保守的法国学派的批评或嫉恨。但是，作为一

---

① 艾田伯：《比较不是理由：比较文学的危机》，罗芃译，见《比较文学之道：艾田伯文论选集》，北京：三联书店 2006 年版，第 42—43 页。

位坚守世界主义信念的比较学者，[①] 艾田伯不囿于文化民族主义和门户之见，对于法国学派的影响研究的理性反思，体现了新一代法国比较学者务实和开放的一面；他对于法国学派和美国学派各自研究特点及存在不足的分析，则表明了他对比较文学研究中所面临的问题或危机的清醒认识；而他对于融合法国学派与美国学派的建议或展望，不仅在一定程度上起到了弥合了两派之间裂痕的缓和作用，而且也为比较文学的未来发展指出了一条切实可行的光明前景。

第二节
美国学派对于影响研究的合理吸纳

美国学派是作为法国学派的批评者在比较学界崭露头角的。公允地讲，美国学派对于法国学派把比较文学的研究对象局限于不同国家文学之间的事实关联的影响研究的硬性规定，以及其在影响研究方法上对于因果关系的简单化处理，提出了严厉的批评与质疑，并力倡把文学批评引入比较文学研究之中，在促进或推动比较文学的发展方面，起到了正面的、积极的作用。但也不必讳言，美国学派在最初挑战法国学派时，片面否定法国学派影响研究的价值或意义，且言辞刻薄、激烈，这也很自然地激起了法国学派的不满及反击，导致了在比较文

① 艾田伯是西方比较文学界最早提出打破“欧洲中心论”的著名学者，对于东方文学尤其是中国文学，表现出真诚的热爱，对于比较文学向包括东方文学在内的世界范围内的扩展，做出了积极的学术贡献。可参阅罗芃：《比较不是理由：比较文学的危机·译后记》，见《比较文学之道：艾田伯文论选集》，北京：三联书店2006年版，第222—235页。

学内部法国学派与美国学派长时间的论争。所幸的是，在历经多年的激烈论争之后，论战双方都开始理性地面对彼此之间的纷争和比较文学所存在的问题，在法国学派对自身的影响研究进行反思的同时，美国学派也对法国学派的影响研究的部分合理内容予以吸纳。

首先是雷内·韦勒克。如前所述，尽管韦勒克本人一再申明：他出生于欧洲，并无欧洲同行所怀疑的他移居美国之后所滋生的美国人反对欧洲的敌对立场，他本人也从未要扮演美国学术界代言人反对某一国或某一学派的角色，但是他不得不面对这样一个尴尬的局面：他的《比较文学的危机》，虽然只不过是重申了他本人过去多年来对于比较文学法国学派影响研究的不同看法和反对意见，然而，“遗憾的是，它被理解成为美国比较文学学派的一个宣言，是对法国学派的攻击”。[①]而且，更令韦勒克忧心的是，他的《比较文学的危机》就此引发了比较文学内部两派学者的激烈论争。所以，在事隔数年之后，在两派学者之间的对立情绪渐趋理性与和缓之际，韦勒克发表了《今日之比较文学》（*Today's Comparative Literature*）一文，回顾了他当初参加国际比较文学第二届年会的来龙去脉，并结合自己的学术经历，对《比较文学的危机》一文中批评法国学派的观点——反对研究内容上的人为的划分，反对渊源和影响的机械主义概念，以及反对文化民族主义的泛滥等等，做了细致的说明。在对自己无意间挑动了美国比较学界与包括法国学派在内的欧洲比较学界之间纷争的无心之过表示真诚的歉意的同时：

> 我也有自己的过失，在教堂山讲话中我没有充分提防这种误解，

---

① 雷内·韦勒克：《今日之比较文学》，黄源深译，见干永昌等编选：《比较文学研究译文集》，上海：上海译文出版社1985年版，第164页。

> 却认为人们会明白我曾为文学史作了辩护，例如在《文学理论》一书的最后一章中，我反对新评论派的反历史主义倾向；我认为人们会知道几年来我一向认为，研究各国文学及其共同倾向、研究整个西方传统——在我看来总是包括斯拉夫传统——同最终比较研究包括远东文学在内的一切文学之间，会产生相互影响。[①]

也坦率地指出：当今整个美学和艺术事业都面临着严峻的挑战，比较文学的发展也不断提出无数新课题和新问题，比较文学内部应该放下彼此间的门户之见、意气之争，携手共同应对这门学科的问题和挑战，即“我们必须在扩大和集中之间、民族主义和世界主义之间、把文学作为艺术来研究与把文学放在历史与社会中去研究之间，保持平衡。……（这样）我们不仅可以说在数量和范围方面有所进步——如果我们不怀疑‘进步’这个字眼的话——而且在质量方面如完美、微妙和深刻性方面都有所进步”。[②]之后，韦勒克又发表了《比较文学的名称和实质》一文。在文章中，韦勒克不仅从词源学入手追本溯源地梳理了“比较”、“文学”、“比较文学”的名称在各国的出源、演变及其含义，展现了论文作者足以媲美法国学派诸大师在语言史和文学史上的研究功力之外，而且在坚持对法国学派的影响研究观念的缺陷提出善意批评的同时，[③]也再次重申了把法国学派的文学史研究和美国学派的

---

① 雷内·韦勒克：《今日之比较文学》，黄源深译，见干永昌等编选：《比较文学研究译文集》，上海：上海译文出版社 1985 年版，第 165 页。

② 同上书，第 172—173 页。

③ 在《比较文学的危机》中，韦勒克对于法国学派的批评言辞激烈，火药味十足，而在《比较文学的名称和实质》中，韦勒克在谈及法国学派影响研究的缺陷时，在用语上无疑是善意和平和的。

文学批评整合进比较文学研究的理论设想：

> 我们最终可否这样来提出问题，即比较文学的定义最好是根据它的角度和精神，而不是根据文学中任何被分隔开的部分做出。比较文学将从一种国际的角度研究所有的文学，在研究中有意识地把一切文学创作与经验作为一个整体。……它的方法也不仅是一种：除了比较之外，还可以有描写、重点陈述、转述、叙述、解释、评价等。比较也不能仅仅局限在历史上的事实联系中，……比较的价值既存在于事实联系的影响研究中，也存在于毫无历史关系的语言现象或类型的平行对比中。……比较文学也不能仅仅局限在文学史中而把文学批评与当代文学排除在外。……即便是研究文学史上的文学现象，历史的方法也不是唯一可行的方法，文学作品是丰碑而不是文献。它们一旦产生之后对于我们就是可以接近的；它们要求我们找出理解它们的途径。文学传统中关于历史背景和地方的知识固然可以起作用，但决不是排它的，或者详尽无遗的。文学中的三个主要分支——文学史、文学理论和文学批评——是互相制约的，不可分割的，这正如民族文学的研究至少在思想上不能和文学总体的研究分家一样。比较文学只有在挣脱人为的桎梏，成为文学的研究之后才能繁荣起来。①

其次是亨利·雷马克。与韦勒克不愿被人贴上比较文学美国学派

---

① 雷内·韦勒克：《比较文学的名称和实质》，刘象愚译，见北京师范大学中文系比较文学研究组选编：《比较文学研究资料》，北京：北京师范大学出版社 1986 年版，第 28—29 页。

的代言人的标签不同，雷马克并不介意甚至主动对外公开他的比较文学美国学派的观点或立场。对于法国学派与美国学派之间的论争，雷马克曾有专文予以论述。在他看来，法国学派与美国学派之间的论战与分歧，代表的是两种不同的比较文学原则或观念。其中，法国学派代表的是比较文学的传统观念，由于比较文学最初是从文学史中分离出来的，所以法国学派的基本设想就是："比较文学是一个历史学科，而不是美学学科，与它发生关系是，也应该是'具体的现实'，是不同民族的作家、作品、读者和评论家之间真实的、有意识的和可见的联系。因此，法国的比较文学在传统上一直喜欢研究'传递方式'：放送者、接受者、媒介、翻译家和译作，作家在国外被接受的情况、他的成功和影响、作品、思想、母题、情节、主题、人物类型、情调、风格、体裁等，渊源，国外旅行，以及一国在另一国文学中的形象"；[①] 而美国学派代表的是比较文学的革新观念，由于美国的比较文学深受"新批评派"的影响，美国的比较文学学者更加注重文学批评与文学理论，所以美国学派的实质性主张在于："使文学研究得以合理地存在的主要依据是文学作品，所有的研究都必须导致对那个作品的更好的理解。他们认为，到目前为止比较文学领域时兴的许多研究所探讨的都是文学的那些边缘问题，它们不是越来越接近文学艺术品，而是越来越背离它。这些研究被赐予文学'外贸'的称号。如果比较文学制定自己'只触及每一国文学的外部边缘，而把其核心留给那些主要探讨一国文学的内部发展的学者'，那么它实际上就会比许多对一国文学中作

---

① 亨利·雷马克：《比较文学的法国学派和美国学派》，郭建译，见北京师范大学中文系比较文学研究组选编：《比较文学研究资料》，北京：北京师范大学出版社1986年版，66页。

家、作品的研究还要保守，还要残缺不全”。[①] 作为美国学派的一位代表性人物，雷马克对法国学派将文学批评和文学理论排除在比较文学研究之外仅仅专注于一国文学与另一国文学之间的事实关联的影响研究，坦率地提出了批评意见：

> 在我们看来，法国人对文学研究“可靠性”的要求现在已经显得陈腐了，……这个时代要求更多（而不是更少）的想象力。的确，影响问题是很微妙的问题，它要求研究者有极广博的知识和精巧的手段，而过去的一些努力在这两方面都还不足。有不少关于影响研究的论文过于注重追溯影响的来源，而未足够重视这样一些问题：保存下来的是些什么？去掉的又是些什么？原始材料为什么和怎样被吸收和同化？结果又如何？如果按这类问题去进行，影响研究就不仅能增加我们的文学史知识，而且能增进我们对创作过程和文学作品本身的理解。
>
> 影响研究如果主要限于找出和证明某种影响的存在，却忽略更重要的艺术理解和评价的问题，那么对于阐明文学作品的实质所做的贡献，就可能不及比较相互没有影响或重点不在于指出这种影响的各种对作家、作品、文体、倾向性、文学传统等等的研究。……
>
> 伽列和基亚对比较文学中大规模的综合颇感怀疑，在我们看来也过分拘谨了。我们必须综合，除非我们宁愿让文学研究永远支离破碎。……学术研究必须适当地审慎，但却不应该被不现实的求全

---

① 亨利·雷马克：《比较文学的法国学派和美国学派》，郭建译，见北京师范大学中文系比较文学研究组选编：《比较文学研究资料》，北京：北京师范大学出版社1986年版，70页。

> 责备弄得一事无成。[①]

但同时，雷马克也特别指出：法国学派的理论主张与具体实际之间是有明显区别的，其影响研究中的一些有价值的内容是不容忽视的，也是值得美国学派学习和关注的：

> 法国人幸而在实践中不像在理论上那么胆小和严守教条。比较文学有许多方面，尤其在比较研究的重大学术成果方面，大概大部分应当归功于法国人或在法国受训练的学者。戴克斯特的《卢梭与文学世界主义的起源》、巴登斯贝格的《歌德在法国》和《法国移民中思想的传播》、伽列的《歌德在英国》、阿扎尔的研究欧洲启蒙运动全貌的精彩专著等等，不过是法国人综合研究中的少数几个例子，这类研究的特点是处理比较和影响的问题十分妥帖灵敏，对文学价值和个人气质的特点了解得细致入微，并且极善于把观察得来的大量结果归纳进总体发展的清晰的轮廓当中。梵·第根和基亚的比较文学导论的法文著作本身就是切实可用的综合著述。另一方面，美国学者们必须注意，不要仅仅因为法国人似乎特别注重某些比较研究的项目（如研究接受、各国文学互相之间所持的态度、媒介、旅行、作者阅读外国文学作品的情况等）而排斥或忽略别的项目，就随便地放弃法国人喜欢研究的那些问题。[②]

---

① 亨利·雷马克：《比较文学的定义和功用》，张隆溪译，见张隆溪选编：《比较文学译文集》，北京：北京大学出版社 1982 年版，第 2—3 页。

② 同上书，第 4 页。

最后是乌尔利希·韦斯坦因。在国际比较学界，韦斯坦因以学风严谨、持论公允著称。他的比较文学的专著《比较文学与文学理论》，全面系统地论述了比较文学与一般文学研究中的重大理论问题，在西方的比较学界具有较大的影响，韦勒克称赞它是“同类著作中最好的一本，材料翔实，布局明朗，文字清晰，论断明智且宽容，是学习研究这一学科一本理想的教材”。[①] 在《比较文学与文学理论》一书的开篇，韦斯坦因就开宗明义地表示：他写作此书的一个基本立场就是要在法国学派和美国学派之间采取一条中间道路：“即在法国学派的正统代表们（以梵·第根、伽列和基亚为主）所持的相当狭隘的概念和所谓美国学派的阐释者们所持的较为宽泛的观点之间取中”。[②] 韦斯坦因的《比较文学与文学理论》，全书共分七章：第一章定义，第二章影响和模仿，第三章接受和效果，第四章时代、时期、代和运动，第五章体裁，第六章主题学，第七章各种艺术的相互阐发，无论是各章的标题目录，还是里面的具体内容，其涵盖或折中法国学派和美国学派的用意或安排都是非常明显的，诚如该书的中文译者刘象愚教授所归纳、总结的：

他力图避免两派的偏颇，走调和折衷之路。我们知道，法国学派由于过分强调“事实联系”而滑入了实证主义、唯事实主义和唯科学主义的泥淖，在具体方法上重历史、重考据、重统计，排除

① 转引自刘象愚：《比较文学与文学理论·中译者前言》，沈阳：辽宁人民出版社1987年版，第1页。

② 乌尔利希·韦斯坦因：《比较文学与文学理论》，刘象愚译，沈阳：辽宁人民出版社1987年版，第1页。

美学的、批评的探讨，在研究范围上则把自己限制在从文艺复兴至十九世纪以及以法、德、意等欧洲国家为中心的一个狭小时空中，这种做法显然是狭隘的、保守的；美国学派提出的平行研究在理论上使比较文学的范围大到无限，他们认为不论有没有“事实联系”，不同民族的作家只要明显可比，都是比较文学研究的题目，甚至文学和艺术、宗教、心理学、哲学等其他学科之间的比较也在比较文学的范围内。这一观点符合比较文学的宗旨，本没有什么不好，但因为在理论上还不完善，加之对审美价值判断的强调又往往容易造成对历史性和科学性的忽略，因此很容易出现牵强附会的乱比现象，从而失去研究的可靠性。针对法国学派的不足，威斯坦因提出比较文学不应排除民间文学、古代文学、中古文学，不应过分强调“事实联系”，忽略审美批评，造成材料堆砌；另一方面，针对美国学派的偏颇，他又提出要注意研究的可靠性，避免随意性、主观性，这些意见无疑极为精当。[①]

而其对于影响研究的关注及探讨，[②] 在美国比较文学学者中也是非常引人注目的：

影响研究百余年来一直被西方比较学者视为比较文学的基本方法，它自身已经形成了一个较为完整的体系。从给予影响方面来说，可研究作家在国外的命运、声誉、作品的流播等问题；从接受影响

① 刘象愚：《比较文学与文学理论·中译者前言》，沈阳：辽宁人民出版社 1987 年版，第 2—3 页。

② 有关乌尔利希·韦斯坦因对于影响研究的探讨，本书将在下一节中重点介绍。

> 方面来说，则可研究渊源、借代、模仿、改编等问题；而研究传播影响的媒介如翻译等则已形成所谓媒介学。在本书……中，作者援引众家的观点，对影响研究中诸如“影响”和“接受”、“模仿”和“创新”等有关概念作了详尽的探讨，并以许多实例加以说明。这在同类书中尚属首创。[①]

总之，美国学派对于法国学派的影响研究，既有对其人为地限定比较文学的研究对象及研究方法进行猛烈抨击的一面，同时又对其的合理内容部分给予肯定并主动吸纳的另一面，而这也正好与法国学派对于自身影响研究的理性反思，形成了一个相互呼应、融合互补的新局面，一同促进、推动了包括影响研究在内的比较文学的健康发展。

第三节
比较学界对于影响研究的新见解

威斯坦因的《比较文学与文学理论》在首章探讨了比较文学的定义之后，在次章“影响与模仿”部分，重点讨论了比较文学的影响研究问题，并挑明了探讨此一问题的两个重要原因：其一，“影响”是比较文学研究中的一个十分关键的概念，谈及比较文学，就不能回避对于比较文学所涉及的不同国家文学之间的影响研究作出解释；其二，自从美国学派与法国学派就影响研究发生激烈的论争之后，包括

① 刘象愚：《比较文学与文学理论·中译者前言》，沈阳：辽宁人民出版社1987年版，第3页。

伊哈布·哈桑（Ihab Hassan）、安娜·巴拉金（Anna Balakian）、哈斯克尔·勃洛克（Haskell Block）、克劳迪奥·纪延（Claudio Guillén）和约瑟夫·T. 肖（Joseph T. Shaw）等在内的知名比较学者，都对比较文学的“影响”概念，提出了新的解释。而威斯坦因在这一章的主要内容，就是结合比较学界对于“影响”的新见解，对于比较文学中的“影响”作出“明晰的界说”。[①]

关于比较文学的影响问题，威斯坦因明确指出：文学中的影响并非是如法国学派所说的可以归结为简单的、一成不变的因果关系。比如，俄国诗人莱蒙托夫（Mikhail Lermontov）的叙事长诗《当代英雄》的创作，其长篇叙事诗体的模式最先是受到他的俄国同胞普希金（Alexander Pushkin）的叙事长诗《欧根·奥涅金》的影响，而后者的这种叙事模式又是受到英国诗人拜伦（George Byron）的影响，普希金把拜伦的叙事诗模式引入俄国，并影响了包括莱蒙托夫在内的更多的俄国诗人，就此而言，莱蒙托夫所受的拜伦的影响是间接的。但同时，莱蒙托夫还直接回到了拜伦本人的作品，以便吸收这位英国诗人中被普希金所忽略或拒不接纳的某些特色。从这方面讲，莱蒙托夫所受的拜伦的影响又是直接的。这样，在莱蒙托夫与拜伦之间，就出现了一种复杂的双重影响的现象，诚如美国比较学者约瑟夫·T. 肖在《文学借鉴与比较文学研究》（*Literary Indebtedness and Comparative Literary Studies*）一文中所评论指出的：

> 文学影响研究中最复杂的问题之一，是直接影响和间接影响的

---

① 乌尔利希·韦斯坦因：《比较文学与文学理论》，刘象愚译，沈阳：辽宁人民出版社 1987 年版，第 27 页。

问题。一位作者可能把一位外国作者的影响引进自己的文学传统中，例如把拜伦的影响引进俄国。然后，这位接受了影响的作者向本民族的其他作者扩大这种影响。随着这种影响的不断扩展，它可以通过另一位本国作者回到原来那位外国作者的作品中去寻求材料、色彩、意象、效果等而获得丰富，而第二位本国作者所寻求的那些东西是第一位本国作者不曾采纳过的。①

在威斯坦因看来，要清楚地界定“影响”的概念，必须对“影响”与其密切相关而又有区别的概念进行区分，而法国学派的理论家们的问题恰恰在于他们并不愿意作这类区分。比如，梵·第根就以“在实践中，研究一个作家对另一个外国作家或外国文学的影响，和研究他在外国的声誉及被赏识的情况是紧密相关的……往往难分彼此”为由，拒绝区分“影响”和“效果”这样两个概念。②而基亚虽然明确地说要区分“扩散”、“模仿”、“声誉”和“影响”，但仍然把“影响”与“传播”、“效果”混为一谈。为此，威斯坦因特别介绍并引述了约瑟夫·T. 肖、安娜·巴拉金和克劳迪奥·纪延等学者对于“影响”及相关概念的新见解。

首先是约瑟夫·T. 肖对于“影响”与“模仿”之间的界定和区分。约瑟夫·T. 肖在《文学借鉴与比较文学研究》一文，对于“影响”和与之密切相关的诸概念如“翻译”、“模仿”、“仿效”、“借用”、“出源”、“类同”等，做了明确的定义及区分。其中，最为威斯坦因肯定的就是其对于“影响”和“模仿”的定义界定及区分：

---

① 乌尔利希·韦斯坦因对约瑟夫·T. 肖的这段引述见《比较文学与文学理论》，刘象愚译，沈阳：辽宁人民出版社 1987 年版，第 28 页。

② 乌尔利希·韦斯坦因：《比较文学与文学理论》，刘象愚译，沈阳：辽宁人民出版社 1987 年版，第 33 页。

文学影响究竟是一种有意识的借用，还是一种无意识的借用？在多大的程度上是或者不是？从双方互相依存的角度看，我们可以辩证地、尝试性地把影响看作是一种无意识的模仿，而把模仿看作是一种直接的影响。正如肖贴切地评述的那样："与'模仿'相反，'影响'表明"，受影响的作者所创作的作品完全是他自己的。影响并不限定在个别的细节、意象、借用甚或出源等问题——虽然它可以包括它们——而是通过艺术创作呈现出某种渗透，某种有机的融汇。奥尔德里奇把影响界定为"一个作者作品中的某种东西，假若他没有读过前一位作者的作品，这种东西就不可能存在"。他还指出，"影响并不是以一种单一的、具体的方式显示出来的，必须通过许多不同的表现去探寻"。换而言之，影响不能从量的角度去测定。奥尔德里奇的说法显然支持了肖的观点。

如果我们想彻底探查影响研究可能性的范围，我们可以考虑如下的一系列步骤：从逐字逐句的翻译开始，继而进入改编和模仿的高一阶段，最后到接受影响后形成的独创性艺术品。"独创性"可以用来指那些在形式和内容上的创新，也可以指那些对从不同的模式中借鉴来的东西加以融会化合并给以新的解释。……肖说，"在模仿中，作者尽可能放弃自己的创作个性，而去贴近另一个作者（往往是某一部作品）的创作个性，但同时又完全不受翻译忠实性要求的限制"。[①]

---

① 乌尔利希·韦斯坦因：《比较文学与文学理论》，刘象愚译，沈阳：辽宁人民出版社1987年版，第30—31页。

其次是安娜·巴拉金等人所提出来的“负影响”概念。威斯坦因指出：谈及影响，人们往往关注的是某一国的作者对于另一国作者及作品的学习、模仿和借鉴，这些都是带有正向作用的所谓影响，但是，在各国文学实践中，还存在着有意地嘲讽或歪曲某种作品的模式，如“滑稽模仿”（parody）、“歪曲模仿”（travesty）等，也即安娜·巴拉金所说的“负影响”（negative influences）：

> 作为具有创造性的文学类型，“滑稽模仿”和“歪曲模仿”起着产生所谓“负影响”的桥梁作用。安娜·巴拉金等学者提出，这一术语说明，一个民族文学中常常被外来模式激发出新思潮和信仰，以对抗流行的艺术理论和实践。文学史为我们提供了大量的例证，如雨果在他的剧作《克伦威尔》序中批驳高乃依和拉辛的新古典主义，菲立普·马利奈蒂[①]从未来主义的立场出发对“博物馆”艺术的无情拒绝。
>
> 正如巴拉金教授所说，一个民族文学中的子辈起来反对他们的父辈时，往往能够更令人强烈感受到这种“负”影响：“属于同一民族和语言范围的作家之间的影响常常是一种负影响，是一种相互反动、相互敌对的情形，也是以个人主义的名义拒绝接受老一辈作家作品中被认为是过时的东西。指出这一点是有趣的”。她还继续说，比较文学对文学史中这一显著的、有特色的现象却会很不关心，特别是在考虑接受外来影响时就更是如此，“因为人们往往是在成年，

① 菲立普·马利奈蒂（Filippo Marinetti，1876—1944），二十世纪意大利文艺理论家和诗人，1909 年在法国《费加罗报》上发表《未来主义的创立和宣言》，成为未来主义运动的倡导者。

也就是在迫切地感到需要借鉴别人的模式和接受引导时才阅读外国文学作品，所以就不再存在以其为敌的问题”。[①]

以及与之相类似的由法国学者罗伯特·埃斯卡庇（Robert Escarpit）所提出的“创造性叛逆”（creative treason）：

这位法国社会学的倡导者说明了这样一个著名的事实，即文学作品常常遭到后来甚至同时代读者大众的误解。他提出“重新发现”或“复活”的说法，以便使一部作品“超越社会的、空间的或时间的障碍，获得除原先设定的读者（听众）之外的大众的理解”。他还说：“我们看到，外国的读者大众与一作品没有直接接触。他们在此作品中发现的并不是作者要表达的。在他们的意图与作者的意图之间并没有偶然的巧合与会聚，却能和谐共存。这就是说，有些东西作者原来并没有打算要放入作品中，甚至没有想到它的存在”。

在翻译中，创造性叛逆几乎是不可避免的。意大利有一句俗语说，译者是叛逆（traduttore as a traditore），看来不无道理。从文学被接受的角度看，字对字的翻译在任何情况下（特别是在翻译抒情诗时）都不是无懈可击的。把一首诗从一种语言转换成另一种语言，只有当它能投合新的听众（读者）的趣味时才能站得住脚。这样，(如埃斯卡庇所说)：“由于使作品与广大听众有可能进行新的文学交流而赋予作品一种新的现实，使作品在下述意义上更为丰富，即

① 乌尔利希·韦斯坦因：《比较文学与文学理论》，刘象愚译，沈阳：辽宁人民出版社1987年版，第32—33页。

它不仅产生了效果，而且获得了第二生命”。[1]

再次是克劳迪奥·纪延所提出的“灵感”概念。威斯坦因指出：纪延拒绝接受文学影响的传统概念，认为“影响”的说法“是不恰当的，因为它限制了创造性和诗的想象力”，[2] 并鉴于“影响”所起的消极作用，纪延建议取消“影响”这一术语及其从美学领域引申的含义，采用“灵感”这个术语来表示艺术品及其渊源之间的一种心理学上的联系。在威斯坦因看来，纪延主张对文学影响进行心理学方面的探讨，对于突破过去施加在文学影响上的简单僵化的从X到Y的因果关系的解释，是有积极的促进作用的，即：

> 在文学影响的研究中，虽然更多地强调作品本身，但也必须给作者以应有的重视。……在决定影响的时候，我们就不得不作心理的探索，即便我们想避开心理学方面的问题，也是不可能的。……在《比较文学中影响研究的美学》这篇文章的开头，纪延就提出了这样的问题：“当我们谈对一位作家的影响时，我们是在作一种心理的陈述呢，还是在作一种文学的陈述呢？”……（并）评论说，“我们宁愿保留‘Y受了X的影响’这种模棱两可的说法，在这一说法中心理的因素与文学的因素混在了一起”。
>
> 纪延在他的系统论述中，力图解决这一明显的悖论，而在文学史的编写中，这已经成为人们用熟了的一个套语。纪延首先拒绝人

① 乌尔利希·韦斯坦因：《比较文学与文学理论》，刘象愚译，沈阳：辽宁人民出版社1987年版，第36页。

② 同上书，第39页。

> 们强调的一个假定：一切影响的基础是一个因果关系的链条。他指出我们实际上处理的是两个完全不同的系列，这两个系列与两种不同的亲和性有关联。这样，创作过程的心理在作家A与他的作品A1之间的空间起作用；接受过程的心理在作品A1与作家B之间的空间起作用；创作过程的心理这时被接受过程丰富，再次出现在作家B和他的作品B1之间。从理想的角度看，作品A1与作品B1同时应该超越心理上的主观主义，以一种严格的美学方式互相作用。[①]

但同时，威斯坦因也明确地表示，他本人并不赞同纪延用“灵感”来替代“影响”的做法，认为其不仅在逻辑上是错误的，而且在实践上也是不可行的：

> 纪延致力于为文学影响的研究建立一个新的基础，但他的做法却发生了错漏，或者说犯了一个逻辑错误，这就动摇了他建立的基本架构。因为他掩饰了，或者说忽略了他称之为影响的内涵，期望在严肃的科学研究中用另外一个术语“灵感”的全部内涵来对抗一切异议。……
>
> “灵感”实质上是一个心理学的范畴。它预示对一个诗人产生影响的结果，完全是一种个人经验，除了极个别的情形外，是不着痕迹的。即便这种灵感是一种天赐，它也总是艺术中的一个成分，从定义上看，它既不能转移，也无法表达。它往往标明了这样一个瞬

---

① 乌尔利希·韦斯坦因：《比较文学与文学理论》，刘象愚译，沈阳：辽宁人民出版社1987年版，第39—40页。

间，即从大量的主题、题材、创作方法中，即将孕育成形的作品的精华像电光一样在诗人的头脑中突然闪现。而且，灵感常常是从文学之外获取养分，如绘画、音乐、历史、生活等。……

所以，研究“灵感”时，我们要处理的实质上是一种情绪。除非诗人私下里允许我们窥视他心中的隐秘，我们便无从得知这种情绪究竟是什么。从定义上看，这种情绪很难获得科学的证明。因此，纪延所提出的方法是完全不实际的。[①]

最后还应指出的是，威斯坦因在《比较文学与文学理论》中探讨了“影响与模仿”问题之后，还在第三章专门讨论了“接受和效果”问题，并在开篇部分特别指出：

在前一章中，我已用相当的篇幅讨论了纪延的观点。他认为“影响”’是一个心理现象，在接受影响的作品中找不到可见的痕迹。我认为他这种观点在逻辑上和方法论上是很成问题的，因为他一方面引入“灵感”的概念，另一方面又引入了“传统”和“习俗”的概念。要想满意地解决这一问题，似乎只有在对“影响”和“接受”作出明确的区分之后才有可能。霍斯特·吕迪格把这一术语提到一个更严格的美学层面上，希望用“效果”（Survival，德语 Wirkung）或“挪用”（Appropriation，德语 Aneignung）来代替它。“影响”（influence）应该用来指已经完成的文学作品之间的关系，而“接受”

---

① 乌尔利希·韦斯坦因：《比较文学与文学理论》，刘象愚译，沈阳：辽宁人民出版社 1987 年版，第 42—43 页。

(reception) 则可以指明更广大的研究范围，也就是说，它可以指明这些作品和它们的环境、氛围、作者、读者、评论者、出版者及其周围情况的种种关系。因此，文学“接受”的研究指向了文学的社会学和文学的心理学范畴。[1]

所以，威斯坦因的第三章对于“接受和效果”问题的探讨，在内容上是直接承续第二章有关文学影响的讨论的。而从威斯坦因在这一章中对于“接受和效果”问题的实际说明来看，其核心内容也是围绕着对于“影响”、“接受”、“效果”等核心概念的界定和区分展开的，而且同样是重点介绍并引述了比较学界的知名学者有关“影响”与“接受”、“接受”与“效果”的最新研究成果。在这些比较学者中，除了第二章中已经提到的安娜·巴拉金、罗伯特·埃斯卡庇纪延之外，还有霍斯特·吕迪格 (Horst Rüdiger)、马克·斯比卡尔 (Mark Spilka)、克劳斯·鲁勃斯 (Klaus Lubbers)、阿洛伊斯·霍夫曼 (Alois Hofman) 等人，而通过威斯坦因对他们的最新研究成果的介绍及引述，也清楚地展示出比较学界对于传统的影响研究的新见解。

① 乌尔利希·韦斯坦因：《比较文学与文学理论》，刘象愚译，沈阳：辽宁人民出版社 1987 年版，第 47 页。

下编

比较文学影响研究的诸领域及研究案例

比较文学兼具理论及实践的双重性质，在上编部分对于比较文学的影响研究作了系统性的理论说明之后，在下编部分有必要对于影响研究所涉及的研究领域和研究案例，作相应的介绍和分析。法国学者梵·第根在《比较文学论》中，依照跨国界的文学影响的“经过路线”，把比较文学的影响研究所涉及的研究领域，具体划分为“文体与作风”、“题材典型与传说”、“思想与情感”、“源流”、“媒介”等部分，并列举了这些研究领域内有代表性的研究案例。美国学者威斯坦因则在《比较文学与文学理论》中，对于比较文学的影响研究领域，增加了“接受与效果”、“时代、时期、代和运动”的内容。本编在吸纳前辈学者的划类基础上，结合比较学界在影响研究上的具体实践，把比较文学的影响研究领域划分为“文体与风格”、“题材典型与传说”、“思想、情感与思潮”、“源流与舆誉”、“媒介”和“接受”诸章，并选取有代表性的研究案例给予分析、评述。

第六章

文体与风格

梵·第根的《比较文学论》把“文体与风格”列为比较文学的首要的研究领域，并说明了这样安排的原因：“当你们画一个人的肖像的时候，你们是先从他的外表著手的；你从外表过渡到他的性格和他的气质上。一部书就像一个人一样：在考察它的内容之先，我们得考察它的形式。而且不仅是一本书，却是表现著独立性和本位的一切写作物：一篇短篇小说，一篇论文，一篇戏曲，一首‘商籁体’。可是这种形式往往或则是从本国文学的传统而来的（这传统本身往往也是来自外国的），或则是从直接的外国影响而来的。因此比较文学家应该去探讨这位作家所选的艺术形式的来历，说明他在这方面是否有所革新，并且——如果可能的话——解释这种革新底无意识的缘由或故意的理由。文学传统在任何部分都没有像这里那样见重，各国文学的相互依赖关系在任何部分都没有像这里那样显得明白清楚。请你们不要以为比较文学的这一部分并没有什么大重要，形式并没有什么大关系。采用的文体，以及表现方式，都对于情感和思想起著作用，对它们加以推动或加以妨碍，使它们倾向某一方面。再则，从广义上说来，文学是写作的艺术；而在一切艺术之中，形式和作风是被人在它们之的或模仿的因子中研究者，其程度和在它们之个人的和独创的因子中相等”。[①]

第一节
文体的类型及比较文学关于文体演化的研究案例

文体，即文学体裁（genre），或者通俗地讲，就是文学的类型。在通常的文学类型的划分中，最为常见的就是散文体、诗歌体和戏剧体的三分法，故梵·第根在《比较文学论》中考察比较文学的文体研究时，就明确地要求按部就班地依照散文体、诗歌体和戏剧体的分类，分别予以说明：

关于散文体，梵·第根指出：“散文体”虽然没有“诗歌体”那样重要或权威，有一些旧有的散文体甚至一眼看上去似乎并没有发生明白的国际影响，但也值得研究一下，比如，“雄辩文”、“对话”、“随笔”以及“演说”等等，即：

> 古代的文体“雄辩文”，以及那宜于陈述意见辩论思想的特殊文体“对话”均如此：近代模仿柏拉图……的人们，往往是互相引起

---

① 梵·第根：《比较文学论》，戴望舒译，台北：台湾商务印书馆1937年版，第68—69页。

> 兴感的。蒙田创造了“随笔”这文体：我们是知道“随笔”这两个字以及它本身在英国的遭遇的。在这两个例子之中，研究那采用的体例对于思想之陈述以及作风所发生的作用，实在是一件很有兴味的事。这种作用是无可置疑的：那些同样的思想，在用对话、随笔、教训文、攻讦文、演说等不同的形式表现出来之后，便都有各不相同的外观了；如果我们忽略了这些外观，那便是把文学刮去了皮肉，而只给了它剩一付骸骨。①

在梵·第根看来，在散文体中，最容易看出国际影响的是近代以来的“小说”文体，包括“短篇小说”、“长篇小说”和“写实小说”等等，即：

> 特别是那起源于意大利的“短篇小说”或“评话”，也是如此；从那作为出发点的濮加丘（Boccacio）起，这个文体曾在各国风行一时过，或则是用诗写的，或则是用散文写的，而在今日，这文体是比任何别的时期都盛行了。它是在短篇故事的形式之下，在全世界的报纸刊物上表演出来。人们曾经研究过从濮加丘至乔塞（Chaucer），从意大利评话家至西班牙和法兰西的评话家的系统关系。在同一文体中，还联系著那往往含有教训的“言情短篇”。这文体在十八世纪是那么地风行，而马尔孟岱尔（Marmontel）的《喻世评话集》（*Contes moraux*）和巴居拉·达尔诺（Baculard d’Arnaud）的《感情的试验》（*Epreeuves du sentiment*）的国际间的成功，又把这文体从法国广播到欧洲。一些外国的影响，也使“幻想短篇”流

① 梵·第根：《比较文学论》，戴望舒译，台北：台湾商务印书馆1937年版，第72—73页。

行起来。人们曾多少可算完备地研究过霍甫曼（Hoffmann）的成功，短篇小说家身分的爱伦蒲（Edgar Poe）的可能的源流，以及他在欧洲的影响。

在一切散文体之中，那在近代人之间最重要、最广泛而最不固定的，便是“长篇小说”。特别是在那里，我们可以注意到采用艺术形式之对于人才或天才之定向的影响。爱里克·希米特（Erich Schmidt）曾仔细地研究过李却特生（Richardson）——卢骚——歌德的系统关系；……有些人把十八世纪的言情小说家所相互引起的影响作为研究对象……“书札体小说”在这个时代是特别地风行，这便利的形式曾对小说文体的命运发生了一种强有力的影响。

在对面的极端，是那有著种种变化的“写实小说”，先是流氓的，其次是市民的或流浪人的。……雷尼艾（Reynier）在他的那部出色的《法国十七世纪的写实小说》中，给与了西班牙影响所应得的全部位置。人们曾几次三番地研究过流氓小说在西班牙以外的分播：在法国、在英国、在荷兰。冒险小说的另一个奇特的形式“恐怖小说”或黑小说，以及它的古堡，它的地窖，它的幽灵，它的秘密的主人公，在十八世纪末都被法国从英国那儿借来过。至于如何假借，岂伦（Killen）女士在她的那部颇有价值的书中均有说明。人们曾很不错地研究过施各德（Scott，现通译为司各特，引者注）的“历史小说”对于大陆各国文学的影响：关于法国，我们便有美格龙（Maigron）研究浪漫主义时代的历史小说的那部佳作。[①]

① 梵·第根：《比较文学论》，戴望舒译，台北：台湾商务印书馆1937年版，第73—75页。

关于诗歌体，梵·第根指出：诗歌体是从古代就传下来的，在形式上有着鲜明的特征，各类的诗歌体在国际影响的作用上也是清晰可见的，即：

“描写诗歌”特别是希腊和罗马的史诗，那从十六世纪至十八世纪在全欧洲繁荣著的无数史诗作者，都是模仿荷马和维吉尔的。然而他们有时却也互相模仿者。意大利诗人达梭（Tasso，现通译为塔索，引者注）的《解放了的耶路撒冷》在一切基督教国中发著光彩，……亚里奥斯斯德（Ariosto，现通译为阿里奥斯托，引者注）的骑士风和奇诞的史诗，但丁的神奇而神明的史诗，都曾发生了种种不同的影响，而其特质却特别是文体性的。

那在十七、十八两世纪在各国那么风行的“教训诗”，那“英雄体滑稽诗”，恋爱的或忧郁的“悲歌”，“讽刺诗”，“寓言诗”；那在全欧洲受人模仿的“对唱牧歌”，那从意大利移到西班牙和法国，然后又从法国移到意大利的品达体或贺拉斯体的谣曲：这就是在这诗歌体中多少经人研究过的几个主题。汤麦生（Thomson）的《季节》曾创定了那么流行的写景诗；人们曾研究过他的法国、德国和荷兰的诸模仿者们。在这个例子中，我们最清楚地看出了一种新文体在文学的发展上所演的任务。这位苏格拉的诗人，拿了一个很合于包容种种画图、情绪和思考的结构，给与了他的同代人，这些画图、情绪和思考是当时的其他用旧了的诗体所不能很好地表现的，而在当时，这些画图、情绪和思考又在诗中要求占一个地位：对于大自然的情感，对于乡村生活的同情，以及对于乡野和田园的默考的爱好。

同样，自从歌德的《浮士德》出世之后，十九世纪又产生了一种更圆转更可爱的新诗体；这新诗体便又发生了国际的影响。拜伦的《曼弗雷德》，米凯微兹（Mickiewicz）的《先祖》，缪塞（de Musset）的《杯和唇》，爱斯泊龙赛达（Espronceda）的《魔鬼世界》，丹麦人巴鲁堂·缪勒尔（Paludan Müller）的《亚当人》都是全部或一部分对话的诗，往往表显著戏曲的外形，然而并不是为上演用的。大家都把近代人的一个或许多面相在他们的主要脚色中肉身化了；大家都带著庄严、神秘、苦闷或激狂提出了宿命、恋爱和幸福的命题。浪漫主义者们所采用的这种文体，真是一种新的文体。它容许他们比用直接抒情主义更完全地表现他们的思想或他们的情感；而这选择对于他们的诗所生的影响，是和那受模仿的某一范本的特殊作用有著连带关系的。[①]

关于戏剧体，梵·第根指出：戏剧体中的“古典悲剧”在欧洲的戏剧舞台上统治了三个世纪，即：

人们曾经研究高乃依和拉西纳在英国之影响，伏尔泰对于英国舞台上的影响；法国悲剧在荷兰波兰、意大利等国的影响，荷兰最大的戏剧家封代尔（Vondel）之对德国的格里费乌思（Gryphius）以及对于其他戏剧作家的影响。这些研究以及其他许多类似的研究，都表现著一种显然的文体上的兴味，因为那对于热情之表演以及剧情之发展发生作用，并从这里移植到那里的，是严格的艺术形式。那并不时

① 梵·第根：《比较文学论》，戴望舒译，台北：台湾商务印书馆 1937 年版，第 75—77 页。

常准确地符合法国的范本的有规律的悲剧底变化（有合唱队或无合唱队，变布景或不变布景），那为要满足作者们的倾向和各国的趣味而容许的退让以及加入的变更，研究起来实在是十分有兴趣的。[①]

而戏剧体中的其他文体，如“正剧”、“喜剧”、“悲喜剧”、“田园剧”、“哀剧”、“市民喜剧”等的国际影响，在近代以来的欧洲戏剧中也是显而易见的，即：

在悲剧、正剧和喜剧的边际，法国从前有过许多类的戏剧文体。在经过了一个灿烂的开花期之后，它们便惨淡变色了：这便是十七世纪的那曾由卡林顿·兰凯斯特（Canington Lancaster）那么出色地研究过的“悲喜剧”，那曾由马尔桑写过一篇专论的“田园剧”；十八世纪的拉·梭赛（La Chaussée）的“哀剧”；狄德罗（Diderot）、赛代纳（Sedaine）和麦尔西文（Mercier）的“市民喜剧”以及由盖夫（Gaiffe）写过一部历史的“正剧”。这些小文体大部分都有过一部国际的历史。人们曾研究过“田园剧”，它的意大利范本，塔索和瓜里尼（Guarini），以及前者所著的《阿明达斯》和后者所著的《忠心的牧人》；人们曾研究过市民喜剧或市民正剧底英国源流和种种的欧洲的形式，以及其他等等。这些我们十八世纪地道的古典主义者所轻鄙地称为“杂种文体”的文体，虽则没有出什么杰作，然而历史地去研究，却或许是最有兴味的。人们在那里看出了那更新艺术形式以适合一个新的社会，以适合美学的要求和新的趣味的，种

① 梵·第根：《比较文学论》，戴望舒译，台北：台湾商务印书馆1937年版，第77—78页。

> 种有兴味的各国都有的试验。
>
> 最后，那真正的“喜剧”（那在莫里哀身上具体化了的）的国际史，也曾部分地研究过。那些源流的问题，总一向是最详密地被探讨的：意大利喜剧对于“黄金时代”的西班牙喜剧，对于自欲代尔（Jodelle）至莫里哀和勒涅尔（Regnard）的法国喜剧，对于其他各国的喜剧的影响；莫里哀对于许多英国和德国的作家，对于那丹麦伟大的霍尔倍格（Holberg）等等的影响。[①]

威斯坦因在《比较文学与文学理论》第五章“体裁”中，对于梵·第根所采用的散文体、诗歌体和戏剧体的分类方法提出了批评，认为其对文体的分类和讨论“是很肤浅的”，但同时，威斯坦因也坦率地承认，就比较文学这一学科发展的历史和现况而言，有关文学体裁的历史和理论一直都没有受到比较文学学者们应有的重视，梵·第根的《比较文学论》中的“文体与风格”是明确地从比较文学的视角来探讨文学的类型及演化的为数不多的专章，故其对于文体的分类及探讨，“虽然很难谅解，却可以解释，那就是他追随了当时巴黎大学比较文学研究所的偏激潮流，只能把研究范围限制在现代文学中，以避免牵涉到复活某一种古典体裁的棘手问题”。[②]在威斯坦因看来，比较文学对于文体的考察及讨论应该突破法国学派仅限于现代文学的范围限制，古代的文体的流传和演化，也应纳入比较文学的文体研究范畴，即：

---

① 梵·第根：《比较文学论》，戴望舒译，台北：台湾商务印书馆1937年版，第80—81页。

② 乌尔利希·韦斯坦因：《比较文学与文学理论》，刘象愚译，沈阳：辽宁人民出版社1987年版，第99页。

> 对研究古希腊罗马文学体裁的流传和复兴感兴趣的学者们来说，他们所面临的困难是缺乏直接的证据。假定文艺复兴以来流行的体裁在古代没有渊源是错误的，但认为它们在古代就有先例也同样属于臆测，唯一的证据是从古代文学批评引出的片言只语。酒神颂（dithyramb）就是一个典型的例子，因为即便是在古代，它也经历过许多次的变化。
>
> 我们必须考虑这样一种可能性，即在古代为人所知和形成的体裁后来实际上消失了，但它的名称却保存了下来，成了可能与它有关的一种现代体裁的名称。在这种情况下，研究、分析造成这种名存实亡的不断变化的条件以及名实相离的过程，就是比较的文学史家义不容辞的责任。类似的情况是，一种体裁从一个民族文学流传入另一个民族文学中，名称却发生了变化。这类变化发生时产生了什么样的后果，体裁的名称迻译成别种文字是否正确得当，对这样的问题文学史家也应该加以研讨。[①]

而对于现代文学的文学体裁的流传和演化研究，威斯坦因则明确强调：在对于现代文学诸文体的研究中，人们对于戏剧体的研究“最充分”，而对于抒情诗以及长篇小说“还未做过什么全面的考察”，因此，加强对于抒情诗尤其是长篇小说的文体流传和演化的研究，成为比较文学的“当务之急”。[②] 值得注意的是，自上世纪八十年代之后，[③]

---

① 乌尔利希·韦斯坦因：《比较文学与文学理论》，刘象愚译，沈阳：辽宁人民出版社1987年版，第100—101页。

② 同上书，第100页。

③ 乌尔利希·韦斯坦因的《比较文学与文学理论》出版于上世纪七十年代末。

西方比较学界已经开始关注欧洲长篇小说的流传和演化研究，其中，最具代表性的就是美国学者杰拉德·吉列斯比（Gerald Gillespie）的《欧洲小说的演化》（*Evolution of European Novels*）。[①]

在《欧洲小说的演化》的开端部分，吉列斯比开宗明义地提出了他对欧洲的叙事文类——小说的演化问题的关注及所要探讨的主要内容：

> 我们这一系列讲座，主要论述欧洲小说的发展。……第一讲，首先探讨文艺复兴初期文学中的各种叙事形式。第二讲和第三讲准备阐述文艺复兴时期小说领域内一些明显的发展，这些发展在世界文学中一直到现在都是很有意义的。第四讲将比较详细地研讨文艺复兴末期——即莎士比亚的《哈姆雷特》和塞万提斯的《堂吉诃德》时期——某些重要的方面，这些方面明确地标志着现代文学意识的出现。在后几讲中，我们打算论述十八世纪各种叙事形式的出现，亦即人们比较熟悉的感伤主义小说、忏悔主义小说和教育小说的出现。如果时间允许的话，我们还将研讨小说方面的重大变革，这一变革是以斯泰恩的作品开始的，而在浪漫主义小说中达到了它的第一个高潮。[②]

在英文中，用来指称“小说”这一术语的名词就是novel，由于在英国文

---

① 杰拉德·吉列斯比：美国加州斯坦福大学德国研究和比较文学教授，曾任国际比较文学协会秘书、副会长，著有《德国巴洛克诗歌》《花园与时间的迷宫：文艺复兴和巴洛克时期德国文学和比较文学论文集》等。1985年应邀来中国讲学，做了题为《欧洲小说的演化》的系列讲座并结集出版。

② 杰拉德·吉列斯比：《欧洲小说的演化》，胡家峦、冯国忠译，北京：三联书店1987年版，第1页。

学中 novel 主要是指十八世纪的丹尼尔·笛福（Daniel Defoe）的《鲁滨孙漂流记》（*Robinson Crusoe*）、乔纳森·斯威夫特（Jonathan Swift）的《格列佛游记》（*Gullivers Travels*）、塞缪尔森·理查逊（Samuel Richardson）的《克拉丽莎》（*Clarissa*）和亨利·菲尔丁（Henry Fielding）的《汤姆·琼斯》（*Tom Jones*）为代表的叙事作品，故许多学者尤其是从事英国文学研究的文学史家或文学批评家在论述"小说"的兴起时，通常把它限定于十八世纪。但在吉列斯比看来，在西文用来指称"小说"专门术语中，除了英文的 novel 之外，还有法文的 roman，德文的 Roman，意大利文的 romanzo 以及西班牙文的 novela，这些术语相互之间尽管有相似或相近的内容，但彼此之间的不同或差异也是显而易见的，考察"小说"这一叙事文类在欧洲的演化，决不能仅仅局限于英国的 novel 一条发展线索，必须从比较文学的视角把"小说"的缘起及演化放在欧洲文学的整体发展语境下予以说明。比如，从欧洲"小说"的兴起上讲，作为一种叙事文类，在古希腊和罗马时代，就已经出现了以《荷马史诗》和《埃涅阿斯》为代表的叙事长诗也即史诗。在中世纪，叙事性文类出现了新的形式：其一是大约在公元 1100 年以前封建社会的英雄时代的民族史诗，如爱尔兰散文史诗《库利夺牛记》，古英语民间史诗《贝奥武甫》，德语的英雄史诗《路德维格之歌》《沃尔特琉斯》和《尼伯龙根之歌》，法语史诗《罗兰之歌》等。其二是自公元 1100 年左右到 1300 年左右的优雅时代的骑士传奇，如《特里斯坦》《兰斯洛特》《伊万》《艾莱克》《可怜的亨利》《珀西法尔》《高文爵士和绿衣骑士》《亚瑟王之死》等。其三是以城市和大学的繁荣兴旺为标志的中世纪全盛时代的传奇故事，如《玫瑰传奇》等。以上的叙事形式都对文艺复兴时期的叙事文类的发展及演化产生过直接而深远的影响，而从后世的"小说"文类的出现来看，文艺复兴时期的叙事文类是其时间最近也最直接的源头。因此，吉列斯比在《欧洲小说的演化》中反对把欧洲小说的兴起局限于十八世纪英国文学的狭隘主张，重点探讨了欧洲小说从文艺复兴时期到十八世纪的演化过程。

首先是探讨文艺复兴初期欧洲文学的各种叙事形式及对小说文类兴起的影响。吉列斯比指出：文艺复兴初期欧洲叙事文学的发展，与中世纪的叙事文学之间存在着直接的继承关系，中世纪的各种叙事形式尤其是传奇，在文艺复兴初期由于印刷机的发明和教育、政治、文化上的需要成为遍及欧洲的时代风潮：

> 一大批学者认识到，如马歇尔·麦克卢汉在他的《谷藤堡群星》一书中就认识到，由于印刷机的发明，中世纪作品非但没有销声匿迹，反而更加风行一时，遍及欧洲。它们与那些按照最新的、高尚的人文主义准则写成的作品一起，在扩大了的城镇中流传着，深受资产阶级读者的喜爱；……（比如）未署名的卡斯蒂尔语散文传奇《高卢的阿马迪斯》是在1508年出版的，它可以追溯到十三世纪葡萄牙语原作。这部传奇出版之后，便立即传遍了伊比利亚（即西班牙和葡萄牙）。阿马迪斯是最典型的理想骑士，读者可以把他作为深受喜爱的人物类型来加以欣赏。各种传奇所以仍然富有活力，不仅是由于二流作家和汇编者的小故事书，而且也由于知名作家的风格崇高的作品，譬如，沃尔弗勒姆的《珀西法尔》在1477年印成书籍之后，就在日耳曼各国再度获得巨大的成功。
>
> 典雅的传奇乃是一笔巨大的文学遗产，这笔遗产是文艺复兴时期所不能忽视的。传奇中大量的历史和神话典故，以及各种主题和模式，为严肃的、“现代的”（当时）论述社会和政治的作品提供了

有用的艺术框架，因而作家们开始把文艺复兴时期关于教育、文化和历史等各方面的思想放到了中世纪传奇的框架之中。中世纪传奇的宝库还提供了一种艺术手段，即作家们可以虚构一个对象，随后以严肃的或喜剧性的手法含蓄地批评他们自己的时代。……

（另外）在十五世纪末，传奇成了政治上和文化上进行宣传和辩护的工具；它在这方面所具有的吸引力，从神圣罗马帝国马克西米利安一世[1]在文学方面所作的努力来看，是十分清楚的。在马克西米利安一世的宫廷里，既有旧式的中世纪诗歌的最后一批代表作家，又有新式的人文主义作家。在这些为人捉刀的作家帮助下，马克西米利安成了用新高地德语写成的三部传奇中没有言明的英雄人物：《韦斯库尼格》、《弗雷达尔》和《特尔丹克》。[2]

与此同时，吉列斯比还特别提及了文艺复兴时期英国的埃德蒙·斯宾塞（Edmund Spenser）的诗体传奇《仙后》（*The Faerie Queene*）对于后世欧洲“小说”的影响：

从我们现代的观点来看，《仙后》自然不是早期小说的类型，但它与我们可称之为小说原型的几种叙事形式有很大关系。首先，斯宾塞的传奇解散了文化资料，并把它们安排在富于想象的、对理解

① 马克西米利安一世（MaximilianI，1459—1519），神圣罗马帝国皇帝，欧洲哈布斯堡王朝鼎盛时期的奠基者，他被称为“最后的骑士”，既具有中世纪风范，又拥有文艺复兴君主的领导者气质，他本人也是一位学者和诗人，是人文主义者和艺术家的保护人。

② 杰拉德·吉列斯比：《欧洲小说的演化》，胡家峦、冯国忠译，北京：三联书店1987年版，第9—11页。

> 力较强的读者很有启发作用的娱乐之中，同时，它还建立起具有广博知识的、可以互相参照的内在体系。……其次，斯宾塞创造了一种优雅的内心矛盾的描写手法，他的同时代作家们能够、而且事实上也的确把它作为一种对高贵人物具有教育意义的典范来加以研究。基本的情节和情境是：一个主人公或一批主人公从一个冒险活动转到另一个活动，从一个岛屿驶向另一个岛屿，从一座城市走到另一坐城市。这种基本情节和情境，也见于文艺复兴时期、巴洛克时期、甚至十八世纪那些不可胜数的描写探求活动的教诲传奇，不论它们的背景是能够辨认的现在，或是遥远的异国或往古的时代。[①]

其次是说明“小说”文类在文艺复兴时期的正式出现及其在创作领域内的显著发展。关于“小说”文类的正式出现，吉列斯比明确指出是以文艺复兴时期英国作家托马斯·莫尔（Thomas More）写作《乌托邦》（*Utopia*）为开端的，即：

> 《乌托邦》不仅确立了沿用至今的这一类作品类型的名称（即小说，引者注），而且也是文艺复兴时期一种新的写作形式。这种新的形式把说教的成分和虚构的航海探险的成分结合了起来。由于这类散文作品在结构上具有双重性，它便成了文艺复兴时期小说的原型——而不单纯是一种哲学论说文章。《乌托邦》分为两个部分，具有两种叙事风格，并使现实的、有缺陷的“历史”与一种值得称赞的“虚构”形成对照，而这种“虚构”则吸引了重要的人文主义作家们

---

① 杰拉德·吉列斯比：《欧洲小说的演化》，胡家峦、冯国忠译，北京：三联书店1987年版，第13—14页。

> 的兴趣。第一部分主要包括莫尔用第一人称所作的叙述，以及当时知名人士随意的谈话。在第一部分，莫尔通过和勇敢的航海家拉斐尔的交谈，展现了文艺复兴时期以前那种静止的、虚构的传奇世界，接着在第二部分，又把我们带到欧洲以外一个不真实的空间。这样，莫尔就建立了一种新的双重结构，它可以容纳相互抵触的语言表达方式，可以反映现实生活中被忽视的、被压制的愿望。这个双重结构的相互作用，使人们产生了一种新的意识，这种意识在新的制度和政体力图获得人们承认、竭力发挥自己功效的时候，有助于消除蒙在那值得怀疑的、传奇一般的腐朽社会制度上面的神话色彩。①

关于文艺复兴时期欧洲小说在创作领域内的显著发展，吉列斯比重点提及了这样几个方面：其一是法国的拉伯雷的《巨人传》对于托马斯·莫尔的《乌托邦》的继承和发展："拉伯雷的叙事技巧，是把莫尔的《乌托邦》里已有的双重结构插进一个更加宏伟的框架之中，从而更能具有讽刺意味地把各种素材加以并列和对照。其效果不仅是能够表现伊拉兹马斯和莫尔等作家们的人文主义作品中生动活泼的精神，而且还能赋予这种精神以巨大的力量。……也就是说，拉伯雷开创了一种包含广博知识的喜剧性叙事形式"。② 其二是文艺复兴时期新出现的第一批重要的资产阶级教育小说，最具代表性的就是资产阶级新教作家乔治·威克兰的《青年的镜子》和《好邻居与坏邻居》："威克兰的《青年的镜子》是一部以当时城市环境为背景的地地道道的资产阶级教

① 杰拉德·吉列斯比：《欧洲小说的演化》，胡家峦、冯国忠译，北京：三联书店1987年版，第26—27页。

② 同上书，第37—38页。

育小说，……《好邻居与坏邻居》……第一次详细地、理想化地描写了早期资本主义的风险，描写了欧洲航海事业和早期资本主义所创造的资产阶级世界。……这部小说的教育意义是，在城市尔虞我诈、道德败坏的环境里，只有依靠克己和诚实才能使资产阶级家庭发家致富。在描绘按新教伦理逐渐建立的、遍及世界各地的那种家庭组织方面，威克兰乃是但尼尔·笛福的重要前驱”。[①] 其三是文艺复兴时期新出现的另一种与无产阶级城市世界密切相关的流浪汉小说，其中有代表性的流浪汉小说，有逸名的《托美思河的小拉撒路》（又名《小癞子》）、新教基督徒作家弗朗西斯科·德利卡多的《罗莎娜的忏悔》、马提欧·阿列曼的《阿尔法拉契人的古斯曼》、弗朗西斯科·德·凯维多的《大骗子堂·帕勃罗斯·布斯康的一生》以及未署名的《埃斯特巴尼洛·冈扎列斯的生活和行为》等，这些流浪汉小说表明了文艺复兴时期复杂的社会关系和叙事模式："（1）逸出正轨的流浪汉以他罪恶的行为所造成的危险威胁着社会；（2）逸出正轨的艺术家以他错乱的思想和危险的思想威胁着社会；（3）人类自堕落以来在漫长的教育道路上走入歧途"。[②] 其四是文艺复兴时期塞万提斯的《堂吉诃德》所代表的反传奇小说："就长篇小说的前途而言，塞万提斯的作品与流浪汉小说的关系并不在于情节发展上的表面相似，而在于用智力的愚钝代替描述犯罪的离题情节，以及把这种愚钝与奇特的现象联系起来"。[③]

再次是从"巴洛克"的美学观念入手解析了文艺复兴时期的小说文类的顶峰之作——格里美尔斯豪生的《痴儿西木传》。按照美国学者

---

① 杰拉德·吉列斯比：《欧洲小说的演化》，胡家峦、冯国忠译，北京：三联书店1987年版，第45—46页。

② 同上书，第57页。

③ 同上。

雷内·韦勒克在《文学研究中巴洛克的概念》(*The Concept of Baroque in Literary Research*)一文中的考证，“巴洛克”(Baroque)一语源出“Baroco”，本意是逻辑学中的三段论式一个专门术语，之后被引申为一种装饰奢华、怪诞的建筑风格，而瑞士的美学家海因里希·沃尔弗林(Heinrich Wolfflin)是第一个把“巴洛克”的概念应用到文学中的学者，他在《文艺复兴与巴洛克》一书中，对比分析了阿里奥斯托的《疯狂的罗兰》与塔索的《被解放的耶路撒冷》之间的区别，认为前者代表的是文艺复兴时期的艺术风格，后者呈现的是一种不同于前者的巴洛克式的艺术风格。此后，在《艺术史的基本概念》一书中，沃尔弗林又明确地把文艺复兴和巴洛克定性为可以相互比照、既类似同时又有区别的两种风格类型，并提出了“巴洛克”在风格上的一些显著标志，如“夸张”、“充溢”、“扭曲”、“戏剧性”、“感官性”、“非理性”、“矛盾性”等等，也由此引发了意大利、德国、西班牙、法国等国学者使用“巴洛克”来从事欧洲断代文学史研究的尝试及兴趣，“巴洛克”逐渐成为西方学界用来指称在十六世纪末至十七世纪之间欧洲文学、艺术中的不同于文艺复兴的一种美学风格的专门术语，即“巴洛克提出了一个时代的问题，提出了一个各种艺术间的相似性问题。这个术语用以指存在于文艺复兴与(十七世纪新)古典主义之间的那个时代的风格；它具有普遍的意义，是以取代各个学派所使用的意义狭隘的术语；它暗示了一个西方文学艺术发展阶段的整体特征”。[①] 而在吉列斯比看来，格里美尔斯豪生的《痴儿西木传》正是代表了小说创作在十六世纪末至十七世纪之间的巴洛克艺术风格上的顶峰之作，即：

---

① 雷内·韦勒克：《文学研究中巴洛克的概念·附录》，见雷内·韦勒克：《批评的诸种概念》，丁泓、余徵译，成都：四川文艺出版社 1988 年版，第 124 页。

《痴儿西木传》综合了幽默传统的广博和复杂、塞万提斯的幻灭感、以及作为作者思想表达手段的“假忏悔式”的流浪汉小说的第一人称叙述法。……痴儿在旅途中所目睹的无常变化和有时是自发表现出来的巴洛克时代的杂乱无章，为他的沉思默想和道德分析提供了素材。格里美尔斯豪生剥去了服饰、假面和伪装，泰然自若地与战乱频仍后的欧洲的罪恶和反复无常达成妥协。

……格里美尔斯豪生力图使他那结构宏大的小说相似于一出巴洛克式的五幕剧，其中，精神的绝望和现世的荣华巧合为戏剧的高潮第一、三、五卷在形式上的联系表现为每一卷都包含一个主要的描写幻想的段落。……巴洛克小说家力图获得普遍性，因而把视世界为画图的象征性原则、源自幽默传统的百科全书式的包罗万象的原则和巴洛克的“人生舞台”的幻灭感融为一体。……我们有充分的理由认为，格里美尔斯豪生的小说达到了文艺复兴时期宏伟的巴洛克文学的顶峰。[①]

最后是梳理了欧洲小说在十八世纪的两条发展脉络。其一是笛福的《鲁滨逊·克鲁梭》对于巴洛克小说的继承与发展，以及其对十八世纪感伤主义小说的先驱作用，即：

假如我们回头去向后看一看、并把这部小说放在欧洲的背景里来考虑，我们就会清楚地发现某种其他同样的或更为重要的东西。我们认识到，通过运用克鲁梭第一人称的清教主义的冷静叙述，笛

---

① 杰拉德·吉列斯比：《欧洲小说的演化》，胡家峦、冯国忠译，北京：三联书店1987年版，第78—101页。

福……使得那些描写旅行者在其一生中某段时间里必定是个流浪冒险犯罪的巴洛克小说的基本架构定型化了。在这部小说的基本情境和背景后面，极为清晰地显现出宏大的巴洛克象征世界。……

（但）和格里美尔斯豪生不同，笛福在他小说的原标题中明显地把流浪汉小说的公式和冒险故事的公式混成一体。……（另外）在《鲁滨逊漂流记》这部小说里，当主人公必须面对对立的文化系统和帝国的价值之间相互冲突的现实、必须面对不同的原始状态时，对贸易和殖民化的早期发展的叙述，包括对商业、银行业、通讯、奴隶制等各方面的简要评论，便直接导致了个人危机。当鲁滨逊探索自己的内心世界时，他的教育水平的提高便同一个主要的和几个次要的教育故事缠结在一起：如他和星期五的特殊关系以及他和许多欧洲人的联系。"日志"——这种往后要在感伤主义作品中发挥重大作用的日记形式——在《鲁滨逊漂流记》一书里大约四分之一的地方出现了。……伤感情愫发展和沉思的危机很快就表现在十八世纪《忏悔录》中那个伪装成流浪汉的卢梭的那些沉思默想之中。而在海峡对岸的英国则有着更为令人惊奇的变化，劳伦斯·斯泰恩笔下那个感情受挫的主人公的第一人称声音再次变革了浪漫主义发轫时期的小说结构。[①]

其二是文艺复兴以后以女性为主角的流浪冒险小说的演变及其对于十八世纪感伤主义小说的影响，以及在欧洲十九世纪小说中的余波及

① 杰拉德·吉列斯比：《欧洲小说的演化》，胡家峦、冯国忠译，北京：三联书店1987年版，第115—130页。

终结，即：

> 流浪女人们的共同之处是：(1) 她们都很聪明，机智，美丽而妩媚；(2) 她们都出身于下层社会，出身于罪恶的或被社会所排斥的家庭，或者，她们并不清楚自己的父母是谁；(3) 她们很早就被长辈或瑟列斯丁娜[①]式人物诱导去做不正当的事情。她们力图摆脱自己在社会上的悲惨处境，逐步走上邪恶的道路，她们的邪恶主要表现在欺骗、不忠、忘恩负义、背叛、复仇、残忍、贪婪等各个方面。流浪女人们经常出逃，不断更换工作、职业、姓名、丈夫或情人，这些又反映出她们对自由的渴望。与《瑟列斯丁娜》相近的早期作品中那些流浪女人们的色情特征，到了《堂吉诃德》时期，起了重大的变化。在《瑟列斯丁娜的女儿》埃林娜的故事里，在《说谎的姑娘特莱莎·德·曼莎纳雷斯》中特莱莎·德·曼莎纳雷斯的故事里，以及在《塞维亚的窃贼和金钱的诱惑》中鲁菲娜的故事里，我们可以看到，理想的爱情代替了色情，……这是为了适应一种新的文体，这种文体可以表现比较能为社会所接受的爱情方式。……
>
> 英国人对妇女的罪恶行为的批判，至少在十八世纪初，并不是那么严厉的。实际上，但尼尔·笛福改变了流浪汉现实的类型他在《莫尔·弗兰德斯》中注重描写女主角的感情生活和道德困境。……他的这篇描写诲淫和犯罪的故事……以一种忏悔的特征，这预示着塞缪尔·理查逊的书信体感伤主义小说《帕米拉》中的忏悔色

---

① 瑟列斯丁娜系十六世纪西班牙作家费南多·德·罗哈斯的叙事体戏剧《瑟列斯丁娜》中的女主人公，其身份是妓院老鸨，引诱和掌握妇女从事卖淫勾当。

彩。……这类人物类型在十九世纪文学里仍然存在，但也经历了重大的变化。……（比如）威廉·萨克雷的小说《名利场》，古斯塔夫·福楼拜的《情感教育》，埃米尔·左拉的《娜娜》……她们通过一系列活动与下层社会和生活的阴暗面联系起来。然而，一旦她们的罪恶活动在十九世纪其他叙事结构——如描绘当代生活中阴暗角落的自然主义小说、侦探小说、社会小说，等等——当中得到表现，作为一种独立的、重要的文学人物的流浪女人，便销声匿迹了。[①]

应该说，吉列斯比的《欧洲小说的演化》，虽然主要内容是探讨欧洲小说从文艺复兴至十八世纪之间的小说发展，但并非是单纯的断代小说发展史研究，而是将其放在欧洲小说发展的大背景下进行的整体性考察，其不仅在追溯欧洲文艺复兴时期的小说发展渊源时，梳理了古希腊、罗马、中世纪的欧洲小说发展历史及其对于文艺复兴时期小说文类的渊源及影响作用，而且介绍了欧洲小说在十八世纪之后至十九世纪的发展脉络，其考察欧洲小说发展的宏观理论视野以及在具体论述中比较方法的广泛运用，堪称比较文学在小说文体演化研究上的典范，诚如中国学者杨周瀚在《欧洲小说的演化·中译本序》中所指出的：

这部著作的……特点是它始终贯穿着比较的方法。作者在占有了大量的第一手材料的基础上，从不同民族的文学中“小说”这一文类的相互关系中来考察这一文类的特点及其变化，而不是孤立地

① 杰拉德·吉列斯比：《欧洲小说的演化》，胡家峦、冯国忠译，北京：三联书店1987年版，第143—168页。

仅就该文类在某一民族文学中的表现加以描述。比较文学的一个方面就是各民族文学关系的研究。比较研究较之单一的研究的优点就在于从中能够找出更普遍的规律。

这部著作不仅是共时性的比较研究，同时也是历时性的研究，从中可以看出欧洲小说的横向联系和纵向的发展变化，而这发展变化是建立在横向比较的基础上的。例如作者通过比较，总结了欧洲中世纪典雅的骑士传奇的特点，不仅说明这一文类何以到了文艺复兴时期仍受欢迎，而且发展了它，改变了它的作用。①

第二节
“风格即人”及比较文学对于作家创作风格的案例说明

“风格”，又称文风，意指作家的创作风格或个性。在文学理论上，有关“风格”的探讨，最为著名的就是法国十八世纪文论家布封所说的“风格即人”。这句名言出自布封于1753年在法兰西学士院的入院仪式上所作的题为《论风格》的演说。在这篇探讨“风格”的演说中，布封指出：一篇文章或作品的风格，体现的是作者的思想的层次和调度，形成风格的基础，就是要求作者合理地安排表达思想的层次，并使之合乎规律，即：

如果作者把他的思想严格地贯穿起来，如果他把思想排列得紧

---

① 杨周瀚:《欧洲小说的演化·序》，见杰拉德·吉列斯比:《欧洲小说的演化》，胡家峦、冯国忠译，北京：三联书店1987年版，第2—3页。

凑，他的风格就变得坚实、遒劲而简练；如果他让他的思想慢吞吞地互相承继着，只利用一些词句把它们联接起来，则不论词句如何漂亮，风格却是冗散的，松懈的，拖沓的。

但是，在寻找表达思想的那个层次之前，在这个层次里只应该包含基本见解和主要概念：把这些基本见解和主要概念安排到这初步草案上来，题材的界限才能明确，题材的幅度也才能认清；作者不断地记起这最初的轮廓，就能够在主要概念之间确定出适当的间隔，而用于填充间隔的那些附带的、承转的意思也就出来了。凭着天才的力量，作者可以看到全部的意思，这些意思不论是概括的或个别的，都能以真正应有的角度呈现在他的眼前；凭着辨别力的高度精审，作者就能区别空洞的思想和丰富的概念；凭着长期写作习惯养成的慧眼，作者就能预先感觉到他这全部精神活动会产生什么样的成果。……

所以，为了写得好，必须充分地掌握题材；必须对题材加以充分的思索，以便清楚地看出思想的层次，把思想构成一个联贯体，一根棉续不断的链条，每一个环节代表一个概念；并且，拿起了笔，还要使它遵循着这最初的链条，陆续前进，不使它离开线索，不使它忽轻忽重，笔的运行以它所应到的范围为度，不许它有其他的动作。风格的谨严在此，构成风格一致性的、调节风格徐疾速度的也在此；同时，这一点，也只要这一点，就够使风格确切而简练、匀称而明快、活泼而井然了。这是天才所订定的第一条规律，如果在遵守这一条规律之外，作者更能鉴别精微，审美正确，征辞选字不惜推敲，时时留心只用最一般的辞语来称呼事物，那么，风格就典雅了。如果作者再能不对他灵机初动的结果轻易信从，对一切华而

> 不实的炫赫概予鄙弃，对模棱语、谐谑语经常加以嫌恶，那么，他的风格就庄重了，甚至就尊严了。最后，如果作者能怎样想怎样写，如果他要说服人家的，他自己先深信不疑，则这种不自欺的真诚，就构成对别人的正确态度，就构成风格的真实性，这就能使文章产生它的全部效果了；不过，这也还需要不把内心深信的事物用过度的兴奋表示出来，还需要处处显得纯朴多于自信，理智多于热情。[①]

总之，在布封看来，风格是作者在文学创作中的思想层次和美学原则上的集中呈现，它是为每一位作者尤其是天才作者所独有的，别人是模仿不来的，所谓“风格即人”，说的就是这个道理，即：

> 风格必须有全部智力机能的配合与活动；只有意思能构成风格的内容，至于辞语的和谐，它只是风格的附件，它只依赖着官能的感觉：只要耳朵灵敏一点就能避免字音的失调，只要多读诗人和演说家的作品，耳朵有了训练，精于审音，就会机械地趋向于摹仿诗的节奏和演说的语调。然而，摹仿从来也不能创造出什么；……（所以）只有写得好的作品才是能够传世的：作品里面所包含的知识之多，事实之奇，乃至发现之新颖，都不能成为不朽的确实保证；如果包含这些知识、事实与发现的作品只谈论些琐屑对象，如果他们写得无风致，无天才，毫不高雅，那么，它们就会是湮没无闻的，因为，知识、事实与发现都很容易脱离作品而转入别人手里，它们

---

① 布封：《论风格》，范希衡译，见伍蠡甫、胡经之主编：《西方文艺理论名著选编》上卷，北京：北京大学出版社 1985 年版，第 217—222 页。

经更巧妙的手笔一写，甚至于会比原作还要出色些哩。这些东西都是身外物，风格却就是本人。因此，风格既不能脱离作品，又不能转借，也不能变换。[①]

梵·第根在《比较文学论》中特别提到了布封的“风格即人”的理论主张：“‘风格就是人’，布封（Buffon）这样说，而使思想的共有内容和思想所接到的个人表现对立著。再则，思想是和语言有连带关系的：它像语言一样地保持著一种土著的特点，是和那由语言表现出来的一个民族的精髓不可分离的。从这两个理由看来，在文学作品的一切因子——形式和内容——之间，‘风格’似乎是最不易受外国的影响的”。[②] 不过，梵·第根并不认同布封对于风格无法模仿、转借和变换的看法，而是强调指出风格的国际影响是文学史上的常见事实，即：

在许多时候，就是那些最强有力最有独创性的作家们的风格，也是随著那外国影响有著分子的种种推动而起变化的。在有一些时代和领域中，某一国文学决然加入了另一国文学的派别，而其风格便很快很清楚地模仿了别国了。至于那些作家呢，在这种情形之下，中庸的作家们竟至于去抄袭、仿作；伟大的作家祇在一个时期（大都是青年时代）俯就这种模仿的潮流；可是即使模仿，他们也还保持著他们的独创性的。这看起来那么动人的为风格而起的斗争，便是如此而起的：当天才作家渐渐地认识了他的个性的时候，他抛弃

① 布封：《论风格》，范希衡译，见伍蠡甫、胡经之主编：《西方文艺理论名著选编》上卷，北京：北京大学出版社 1985 年版，第 223 页。

② 梵·第根：《比较文学论》，戴望舒译，台北：台湾商务印书馆 1937 年版，第 83 页。

> 了模仿风格底某一些因子，他改变了另一些因子而使它们同化。自发的、真诚的、直接的表现，不仅摆脱了那接受到的语言，摆脱了环绕著他的传统的公式之组织；它还摆脱了那在往往来自外国的时尚统制之下的语言。我们知道，每一种语言祇是一个不完全的键盘，它只能发出几个音来使人听到人类的灵魂底交响曲之无限的变化。外国影响来使这键盘添了几个新的音。总括地说，不论什么作品都包含三个因子：个人的独创、国家的传统和外国的影响。在有一些时候，最后这因子是可以忽略的；在另一些时候，它便是主要的了：它把它的容易辨认出的色彩给与了风格，它强有力地对情感之表现起著影响。[①]

然而，在风格的国际影响的实例方面，梵·第根只是简单提了意大利十四行诗诗人彼特拉克（Petrarca）的诗歌风格——即通常所说的彼特拉克主义——在欧洲各国的影响的例子，并表示说对于诸如此类的有关风格的国际影响的问题，“人们很少加以研究，而从国际影响的观点出发的，那更从来也没有过”。[②]而事实上，在比较学界并非无人从事风格的国际影响的研究，比如，在法国，居斯塔夫·朗松的《龙萨如何创造？》一文，就是从比较的视角探讨风格的国际影响并说明作家创作特征的一个著名范例。

《龙萨怎样创造？》一文的副题是《读〈择莹颂〉札记》。比埃尔·德·龙萨（Pierre de Ronsard，1524—1585）是法国文艺复兴时期

① 梵·第根：《比较文学论》，戴望舒译，台北：台湾商务印书馆 1937 年版，第 83—84 页。

② 梵·第根：《比较文学论》，戴望舒译，台北：台湾商务印书馆 1937 年版，第 85 页。

的天才诗人，著名的“七星诗社”的发起人和领军人物。众所周知，龙萨和“七星诗社”是被公认为法国文艺复兴时期带有贵族宫廷趣味的诗歌团体。这种文学趣味，一方面得益于法国王室不遗余力的刻意营造，比如，早在公元八世纪的加洛林王朝时期，查理曼国王就提出了“复兴”古罗马文化的艺术主张，收集、抄写古希腊和罗马的古代著作在当时蔚然成风。以后的法国王室也在“复兴”古代文化方面出力甚多，如，在宫廷内标榜典雅的艺术趣味，以及扶持文人学士翻译、研究和借鉴希腊、罗马古典作家的作品等等；另一方面也得益于文艺复兴时期兴起的人文主义思潮的现实推动，特别是兴起于意大利的以人文主义为主旨的文艺复兴运动，成为开启、引导法国文艺复兴的直接导火索。其实，单纯从字面义上讲，无论是“人文主义”还是“文艺复兴”，其本义都是指对于古代希腊、罗马为代表的古典文化的学习、研究、借鉴和模仿。但对于法国文艺复兴而言，还应包括其对近代以来的意大利文化的学习和借鉴。在这方面，龙萨和“七星诗社”的出现既生逢其时，也非常具有代表性。比如，“七星诗社”本身的命名就很有意思。据说龙萨等人成立这个诗歌团体时，最初使用的名称叫“旅(Lu)”，这是一个从意大利语移植过来表示“集体”、“团队”的新词。后来，龙萨把它起名“七星诗社”，用天文学里的北斗七星来称呼自己和同伴们，其灵感既来源于古希腊罗马神话里巨神阿特拉的七个女儿的故事，同时也与古代希腊公元前三世纪出现的七位著名诗人相对应。在诗歌主张上，龙萨和“七星诗社”也是明确地主张通过学习、借鉴、模仿古希腊罗马诗人和意大利近代诗人的形式和语言，提升法语诗歌的创作水准和文学影响力。1550 年，龙萨推出了四卷本的模仿、借鉴古希腊罗马诗人以及近代意大利诗人的诗歌作品《颂歌集》，《择莹颂》即是其中的一篇。对于法国文艺复兴时期的文学，朗松坦言自己“对这一段文字比较熟悉，经常会想到这段文字”。[①] 对于龙萨，朗松并不回避他在学习、模仿前辈诗人的过程中所遇到的失败，如龙萨的长诗《法兰西亚德》是一部模仿荷马史诗的叙事作品，预定要按荷马史诗的24章篇幅写成24唱，但由于龙萨对荷马的模仿过于机械和刻板，自身的创造力在“重压之下被压垮”，最后仅仅发表了4唱之后终因无力为继而宣告失败；但朗松依然坚信龙萨“是个伟大的诗人，很有才气”，[②] 并肯定了外国影响对法国文学发展所起到的积极作用：“正是这些不幸的经验表示出可能取得丰硕成果的借用应该保持在怎样一个限度之内，同时今天的失败正为明天的胜利作出准备。《熙德》和《贺拉斯》之所以能臻于完美之境，是将近一个世纪中许许多多的悲剧的失败换来的成果。”[③] 那么，作为一篇考察龙萨与外国诗人之间模仿和创新关系的影响研究论文，朗松的《龙萨怎样创造？》如何来解读龙萨《择茔颂》的外来影响呢？

首先是对《择茔颂》的外来影响的线索的细致梳理。择茔，即人活着的时候为自己死后寻找墓地，是西方自古就有的风俗，也是古代诗人们经常歌咏的题材，古希腊的阿尔凯奥斯、萨福和古罗马的普罗佩提乌斯、维吉尔、贺拉斯都有传世之作流传。龙萨的《择茔颂》就是写一位年轻的诗人在为自己寻找死后的墓地时的内心敏感，以及在寻找墓地过程中引发的诗人对于前辈诗人笔下的坟墓、牧童祭礼和冥界描述的丰富联想。关于“坟墓”意象，朗松引述了龙萨《择茔颂》开头部

---

① 居斯塔夫·朗松：《文学史方法》，见《朗松文论选》，徐继曾译，天津：百花文艺出版社2009年版，第1页。

② 居斯塔夫·朗松：《外国影响在法国文学发展中的作用》，见《朗松文论选》，徐继曾译，天津：百花文艺出版社2009年版，第82页。

③ 同上。

分对于诗人死后之坟墓的安排：

当苍天和我的命运
判定我对此生美好的时日
已经感到心满意足，
　　应该命归黄泉之时。

请不要为了我的坟墓，
去雕琢什么大理石，
我一点也不希望
　　茔地弄得多么堂皇。

代替那块大理石，
我愿有棵树将我荫庇，
但愿这棵树，
　　终年常青。

指出龙萨的“坟墓”意象的最直接来源就是古罗马诗人普罗佩提乌斯（Properee，前 50—15）的《哀歌》，并列出了相对应的诗行：

到了死亡把我双眼合上时，
　　请按我的意愿举办丧事。

我不要身后来一个长长的送葬行列……

我不要我的尸体停在华丽的床上。

我愿在我简朴的坟上有棵月桂树，

为我埋藏在墓中的骨殖遮阴。

关于“牧童祭礼”的铺陈描写，朗松引述了龙萨《择莹颂》中的片段：

但愿大地能将我

长成一颗常春藤，

将我自己团团环抱，

团团环抱。

年复一年

那些牧童们，

带着他们的羊群，

前来参加我安排的欢庆。

我们都还记得

他生前的名声，

我们要像对牧神潘那样，

每年都为他祭奠。

牧童们向我洒下

一杯又一杯

羊羔的鲜血和羊奶，

对我说道：……

指出无论是“牧童祭礼”在诗人脑海里出现的念头还是对祭礼仪式的细节描写都是出源于古罗马诗人维吉尔的《阿涅阿斯纪》和《牧歌》，也同样列出了相对应的诗行：

愿缠绕的葡萄藤

将我的坟墓装点，

在四面八方

布下浓荫。(《阿涅阿斯纪》III)

看，这野葡萄以他浓密的果串

在洞穴口挂上了一块帷幕。(《牧歌》V)

你的荣誉、名声和光辉将永存于我们中间。

像对酒神巴科斯和谷神刻瑞斯那样，

农民每年都将为你祝愿。(《牧歌》V)

每年几杯冒着热气的鲜奶。(《阿涅阿斯纪》III)

每年献上两杯冒着热气的鲜奶。(《牧歌》V)

关于《择莹颂》对诗人死后居住于冥界的想象，朗松指出其来源是古罗马诗人贺拉斯的《歌集》，如龙萨的《择茔颂》的对于古希腊著名女诗人萨福在“有德之士远离尘嚣的居所”的爱情之歌的咏叹：

> 在那里，我将听见
> 阿尔凯奥斯愤怒的诗歌，
> 还有萨福向我们
> 低声地吟诵。

即出源于贺拉斯《歌集》Ⅱ的第23行：

> 萨福以她伊奥利亚的诗歌
> 为对累斯博斯岛的少女们的爱情而哀怨；
> 而你，阿尔凯奥斯，则为
> 航海、流放和战争的严重考验，
> 　　发出庄严的呼声。

此外，朗松还从“洞穴”、“泉水”和“林木呼唤”等诗歌意象为例，点出了意大利文艺复兴时期著名诗人彼特拉克（Francesco Petrarca，1304—1374）和桑纳扎罗（Jacopo Sannazzaro，1456—1530）在龙萨《择茔颂》中的影响痕迹。总之，在朗松看来，龙萨的《择茔颂》是一个典型的反映外来影响的范例，即“龙萨这首诗就由三个古代主题构成：一是普罗佩提乌斯关于他的坟墓的一些要求，二是维吉尔作品中对牧童达佛尼斯的祭礼，三是贺拉斯作品中阿尔凯奥斯和萨福的诗歌在冥界的魅力。在这三种主要的在不自觉之中受记忆中的作品的影响之间源出于古罗马人的一些细节的回忆，也许有时还有一点意大利的色彩。”[①]

其次是在研究过程中对于“比较”方法的自觉运用。如前所述，朗松是法国文学研究领域内较早倡导法国文学与外来影响的知名学者。不过，对于文学的外来影响的作用，朗松既反对将外来影响看作顶礼膜拜的偶像进而导致法国精神自暴自弃的悲观主义论调，也反对视外来影响为洪水猛兽进而盲目拒斥的民族主义情绪。因此，朗松公开批评当时法国文坛通行的影响研究“过于狭窄”：“对于影响的研究，在许多博学之士心目中也被看得过于狭窄。如果我们发现拉格朗日一尚塞尔（La Grange-Chancel）从拉辛那里借用了半行诗，伏尔泰从拉辛那里借用了一个短语，或者我们把《少年维特之烦恼》在法国，或《扎伊尔》在意大利的各种译本和仿制之作编成目录，那么这些精确的考证应该除了为考证而考证之外，还有另外的目的才是”，[②] 也不认可影响研究仅仅就是弄清法国文学与外来影响的痕迹：“如果这些工作的目的只是为了弄清让　雅克·卢梭有几件衬衫或者为了找出龙萨哪行诗是从意大利文译过来的，那样的博学也就太可怜，太无用了”；[③] 而是主张以开放而自信的心胸正确地处理法国文学与外来影响之间的互动关系，并自觉地把“比较”的方法运用于比较文学影响研究的具体实践之中：“我们的主要工作在于认识文学作品，进行比较，以区别其中属于个人的东西与属于集体的东西，区别创新与传统，将作品按体裁、学派与潮流加以归类，确定这些东西与我国智力生活、精神生活及社会

① 居斯塔夫·朗松：《龙萨怎样创造？》，《朗松文论选》，徐继曾译，天津：百花文艺出版社2009年版，第144—145页。

② 居斯塔夫·朗松：《文学史与社会学》，见《朗松文论选》，徐继曾译，天津：百花文艺出版社2009年版，第53页。

③ 同上书，第52页。

生活的关系，以及与欧洲文学及文化发展的关系”。[1] 在《龙萨怎样创造？》一文中，朗松从主题内容和语言形式两个方面“比较”了龙萨的《择莹颂》对外来影响的处理。关于主题内容，朗松指出龙萨《择莹颂》中涉及的主题如死亡、坟墓、祭礼等尽管是出源于古希腊罗马诗人常用的古题，但龙萨对古题的最大改造就是他不是一成不变地照搬，而是借用它们来抒发自己的生命体验：“他并不是对生活有何遗憾之情，他还来日方长；也不是对逝去的时光的焦躁不安的回顾，对可能到临的死亡的苦涩的悲愁。他眼前看到的并不是生命的终结，而是他在期待着、规划着那个牧童的礼拜。这里头并没有带有浪漫主义色彩的‘忧郁’，只有年轻人对不朽的向往。”[2] 于是，《择莹颂》的主题里包含了诗人对于故土旺多姆地区秀美风光的流连忘返：

> 就在这苍翠的小岛上，
> 罗亚尔河伸开双臂
> 在她的前后左右
> 　　徐徐缓缓地流淌，
>
> 还有她的朋友勃莱河，
> 　　一泓清水永不休，
> 挨着她的膝盖旁，
> 　　潺潺涓涓低吟哦。

① 居斯塔夫·朗松：《文学史方法》，见《朗松文论选》，徐继曾译，天津：百花文艺出版社2009年版，第17页。

② 居斯塔夫·朗松：《龙萨怎样创造？》，见《朗松文论选》，徐继曾译，天津：百花文艺出版社2009年版，第145页。

以及对于尊贵的诗歌艺术的圣洁情感：

> 只有轻柔的诗歌
> 才能驱走心头的愁闷，
> 也才能取悦
> 听者的灵魂。

关于语言形式，朗松指出龙萨的《择莹颂》在诗歌形式方面也不是对古希腊罗马诗人的生搬硬套，而是灵活化用，创造出一种语言精美、格律有致的法语新诗。如龙萨《择莹颂》中“赞美”（orner）出源于古罗马拉丁语的 ornare，但在拉丁语中，ornare 是日常通俗的语言，用于人际交往之间的相互赞许，而龙萨却将 orner 改造成一种艺术的语言，“赞美”世间美妙的音乐和美好生活：

> 他拨弄他的竖琴
> 发出美妙的和音，
> 以他的歌唱
> 赞美我们和我们的田野。

再如龙萨《择莹颂》的结尾“轻柔的诗歌”一节用格言式文句化用古希腊诗人忒奥克里托斯（Theocrite）《牧歌》：

> 爱情无药可治
> 尼基阿斯啊，既无香膏也无药膏，

除非你请来缪斯。

唯有她们是轻柔温和的良药。

朗松认为颇能显示龙萨的艺术创造："龙萨推而广之，诗不仅医治爱情，任何痛苦也都手到病除。Flattant（取悦）跟拉丁人富有诗意的绝妙的词 mulcere 是一样的意思。贺拉斯《诗集》（Ⅱ，23）中就有'你以轻柔的歌声抚慰达那俄斯的女儿们'一语。"[①] 在这里，借助"比较"方法，朗松肯定了龙萨的《择茔颂》对于外来影响吸纳消化、推陈出新的创新意识和想象力："龙萨的想象力中充满了古代诗歌，头脑中随时都会出现维吉尔或贺拉斯的诗歌形式，在这么一个人身上，是很容易出现这样的事情的。龙萨这首诗的魅力正在于其中古诗的浮光掠影，其间又混有一些意大利的微光。龙萨捡起范本也自由，撇开范本也自由，他这里撷取一点思想，那里借用一个形容词，但直奔他自己的目标，既不中止，也不拐弯。"[②]

梵·第根在《比较文学论》中曾把以梳理源流关系为主旨的影响研究划分为"孤立的源流"和"集体的源流"两个类型。其中，"孤立的源流"是单一地从一部作家作品中追溯、找到另一国作家作品的根源；"集体的源流"系统地、全方位地探讨一位作家（通常应是一位大作家）所受到的全部的外来影响。由于此一研究类型是以一位作家为圆点聚集所有的外来影响，所以又称影响研究的"圆形研究"模式。在第根看来，这种"圆形研究"是比较文学影响研究中最具典范意义的研

---

① 居斯塔夫·朗松：《龙萨怎样创造？》，见《朗松文论选》，徐继曾译，天津：百花文艺出版社 2009 年版，第 144 页。

② 同上书，第 145 页。

究："达到了那些更大的问题和更广阔的研究了。一位作家，并不是在他的某一部作品中，更不是在他一部作品的细节中，但却在他的著作和他的生涯的整体中，对于各外国文学有什么认识？在这一领域中，他的模范，他的兴感者是什么？他受过什么一般的影响，他作过什么明确的假借？这种'集体的'源流研究，当它是于一位强有力而特创的天才而作的时候，便非常引起我们的兴趣了。"[①] 朗松的《龙萨怎样创造？》，既实证地梳理了龙萨《择茔颂》模仿、借用古希腊罗马诗人和意大利近代诗人的具体出源，而且对比分析了龙萨"消化"外来影响创新法语诗歌的创造力："读者可以通过本文看出龙萨创造的途径，并通过这里的分析看他是采了什么样的花来酿蜜，而当读者看到那些范本给了他怎样的刺激以后，也就更能理解，更能体会他诗句的独创的韵味。"[②] 堪称比较文学关于风格的国际影响及作家创作风格如何形成的一篇经典研究范例。

① 梵·第根：《比较文学论》，戴望舒译，台北：台湾商务印书馆 1937 年版，第 149—150 页。

② 居斯塔夫·朗松：《龙萨怎样创造？》，见《朗松文论选》，徐继曾译，天津：百花文艺出版社 2009 年版，第 128 页。

第七章

题材典型与传说

梵·第根的《比较文学论》在排列比较文学的研究领域时，把“题材典型与传说”位列于“文体与风格”之后，其思路是文学研究首先需要面对和考察的是文学作品的外在形式部分也即“文体与风格”，其后就须深入文学作品的各项具体内容部分，而“题材典型与传说”就是其中非常重要同时也是文学研究者们从一开始就予以关注和讨论的内容。有趣的是，梵·第根在《比较文学论》的“题材典型与传说”一章的开头部分，使用的是一个争议性标题：“文学呢，民俗学呢？反对与争论”。众所周知，在比较文学发展史上，巴登斯贝格、哈扎尔等知名比较文学学者是反对把“题材典型与传说”的比较研究归入比较文学的，理由是这些研究的重心是民俗学或神话学而非文学本身，尤其是其中的许多研究只是把不同国家文学特别是民间文学中类似的主题、人物或故事归并在一起，并不涉及彼此间的文学影响。[①]然而，在比较文学的早期发展过程中，有关“题材典型与传说”的比较研究，就是比较文学得以发生的一个重要源头，以后也一直是各国比较文学中常见且热门的研究话题，正如韦勒克、沃伦在《文学理论》一书中在探讨比较文学的概念及研究归属时所指出的：“‘比较文学’这个名称过去指的是，而且现在仍然指的是相当明确的研究范围和某些类型的问题。它首先是关于口头文学的研究，特别是民间故事的主题及其流变的研究；以及关于民间故事如何和何时进入‘高级文学’或‘艺术性文学’的研究”。[②]因此，尽管对于“题材典型与传说”的比较研究究竟是属于文学还是民俗学存有争议，但无论是法国的梵·第根、基亚还是美国的韦勒克、威斯坦因等重量级的比较学者，在他们各自的比较文学论著中，都是明确地把“题材典型与传说”的比较研究归入比较文学的研究领域的。

第一节
题材的定义及比较文学关于题材的研究案例

在《比较文学论》中，梵·第根对于“题材”作了这样的定义：“‘题材’，那就是说那些无个性的局面，传统的动机、题材、地方、范围、习俗以及其他等等”，[③]并指出，在文学研究中关注那些无个性的局面或

① 参阅梵·第根：《比较文学论》，戴望舒译，台北：台湾商务印书馆1937年版，第87页。

② 韦勒克、沃伦：《文学理论》，刘象愚等译，北京：三联书店1984年版，第41页。

③ 梵·第根：《比较文学论》，戴望舒译，台北：台湾商务印书馆1937年版，第89页。

题材从一国转移到另一国的情况都是与比较文学发生密切关联的，即：

> 在地道的“主题”研究之中，那最和民俗学接近的，是来源沈没在时间的暗夜中而从一国到另一国的转移又不大清楚的那些“局面”或传统的逸事。那二情人的山的传说，失去影子的人的传说，隐身指环的传说，不相认识的父子之战的传说，农民醒来时睡在一位男爵或一位国王的床里的传说，嫁给杀父的凶手的姑娘的传说，大家以为已死而妻子也再嫁了的人回家的传说，美丽而年轻的女乞丐嫁给一位国王的传说等等，都是如此的。人们在其间曾辨认出几个对于文士是很熟稔的局面，因为它们至少曾一度使一位名作家起过兴感：如加米梭（《彼得·希勒米尔》）、霍尔倍尔格（《杰泊》）、高乃依（《熙德》）、麦修·阿诺尔德（《索拉伯与卢斯当》）、天尼生（《爱诺克·阿登》）等，都把艺术的威势授与了它们。如果在里面是有确切的转移关系在著的（如《熙德》的场合），那时无作者的材料便退居次位，而注意便集中那有意识的转变上去了。[①]

而在比较文学关于题材或场面的研究案例中，梵·第根最为推崇的是法国剧作家和戏剧理论家乔治·波尔第（Georges Polti）的《三十六种戏剧局面》（*Thirty-Six Dramatic Situations*）。[②]

《三十六种戏剧局面》是乔治·波尔第于 1917 年撰写的一部探讨

① 梵·第根：《比较文学论》，戴望舒译，台北：台湾商务印书馆 1937 年版，第 90 页。

② 中国国内学界通常把乔治·波尔第的 *Thirty-Six Dramatic Situtions* 翻译为《三十六种戏剧情境》，本人依照戴望舒在梵·第根在《比较文学论》中的《三十六种戏剧局面》的译法。

戏剧常见局面的专著。在该书的写作前言中，乔治·波尔第指出：把戏剧局面进行36种分类的作法，源自十九世纪意大利剧作家柯奇(Gozzi)，不仅直接引发了歌德、席勒等人对于戏剧局面进行分类的理论探讨，而且对其后的剧作家如霍夫曼（Hoffman)、让—保尔·瑞查特（Jean-Paul Richter）和爱伦·坡等人的戏剧创作，产生了深远的影响。在乔治·波尔第看来，柯奇虽然提出了36种戏剧局面分类，但对于这些局面的说明还不够具体和清晰，而且其后人们对于36种戏剧局面的探讨也存在着一些偏差或未明之处，他本人写作《三十六种戏剧局面》的目的，就是要把36种戏剧局面的说明进一步理论化和具体化。[①] 故在《三十六种戏剧局面》一书中，乔治·波尔第从构成要素、局面概要和细部分类等方面，对于36种戏剧局面，逐一进行分类罗列及相关说明。下面以第一至第十二种局面为例，[②] 简单呈现一下《三十六种戏剧局面》对于各戏剧局面的具体分类及说明：

第一种局面：求告。构成要素：迫害者、求告者和悬而未决的权威力。局面概要：求告者被迫害者追捕、伤害或威胁，向强力有之权威祈求帮助。细部分类：A（1）乞求权威力帮助他反抗敌人，如埃斯库罗斯之《乞援人》(*The Suppliants*)、《赫拉克利斯》(*The Heraclidae*)，欧里庇得斯之《赫拉克利斯》(*The Heraclidae*)，索福克勒斯的《米诺斯》(*The Minos*)，莎士比亚之《约翰王》(*King*

---

① 参阅 George Polti：*Thirty-Six Dramatic Situtions,* translated by Lucile Ray，Franlin，Ohio，James Knapp Reeve，1924，pp.7—12。

② 之所以选择第一之第十二局面为例子，主要是考虑本书受篇幅所限，不能把全部36种戏剧场面都纳进来，读者如要详细了解全部的36种戏剧局面，可直接阅读 George Polti：*Thirty-Six Dramatic Situtions*，translated by Lucile Ray，Franlin，Ohio，James Knapp Reeve，1924。

John)。(2)乞许他去进行一件应做而被禁止做的事情，如埃斯库罗斯之《依格西斯人》(*The Eleusinians*)，欧里庇得斯之《乞援人》(*The Suppliants*)。(3)吁求一个可以终其天年的地方，如索福克勒斯之《俄狄浦斯在克洛诺斯》(*Edipus at Colonus*)。B(1)船难者请求收留帮助，如索福克勒斯之《瑙西卡》(*Nausicaa*)和《菲阿科亚人》(*The Pheacians*)，柏辽兹(Berlioz)之《特洛伊人》(*Trojans*)。(2)行事不端、被自己人斥逐而祈求别人的慈悲，如埃斯库罗斯之《达娜厄》(*Danae*)，欧里庇得斯之《达娜厄》(*Danae*)、《阿洛珀》(*Alope*)、《奥格》(*Auge*)和《克里特岛人》(*The Cretans*)。(3)祈求恕罪，如索福克勒斯之《菲洛克特忒斯》(*Philoctetes*)，埃斯库罗斯之《迈锡尼人》(*Mysians*)，欧里庇得斯之《忒勒福斯》(*Telephus*)。(4)请求收取葬骨和取回遗物，如埃斯库罗斯之《弗里吉亚人》(*The Phrygians*)。C(1)替自己亲爱的人求情，如《圣经》中的以斯贴(Esther)，歌德《浮士德》中的玛格丽特。(2)在亲属面前为另一位亲属求情，如索福克勒斯之《欧律萨塞斯》(*Eurysaces*)。(3)在母亲的情人面前为母亲求情，如巴塔依(Bataille)之《儿童的爱》(*L'Enfant de I'Amour*)。

第二种局面：援救。构成要素：不幸者、威胁者、救助者。局面概要：不幸的人由于威胁者的威胁引发不幸，被救助者解救。细部分类：A救援者遭到谴责，如索福克勒斯、欧里庇得斯、高乃依之同名悲剧《安德洛墨达》(*Andromedas*)，让·波德尔(Jean Bodel)之《圣尼古拉斯》(*Le Jeude Saint Nicolos*)。B(1)父母的王位被子女取代，如索福克勒斯之《埃勾斯》(*Aegeus*)、《珀琉斯》(*Peleus*)，欧里庇得斯之《安提俄珀》(*Antiope*)。(2)朋友或陌生人为利益或款待伸出援手，如索福克勒斯之《恩尤斯》(*Eneus*)、《依奥拉斯》(*Iolas*)和《菲内尤斯》(*Phineus*)。

第三种局面：复仇。构成要素：复仇者、罪犯。局面概要：复仇者向罪犯的罪行实施报复。细部分类：A（1）向杀害双亲及祖先者复仇，如埃斯库罗斯之《阿尔戈斯人》（*The Argives*）、《厄庇戈涅斯》（*The Epigones*），索福克勒斯之《阿勒忒斯》（*Aletes*）、《厄里戈涅》（*Erigone*）等。（2）向杀害子嗣或后辈者复仇，如索福克勒斯之《瑙普利奥斯》（*Nauplius*）。（3）为子嗣受辱而复仇，如洛·德·维加（Lope de Vega）之《最好的市长国王》（*El Mejor Alcalde el Rey*），卡尔德隆（Calderon）之《左拉梅亚市长》（*The Alcalde of Zalamea*）。（4）向杀害妻子或丈夫者复仇。如高乃依之《庞培》（*Pompée*），德·洛德（de Lorde）之《白痴》（*L'idiot*）。（5）为妻子受辱或险些受辱而复仇，如埃斯库罗斯、索福克勒斯和欧里庇得斯之同名悲剧《伊克西翁》（*Ixion*）等。（6）为被杀害的情人复仇，如卡里隆（Caleron）之《爱在死后》（*Love after Death*）等。（7）为受害的友人复仇，如埃斯库罗斯之《涅瑞伊得斯》（*The Nereids*）。（8）为被诱骗的姐妹复仇。如歌德之《克拉维诺》（*Clavijo*）。B（1）为故意伤害或掠夺而复仇，如莎士比亚之《暴风雨》（*Tempest*）。（2）为离开期间的掠夺而复仇，如埃斯库罗斯之《潘娜洛佩》（*Penelope*），索福克勒斯之《亚该亚人的盛宴》（*The Feast of Achaeans*）。（3）为图谋杀戮而复仇，如关汉卿（Kouan-han-king）之《窦娥冤》（*The Anger of Te-oun-go*）。（4）为诬告而复仇。如索福克勒斯和欧里庇得斯之同名悲剧《佛里克索斯》（*Phrixus*）。（5）为违反协议而复仇，如索福克勒斯之《特柔斯》（*Tereus*）。（6）为被抢走的私人财物而复仇。如莎士比亚之《威尼斯商人》（*The Merchant of Venice*）。（7）为整体中某个人的欺骗而复仇，如伯特兰和克兰瑞安（Bertrand and Clairian）之《开膛手杰克》（*Jack the Ripper*）。C 对罪犯的专业追铺，如柯南·道尔（Conan Doyle）之《福尔摩斯》（*Sherlock Holmes*）。

第四种局面：亲属间复仇。构成要素：复仇者、作恶者、受害者的回忆以及彼此间的关系。局面概要：家族成员中有罪的亲属伤害了另一位亲属，并因此被复仇的亲属惩处。细部分类：A（1）为父亲之死向母亲复仇，如埃斯库罗斯之《奠酒人》（*Choephores*），索福克勒斯之《俄勒克特拉》（*Electras*），欧里庇得斯之《阿基琉斯》（*Attilius*）。（2）为母亲之死向父亲复仇，如马泰（Matthey）之 *Zoe Chien-Chien*。B 为兄弟之死向子嗣复仇，如埃斯库罗斯之《阿塔兰特》（*Atalanta*），索福克勒斯之《墨勒阿革洛斯》（*Meleager*）。C 为父亲之死向丈夫复仇，如鲁切拉伊（Rucellai）之《柔斯曼德》（*Rosmunde*）。D 为丈夫之死向父亲复仇，如吉拉尔第（Giraldi）之《奥贝克赫》（*Orbecche*）。

第五种局面：追捕。构成要素：惩罚、逃亡者。局面概要：逃亡者因为过失被追踪、逮捕和惩处。细部分类：A 因司法追捕、政治追杀等原因而逃亡，如卡尔德隆之《加利亚的路易斯·佩雷兹》（Louis Perez of Galieia）、《献身十字架》（*Devotion to the Cross*），席勒之《强盗》（*The Brigands*）等。B 因爱的过失被追捕，如莫里哀之《唐璜》，高乃依之《费斯汀·德·皮埃尔》（*Festin de Pierre*）等。C 英雄对权威力的抗争，如埃斯库罗斯之《被缚的普罗米修斯》等。D 半疯狂的人对于阴谋的抗争，如塞肯德（Second）之《女子爵爱丽丝》（*La Vicomtesse Alice*）。

第六种局面：灾难。构成要素：溃败的势力，胜利的敌方或信使。局面概要：灾难性的事件发生。细部分类：A（1）迎击苦难，如埃斯库罗斯之《波斯人》（*The Persians*），索福克勒斯之《牧羊人》（*Shepherds*）等。（2）祖国被摧毁，如索福克勒斯之《奥涅费瑞斯》（*Xoanephores*）等。（3）人类的灭亡，如二十世纪之作品《亚当》（*Adam*）。（4）自然大灾变，如德·洛德和莫尔（de Lorde and Morel）

之《大地》(*Terre d'Epouvante*)。B 君主被推翻，如莎士比亚之《亨利四世》和《理查二世》。C（1）因忘恩负义而受难，如欧里庇得斯之《阿基劳斯》(*Archelaus*)，莎士比亚之《雅典的泰门》和《李尔王》。(2）因不公正的处罚或敌意而受难，如索福克勒斯之《透克洛斯》(*Teucer*)，埃斯库罗斯之《萨拉弥尼亚》(*Salaminiae*)。(3）因暴行而受难，如高乃依之《熙德》(*The Cid*）第一幕。D（1）被情人或丈夫抛弃，如高乃依之《艾丽安》(*Ariane*)。(2）儿童被父亲遗弃，如《小拇指》(*Le Petit Poucet*)。

第七种局面：飞来横祸或厄运。局面概要：无辜的不幸者被意外的厄运或图谋已久的主使者伤害。构成要素：不幸者、主使者或厄运。细部分类：A 无辜者成为野心阴谋的受害者，如梅特林克之《玛林娜公主》(*The Princess Maleine*)，歌德之《自然的女儿》(*The Natural Daughter*）等。B 无辜者成为本应保护他的人的受害者，如埃斯库罗斯之《宾客》(*The Guests*）等。C（1）权利者被剥夺权利或穷困潦倒，如索福克勒斯和欧里庇得斯之同名悲剧《皮勒尤斯》(*Peleus*)。(2）被喜爱的人或亲密的人发现自己并不被放在心上，如费夫尔（Fevre）之《危难》(*En Détresse*)。D 不幸者被夺走希望，如梅特林克之《盲人》(*The Blind*）等。

第八种局面：叛乱。构成要素：暴君和反叛者。局面概要：反叛者针对暴君的叛乱。细部分类：A（1）针对个人的密谋，如席勒之《芬森的阴谋》(*The Conspiracy of Finsen*)，高乃依之《西拿》(*Cinna*)。(2）针对群体的密谋，如阿尔菲瑞（Alfieri）之《帕瑞的阴谋》(*The Conspiracy of the Pazzi*)。B（1）影响或波及他人的个人叛乱，如歌德之《哀格蒙德》(*Egmont*)。(2）群起叛乱，如洛·德·维加之《芬特维恩》(*Fontovejune*)，席勒之《威廉·退尔》(*William Tell*）等。

第九种局面：英勇业绩。构成要素：大胆的领导者，一个目标和一名对手。局面概要：英雄的战争和冒险。细部分类：A 战争准备，如埃斯库罗斯之《尼美亚》（*Nemea*），索福克勒斯之《阿尔戈斯的议会》（*The Council of the Argives*）等。B（1）战争，如莎士比亚之《亨利五世》。（2）战斗，如埃斯库罗斯之《格劳科斯·庞提尤斯》（*Glaucus Pontius*）、《门农》（*Memnon*）、《菲涅尤斯》（*Phineus*）、《费瑞德斯》（*The Phoreides*）。C（1）带走希冀之人或物，如埃斯库罗斯之《普罗米修斯》，索福克勒斯之《拉格尼亚人的妇女》（*Laconian Women*）。（2）收复渴求之物，如阿洽阿亚（Atcharya）之《阿尤玛的胜利》（*The Victory of Arjuma*）。D（1）冒险远征，如埃斯库罗斯之《被缚的普罗米修斯》，欧里庇得斯之《忒修斯》（*Theseus*），索福克勒斯之《西农》（*Sinon*）。（2）为了得到所钟爱的人而冒险，如索福克勒斯和欧里庇得斯之同名悲剧《伊诺玛斯》（*Enomaus*）。

第十种局面：诱拐。构成要素：诱拐者、诱拐对象和护卫者。局面概要：诱拐对象被诱拐者带走，最后被护卫者营救。细部分类：A 诱拐一个不情愿的妇女，如埃斯库罗斯和索福克勒斯之同名悲剧《奥瑞斯埃斯》（*Orithyies*）等。B 诱拐心甘情愿的妇女，如索福克勒斯之《海伦的诱拐》（*The Abduction of Helen*）。C（1）在未杀死诱拐者情况下带回被拐女性，如欧里庇得斯之《海伦》等。（2）杀死诱拐者，带回被拐女性，如巴瓦希迪（Bhavabhuti）之《玛哈维尔洽瑞塔》（*Mahaviracharita*）。D（1）营救被俘的朋友，如塞代恩和格瑞翠（Sedaine and Gretry）之《理查德·科—德—里翁》（*Richard Coeur-de-Lion*）。（2）营救孩子。（3）营救一个信仰错误的人。

第十一种局面：谜团。构成要素：询问者、探求者和问题。局面概要：询问者向探寻者必须解答的谜题摆在探寻者面前。细部分类：

A 在死亡威胁下寻找一个必须被找到的人，如索福克勒斯和欧里庇得斯之同名悲剧《波吕伊多斯》(*Polyidus*)。B（1）在死亡威胁下谜题必须得到解决，如埃斯库罗斯之《斯芬克斯》(*The Sphinx*)。(2) 在死亡威胁下解决为自己所爱的女人设置的谜题，如莎士比亚之《伯里克利》(*Pericles*)。C（1）为了寻出某人的名字而悬赏。(2) 为了辨别性别而悬赏，如索福克勒斯和欧里庇得斯之同名悲剧《希里亚人妇女》(T*he Scyrian Women*)。(3) 检测一个人的精神状况，如索福克勒斯之《尤利西斯》(*Ulysses Furens*)，埃斯库罗斯和欧里庇得斯之同名悲剧《伊阿勒墨得斯》(*The I'almedes*)。

第十二种局面：获取。构成要素：求取者、拒绝的人、仲裁者和反对派。局面概要：求取者向拒绝合作的人提供某些东西，或者不愿达成协议的反对派提出异议，双方的争端被仲裁者解决。细部分类：A 用诈术或武力获取目标，如埃斯库罗斯、索福克勒斯和欧里庇得斯之同名悲剧《菲洛克特忒斯》(*philoctetes*)。B 用巧妙的言辞获取目标，如梅塔斯塔齐奥（Metastasio）之《沙漠岛》(*The Desert Isle*)。C 与仲裁者雄辩，如埃斯库罗斯之《武器的判断》(*The Judgment of Arms*)，索福克勒斯之《海伦回归》(*Helen Reclaimed*)。

通过以上诸种“局面”的展示及说明，不难看出乔治·波尔第的《三十六种戏剧局面》在研究对象和方法上所体现出来的比较文学的研究特征。从研究对象上讲，《三十六种戏剧局面》是对世界范围的戏剧作品的一个整体性考察，全书一共选取了 1200 多种戏剧作品作为例证予以说明、分析，所选取的这些戏剧作品，不仅涵盖了西方自古希腊、罗马、中世纪、文艺复兴、新古典主义、浪漫主义、现实主义和现代主义在内的不同时代、不同国度的有代表性的剧作，而且还特意选取了包括中国戏剧、印度戏剧在内的有代表性的东方戏剧作品，从中归纳、整理出戏剧作品或戏剧创作中所共有的三十六种局面。换言之，乔治·波尔第的《三十六种戏剧局面》对于戏剧三十六种局面的分类，并非是对某一时代、某一国家或某一区域（西方戏剧）的分析和研究，而是对于不同时代、不同国度、不同区域（西方和东方）的世界范围的戏剧的综合研究。尽管世界各国的剧作者或研究者对于乔治·波尔第的三十六戏剧局面的分类数目及合理性存有争议或不同解读，但其打破时代、国度、区域的限制试图找寻、归纳世界戏剧在处理戏剧题材或局面上的共性的研究范式，不失为比较文学在世界戏剧范围内对于戏剧题材或局面进行综合性研究的一次有益尝试。从研究方法上讲，乔治·波尔第的《三十六种戏剧局面》从始至终贯穿了比较研究的方法。比较的方法的运用，一方面体现在乔治·波尔第对于三十六种戏剧局面的整体区分上面，比如，在乔治·波尔第对于三十六种戏剧局面的分类，有些戏剧局面之间存在着明显的关联或相近之处，他都在书中一一标示出来，并通过两相比较的方式，说明它们之间的差异或不同，以示区分。另一方面，还突出地表现在对于每一种戏剧局面的具体分析之中。比如，对于每一种戏剧局面，乔治·波尔第都作了不同的子项分类，同时在有的子项分类下面还有进一步的变体分项，并比较分析了它们之间的相似及差异之处，说明每个戏剧局面细部分类的内容及特征。另外，乔治·波尔第在对每一种戏剧局面进行理论说明时，除了对每一种戏剧局面的不同细部分类或变体给予共时性的平行式的比较分析之外，还有对于每一种戏剧局面从古至今的历时性发展的线索说明，这一部分的内容主要是针对西方戏剧从古希腊戏剧到近、现代戏剧这条发展线索而言的，而从乔治·波尔第对于每一种戏剧局面的不同细部分类或变体所选取的戏剧作品例证来看，无一例外都是从古希腊的戏剧作为开端的，而且在他所罗列的古希腊戏剧作品中，很多是古希腊三大悲剧作家埃斯库罗斯、索福克勒斯和欧里庇得斯的同名悲剧。而众所周知，古希腊悲剧创作的题材，主要是以古希腊的神话故事和英雄传说为本的，这意味着古希腊悲剧作家们在创作题材上是拥有共同的本原的，不同悲剧作家对于同一题材的戏剧创作可以视作他们对于同源题材的变形处理，并对后世的戏剧创作产生了直接的借鉴或影响作用。从这个意义上讲，乔治·波尔第的《三十六种戏剧局面》代表了比较文学在跨国界的题材演化或影响研究上的典范，诚如梵·第根在《比较文学论》中所指出的：

> 在传统的和传说的局面之外，小说和特别是戏剧，往往无限地重复用著那提出了伦理问题或有力地捏合剧情的某一些“一般的局面”。除去了那每一位作家为了给他的主题翻新立异而创造出来的琐节，这些局面为数实在并不多。乔治·波尔蒂那这些局面以及它们的变化，在他的那部《三十六种戏剧局面》中加以分类：他主张说三十六这个数目已把种种可能性归纳尽了。我们可以在那些采用这些局面中的某一个局面的各作家之间加以比较；而历史地说来，他们是可能一个人对于另一个人发生影响的。在逢到一个母亲的嫉忌，逢到那在一个近亲身上的复仇，逢到那为了责任的牺牲以及其他等等的时候，这一类的比较研究（这是罕有的）往往会异常清楚地阐明了各位不同的诗人之天才和艺术，并同样阐明了他们的群众间的情感之演进。[①]

---

① 梵·第根：《比较文学论》，戴望舒译，台北：台湾商务印书馆1937年版，第90—91页。

第二节

典型的定义及比较文学关于典型的研究案例

在《比较文学论》中，梵·第根对于“典型”作了这样的定义：“‘典型’，那就是说那些中庸人类的行业、态度、命运、性格，亦是那将某一些心灵的倾向具体化的虚托的或神奇的人，但提到他们的时候，并不要不可避免地想到某一种特殊的遭遇”，[①] 并把文学中的“典型”分成两个大类：其一是人类的普通典型。在文学中，最经常见到的此类人物典型，包括：以国别或种族为标记的“典型”，如法国人、犹太人；以行业、职分或阶层为标记的“典型”，如教士、教授、医生、药剂师、兵士、军官、刽子手、暴君、侦探、卖牛乳女、农民、侍女、男仆、娼妓；以社会地位或精神地位为标记的“典型”，如绅士、老处女；以身体残疾或罪恶为标记的“典型”，如盲人、赌徒等等。其二是传说的神奇的典型。这些文学典型，有时是从最初意义已经失去了的古代故事中衍生出来的，有时则是从民间的想象中创造出来的，故此类典型也被称作为“想象的或传说的典型”，[②] 而其中，最为人所熟知、同时也是文学研究中经常被提及的就是“魔鬼”。不过，梵·第根在《比较文学论》中并没有给出比较文学在魔鬼典型方面的研究实例。而以我所见，在西方学界关于魔鬼形象演化史的研究专著中，法国学者罗贝尔·穆尚布莱（Robert Muchembled）的《魔鬼的历史》（*The History of the Devil*）是一个比较全面和权威的例证。

在《魔鬼的历史》的一书中，罗贝尔·穆尚布莱把西方的魔鬼形象

---

① 梵·第根：《比较文学论》，戴望舒译，台北：台湾商务印书馆 1937 年版，第 89 页。

② 同上书，第 92—93 页。

的起源及演化作了四个阶段的划分，并相应地介绍了魔鬼形象在各阶段的文学表现形式及变化发展：

首先是从十二世纪到十五世纪魔鬼形象在欧洲的出现。按照罗贝尔·穆尚布莱的考证，欧洲的魔鬼形象的最初因子，来源于中世纪早期基督教神学家们借用东方的各种神魔传说建构出来的一个与上帝耶和华和基督耶稣相对抗的被称作“罪恶之王”的恶魔形象，但一直到公元十二至十三世纪前后，魔鬼形象才在文学艺术作品中真正占据一席之地，开始引起世人的关注，其表现为：

> 与《圣经》或关于世界末日作品中的撒旦、路济弗尔、阿斯莫代、贝利亚尔和贝尔兹布特一样，整个欧洲给魔鬼起了众多别名，甚至外号。其中很多适用于一些小魔鬼，通常是异教时代的那些小神的后代：英语中的老赫尼（Old Horny）、黑妖（Black Bogey）、神气的迪克（Lusty Dick）、迪肯（Dichon）、迪肯斯（Dichens）、绅士杰克（Gentleman Jack）、好家伙（the Good Fellow）、老尼克（Old Nick）、罗宾汉（Robin Hood）、好汉罗宾（Robin Goodfellow），法语中的夏尔洛（Charlot），德语中的圣诞老人（Knecht Ruprecht）、鸡毛掸子（Federwisch）、瘸腿（Hinkebein）、海涅金（Heinekin）、侏儒怪（Rumpelstiltskin）、捣蛋鬼（Hammerlin）。[①]

但罗贝尔·穆尚布莱同时指出：在十二至十三世纪前后出现的这些魔鬼形象与中世纪早期基督教神学家们所说的“罪恶之王”是截然不同

---

① 罗贝尔·穆尚布莱：《魔鬼的历史》，张庭芳译，桂林：广西师范大学出版社2005年版，第9—10页。

的，尤其是“昵称的运用（如 Charlot 或德语中的后缀 kin）或是亲切的称呼（Old Horny 即有角的老头）让这些魔鬼更接近人类，因此它们能引发的恐惧就肯定有限了。对于当时的一个普通基督教徒来说，那个看不见的世界里或多或少有些可怕的人物：有圣徒、魔鬼，还有亡魂。它们各自是善是恶并未完全确定，因为圣徒也会报复凡人，而凡人也会时常救助于魔鬼。这种对超自然的亲密态度形成的有力文化取向贯穿了整个中世纪”，[①] 但从十四世纪开始，魔鬼的形象在文学艺术作品中变得令人恐怖，并在十五世纪被形象化为异端的化身。

其次是十六、十七世纪魔鬼形象在欧洲的风行一时。罗贝尔·穆尚布莱指出：魔鬼形象在中世纪末期的欧洲文化中的地位已经越来越稳固，而在十六、十七世纪的欧洲，在宗教改革的推动之下，魔鬼更加成为欧洲文学中的热门形象，即：

> 魔鬼的复兴就产生于这个背景之下。它主要还是源于一种目标的转向，这种转变由教会做出决定，世俗权力执行，知识分子和艺术家来传播。新教和天主教派之间产生了某种竞争，双方都试图证明，魔鬼比从前活跃是由对方的宗教罪孽及罪行造成的。对魔鬼主题的强调首先从新教徒开始。《旧约》里记载了撒旦的阴谋诡计，新教对《旧约》的强调因此起了非常重要的作用。特别是使用当地语言的经文使人们都能看懂，而印刷术又使它们得以大量传播。另外，改革派毫无保留地完全接受了中世纪的鬼神学，虽然这并没有被收录在《圣经》里。相对天主教来说，魔鬼在路德的神学里占据更为

① 罗贝尔·穆尚布莱：《魔鬼的历史》，张庭芳译，桂林：广西师范大学出版社 2005 年版，第 10 页。

> 重要的地位。16世纪下半叶，以“魔鬼书”为代表的专门魔鬼文学在德国繁荣程度非同寻常，这证明了魔鬼形象的重要性。同时魔鬼在诗歌及戏剧中也是频频出现。[①]

而经过十六、十七世纪的魔鬼文学的风行和洗礼，不仅让欧洲经历了一场对魔鬼看法的真正变革，即魔鬼的“地狱之王的形象在西方人的想象世界里占据了前所未有的重要地位。并且这样的重要性在后来再也未达到过”，[②]而且由此形成了西方所特有的一种悲剧文化，即：

> 从宗教改革到18世纪启蒙主义时代这段时期，是西方历史中唯一一段与魔鬼契约有关的年代，交易中的受益者是魔鬼。中世纪偏向魔鬼受人愚弄的观点，而认为撒旦最终失败的看法在18世纪的民间传说中才重新占据了主导地位。在学术文化中亦是如此，……从这种令人绝望的契约中，我们可以看出盘踞在欧洲人意识中的悲观思想，面对严厉上帝时的踌躇一直困扰着他们，而路济弗尔（即魔鬼，引者注）不过是上帝的反面形象而已。……在欧洲各地，人们的世界观都是悲观和痛苦的。1590年在汉堡出现了《关于浮士德博士可怕罪行的真实故事》。法国的帕尔马·卡耶1599年将其改编成《让·浮士德非凡而悲惨的经历及其遗嘱和恐怖死亡》。从1588年起，英国诗人马洛就创作了催人泪下的剧作《浮士德博士生平及

---

① 罗贝尔·穆尚布莱：《魔鬼的历史》，张庭芳译，桂林：广西师范大学出版社2005年版，第62—63页。

② 同上书，第134页。

死亡的悲剧》。被罪孽击垮了人类生活在一个恐怖的世界里。[①]

再次是十八、十九世纪魔鬼形象在欧洲的显著变化。罗贝尔·穆尚布莱指出：十八世纪启蒙运动在欧洲的出现，在启蒙主义理性思想的广泛传播之下，欧洲社会发生了深刻的变革，直接动摇了魔鬼形象原先在欧洲社会中的优势地位，魔鬼形象在欧洲开始出现微妙的变化，即：

> 17世纪中叶，欧洲人的想象世界还没有一下子就把魔鬼驱逐出去。即便这样，在理性主义者与传统思想家之间，已经能够看出实实在在的思想差距，后者仍致力于使神学保持其在意识领域的统治地位。事实上，在出于深刻变革中的欧洲，撒旦正在缓慢地、难以察觉地失去自己的优势地位。至此，一直集中表现在教会激烈竞争的斗争言论中、扎很在从社会底层到最高层全体人民脑海中的撒旦形象轰然倒塌。当时，严重的宗教危机已经结束，相互敌对的民族国家纷纷崛起，科学知识开始传播，加上不久之后出现的大量新思想——后来被称作启蒙思想，以及一些人对美好生活的向往，这些因素构成魔鬼地位改变的背景，而且这个背景一直处于变化中。欧洲大陆的各个社会开始摆脱对可怕魔鬼以及恐怖地狱的恐惧。[②]

而从十九世纪开始，魔鬼形象在欧洲经历了一次关键的转变，即“魔鬼形象从根本上发生了变化，它必然地与原来在人之外的恐怖生命形

---

① 罗贝尔·穆尚布莱：《魔鬼的历史》，张庭芳译，桂林：广西师范大学出版社2005年版，第145页。

② 同上书，第186页。

象拉开了距离，却越来越接近于一个人身上都会有的‘恶’的象征”，[①] 人们对于魔鬼形象也更多地进行内倾化的定义，“它将魔鬼与人紧密结合在一起，认为魔鬼只不过是人的阴暗面或是虚无的面具”，[②] 而魔鬼形象的这种转变在此一时期的文学创作中，表现得尤为显著：

> 生命悲观论不再是欧洲大陆上的唯一观念，启蒙思想、也许还有革命造成的时代转变，造成了一种新的世界观，它对信教者强化罪孽感的内在化，对其他人则强调的是对“恶”认识的内在化。卡佐特[③] 在文学上开创的道路被拓展了。就像皮埃尔·弗朗卡斯泰尔所说，“每个个人都将自己看作一个小宇宙，在每个个人意识的最深处，命运的剧本正在上演，善与恶在进行着交锋。每个人因而不再被认为完全代表了人性集体悲剧的一个方面。力量的冲突是内在的。人与自身作斗争，魔鬼就在他自己身上……”[④]

十九世纪上半叶的欧洲浪漫主义文学是这样，十九世纪中后叶至二十世纪初的欧洲现实主义文学也是如此。

最后是二十世纪魔鬼形象在欧美国家的分化发展。罗贝尔·穆尚布莱指出：进入二十世纪以后，尽管与十九世纪魔鬼形象在欧洲大陆的

---

① 罗贝尔·穆尚布莱：《魔鬼的历史》，张庭芳译，桂林：广西师范大学出版社2005年版，第237页。

② 同上书，第239页。

③ 卡佐特（Jacques Cazotte，1719—1792），十八世纪法国神魔文学的代表性作家，著有《一千零一篇废话》《恋爱中的魔鬼》《奥利维埃》等小说。

④ 罗贝尔·穆尚布莱：《魔鬼的历史》，张庭芳译，桂林：广西师范大学出版社2005年版，第245页。

繁荣相比，魔鬼形象在二十世纪的西方纸本文学作品中遭遇大幅度衰退，但其在电影、电视及互联网等新媒体艺术中的频繁呈现，却是非常显著的，并且，由于欧洲大陆与美国在文化传统及各自国情的差异，魔鬼形象在二十世纪的欧洲大陆和美国出现了明显的分化现象，即：

> 20世纪……人们对魔鬼的利用可谓无所不用其极，电影、连环画、广告、城市传闻把自己的看法与传统观点的寓意结合在一起，这就把魔鬼从它藏身的各个角落中拉了出来。……（而）西方文化潮流被分裂为两个不同的趋势，它们各自还有自己的分支。一种趋势以法国、比利时为代表，用猎奇式的幻想文学，通过幽默甚至通过将魔鬼置于生活享乐之中来控制焦虑。我们可以称之为魔幻文化，这来自法国文学专家的说法，他们认为通过“这种方式，幻想小说的作者让幻象说话，让它现身于光天化日之下，让它变成读者眼中诱人的、蛊惑的、具有美感的存在”。作家、电影工作者、广告人还有其他接触魔鬼题材的人就这样触及了幻象文化的根源，他们是文化的中介者，他们的作品既保留着对过去的鲜活记忆，又适应现在的需要。另一种文化趋势主要流行于美国以及北欧，但它的形式或许没有那么沉重，那么难以摆脱。它保留了更多500年来的焦虑观，将魔鬼视为危险和神秘的体内动物，必须予以摧毁或进行控制。他们还将魔鬼与当今现实联系起来，尤其还试图尽可能地驱散恐惧心理。对魔鬼的恐惧频频在电影和电视中表现出来，短短一段时间以来，在网络上也迅速传播开来。①

---

① 罗贝尔·穆尚布莱：《魔鬼的历史》，张庭芳译，桂林：广西师范大学出版社2005年版，第9—10页。

第三节
传说的定义及比较文学关于传说的研究案例

在《比较文学论》中，梵·第根对于“传说”作了这样的定义：“‘传说’，那就是说以某一些神话的、传说的或历史的英雄做著演员的某一些事迹和某几项事迹；这些英雄供给了一些唯一的人类标本；这些标本是由他们的性格和主要行为的传统所确定了的，但是当每一位作家采用起来的时候，却可以相当地加以发挥和改变”，[①] 并把比较文学界对于传说的研究划分为三个类型。

首先是对神话和英雄传说的比较研究。梵·第根指出：对于神话和英雄传说的比较研究，主要是围绕着《圣经》中的人物传说和古希腊的神话、英雄传说展开的。其中，《圣经》由《旧约圣经》和《新约圣经》两部分组成。前者是犹太人的宗教经典，包括《创世纪》《出埃及记》《利未记》《民数记》《申命记》《约书亚记》《士师记》《路得记》《撒母尔记上》《撒母尔记下》《列王记上》《列王记下》《历代志上》《历代志下》《以斯拉记》《尼希米记》《以斯帖记》《约伯记》《诗篇》《箴言》《传道书》《雅歌》《以赛亚书》《耶利米书》《耶利米书哀歌》《以西结书》《但以理书》《何西阿书》《约珥书》《阿摩司书》《俄巴底亚书》《约拿书》《弥伽书》《那鸿书》《哈巴谷书》《西番雅书》《哈该书》《撒伽利亚书》《玛拉基书》等。后者是基督教的宗教经典，包括《马太福音》《马可福音》《路加福音》《约翰福音》《使徒行传》《罗马书》《哥林多前书》《哥林多后书》《加拉太书》《以弗所书》《腓立比书》《歌罗西书》《帖撒罗尼伽前书》《帖撒罗尼伽后书》《提摩太前书》

---

① 梵·第根:《比较文学论》，戴望舒译，台北:台湾商务印书馆1937年版，第89页。

《提摩太后书》《提多书》《腓力门书》《希伯来书》《雅各书》《彼得前书》《彼得后书》《约翰一书》《约翰二书》《约翰三书》《犹大书》《启示录》等。而众所周知，《圣经》虽然是一部宗教著作，但其影响早已超越宗教领域，广泛而深刻地渗透和影响到包括文学在内的文化领域，尤其是《圣经》中的大量人物及传说，成为西方文学创作的一个重要来源，也由此成为包括梵·第根在内的比较学者非常关注的研究话题：

> 人们所曾研究过的那些传说，有些是出源于《圣经》的：该隐、犹大、以斯喀略特、斯斯德……在这一类中，该隐的传说是由于写他的诗的数目之多以及价值之高，而成为最重要的一个；——有许多诗都拿这位第一个杀人者做主角，而在十九世纪，有时人们还拿他做对于上帝的反抗之象征。拜伦的《该撒》以及勒龚特·德·李勒的《该隐》（前者是有影响于后者的），便是《创世纪》中的那个短短的故事底最著名的诗歌上的苦闷而反抗的表现。①

古希腊的神话、英雄传说则被公认是古希腊文学和西方文学的最早源头，不仅成为古希腊文学的史诗和悲剧创作的直接取材对象，而且成为后世西方文学创作中的一个重要题材来源，关于古希腊的神话、英雄传说在西方文学创作中的取材及演化，同样是比较文学研究中的一个热门话题，即：

> 另一些传说——而且是为数甚众——是来自希腊的。它们是从

---

① 梵·第根：《比较文学论》，戴望舒译，台北：台湾商务印书馆1937年版，第94—95页。

荷马那儿借来的：尤里赛斯（现通译为尤利西斯，引者注）、诺西珈；是从诸悲剧家那儿借来的：洎洛美塞斯（现通译为普罗米修斯，引者注）、奥第洎、美狄亚、伊斐倚尼亚；是从种种诗的传统中借来的：莎馥（现通译为萨福，引者注）、艾罗和莱昂德尔。关于感兴过高乃依、拉西纳、歌德、格里巴赛尔、雪莱和那么许多别的作家的这些最为人所知的题材之历史，人们曾写过许多次。在这些传说的人物之间，洎洛美塞斯是最有兴趣的。这位受了大神宙斯的打击的造福于人类的巨人，在歌德和雪莱的作品中变成了象征了。[①]

其次是对历史人物的传说的比较研究。梵·第根指出：在比较文学对于传说的比较研究中，有一些内容是关于历史人物的，比如古代的索馥尼思勃（Sophonisbe）[②]、克莱奥芭特拉（Cleopatra）[③]，中世纪和文艺复兴时期的查理大帝（Charlemagne Ⅰ）[④]、罗兰（Roland）[⑤]、熙德（Cid）[⑥]等，以及近代的罗兰夫人（Manon Jeanne Phlipon）[⑦]、拿破仑、

---

① 梵·第根：《比较文学论》，戴望舒译，台北：台湾商务印书馆1937年版，第95页。

② 索馥尼思勃（Sophonisbe，前235—203），古代迦太基的贵族之女，在罗马与迦太基的布匿战争中，因迦太基战败而被迫自杀身亡。

③ 克莱奥芭特拉（Cleopatra，前69—30），即著名的古代埃及艳后，与古罗马的凯撒、安东尼关系密切，后被屋大维所擒，自杀身亡。

④ 查理大帝（Charlemagne，约742—814），中世纪法兰克王国加洛林王朝国王。

⑤ 罗兰（Roland），查理大帝的侄儿，中世纪民族史诗《罗兰之歌》中的主角。

⑥ 熙德（Cid，1043—1099），西班牙英雄，西班牙中世纪民族史诗《熙德之歌》中的主角。

⑦ 罗兰夫人（Manon Jeanne Phlipon，1754—1793），十八世纪法国大革命中的著名的女政治家，为了自由、民主而献身。

意大利建国英雄加里波蒂（Giuseppe Garibadi）[①]、德国的铁血首相俾斯麦（Bismarck）等等。而基亚则在其《比较文学》一书中，不仅列举了比较文学对于历史人物的传说的比较研究例子：

> 玛丽·斯图亚特（Marie Stuart）是一个朝三暮四、专横的皇后，不知有多少剧作家只强调了她专横的一面而把她轻佻的一面给忘光了！关于这个问题我们可以参看基珀卡（Karl Kipka）的论著《世界剧作中的玛丽·斯图亚特》(1907)（*Maria Stuart im Drama der Weltliteratur*）。
>
> 拿破仑在世时，在许多人的眼里，他的命运好象带有史诗般的色采，具有神圣的或魔鬼附身般的含义。贝朗瑞（Béranger）、巴比埃（Barbier）、雨果、罗斯唐（Rostand）的读者们很了解，在这位皇帝死后，拿破仑式的传说在法国变成了什么样子。达利索拉（Maria Dell'Isola）在她的《1821年后的意大利诗歌》(1927)（*La poésie italienne ā partir de 1821*）中把他的命运表现了出来。在拿破仑身上同时体现着专断和革命两种思想，是一点也不足为奇的。蒂拉尔（Jean Tulard）在他的《拿破仑的传说》(1917)（*Mythe de Napoléon*）中，使科西嘉的吃人巨妖、普罗米修斯、弥赛亚、英雄、雇佣兵队长[②]这些形象在读者面前列队通过。在历史人物的身上好像总存在着一些与近代人物的幻想发生矛盾的东西：怎么能使拿破仑变成一个

---

① 加里波蒂（Giuseppe Garibadi，1807—1882），十九世纪意大利著名政治家，意大利建国三杰之一。

② 以上的这五个形象是人们对于拿破仑的不同描述。

> 胆小鬼或一个蠢货呢？读过蒂拉尔的作品之后，人们就会完全明白拿破仑的历史是怎样变成黑黝黝的或金光闪闪的传说了。[①]

而且还增加介绍了梵·第根《比较文学论》中没有提到的有关文坛的传说及相关研究例子：

> 这里提出一些直接从属于对作者的、但……也应占有一席之地的研究专著，这就是有关作者和围绕着作者而生发起来的传说。有些在生命结束之前就招来了许多传闻，如《沉思集》[②]（Méditations）的成功，使一位热心的提供情报的人报导了拉马丁（Lamartine）的非常罗曼蒂克的死讯，而拉马丁这时却活得非常健康。……至于关系到已故的或外国的作家，传说就更可以随便发展了。有关这方面的情况，瓦赞（Jacques Voisine）在研究了《1788—1830年卢梭在英国》（*Jean Jacques Rousseau en Angleterre, de 1788 ā 1830*）这部书之后就提了出来。艾丁布尔（Etiemble）则对《韩波的传说》（*Le mythe de Rimbaud*）感兴趣，有关他的传说，对整个欧洲来说，与他的诗具有同等意义。[③]

最后是对民间传说进入主流文学创作的比较研究。梵·第根在《比较文学》中指出：民间传说是文学创作的另一个重要来源，在西方

① 马·法·基亚：《比较文学》，颜保译，北京：北京大学出版社1983年版，第47—48页。

② 《沉思集》是法国十九世纪浪漫主义诗人拉马丁的抒情诗集，发表于1820年，在当时曾经引起过热烈反响。

③ 马·法·基亚：《比较文学》，颜保译，北京：北京大学出版社1983年版，第48页。

文学史上，民间传说进入主流文学创作并产生重大影响，成为比较文学关注的最著名的例子就是有关浮士德的传说和唐·璜的传说：

> 在……一切传说之中，没有一个像浮士德和唐·璜的传说同样地引起了文学史家的兴趣。从1884年起，浮士德的传说曾做了一些学者工作的对象；从那个时候起，特别在德国，人们不停地著重著它的历史，而到了现在，虽则还没有什么可奉为模范的统集大成的著作出来，这主题似乎已经完全说尽了。人们已考定了那真正在十六世纪生活在萨克斯的、做著炼金的、魔法师和江湖医生的浮士都思博士，是如何地变成了马洛（Marlowe）、歌德、格拉勃（Grabbe）和勒诺（Lenau）的著作中的主角。可是在一位比较文学家，主要的便是探讨这缪塞所谓“生著灰色的胡须的无神论者”是如何地变成了浪漫主义时代的人的象征的——那时代的人是在科学、享乐和行动之间徘徊著，失去了他的祖先的坚固的宗教信仰，而又没有什么新的宗教信仰去填补，不断地分析著自己，对一切并对自己都怀疑著。这样的一种作为文献并作为象征的浮士德的研究，是应该把拜伦的《曼弗雷德》、缪塞的《杯和嘴》，米契维兹的《康拉德·华伦洛德》，乔治·桑的《古琴的七弦》都包括在内。
>
> 至少从1887年起，唐·璜的传说曾引起了许多十分丰富而明确的研究。第一便是法里奈里先生的研究。唐·璜是赛维拉的一个放荡大胆至于无法无天的绅士（这人的生活也被考证出了），他在那人们说是谛尔梭·德·莫丽拿（Tirso de Molina）所作的著名的Comedia中找到了他的最初的文学形式之后，经过了西高尼尼（Cigognini）和其他的人，而显出了莫里哀的唐·璜，此后又在同

一名号或别的不同的名号之下，感兴了拜伦、缪塞、大仲马、索里拉（Zorilla）等作家。关于这些，我们都可以在让达卖·德·倍服特先生（Gendarme de Bévotte）的两部佳著中看见完备的叙述；他的那部博士论文《唐·璜的传说：自其原始至浪漫主义》，……都是文笔流利便于大众阅读的，而在书中那同一提出的研究一直延长到现代。这位学者依了比较文学的原则去写他的书，他并不以为他的任务只限于把那些以唐·璜为主角的作品或戏剧来编一个目录。他在他的著作中也把那以不同的色泽表现著他称为“唐·璜精神”的那些主要人物，不论他们的国籍如何，名号如何，都写在里面，懦弱而刁恶的诱惑者，以杀人去开一条路或掩护退走的玩世的浪子，什么都满不在乎的情郎，浪漫的梦想者，不可能的理想的醉心的寻求者，……以及那更精明，老是勇于诱惑或勇于占有的、不会满足的享乐者；从谛尔梭起，经过了莫里哀、谢德伟尔（Shadwell）和勒诺，而到拉夫堂（Lavedan）和罗斯当（Rostand）。在我们眼前所展开的，是怎样长的一道肖像画的画廊啊！它们都是各不相同，然而却带着一种可以用遗传和姻亲关系来解释的神情之间的类似。[①]

综而言之，题材、典型与传说是文学创作中的重要内容，在跨国界的文学创作中出现题材、典型与传说的借用或渗透是文学史上的常见现象，并由此成为比较文学的关注的话题或研究对象，诚如梵·第根在《比较文学论》中所总结的：

---

① 梵·第根：《比较文学论》，戴望舒译，台北：台湾商务印书馆1937年版，第96—98页。

从事于主题学的比较文学家们所偏爱的领域，就是“传说”和传说的人物的那领域。在这场合之中，主要的就是那传统所归附到那人物身上去的，往往是被他的性格所决定，又是被宿命所注定的行动或一系行动、态度或命运。有许多学者曾研究过这些传说在从这一位诗人转到那一位诗人时所受到的变化。这种研究使我们在辨出作家们固有的天才的区别，以及他们的道德与艺术的观念的区别以外，可以活活地把握住那他们为之而写作的社会中的周围的趣味和支配的理想底变化。再则，把那世俗的或神圣的美丽的传说，从它的我们所知道的最古的形式，经过了那各不相同的作者的戏剧或诗歌，这样依次研究下去，实在是更有兴味也没有了（幸而题材的选择也是以工作者个人兴味来解释的）；在那些作家之中，有许多是很伟大的，他们每人都把那传说加以发展、更改、净化，并使它倾向到他们自己的观念和他们自己的梦的方向去，这样一来，那淳朴而细长的原始调子，便一个时代一个时代地增加了一切近代意识的强有力的和谐了。可是（我们再说一遍），为要使这种研究成为真正地史的，那么在那里便需得有那作家和文学传统之间的关连性的。[1]

---

① 梵·第根：《比较文学论》，戴望舒译，台北：台湾商务印书馆1937年版，第94页。

第八章

思想、情感与文学潮流

关于“思想、情感”在比较文学研究中的重要性及必要性，梵·第根在《比较文学论》中指出：“各国的文学不仅互相假借著那确切的所谓实质的材料，而且还互相假借著思想和感觉的方式；这些思想和感觉的方式最通常是在接受国家中只有著一点萌芽，而在一些外国作家的影响之下才发展出来，（这些外国作家是已经给了他们一种足以使他们认识、鉴赏并采用的文学表现法了的）。在这专注交换物质的比较文学之一部，实在是最重要的一部。因为那越过疆界而把各国文学联合起来的，那使一国的某一些作家和外国的某一些作家奇特地生了亲属关系的，便是他们对于世界、人和生活观念的类似，他们对于艺术以及（既然是关于文学）文学的艺术的思想的类似，他们当著美、大自然、爱、生和死的时候的情感的类似。这些思想和情感是模仿所发展，确定并帮助表现的。这里，我们是在真正文学领域中，在那灵魂沟通著而写作艺术又给这些灵魂表白的精神区域中了”。[①] 不过，如前所述，梵·第根同时认为，文学思潮由于涉及更多的国家而非仅仅是在两个国家之间，属于一般文学或总体文学范畴，因而将其排除在比较文学研究领域之外。但从其后比较文学的发展来看，梵·第根反对将文学思潮划入比较文学的保守观念，并不为比较学界所接受，无论是基亚的《比较文学》还是威斯坦因的《比较文学与文学理论》都明确地把文学思潮列入比较文学的研究范畴，并使之成为比较文学界的共识。

第一节
比较文学对跨国界的思想传播及影响的关注和研究案例

关于“思想”的定义，美国学者牛顿·P. 斯托尔克奈特（New P. Stallkncht）在《文学与思想史》（*Ideas and Literature*）一文指出：“‘思想’这个术语指的是我们头脑里和感觉或情感经验的直接性相对的那种更富有思考、更具启发性的意识”，[②] 并点出了文学与思想之间的密切关联：

> 对一件艺术品的理解必定包括对它所反映或体现的思想的认识。因此，文学研究者有时会发现下述做法是有益的：把一首诗或

---

① 梵·第根：《比较文学论》，戴望舒译，台北：台湾商务印书馆 1937 年版，第 99 页。

② 牛顿·P. 斯托尔克奈特：《文学与思想史》，冯国忠译，见张隆溪选编：《比较文学译文集》，北京：北京大学出版社 1982 年版，第 88 页。

> 一篇文章进行分类，看其是否从思想上或虚构的内容上或主题上代表了产生它的那个时代。另外，他会发现蕴含在它的结构里已在别处、别的时代用不同的方法表达了的主题或思想。要理解作品，我们很可能要了解对上述两个方面的解释与说明。同时，我们也很可能要认识到，我们正在阅读的作品反映了或者属于被称之为某种“流派”或“主义”的思想方式，亦即同时出现而又有足够的共同特征可被辨认出来的思想的“综合体”。[①]

对于比较文学而言，对文学与思想的关注，并不仅仅在于指出文学作品所反映出来的思想，而应是思想在跨国界的传播及其对于不同国家文学所产生的直接或间接影响，诚如梵·第根在《比较文学论》中所指出的：“一种思想、一种精神或觉感的状态……从这一国到那一国的过程，当人们研究一位作家对于一位外国作家或对于另一国文学的影响时候，的确曾常常被人研究过；可是这种研究是不完全的，因为有一些别的影响来和这影响合在一起，使运动增强或增速；是侧面的，因为所说的这思想……并没有统领著探讨，又并不形成研究的中心；再则，这又冒著拾人牙慧的危险，因为思想或感觉的同一种运动，可能是由许多不同的作者转移过来的，而说到每一个作家，这运动是都有著关系的”。[②] 在《比较文学论》中，梵·第根不仅指出跨国界的思想传播的类型非常广泛，诸如“宗教的思想”、“哲学的思想”、“道德的思想”、“美学的思想”和“文学的思想”等等，而且列举了文学史上的一

---

① 牛顿·P. 斯托尔克奈特：《文学与思想史》，冯国忠译，见张隆溪选编：《比较文学译文集》，北京：北京大学出版社 1982 年版，第 89 页。

② 梵·第根：《比较文学论》，戴望舒译，台北：台湾商务印书馆 1937 年版，第 100 页。

些为人所熟知的跨国界的思想传播对于文学影响的著名例证，如加尔文宗教思想对欧洲文艺复兴文学的影响，意大利马基雅维利主义对于十七世纪法国文学的影响，笛卡尔的理性哲学对于十七世纪新古典主义文学的影响，伏尔泰启蒙主义哲学思想对于欧洲十八世纪启蒙主义文学的影响等等。此外，梵·第根还特别提到了十九世纪末叔本华、尼采、伯格森的哲学思想对于西方二十世纪现代文学的影响。而众所周知，西方源自古希腊一直到十九世纪末在思想传统上遵循的是理性哲学思想，而到了十九世纪末则出现了以叔本华、尼采、伯格森和弗洛伊德为代表的非理性哲学思想，不仅有力地冲击了传统理性哲学在西方的主导地位，而且对西方现代文学产生了深远的影响。在这方面，美国学者弗雷德里克·约翰·霍夫曼（Frederick John Hoffman）的专著《弗洛伊德主义与文学思想》（*Freudianism and the Literary Mind*）是一部出色的探讨以弗洛伊德主义为代表的非理性哲学思想在西方世界的散播及其对西方现代文学产生重大影响的研究案例。

在《弗洛伊德主义与文学思想》一书中，霍夫曼开宗明义地指出：尽管弗洛伊德的思想最初源于临床心理治疗层面的精神分析方法，但其最终形成的思想体系——也即人们通常所说的“弗洛伊德主义”已经远远地超越了心理学或精神分析层面，上升为一种哲学思想，并成为西方十九世纪末二十世纪初非理性哲学思想的一个重要来源和代表，不仅对西方现代哲学产生重要影响，而且在西方现代文学中引起巨大反响，即：

> 至少从本世纪初（指二十世纪，引者注）起，作家们就设法从多方面表现“非理性”。至于说，在十九世纪引导着人们对这一问题的研究兴趣的那些哲学家，那要数到这四位：叔本华、尼采、伯格

森和弗洛伊德。

在十九世纪，对理性能够充分解释所有伦理和审美的事实这一点渐渐产生了怀疑。这种怀疑可称作本世纪“浪漫式抗议”的一部分，但其根源要比那深得多。十九世纪的“非理性主义者”可以分成两派：一派诸如康德和费希特，他们提出，理性非但没有因一种刺激精神的伦理规则而受到妨碍，反而因此而得到发展；另一派则站在叔本华和尼采一边，他们认为意志与理性背道而驰，不管盲目与否，它总是损害理性的结构，而且公然无视理性主义的限制。一旦康德确定了理性的界限，对是什么力量使人们的行为非理性——或者直接反对理性的支配，或者无限扩大理性可能性这一问题的无限思考就有了余地。……

弗洛伊德……把精神分析广泛运用于宗教、社会学和美学领域，……精神分析学的“实际”应用——它涉及民族学、哲学、神学和美学——导致了大量作品的发表，……在正统心理学在很大程度上局限于研究意识和有意识的认识的那段时间里，弗洛伊德想到了无意识的概念，……（提出了）三个术语——无意识、压抑和力比多……弗洛伊德……使作家们更加清醒地认识到了这些问题，并至少给他们这样的幻觉：他们正合理地把科学术语和科学的描写转到艺术领域。（二十世纪）二十年代的小说强调了这些主题；小说家得力于对传统标准的怀疑，他们赋予家庭的描写以无可否认的弗洛伊德主义之特征。[①]

---

① 霍夫曼：《弗洛伊德主义与文学思想》，王宁等译，北京：三联书店1987年版，第21—65页。

并把《弗洛伊德主义与文学思想》的核心内容归结为两个方面：其一是弗洛伊德理论在西方世界的传播历程，其二是弗洛伊德主义对于西方现代文学的特殊影响。

关于弗洛伊德理论在西方世界的传播历程，霍夫曼指出：弗洛伊德学说的影响最初仅局限在医学界和精神分析学界，促使其精神分析学说发展成为一个“流派”的因素来自于瑞士心理学家卡尔·古斯塔夫·荣格（Carl Gustav Jung）为首的苏黎世小组，以及奥地利精神病学家阿尔弗雷德·阿德勒（Alfred Adler）对于弗洛伊德的追随与合作，而真正让弗洛伊德理论在西方世界引起关注并获得广泛反响主要得益于英美学界对于弗洛伊德著作的翻译、评论及推广工作。在霍夫曼看来，一种理论或学说要在社会上被人接受并且流行开来，必须满足以下三个条件：

> （一）（它的）概念必须翻译成能够用来进行讨论的语言。（二）这些译文必须得到定期为受过教育的读者阅读的杂志的适当评论。（三）在本质上，它们必须具有为一般读者欣赏的价值，也就是说，这些概念要么必须使人吃惊，颇为新奇，要么对于理智地思考人类行为来说，必须是基本的。①

弗洛伊德理论在西方世界的流行正是这样：首先是弗洛伊德理论的翻译。霍夫曼指出：在考察弗洛伊德学说在西方世界的流行时，对翻译的重要性作再高的评价都是不过分的。比如，二十世纪初在弗洛伊

---

① 霍夫曼：《弗洛伊德主义与文学思想》，王宁等译，北京：三联书店 1987 年版，第 72 页。

德著作没有被翻译成外文尤其是英文之前，他的影响仅局限于德语国家，改变这一状况的是英国学者欧纳斯特·琼斯（Ernest Jones）和美国学者布里尔（Brill）对于弗洛伊德代表性著作诸如《释梦》（*The Interpretation of Dreams*）、《性论三讲》（*Three Essays on the Theory of Sexuality*）、《论日常生活中的精神病理学》（*The Psychopathology of Everyday Life*）和《笑话与无意识的关系》（*Jokes and Their Relation to the Unconscious*）等的英文翻译，正是通过他们的忠实翻译，弗洛伊德的著作开始为众多的西方读者所阅读。其次是专业杂志对于弗洛伊德理论的评论，比如，在美国，虽然在弗洛伊德著作被译成英文之前，《美国心理学杂志》就曾用英文印发过弗洛伊德关于精神分析的演讲，以及荣格、琼斯等人的相关论文，但美国的诸如《论坛》《麦克路尔》《世纪》《日晷》《民族》和《人人杂志》等杂志真正对于弗洛伊德理论感兴趣并大量刊发评论文章则是在布里尔用英文翻译弗洛伊德著作之后，这些评论文章引起了人们对于弗洛伊德理论的好奇感。最后是弗洛伊德理论对于广大读者的新奇感和吸引力，即“（它）是新兴的……同时也开始为外行人所欣赏了。……（而）弗洛伊德心理学之所以对外行具有如此的吸引力，其原因在于他谈到了人类关心的实质问题。……（比如）弗洛伊德的作品指出了性在人类生活中的重要性，并提出了对社会道德约束的一种理智的重新估价。因而我们必须把他看作我们中的一员”，[①]这不仅使得弗洛伊德主义在二十世纪二十年代成为真正渗透到英美两国人的思想中的流行观念，而且其影响一直延续到二十世纪三十年代甚至以后。

---

① 霍夫曼：《弗洛伊德主义与文学思想》，王宁等译，北京：三联书店 1987 年版，第 76—82 页。

关于弗洛伊德主义对于西方现代文学的特殊影响，霍夫曼指出：弗洛伊德的精神分析学说是从心理或精神层面对于人类行为的一种“新的和大胆的解释”，由于其理论本身就涉及对作家创作心理的解释，故弗洛伊德的精神分析学说与文学之间的密切关联是显而易见的，其理论也被广泛运用于文学创作和文学批评之中。而且，更为重要的是，由于弗洛伊德的精神分析学说，“一方面，它夸大了艺术家本人的主观重要性，因为它暗示出了独立行为的深层的和重要的来源。另一方面，它向艺术家提供了研究他本人以及他所在的世界的新线索，这些新线索是更有吸引力的，因为它们在表明性质上是反对对习惯行为的固有看法的”，[①] 所以，相较于其他理论体系，弗洛伊德的精神分析学说无疑对艺术家有着更大的吸引力，尤其是其对于人的无意识领域问题的揭示，对于二十世纪西方现代文学产生了直接和深远的影响：

> 二十世纪的实验性写作在无意识中看出了一个语言学问题，这个问题就形象化描写和象征主义而论，是需要重新审视的。许多作家倒情愿采用这种手法，即超越以流畅的形式来安排词句，并停止对头脑的时空控制的单纯的“意识流”手法。对他们来说，这个意识“之流”（stream）必须和无意识心理生活的“流”（flow）一样。……（由于）与无意识的理想化的近似是不可能在文学中找寻到的；……（所以）他们相信，这种“新的写作”应当遵循的并不是一般的联系法则，而是无意识本身的意旨。……（而）弗洛伊德采用各种狡猾的手法“发现”了无意识，而这种特异和伪装恰恰识别

---

① 霍夫曼：《弗洛伊德主义与文学思想》，王宁等译，北京：三联书店 1987 年版，第 122 页。

出了它那冲破禁锢达到现实的企图。[①]

在霍夫曼看来，超现实主义文学[②]是弗洛伊德理论影响二十世纪现代文学的一个经典案例，即：

> 超现实主义一开始就是达达主义[③]的破坏性因素。达达主义是1916年在瑞士的苏黎世骚然兴起的，后来在巴黎一直持续到1922年。也许正是这种使叛逆服从某种审美修养形式的愿望才导致了超现实主义的建立。用他们最初宣言中的话来说，超现实主义希望打破理性主义的限制，因为“逻辑的方法现在仅仅被应用于解决人们附带感兴趣的问题……在文明的色彩笼罩下，在进步的假象掩饰下，所有那一切或许正确或许错误地被看作是幻想或迷信的东西，已经从人们的头脑中驱除出去了。”
>
> 对弗洛伊德的依附并不只是偶然的。超现实主义的实践是首先

---

① 霍夫曼：《弗洛伊德主义与文学思想》，王宁等译，北京：三联书店1987年版，第136—137页。

② 超现实主义（Surrealism），是1920至1930年间兴起于法国并流行于欧洲诸国的一个现代文学和艺术流派，所谓“超现实”是指用无意识超越现实、理性的束缚，以梦境、幻觉为创作源泉，借以展现客观事物的真面目，代表性作家由安德烈·布勒东（André Breton）、菲利普·苏波（Philippe Soupault）、路易·阿拉贡（Louis Aragon）和保罗·艾吕雅（Paul éluard等。

③ 达达主义，是1916年在瑞士苏黎世成立的一个现代艺术流派，涉及视觉艺术、文学、戏剧和美术涉及等领域，“达达”（Da Da）一词取自法语，本意为儿童玩耍时的摇木马，达达主义者们随意借用它来表示一种反传统的艺术姿态，代表性人物有罗马尼亚先锋艺术家特里斯唐·查拉（Tristan Tzara）和法国先锋艺术家汉斯·阿尔普（Hans Arp）等。

> 拒绝自我、升华以及抑制的一切限制；其次，将无意识当作与正常规范的审美道德分离的源泉来使用，最后，则彻底摆脱出精神分析学家的控制和无意识的折磨，而对于这一点，精神分析学家当然予以首要的重视了。超现实主义理论接踵而来的附加物则接受无意识的欲望或愿望，将其作为活动的富有诗意或其他特征的结果。[①]

此外，霍夫曼在《弗洛伊德主义与文学思想》一书中，还特别提到了弗洛伊德理论对于西方二十世纪欧美现代主义小说创作的重要影响，并分章详细介绍和评论了弗洛伊德理论对于爱尔兰小说家詹姆斯·乔伊斯（James Joyce）[②]、英国小说家戴维·赫伯特·劳伦斯（David Herbert Lawrence）[③]、美国小说家舍伍德·安德森（Sherwood Anderson）[④]、奥地利小说家弗朗兹·卡夫卡（Franz Kafka）[⑤]以及德国小说家托马斯·曼

---

① 霍夫曼：《弗洛伊德主义与文学思想》，王宁等译，北京：三联书店1987年版，第138—139页。

② 詹姆斯·乔伊斯（James Joyce，1882—1941），二十世纪爱尔兰现代主义小说家、诗人，欧洲意识流小说的杰出代表，被公认是二十世纪最伟大的现代小说家之一，代表性作品有《都伯林人》《尤利西斯》《青年艺术家的画像》和《芬尼根的守灵夜》等。

③ 戴维·赫伯特·劳伦斯（David Herbert Lawrence，1885—1930），英国二十世纪著名小说家，代表性作品有《儿子与情人》《虹》《恋爱中的女人》《查泰莱夫人的情人》等。

④ 舍伍德·安德森（Sherwood Anderson，1876—1941），美国二十世纪知名小说家，代表性作品有《俄亥俄州瓦温斯堡镇》《穷白人》《黑色的笑》和《讲故事人的故事》等。

⑤ 弗朗兹·卡夫卡（Franz Kafka，1883—1924），二十世纪奥地利德语小说家，被公认是二十世纪现代主义小说的重要先驱之一，代表性作品有《美国》《审判》《城堡》《中国长城的建造》《判决》《饥饿艺术家》等。

（Thomas Mann）[1]的具体影响状况。[2]

斯托尔克奈特的《文学与思想史》在论及思想的文学影响时指出，思想对于文学的影响是一个微妙而复杂的问题，决不能将其过分简单化，必须着重考察思想在传播及接受的过程中所“经历了不断被重述、被重新解释和转化的过程”。[3]而从霍夫曼的《弗洛伊德主义与文学思想》来看，不仅在梳理弗洛伊德思想在西方世界的传播时，指出和分析了弗洛伊德理论在传播过程和被接受过程中所出现的被敌视、改写、误读或曲解的现象，即“在第二章和第三章中，我试图有选择地在对弗洛伊德的著作有着各种不同的反应中，提供十分之一或二十分之一的实例——并且也附带描述一下那些偏见和隐秘的东西，在某些情况下表明了对弗洛伊德理论的接受之特征的那种敌视或讨厌的沉默，这确实已完全成了一样新东西。……一个心理发现的哲学理论体系已有了变化和修改——有时竟受到了歪曲，因而它在进入了一个时代的意义之中时，已经是经过相当大的变化了”，[4]而且在论及弗洛伊德思想对于二十世纪西方现代文学的具体影响时，也特别强调了弗洛伊德思想对于

① 托马斯·曼（Thomas Mann，1875—1955），二十世纪德国著名小说家，获得1929年度诺贝尔文学奖，代表性作品有《魔山》《马里奥与魔术师》《布登勃洛克家族》等。

② 本书限于篇幅，对于以上具体内容不再展开赘述，对这部分感兴趣的读者可参阅霍夫曼《弗洛伊德主义与文学思想》第五章“对乔伊斯的影响”、第六章“劳伦斯与弗洛伊德的争论”、第七章“卡夫卡和曼”以及第八章“精神分析学的三种美国变体”。

③ 牛顿·P. 斯托尔克奈特：《文学与思想史》，冯国忠译，见张隆溪选编：《比较文学译文集》，北京：北京大学出版社1982年版，第93页。

④ 霍夫曼：《弗洛伊德主义与文学思想·序》，王宁等译，北京：三联书店1987年版，第18页。

二十世纪西方现代文学影响的复杂性质，即“在这些研究的过程中，我希望弗洛伊德的影响将得到实事求是的表述——一种十分复杂、十分有争议的影响，其结果产生了大量实验和多种观念的形成。……我已经努力表明了这样一点：作家对任何一种主要影响的反应，都有着一个自由的界限。……我相信，仔细阅读本书将会显示出，它主要关心的是证明弗洛伊德对现代文学创作的重大意义，但同时也要表明，艺术家确实在坚持一种基本的独立态度，即独立于任何有着某种论述方法的学科约束，尽管这种方法与艺术家本人的方法相似，然而却不尽相同”。[①] 因此，霍夫曼的《弗洛伊德主义与文学思想》，尽管只是选取了弗洛伊德的精神分析学说与文学思想这一视角，但其对于比较文学领域中思想之于文学影响研究的启示和借鉴意义是值得学习和肯定的。

第二节
比较文学对跨国界的情感传播及影响的关注和研究案例

梵·第根在《比较文学》中指出，作为观念和感觉的方式，“思想”与“情感”有很多相似之处，但是，由于“文学中一大部分——或许是最地地道道地是文学的一部分——的目的，是表达作家的情感”，故“更比思想有力地，‘情感’形成了文学底命脉”。[②] 在梵·第根看来，“情感”在文学中呈现出两个方面的特点：一方面，作家在文学作

① 霍夫曼:《弗洛伊德主义与文学思想·序》，王宁等译，北京:三联书店 1987 年版，第 19 页。

② 梵·第根:《比较文学论》，戴望舒译，台北:台湾商务印书馆 1937 年版，第 109 页。

品中对于“情感”的表现带有鲜明的个性特征，即“那些情感是作家所感到，或使他的人物们所感到的；他用一种那么新鲜的手法表演它们出来，使人们以为这是独创的，他同时又用一种那么符合读者的经验的手法表演它们，使人们觉得是真实的。这两种特质的会合造成了伟大的作品和名篇佳句”；[①] 而另一方面，一个作家在文学作品中所表现的“情感”也像“思想”那样影响到另一个作家的文学创作，即“情感的表现之可以像思想的表现一样地有赖于传统和文学的模仿，……其理由是在一个心理学的和社会学的事实上，……道德的和社会的传统，非常有力地统制著某一些情感，竟至那些在每个人的心里是很真诚的情感，却被大家所差不多同样地感到。复仇、款客、虔敬、家世观念、名誉观念、国家观念等均是如此。这些在一个往往是很广阔的社会团体中大家都可以接近的集团的情感，有好一部分是属于各国各时期的文学的基础的。就是那些最个人性的情感，——例如恋爱，也往往取了那集团所勉强它们接受的形式和色泽。在每一个国家和社会的大团体内部，一种几世纪以来不大变化的情感之总体，便是这样组成的。文学可以表达出这种情感，并有把握在每一个人的心里唤醒回声”。[②] 为此，梵·第根特别罗列了文学史上有代表性的与情感（尤其是情感中的恋爱部分）影响有关的例子：

> 这些情感中的有一些，特别是接触到恋爱的那些，是比别一些改变的更快，或因国家与阶级之不同而变化得更多。戏剧和小说记下了这些特点，而有时又将这些特点故意夸大。当一个显然有著这

① 梵·第根：《比较文学论》，戴望舒译，台北：台湾商务印书馆1937年版，第109页。

② 同上书，第109—110页。

种特点的国家，和这国家的一个阶级在外国大有影响的时候，在文学上便创生了一种“情感的时尚”。那在游行诗人的影响之下，后来在十二世纪和十三世纪的法国诗人的影响之下，又后来在他们的意大利的模仿者的影响之下的殷勤的恋爱，便是如此的。以后，那模仿著法国艳情诗人的漂亮而肤浅的风流事；那从英国和德国来的哭哭啼啼而含有教训性的迷惘的柔情；那浪漫派的热情，那由十九世纪的艺术家们所激发起来的美学的肉感；……这些也都是如此的。诗人小说家都会采纳了那支配的时尚所勉强他们取的态度，我们可以顺序地在各国看见：有时人们做著一个理想的美人的虔信的崇拜者，用一首推敲得很工整的商籁体，学著彼特拉克虔诚地歌颂他的“爱人”的不可胜数的完美之点；有时人们学著龙沙、海里克（Herrick）或却勃雷拉（Chiabrera），用一首阿纳可莱洪体或加都路思体的短歌，去歌唱一岁之春和一生之春；有时人们把自己寄托在一些温柔而悲哀的小说的主人公身上，和一位贤淑而善感的情人在一片忧郁的景色中，或在坟墓前，眼睛望著天上的星，流著眼泪相互接吻［这里，泊莱服（Prévost）、李却德生（Richardson）、卢骚和歌德的后面，跟著无数的弟子们了］；有时人们做著宿命的热狂的情郎，捧著他的被世纪病或热情的风暴所撕碎了的心，献到一位情妇——天使或恶魔——的裙下去，学著拜伦、爱斯伯龙赛达或缪塞，用热烈的情句一样祝赞她一时侮辱她。①

① 梵·第根：《比较文学论》，戴望舒译，台北：台湾商务印书馆1937年版，第110—111页。

而在比较文学有关情感的跨国界的传播及其文学影响的研究实例，比较为人所熟悉的，除了我们之前已经提及的法国学者戴克斯特的《卢梭与世界文学的起源》之外，还有德国学者弗里兹·施特里希（Fritz Strich）的《歌德和世界文学》一书中对于歌德的言情小说《少年维特之烦恼》在欧洲所引发的文学影响的探讨。[①]

《少年维特之烦恼》是歌德于1774年写作发表的一部书信体言情小说。在思想内容上，小说通过对主人公维特短暂一生的爱情悲剧的描述，真实地反映了十八世纪末德国乃至整个欧洲黑暗、专制的社会现实，以及年轻一代不满现实但无力改变或反抗现状而最终选择自尽的苦闷、彷徨、愤懑、感伤、绝望的精神状态，引起了同时代的广大读者的深切共鸣；在艺术形式上，小说受到当时风行欧洲的英国小说家斯泰恩的《感伤的旅行》和法国小说家卢梭的《新爱洛漪丝》的感伤主义文学影响，非常成功地运用第一人称的书信体，将主人公失恋痛苦、绝望无助的内心感受和情绪变化，毫不保留地呈现于读者面前，让读者产生一种感同身受的真实感和亲近感，故小说一问世，很快风靡了德国和欧洲，不独在文学领域产生广泛影响，成为欧洲各国作家争相模仿的对象，更是在社会领域引发了一股“维特热”，人们不仅热切地阅读、谈论这部小说，而且纷纷摹仿小说主人公维特的穿着打扮、风度举止，甚至仿效其举枪自尽的死亡方式，整个欧洲都陷入在“维特热”的狂潮之中。在弗里兹·施特里希看来，“歌德的《维特》对欧洲各国的文学和生活所产生的影响就其巨大的意义而言是世界文学中的

---

① 弗里兹·施特里希对于歌德的言情小说《少年维特之烦恼》在欧洲所引发的文学影响的探讨是其《歌德与世界文学》的第十一章，标题为《少年维特之烦恼》，中文译者在选编这部分内容时将它改为《〈少年维特之烦恼〉在欧洲》，本书在下文介绍和分析这部分内容时，沿用《〈少年维特之烦恼〉在欧洲》这个标题。

一个独特的现象”，[①] 对于《少年维特之烦恼》在欧洲的影响的考察，决不能用一个流行的恋爱小说或心理爱情故事的俗套去简单看待，而应去认真探讨《少年维特之烦恼》对于欧洲文学的真正重要的影响。

首先是《少年维特之烦恼》在欧洲各国所引发的复杂影响。弗里兹·施特里希指出，尽管歌德的《少年维特之烦恼》在欧洲各国的风行和受到狂热追捧是一个不争事实，但也不应忽视它对欧洲各国所引发的一种可怕的或负面的影响作用，以及它在欧洲各国受到反对和抵制的现象，以至歌德本人也从《少年维特之烦恼》最初流行于全欧的自信得意逐渐转变为后来的自我反省和不安焦虑。比如，在意大利，由于《少年维特之烦恼》所引发的“维特热”在社会上制造出不小的混乱，“因而当《维特》在意大利遭到天主教的反对、而且米兰主教把第一种译本全部买下来以便将其彻底清除时，歌德完全赞同这一步骤。看到此人具有如此敏锐的判断力，一下子就看出《维特》对天主教徒来说是本坏书，他颇为满意，并因此人采取最有效的手段不动声色地把它除掉而对他表示赞赏”。[②] 另外，在英国，《少年维特之烦恼》所引发的影响也远不及欧洲大陆的任何国家，“这儿并没有爆发出维特病，尽管（自1779年起）并不乏译本、仿效、续编和戏剧改编。但反抗是坚定的，而且之所以如此也有足够的理由”。英国人的头脑里有一些补偿之物，“使这种头脑避免了歌德所指出的作文英国文学的基调的幻灭和忧郁的情绪，这种情绪因而也就从未占过上风。……英国头脑尤其易于感染的幻灭是被保留在一定界限之内的。作文《维特》和《葛

---

① 弗里兹·施特里希：《〈少年维特之烦恼〉在欧洲》，王义国译，见北京师范大学中文系比较文学研究组选编：《比较文学研究资料》，北京：北京师范大学出版社1986年版，第239页。

② 同上书，第233页。

兹·封·贝利欣根》的作者的青年歌德，带着幻灭和革命激情的歌德，是不能在英国牢固地站稳脚跟的”。[①]

其次是《少年维特之烦恼》在法国大革命前和大革命后所引发的不同影响。弗里兹·施特里希指出，《少年维特之烦恼》对于欧洲国家的影响，除了德国本国之外，对外国产生最大影响的国家就是法国，但是，对于《少年维特之烦恼》在法国的影响不能笼统地一概而论，而应以法国大革命为界，具体地分析其对法国文学和社会的不同影响，即：

> 这部小说全部都是以一种先革命的基调写成的。因而我们能够理解它在各处所造成的轰动，尤其是在法国造成的轰动，这不仅仅是因为卢梭的《新爱洛绮丝》到此时已打下了基础，而且因为这部作品所反抗的恰恰是法国的文明世界，因为在那些日子里，正是法兰西确定了欧洲的习俗和惯例。这儿我们必须区分欧洲的两种维特病浪潮：一种是革命前的，一种是革命后的。在严肃文学中第二种的意义更为巨大。革命并未带来人们曾希望从中得到的东西，亦即对年轻的、敏感的、有事业心的天才人物的一种新的生活，一种新的生活范围。歌德的《维特》有助于法国大革命并为它做了思想准备，但它的目标却是与实际随后发生的革命不同的一种革命。正是接踵而至的幻灭导致了《维特》在欧洲各国文学中并确实在欧洲的整个生活中产生了巨大的影响。
>
> 在最高程度上展现出这种影响的，并不是革命的法兰西，而

① 弗里兹·施特里希：《〈少年维特之烦恼〉在欧洲》，王义国译，见北京师范大学中文系比较文学研究组选编：《比较文学研究资料》，北京：北京师范大学出版社1986年版，第243—244页。

> 是被法国大革命赶出去住在瑞士、德国或英国的流亡者们。流亡者们的文学带有一种维特精神，有证据表明它的这一点直接得益于维特本身。斯塔尔夫人在自己的小说《黛尔菲娜》中描绘了一个热血妇女对社会的反抗，支持个人反抗传统道德准则的权利。她把这本小说寄给歌德，并写下如下的话："读《维特》是我生活中的一个重大事件，它使我的生活发生了一个巨大的转折。"夏多布里昂的《勒内》也是以维特的精神写的……乔治·桑在她为塞纳库尔的《奥伯曼》（*Obermann*）写的序言中把这本小说与《维特》相比较，并且承认那部德国作品以其奇怪的沉思给法兰西的精神带来了一种变化。所有这几部小说——《勒内》、《阿道尔夫》、《萨尔茨堡的画家》和《奥伯曼》——都有这一个共同点，及其主人公都是维特的精神上的兄弟。[①]

要之，歌德的《少年维特之烦恼》在欧洲的传播和影响，无疑是文学史上的一个显著现象，也是比较文学在探讨情感的跨国界传播及文学影响时津津乐道的一个热门话题。不过，从梵·第根在《比较文学论》中对于歌德作为情感之恋爱部分的归类和举例中不难看出，其只是被单纯看作是一种常见的由"恋爱"情愫的流行并由此形成了所谓"情感的时尚"。但是，弗里兹·施特里希的《〈少年维特之烦恼〉在欧洲》，不仅细致梳理了歌德的《少年维特之烦恼》在欧洲各国的传播及接受过程中所呈现出的复杂影响现象，而且具体区分了

---

① 弗里兹·施特里希：《〈少年维特之烦恼〉在欧洲》，王义国译，见北京师范大学中文系比较文学研究组选编：《比较文学研究资料》，北京：北京师范大学出版社 1986 年版，第 240—241 页。

歌德的《少年维特之烦恼》对法国大革命前后的欧洲文学和社会所引发的不同影响，并在此基础上揭示出了《少年维特之烦恼》对于欧洲文学和社会的真正影响作用或意义："《维特》……（固然）对欧洲产生了一种使人瘫痪、甚至是致命的影响。但也必须补充说明，维特病也有一种建设性的价值，并且在某些方面是有益的、起激励作用的。它为法国大革命作了思想准备，而在大革命之后又把人们的注意力从人生的肤浅的表面带到人生的更深刻的方面。它唤醒了更高尚的抱负，要求解决新的问题。难以忍受的不满是找到一种新的生活方式的策励。……正是《维特》的这种消极的忧郁靠着它在古老的欧洲所造成的悲哀才第一次预示着新的时代——行动的时代——的来临；而这部小说的真正意义也就在于此"。①

第三节

比较文学对跨国界的文学潮流的传播及影响的关注和研究案例

文学潮流或谓文学思潮，是指在某些特定的时代、社会和历史语境下在文学领域内兴起和流行的一种文学思想或艺术倾向。文学潮流或文学思潮不同于一般的文学思想，后者可以泛指在单个作家的创作中表现出来的文学观念或艺术倾向，前者则是特指由众多作家在文学创作上所体现出的一些共同的文学观念、艺术倾向或共同艺术主张和

① 弗里兹·施特里希：《〈少年维特之烦恼〉在欧洲》，王义国译，见北京师范大学中文系比较文学研究组选编：《比较文学研究资料》，北京：北京师范大学出版社 1986 年版，第 246—247 页。

纲领，其在一定的时代和社会上广泛传播和流行，成为文学领域内占有主流或主导地位的文学观念、艺术倾向，并对自己的时代和社会的文学创作产生深远的影响。而如前所述，西方文学不仅在其源头上带有同源性质，而且在其后来的文学发展过程中由于文化上的同源以及相互间文学交流的便利和频繁，使得西方的文学潮流呈现出非常明显的跨国界传播及影响的国际性质，诚如俄国学者日尔蒙斯基的《对文学进行历史比较研究的问题》(*Comparative Study of Literary History*)一文在论述西方文学史的发展规律时所指出的："如果研究资产阶级社会形成以来的文学史，我们就可以确定各种欧洲民族的文学社会思潮的相同的、有规律性的序列，可以确定与各种思潮相联系的主要文学艺术流派的更替和斗争，这些流派的类似应以这些民族社会发展的类似条件来解释：文艺复兴、巴洛克风格、古典主义、浪漫主义、批判现实主义、自然主义、现代主义……关于不同民族文学发展的类似道路的问题，关于文学过程类型学的吻合问题总是同关于国际性文学相互间影响和作用的问题错综复杂交叉在一起。完全排除后一种情况显然是不可能的。人类社会的历史事实不存在其个别部分之间缺乏相互影响而绝对孤立的社会和文化发展的例子。越是文明的人民，与别国人民之间的联系和相互影响就越活跃"。[①] 而在比较文学领域，对于跨国界的文学潮流的传播及影响的最著名的研究案例，就是丹麦学者乔治·勃兰兑斯（George Brandes）的《十九世纪文学主流》(*Main Currents in Nineteenth Century Literature*)。

① 日尔蒙斯基：《对文学进行历史比较研究的问题》，倪蕊琴译，见北京师范大学中文系比较文学研究组选编：《比较文学研究资料》，北京：北京师范大学出版社 1986 年版，第 101—103 页。

《十九世纪文学主流》是勃兰兑斯在二十世纪初（1901—1906）出版的一部综论欧洲十九世纪文学发展的六卷本巨作，包括《流亡文学》《德国的浪漫派》《法国的反动》《英国的自然主义》《法国的浪漫派》和《青年德意志》等六部分分册。关于《十九世纪文学主流》的写作目的和方法，勃兰兑斯在该书的引言部分明确地指出：

> 本书目的是通过对欧洲文学中某些主要作家集团和运动的探讨，勾画出十九世纪上半叶的心理轮廓。暴风雨的1848年是一个历史转折点，因而也是一个分界线，对发展过程我只准备谈到这时为止。从世纪初（指十九世纪，引者注）到世纪中这段时期，出现了许多分散的、似乎互不关联的文学活动。但只要细心观察文学主流，就不难看出这些活动都为一个巨大的有起有伏的主导运动所左右，这就是前一世纪思想感情的减弱和消失，和进步思想在新的日益高涨的浪潮中重新抬头。
>
> 因此这部作品的中心内容就是谈十九世纪头几十年对十八世纪文学的反动和这一反动被压倒。这一历史现象有全欧意义，只有对欧洲文学作一番比较研究才能理解。①

而从比较文学对于跨国界的文学潮流的传播及影响的研究着眼，勃兰兑斯的《十九世纪文学主流》着重突出了以下两个方面的内容。

首先是对欧洲十九世纪文学潮流的跨国界的传播及影响的整体性说明。勃兰兑斯指出，十九世纪的欧洲文学涌现了许多有代表性的并

---

① 勃兰兑斯：《十九世纪文学主流·前言》，张道真译，北京：人民文学出版社1997年版，第1页。

产生广泛影响的作家、作品和文学活动，比如，在法国，有夏多布里昂、艾典·皮耶·得·史古南、夏尔·诺底叶、本贾明·贡斯当、斯塔尔夫人等人为代表的流亡文学，以及雨果、维尼、大仲马、缪塞、乔治·桑、司汤达、巴尔扎克、梅里美、戈蒂耶等人为代表的浪漫派；在德国，有蒂克、施莱格尔兄弟、荷尔德林、诺瓦利斯、克莱斯特等人为代表的浪漫派，以及路德维希·伯尔内、亨利希·海涅等人为代表的青年德意志派；在英国，有华兹华斯、柯勒律治、拜伦、雪莱等人为代表的自然主义文学流派等等。在勃兰兑斯看来，这些国家的作家、作品和文学活动虽然从表面上看来是分散的，但实际上是互相关联的。这表现为：其一，十九世纪欧洲文学是对十八世纪欧洲枯燥的理性主义文学传统的反叛，其反叛精神直接导源于十八世纪末思想大家卢梭，这意味着欧洲十九世纪文学从其发生之初就拥有着共同的精神来源，即：

> 在谈到十八世纪的精神时，首先出现在人们嘴边的通常是伏尔泰的名字。在大多数人心目中，他是这整个时期的体现和代表；……但在十八世纪的作家中还有一个人，他是伏尔泰的对手，几乎与他地位相等，而且他的作品比伏尔泰的作品在大得多的程度上指向一个更进步的时代，这就是卢梭。……在十九世纪初，卢梭对欧洲所有主要国家巨大文艺运动影响程度之深是惊人的……在法国有夏多布里昂、斯塔尔夫人，后来有乔治·桑；在德国有蒂克；在英国有拜伦。伏尔泰对一般人的思想产生影响，而卢梭却对有写作才能的人、对作家影响特别大。[①]

① 勃兰兑斯：《十九世纪文学主流》第一分册“流亡文学”，张道真译，北京：人民文学出版社 1997 年版，第 5 页。

其二，十九世纪欧洲各国文学之间的相互关联和影响是非常密切的，比如，法国的流亡文学与德国浪漫派之间的自然联系非常密切，德国浪漫派直接影响了法国流亡文学，并预示了法国浪漫派的到来；而在法国浪漫派兴起之初，受到过英国的莎士比亚戏剧和德国浪漫派的影响，而法国浪漫派发展到极盛之后又反过来影响了德国浪漫派和英国的浪漫主义文学；法国浪漫派、德国浪漫派与和英国的自然主义文学之间的联系同样非常密切，前者对后者的文学影响也是清晰可见的，而英国自然主义文学的代表拜伦则对包括德国青年德意志派在内的欧洲浪漫主义文学产生了重要而深远的影响。欧洲各国文学之间的密切联系和相互影响，使得十九世纪欧洲各国文学成为一个相互关联和彼此影响的整体，共同汇集和形成了十九世纪欧洲声势浩大的文学潮流，即：

一本书，如果单纯从美学的观点看，只看作是一件艺术品，那么它就是一个独立存在的完备的整体，和周围的世界没有任何联系。但是如果从历史的观点看，尽管一本书是一件完美、完整的艺术品，它却只是从无边无际的一张网上剪下来的一小块。从美学上考虑，它的内容，它创作的主导思想，本身就足以说明问题，无需把作者和创作环境当作一个组成部分来加以考察，而从历史的角度考虑，……要了解作者的思想特点，又必须对影响他发展的知识界和他周围的气氛有所了解。

这些互相影响、互相阐释的思想界杰出人物形成了一些自然的集团……分作六个不同的文学集团来讲，可以把它们看作是构成一部大戏的六个场景。[①]

① 勃兰克斯：《十九世纪文学主流·前言》，张道真译，北京：人民文学出版社1997年版，第2—3页。

其次是对十九世纪欧洲各国文学之间的比较研究。在勃兰兑斯看来，十九世纪欧洲文学是一个显在的流布全欧的历史现象，要揭示这一欧洲文学史上的历史现象的全欧意义，必须对此一时期的欧洲各国的文学进行比较研究，因为“这样的比较研究有两重好处，一是把外国文学摆到我们跟前，便于我们吸收，一是把我们自己的文学摆到一定距离，使我们对它获得更符合实际的认识”。[①]而从勃兰兑斯在《十九世纪文学主流》中对比较研究的实际运用来看，主要包含两个方面的内容：其一是对十九世纪法国、德国和英国文学的平行描述。关于如何来讲述十九世纪欧洲法、德、英等几个主要国家的重要文学潮流或文学活动，勃兰兑斯明确地表示：“我打算同时对法国、德国和英国文学中最重要运动的发展过程加以描述”，[②]故其六卷本的《十九世纪文学主流》这一巨著，虽然六个分册《流亡文学》《德国的浪漫派》《法国的反动》《英国的自然主义》《法国的浪漫派》和《青年德意志》，分别对应的是十九世纪欧洲发生于某个国家（法国、德国或英国）在本世纪某个历史阶段上的重要的文学现象和文学活动，每个部分都可以独立成册，但由于作者强调的是对十九世纪法国、德国和英国文学发展过程的“同时”描述，因此《十九世纪文学主流》对于十九世纪法国、德国和英国文学发展过程的平行描述内容，具有非常明显的在它们之间进行相互比较或彼此对照的用意或含义。其二是对十九世纪丹麦文学与欧洲别的国家尤其是德国文学之间的比较分析。作为一名丹麦学者，勃兰兑斯一直关注本国乃至整个北欧文学的发展，他的《十九世

---

① 勃兰兑斯：《十九世纪文学主流·前言》，张道真译，北京：人民文学出版社1997年版，第1页。

② 同上。

纪文学主流》的写作目的，一方面固然是出于他自身的文学史家和文学批评家的专业兴趣，要全面、真实和客观地描述十九世纪欧洲文学的发生、发展的历史过程，但另一方面或者说作者本人对于丹麦文学和社会有很自觉及强烈的现实针对性的面向，就是希望丹麦文学能以十九世纪欧洲主流文学为借镜，改变自身文学封闭、落伍的现状，以开放的心胸和积极的姿态汇入十九世纪欧洲文学主流之中。所以，勃兰兑斯不仅在《十九世纪文学主流》中对十九世纪丹麦文学与欧洲别的国家尤其是德国文学之间作具体的比较分析：

> 这个时期的德国文学从其倾向和内容来看，是比较富于独创性的。丹麦文学则一方面继承了带有北方特色的气质，另一方面又是建立在德国文学的基础之上的。丹麦作家通读了德国作家的作品，并经常加以剽窃，而德国作家却从没读过丹麦作家的作品，也没受到后者一点点影响……
>
> 由于对德国的这种关系，产生了如下若干后果。在德国文学中生活多于艺术，在相应的丹麦文学中艺术多于生活。挖掘题材的是德国。以浪漫主义开端的德国文学，活跃在最深沉的情绪之中，陶醉在种种感觉里面，努力想解决问题，不断创造着随即加以破坏的形式。丹麦文学则领受了这些充满生活气息的题材和思想，往往还能赋予它们更可靠的形式和更清晰的表现，胜过它们在故国所获得的。……（然而）丹麦作家作为艺术家照例超过了德国作家，但是作为人，他们在精神方面便远远落后于后者……因此，一般说来，如果可以把本世纪的德国作家同丹麦作家相比，那么德国作家几乎处处都有一个更成熟、更富有独创性的人生观，而且作为人物来说

> 也更伟大一些，不论他们作为诗人会占有什么位置。[①]

而且直接点明了考察十九世纪欧洲文学主流对于丹麦文学的现实意义：

> 整个说来，我间或偶然地提到丹麦文学。我只是不时地刺穿我向观众挂起的幕布，好让人从一个孔穴来瞧瞧丹麦的状况。这倒不是我忘却了或者忽略了丹麦文学。相反，它一直在我的心目中。既然我试图陈述外国文学的内在历史，我就在每一点上都对丹麦文学作出了间接的贡献。我将画出必要的背景，以便我国的文学有朝一日能带着自己的特征在这上面显现出来。我将打好基础，相信现代丹麦文学的历史一定会在这上面建立起来。如果这个方法是个间接的方法，它也因此是个更坚实的方法。[②]

可以说，勃兰兑斯的《十九世纪文学主流》对于欧洲十九世纪文学潮流的跨国界的传播及影响的整体性说明，以及对于欧洲十九世纪各国文学之间的比较研究，不仅被公认是比较文学领域关于跨国界的文学潮流的传播及影响的经典之作，而且对于二十世纪西方的文学创作和学术研究也起到了重要的影响作用，正如《十九世纪文学主流》中译本的编者在该书的中文译本的出版前言中所指出的：

> 《十九世纪文学主流》……概述了十九世纪初叶起欧洲几个主

---

① 勃兰兑斯：《十九世纪文学主流》第二分册“德国的浪漫派”，刘半九译，北京：人民文学出版社 1997 年版，第 3—7 页。

② 同上书，第 3—4 页。

要国家的文学发展状况，着重分析了这几个国家的浪漫主义的盛衰消长过程，以及现实主义相继而起的历史必然性。值得注意的是，这里提出了一个比较科学的研究文学史的方法……

……本书的优点和特色……是不可抹杀的。首先，它把西欧文学当作一个浑然的整体，从各国的文学思潮中清理出它的纵横交错的来龙去脉，使读者能够对它得出一个全局的观念，从而更深刻地理解构成全局的各个部分。……

作者撰写本书，还有更现实的目的，就是希望借此促使丹麦和整个北欧醒悟过来，迅速摆脱文化上同欧洲大陆相隔绝的孤立状态。他在本书中苦口婆心地告诫自己的同胞：欧洲早已为天主教和浪漫主义所蛀毁，新的人物正通过新的风暴发出新的声音，而丹麦的文化、艺术和政治社会生活不过是在古老的精神废墟上苟延残喘而已。正是这样，这部名著一出版，便在北欧文化界引起了强烈的共鸣，为作者聚集了一批志同道合的战友，如易卜生、比昂逊、雅克布逊等。这些“现代的开路人”在文学创作上共同抵制浪漫主义，促进现实主义，可以说一起领导了一场精神革命。①

---

① 《十九世纪文学主流·出版前言》，北京：人民文学出版社 1997 年版，第 1—4 页。

第九章

源流与誉舆

梵·第根在《比较文学论》中指出，比较文学对于文体与风格、题材典型传说、思想与情感的研究主旨是考察思想、主题和艺术形式从一国文学到另一国文学的过渡，其共同特征都是从影响的发者出到接受者的研究，而在这些之后，还需侧重和关注从影响的接受者出发去探寻发出者的研究，其中主要涉及两个问题：其一是源流的探讨，即“某一作者的这种思想、这个主题、这个作风、这个艺术形式是从哪里来的？这是‘源流’的探讨，它主要是在于从接受者出发去找寻放送者……我们给这种研究定名为‘源流学’”。[1] 由于源流的探讨是从接受者一方去追寻影响发生的源头，故比较文学对源流的探讨就是通常所说的“出源”研究。其二是誉舆的探讨，也即对于一位作家在国外的声誉状况及其所获得的舆论评价的研究。

---

① 梵·第根：《比较文学论》，戴望舒译，台北：台湾商务印书馆1937年版，第144页。

第一节
出源的定义及比较文学对于出源的研究案例

关于“出源”的定义，美国学者约瑟夫·T. 肖在《文学借鉴与比较文学研究》一文中指出：比较文学的“出源”概念，就是“用来表示借用的出处”，意指某一国的文学作品与另一国文学作品之间在题材、情节、人物、思想、观念以及艺术风格或手法上存在着借用、模仿或借鉴等的“一种直接联系”。[①] 梵·第根在《比较文学论》中把比较文学的“出源”研究划分为“口传的源流”和“笔述的源流”两部分，并特别指出：尽管在比较文学的“出源”研究中，“笔述的源流”是“最容易接近的，为此之故，它也是被人们研究得最勤的”，但绝不应忽视“口传的源流”，因为“某一个听到的故事，某一番谈话，往往是一位作家的某一段文章，某一部书，并有时竟是全部著作的一个基础。……偶然听来的故事，纯然是口传的逸闻，都是许多想象的作品的原始”。[②] 这里所提到的口传的故事，其实就是通常所说的民间故事或民间传说。关于民间故事或民间文学与比较文学之间的亲缘关系，中国学者季羡林在《民间文学与比较文学》一文中指出：

在比较文学发展的初期，民间文学与比较文学的关系是密不可分的。就以德国为例，在19世纪中叶，梵文学者本发伊（Theodor

① 约瑟夫·T. 肖：《文学借鉴与比较文学研究》，盛宁译，见张隆溪选编：《比较文学译文集》，北京：北京大学出版社1982年版，第37页。

② 梵·第根：《比较文学论》，戴望舒译，台北：台湾商务印书馆1937年版，第145—146页。

> Benfey）发表了他的名著：《五卷书：印度寓言、童话和小故事》，有德文译文、长篇导论和详尽的注释。在导论中，他使用了多种语言的材料，详详细细地追溯了书中故事在欧洲和亚洲等地流传的过程。他从此奠定了一门新学科的基础：比较童话学或者比较文学史，两种都属于比较文学的范畴。而《五卷书》中的故事几乎都来自印度民间文学。从此，民间文学与比较文学就结下了难解难分的缘分。事实上，在这之前或者之后，二者的关系始终密切。在国与国之间，洲与洲之间，最早流传的而且始终流传的几乎都是来源于民间的寓意、童话和小故事。我们甚至可以说，没有民间文学，就不会有比较文学的概念。①

故在季羡林看来，尽管他并不否定或排斥比较文学进行平行研究，但他本人是“赞成比较文学研究直接影响的一批”，②而比较文学的这种直接影响研究，直言之，就是包括考证出源在内的“这样实打实的表现相互影响的资料”。③他本人的一些有代表性的比较文学论文，诸如《柳宗元〈黔之驴〉取材考源》《〈西游记〉里面的印度成分》等，都是比较文学在出源考证上的经典案例。

《柳宗元〈黔之驴〉取材考源》是一篇考源中国唐代作家柳宗元的短篇寓言《黔之驴》原始出处的论文。在论文的开篇，季羡林就明确地提出了所要探寻的问题：

---

① 季羡林：《民间文学与比较文学》，见季羡林著：《比较文学与民间文学》，北京：北京大学出版社 1991 年版，第 1 页。

② 同上书，第 2 页。

③ 同上书，第 3 页。

柳宗元三戒之一的短寓言《黔之驴》我想我们都念过的……我们分析这篇寓言，可以看出几个特点：第一，驴同虎是这里面的主角；第二，驴曾鸣过，虎因而吓得逃跑；第三，驴终于显了它的真本领，为虎所食；第四，这篇寓言的教训意味很深，总题目叫“三戒”，在故事的结尾还写了一段告诫。

我们现在要问：柳宗元写这篇寓言，是自己创造的呢？还是有所本呢？我的回答是第二个可能。

在中国书里，我到现在还没找到类似的故事。在民间流行的这样的故事是从外国传进了的。我们离开中国，到世界文学里一看，就可以发现许多类似的故事。时代不同，地方不同；但故事却几乎完全一样，简直可以自成一个类型。我们现在选出几个重要的来讨论。[①]

论文首先并重点提及的是出自印度寓言集《五卷书》第四卷中的第七个故事：

在某一座城市里，有一个洗衣匠，名字叫做叔陀钵吒。他有一条驴，因为缺少食物，瘦弱得不成样子。当洗衣匠在树林里游荡的时候，他看到了一只死老虎。他想：“哎呀！这太好了！我要把老虎皮蒙在驴身上，夜里的时候，把它放到大麦田里去。看地的人会把它当做一只老虎，而不敢把它赶走。”他这样做了，驴就尽兴地吃起大麦来。到了早晨，洗衣匠再把它牵到家里去。就这样，随了时

① 季羡林:《柳宗元〈黔之驴〉取材考源》,见季羡林著:《比较文学与民间文学》,北京:北京大学出版社 1991 年版，第 48—49 页。

间的前进，它也就胖起来了，费很大的劲，才能把它牵到圈里去。

有一天，驴听到远处母驴的叫声。一听这声音，它自己就叫起来了。那一些看地的人才知道，它原来是一条伪装起来的驴，就用棍子、石头、弓箭，把它打死了。①

季羡林指出，对照《五卷书》里的这个寓意故事与柳宗元的《黔之驴》，可以看出两者之间的诸多相似之处："第一，这里的主角也是驴。虎虽然没出台，但皮却留在驴身上；第二，在这里，驴也鸣过，而且就正是这鸣声泄露它的真象，终于被打死；第三，这当然也是一篇教训，因为梵文《五卷书》全书的目的就是来教给人'统治术'（Niti）或'获利术'（Arthas-āstra）的"。② 那么，柳宗元的《黔之驴》和《五卷书》里的这个故事之间如此相似，究竟是一种偶然的巧合？还是两者之间存在着一种不为人所知的密切关联呢？按照季羡林本人的考证，印度的《五卷书》是一部汇集古代印度寓言、民间故事和传说的总集，这部书写成的时间大约在公元三四世纪，到了六世纪已经是一部在印度几乎家喻户晓的名著，并在以后的时间里被陆续翻译为波斯文、阿拉伯文、叙利亚文、希伯来文、希腊文、拉丁文、德文、意大利文、西班牙文、法文、英文、荷兰文、瑞典文、匈牙利文、土耳其文、察哈台文、乔治文、哥卢斯文、马来文等等，成为一部通行世界并对世界各国的文学创作（尤其是民间故事）产生深远影响的原典性著作，确立了印度作为世界文学的寓意或童话故乡的地位，"世界上所有的民族里产生寓

① 季羡林：《柳宗元〈黔之驴〉取材考源》，见季羡林著：《比较文学与民间文学》，北京：北京大学出版社 1991 年版，第 49 页。

② 同上。

意和童话最多的就是印度，现在流行世界各地的寓意和童话很少不是从印度传出来的。这是一般学者都承认的”。[①]在季羡林看来，《五卷书》在中国的影响同样是非常显著的：

> 虽然《五卷书》从来没有译成中文过，它在我们中国的影响却同别的国家一样大。这原因很简单。中印两国很早就有交道，而且一直没有断过。从印度来中国的商人都喜欢把他们在印度或中亚听到的故事讲述一下，而听过的人又往往高兴再讲给别人，于是就辗转传布开去。时间一久，这些故事就渐渐染上中国的色彩。有的把外国姓名改成中国姓名，有的把里面同中国国情不合的地方渐渐改得适合了，终于仿佛在中国生了根似的，再也没有人想到它们不是中国的了。譬如说一个乞丐踢破罐子的故事，我们都知道。中国现代地方的民间传说里都有这个故事。有的文人学士也就把它写到书里去，[②]……至于两只鸟用树枝架着一个乌龟的故事，我们也都知道。这些故事的老家也就是梵文的《五卷书》。[③]

而柳宗元的《黔之驴》取材于印度的《五卷书》也是有迹可循的。为此，李氏在论文中特别考证了《五卷书》中的这个故事在古代印度、古代希

① 季羡林：《梵文〈五卷书〉：一部征服了世界的寓意童话集》，见季羡林著：《比较文学与民间文学》，北京：北京大学出版社 1991 年版，第 31 页。

② 有关这个故事的原始出处及其在中国的流变，可参阅季羡林：《一个故事的演变》，见季羡林著：《比较文学与民间文学》，北京：北京大学出版社 1991 年版，第 19—23 页。

③ 季羡林：《梵文〈五卷书〉：一部征服了世界的寓意童话集》，见季羡林著：《比较文学与民间文学》，北京：北京大学出版社 1991 年版，第 30—31 页。

腊和近代法国的传播及流变，说明了前者取材于后者的根据：

> 我们从印度出发，经过了古希腊，到了法国，到处都找到这样一个以驴为主角蒙了虎皮或狮皮的故事。在世界许多别的国家里，也能找到这样的故事……这个故事，虽然到处都有，但却不是独立产生的。它原来一定是产生在一个地方，由这个地方传播开来，终于几乎传遍了全世界。我们现在再回头看……柳宗元的短寓言《黔之驴》的故事，虽然那条到了贵州的长耳公没有蒙上虎皮，但我却不相信它与这故事没有关系。据我看，它只是这个流行世界成了一个类型的故事的另一个演变的方式。驴照旧是主角，老虎在这里没有把皮剥下来给驴披在身上，它自己却活生生地出现在这故事里。驴的鸣声没有泄露秘密，却把老虎吓跑了。最后，秘密终于因了一蹄泄露了，吃掉驴的就是这老虎。柳宗元或者在什么里看到这故事，或者采自民间传说。无论如何，这故事不是他自己创造的。[①]

《〈西游记〉里面的印度成分》是一篇考证中国明代作家吴承恩的小说《西游记》与印度文化之间的渊源关系的论文。关于写作此篇论文的目的，作者明确指出：

> 吴承恩《西游记》中有印度成分，过去已经有人说到过。比如陈寅恪先生曾经详细论证了玄奘三个弟子故事的演变。孙悟空大闹天宫的故事，出自《贤愚经》卷一三《顶生于像品》六四。猿猴故事

---

① 季羡林：《柳宗元〈黔之驴〉取材考源》，见季羡林著：《比较文学与民间文学》，北京：北京大学出版社 1991 年版，第 53—54 页。

出自《罗摩衍那》第六篇工巧猿那罗造桥渡海的故事。猪八戒的故事出自唐义净《根本说一切有部毗奈耶杂事》卷三《佛制苾刍发不应长因缘》。这个故事发生在印度憍闪毗国，“憍”“高”音相似，遂讹为“高老庄”。沙僧的故事出自《慈恩法师传》卷一玄奘长八百里的莫贺碛的记载。……

年来在浏览汉译佛典时，我自己也做了一些《西游记》来源的笔记。现在选取几个写在下面。[①]

在《〈西游记〉里面的印度成分》一文中，季羡林列举了好几则《西游记》中的故事或情节取材于汉译佛典的例子。本文限于篇幅，仅举其中的两则：一则是《西游记》中孙悟空斗东海龙王的故事取自南朝箫齐外国三藏僧伽跋陀罗译《善见律毗婆沙》卷二中有“高僧末阐提同龙王斗法”的文字记载：

尔时罽宾国中有龙王，名阿罗婆楼（Aravāla）。国中种禾稻，始欲结秀，而龙王注大洪水，禾稻没死，流入海中。尔时大德末阐提（Majjhantika）比丘等五人，从波吒利弗国（Pātaliputra）飞腾虚空，至雪山边阿罗婆楼池中下，即于水上行住坐卧。龙王眷属童子入白龙王言：“不知何人，身著赤衣，居在水上，侵犯我等。”龙王闻已，即大瞋忿。从宫中出，见大德末阐提，龙王忿心转更增盛。于虚空中作诸神力，种种非一，令末阐提比丘恐怖。复作暴风、疾雨、雷电、霹雳、山岩崩倒，树木催折，犹如虚空崩败。龙王眷属

① 季羡林：《〈西游记〉里面的印度成分》，见季羡林著：《比较文学与民间文学》，北京：北京大学出版社 1991 年版，第 129 页。

> 童子复集一切诸龙童子，身出烟竟，起大猛火，雨大砾石，欲令大德末阐提恐怖。既不恐怖而便骂言："秃头人！君为是谁？身著赤衣。"如是骂詈，大德颜色不异。龙王复更作是骂言："捉取打杀！"语已更唤兵众，现种种神变，犹不能伏。大德末阐提以神通力蔽龙王神力，向龙王说："若汝能令诸天世人一切悉来恐怖我者，一毛不动。汝今更取须弥山王及诸小山掷置我上，亦不能至。"大德作是语已，龙王思念："我作神力，便已疲倦。"无所至到，心舍忿怒，而便停住。是时大德知龙王心，以甘露法味教化示之，令其欢喜归伏。龙王受甘露法已，即受三归无戒。与其眷属八万四千俱受五戒。①

另一则是《西游记》中孙悟空大闹天宫时变换身形与二郎神斗法的情节取材于《佛说菩萨本行经》里的故事记载：

> 时阿阇世王往至佛所，头面作礼、长跪白佛："国界人民为恶龙疫鬼所见伤害，死者无数。唯愿世尊大慈大悲怜愍一切，唯见救护，禳却灾害。"佛即可之。尔时世尊明日晨朝，著衣持钵，入城乞食，诣于龙泉。食讫洗钵。洗钵之水澍（注）于泉中。龙大瞋恚，即便出水，叶于毒气，吐火向佛。佛身出水灭之。复雨大雹，在于虚空，化成天花。复雨大石，化成琦饰。复雨刀剑，化成七宝。化现罗刹，佛复化现毗沙门王，罗刹便灭。龙复化作大象，鼻捉利剑。佛即化作大狮子王，象即灭去，适作龙象。佛复化作金翅鸟王，龙便突走。尽其神力，不能害佛，突入泉中。密迹力士举金刚杵打山。

① 季羡林：《〈西游记〉里面的印度成分》，见季羡林著：《比较文学与民间文学》，北京：北京大学出版社 1991 年版，第 130—131 页。

山坏半堕泉中，欲走来出。佛化泉水，尽成大火，急欲突走。于是世尊蹈龙顶上。龙不得去，龙乃降伏。长跪白佛言："世尊！今日特见苦酷。"佛告龙曰："何以怀恶苦恼众生？"龙便头面作礼，稽首佛足，长跪白佛言："愿见放舍！世尊所敕，我当奉受。"佛告龙曰："当受五戒，为优婆塞。"龙及妻子尽受五戒，为优婆塞，慈心行善，不更霜雹。风雨时节，五谷丰孰。诸疫鬼辈尽皆走去，向毗舍离。摩羯国中人民饱满，众病除愈遂便安乐。[①]

在季羡林看来，《西游记》中所记的诸种故事或情节，基本上都可以在汉译佛典中找到类似上面的例子，"这些例子已经足以说明《西游记》中许多故事是取自印度的"，[②]并说明了印度文学的自身民族特点以及中国的《西游记》为何会从汉译佛典中广泛取材的内在渊源：

世界上几个古老的有高度文化的民族在文学创作方面都各有特点。印度的特点就是幻想丰富……因为印度人民有这样的特点，从渺茫的远古以来，他们就创作了无数的寓言、童话、小故事，口头流传在民间。印度的统治者利用这些故事来教育自己的儿子、接班人，……印度的每一个宗教也都想利用这些故事来宣传自己的教义。婆罗门教和印度教这样做，耆那教是这样做，佛教也是这样做。我们在佛典中发现大量的民间故事。《本生经》搜集了五百多个民间故事、寓言、童话，用一套很简单很单调的模子来编造释迦牟尼的前

① 季羡林:《〈西游记〉里面的印度成分》，见季羡林著:《比较文学与民间文学》，北京：北京大学出版社 1991 年版，第 132 页。

② 同上书，第 134 页。

> 生的故事。连闻名全球的印度两大史诗《摩诃婆罗多》和《罗摩衍那》的故事都可以在佛典中找到。此外，在很多的佛经中都有不少的小故事间杂其间。
>
> 这些故事不但流行于国内，还逐渐传到国外去。世界上许多流行民间的寓言、童话、小故事等等。其来源都是印度。寓言、童话等等是最容易传播的，而且传播有时候并不靠写本，而是通过口头。……《西游记》，情况也是如此。……印度的许多民间故事寓言童话很早就传入中国。《西游记》是写唐僧取经的，是与佛教有直接关系的。“近水楼台先得月”，它吸收了一些印度故事，本来是很自然的，毫不足怪的。[1]

梵·第根在《比较文学论》中曾经坦言：比较文学对于出源的考证并不为人认可，“源流之探讨者颇常为人所讥讽。人们常喜欢把他们看做是一些孜孜不倦地从小处着眼，只限于物质地拿文章来对比，而忘了文学是活着的精神上的东西的，怪癖而近视的学究。……当人们……寻找确切的源流的时候，人们往往冒着受人抗议并甚至受人取笑的危险”。[2]然而，我们通过中国学者季羡林的两个出源的实际探讨案例，不难看出比较文学对于出源考证的两个研究价值：其一是对跨国界的文学之间的直接影响资料的确证。出源是对作品的题材、情节、人物、思想及手法的原始出处的探寻或考证，这是能够确证不同国度

---

① 季羡林：《〈西游记〉里面的印度成分》，见季羡林著：《比较文学与民间文学》，北京：北京大学出版社1991年版，第135—136页。

② 梵·第根：《比较文学论》，戴望舒译，台北：台湾商务印书馆1937年版，第144—145页。

的文学之间存在相互关联和直接影响的客观依据。比如，季羡林对于柳宗元的《黔之驴》的取材考证，如果单纯在中国文学中来看，这个寓意故事是看不出它的原始出处的，也找不到与之类似的故事，但从世界文学着眼，却可以发现此类故事的源头是出自印度的《五卷书》，并且由于其在世界范围内的流传逐渐成为世界文学中的一个常见类型，经此考证，不仅明确了《黔之驴》寓言故事的原始出源，而且为中国文学与世界文学尤其是印度文学之间存在直接影响作用提供了“实打实的”证明资料。其二是对跨国界的文学借用和创新之间的辩证关系的揭示。比较文学对于出源的考证时常遭人轻视的原因是批评者认为此种研究只关注文学中的借用事实而忽视了对作品本身的文学探讨，但事实并非如此，正如季羡林在《〈西游记〉里面的印度成分》一文中所指出的：比较文学对于出源的考证，固然是要确证不同国度的文学之间存在文学借用的事实，但文学借用并不是一味的照搬或抄袭，而是会依据本国的实际国情或现实需要对外来的文学材料进行吸收和改造，使之适合于本国的国情和需要，这种吸收和改造所表现出来的就是创新，即“所谓‘出自’，当然并非完全抄袭，只是主题思想来自那里，叙述描绘，则自然会有所创新。……吴承恩和他的先驱者，绝不是一味抄袭，而是随时随地都有所发现、有所创新。鲁迅在《中国小说史略》中说：‘故虽述变幻恍忽之事，亦每杂解颐之言，使神魔皆有人情，精魅亦通世故，而玩世不恭之意寓焉。’这就是《西游记》的发展和创新”。[①] 比较文学的出源研究在揭示跨国界的文学借用和创新之间的辩证关系上的贡献或价值，也由此可见一斑。

---

① 季羡林：《〈西游记〉里面的印度成分》，见季羡林著：《比较文学与民间文学》，北京：北京大学出版社 1991 年版，第 129—136 页。

第二节
誉舆的定义及比较文学对于誉舆的研究案例

关于“誉舆”的定义，梵·第根在《比较文学》中指出，“誉舆”一词的语源出自希腊文的“SOEA”，意思就是“名誉”和“舆论”。在梵·第根看来，在比较文学对于一位作家在外国的影响的研究过程中，有关这位作家在外国的声誉状况以及其在该国所引发的舆论评价，是必不可少的内容，其原因在于：

> 一位作家在（另）一个国家之中的“成功”，是和他对于这个国家的文学的“影响”是有区别的。前者绝对不就证实了后者；但却推动它，帮助它产生并起作用。再则，在实际上，一位作家在外国的影响之研究，是和他的评价或他的“际遇”之研究，有著那么密切的关系，竟至这两者往往是不可能分开的。我们可以把这一类的研究称为“誉舆学”。[①]

梵·第根指出，比较文学的“誉舆学”的出发点就是探讨一位作家在外国的声誉状况以及外国作家（包括公众）对于作者本人及作品的看法和评价，这些内容可以分成诸多的细目，即：

> 探讨者的出发点可能是一位作家……它的终点亦如此。……他可以或者置身于某一位作家的个人成功的观点上，或者置身于他的作品从批评界那儿所得到的接受态度的观点上，或者置身于别人对

① 梵·第根：《比较文学论》，戴望舒译，台北：台湾商务印书馆 1937 年版，第 116 页。

于他的模仿的观点上，或者置身于它们所发生的更深的影响的观点上。这样，在这一大堆的书籍论文之下，在许许多多尚待人去研究的问题之下，还可以分出许多细目来。……（诸如）那些接受者国家或作者，对于那些外国作者有怎样的认识呢？他们曾受了某几部书的影响呢？他们还是直接地读过那些作品，还是只读过那些作品的译本呢？译本的价值如何？在文学界中、在出版界中、在读者大众之间，人们是如何接受这些作品的？有什么特殊的同情或什么反感可以标记下来？这些外国作品的真正的传播是如何的，最广的是在那一届？人们有没有模仿它们，而人们模仿它们的又是什么；是文体，是作风，是思想，是情感，是主题，是背景？它们是否以公然的模仿而在思想或艺术上起一种影响的？影响是肤浅的呢还是深刻的？短暂的呢还是长久的？有什么一直到那时为止悬在人们的心灵中的因子，帮助他们使那些影响成熟？他们所采用或反对的倾向是什么？那些影响是如何地补充了那放送者作家的整个面目，或充分地决定了那它们所从而出发的文学团体或一国文学之任务的？它们在接受者国家的文学史中演著什么脚色？[①]

并以巴登斯贝格的《歌德在法国》为例，介绍了比较文学在誉舆研究上的大概程序，即：

巴登斯贝格先生的《歌德在法国》，第一是一种对于歌德的宽阔而多变的作品之坚固而明确的认识。其次是一种对于1770年至

① 梵·第根：《比较文学论》，戴望舒译，台北：台湾商务印书馆1937年版，第116—117页。

> 1880年之间的法国文学的有方法的检讨。那些作家们，就是第二流和第三流的，那些报章杂志，都应该几年地加以非常细心地查考。从这样许多细心收集分类的文献中（同时也当注意年代之先后）便慢慢地有种种的结论出来；这些结论的性质都是不同的，它们在法国人看来的歌德及其作品的种种面目之下顺序排列著。从匿名的“《维特》的作者”起，到“奥林比亚山上人”，和到“魏马尔的长者”为止的他这个人；他的愈益为人所认识的作品：小说、诗、戏曲；以及他的影响：从《维特》的拘泥的模仿到《浮士德》第二部所提出的命题或艺术与人生之歌德式的观点。
>
> 这就是检讨程序的大概，这就是在大部分这类研究中人们所能获得的结果。我们将先去检阅那酝酿或促进文学影响的种种一般影响和接触。在文学影响之间，我们先从放送范围最广阔的文学影响著手：整个的一国文学的影响，一个时代的影响，一个团体的影响，一种文体的影响。于是我们说到了单单一个作家之际遇以及他对于一个文学或一位作家的影响。然后我们对于这一类研究所包含的种种门类加以考验：接触、接受、传播、模仿、影响。[①]

如前所述，欧洲诸国由于文化上的同源、地缘上的邻近以及彼此文化交流上的频繁，一位欧洲作家在欧洲别的国家产生重大而深远的影响是一个普遍的文学现象，因此类似巴登斯贝格的《歌德在法国》之类的

---

① 梵·第根：《比较文学论》，戴望舒译，台北：台湾商务印书馆1937年版，第117—118页。

誉舆学研究在欧洲国家的比较文学文学中是经常出现的。[①] 但必须指出的是，有关一位作家在外国的誉舆探讨，并非仅仅局限于欧洲文学之内，而是世界文学范围内各国比较文学中的一个常见或普遍的研究内容。比如，在中国，众所周知，自十九世纪中后叶以后，随着西学东渐时代大潮席卷中国，包括尼采、叔本华、易卜生等在内的西方近现代的文学、思想大家在二十世纪初就开始被引入、译介进中国，并在以后的一个多世纪的时间里，持续地引发中国文学界和思想界的关注、探讨和评价，有关这些西方文学、思想大家在中国的誉舆学方面的梳理及探讨，也由此成为中国比较文学的一个引人注目的研究内容，其中最具代表性的就是关于“尼采在中国”的誉舆学研究。

德国哲学家尼采（1844—1900）不仅被公认是西方现代哲学的开创者，而且是深具世界性影响的现代哲学家和思想家。在中国，早在1902年近代思想革新家梁启超就在《进化论革命者颉德之学说》一文中向中国读者介绍了尼采及其学说：

> 今之德国有最占势力之两大思想，一曰麦喀士（即马克思，引者注）之社会主义，一曰尼至埃（即尼采，引者注）之个人主义。麦喀士谓今日社会之弊在多数之弱者为少数之强者所压伏；尼至埃谓今日社会之弊在少数之优者为多数之劣者所钳制。
>
> ……

① 在欧洲的比较文学对于誉舆的经典研究案例中，除了巴登斯贝格的《歌德在法国》之外，经常被人提及的还有伽列的《歌德在英国》、利朗德莱（A. Lirondelle）的《莎士比亚在俄国》、吕克塞（Rukser）的《尼采在西班牙》、林兹特朗（T. S. Lindstrom）的《托尔斯泰在法国》等，本书限于篇幅，对于这些研究案例的具体内容，不再赘述。

> 尼至埃为极端之强权论者，前年（即1900年，引者注）以狂疾死。其势力披靡全欧，也称为十九世纪之新宗教。[①]

1904年近现代学术大家王国维连续发表《尼采氏之教育观》《德国文化大改革家尼采传》《叔本华与尼采》等文章，向中国读者较为详细地介绍了尼采的生平、传记、主要学说及其在西方学术界和思想界的重要地位。1907年至1908年青年时代的鲁迅发表《文化偏至论》《摩罗诗力说》和《颇恶声论》等文章，在文学领域内提出了引尼采之反叛精神革新中国旧文学创制中国新文学的改革呼声。1915年新文化运动在中国掀起热潮，尼采作为旧文化的破坏者和新文化的先驱者，成为中国新文学运动倡导者们如陈独秀、蔡元培、胡适、傅斯年等人顶礼膜拜的一个偶像，“尼采热”在中国风行一时。在以后的近一个世纪的时间里，尽管“尼采热”在中国没有之前那样火爆，但尼采仍然是二十世纪中国对于外来思想大家中最为关注且对其著作给与译介、评价最多的人物之一。而在“尼采在中国”的誉舆学研究方面，中国学界最为系统和全面的研究成果就是1993年由学者成芳撰写的学术专著《尼采在中国》[②]

---

① 梁启超：《进化论革命者劼德之学说》，原载于1920年10月16日《新民丛报》第18号，见郜元宝编：《尼采在中国》，上海：上海三联书店2001年版，第3页。

② 按照成芳本人在《尼采在中国》一书的前言部分介绍，有关“尼采在中国”的誉舆学研究，在二十世纪七十、八十年代就已有国外学者的相关研究成果出现，比如德国汉堡东亚自然与人类文化学会情报部1975年出版了Marian Galik所著《尼采在中国（1918—1925）》一书，澳洲国立大学远东历史系1983年3月出版的《远东历史论文》第27期上载有D. A. Kelly所撰《尼采在中国：影响与亲和力》一文，成芳的《尼采在中国》一书，则是中国学界第一部系统性的梳理“尼采在中国”之传播、译介、评价及反响等方面内容的誉舆学研究专著。参阅成芳：《尼采在中国·前言》，南京：南京出版社1993年版，第1—3页。

成芳的《尼采在中国》，全书分为五章，用历史的线索，全面地梳理和汇总了尼采从1902年至二十世纪九十年代初在中国被译介、评价的各项内容及际遇变化：

第一章“尼采的早期影响”，该章的前三节“梁启超第一次提到尼采”、“王国维对尼采的介绍和研究”、“鲁迅在日本留学期间接受了尼采”，重点介绍了梁、王、鲁三人在二十世纪初向中国读者引入、介绍尼采及其学说的内容，并对上述三人在接受尼采学说方面所呈现出来的个人认知上的特点或差异作了有趣的点评：

> 梁启超知道尼采的学说被“称为十九世纪之新宗教”而对之不感兴趣，王国维认为尼采“无其形而上学之信仰”而未能尽识其真价，只有鲁迅看出尼采的超人哲学是“宗教与幻想之嗅味不脱”的新信仰而惟恐其不昌大，只因它同时是“重个人”和“非物质”的，适合于自己改造中国民国性的目的。[①]

后面接续的内容是中国的新文化运动中对于尼采及其学说的介绍和评价。在作者看来，自新文化运动的主将陈独秀在1915年9月15日创刊的《新青年》第一卷第一号上发表《敬告青年》一文中从尼采的超人哲学中生发出“自立的而非奴隶的”新文化第一要义之后，对于尼采及其学说的介绍和评价，成为新文化运动中的一个重要内容，其中谢无量、蔡元培、凌霜、鲁迅都发表了介绍和评价尼采学说的相关文章，并特别指出：“在这方面，表现最为典型的还是鲁迅，尽管人们对尼采褒贬不一，但他自有对尼采的独特理解……（即）作为‘偶像破坏的

---

① 成芳：《尼采在中国》，南京：南京出版社1993年版，第24页。

大人物’的尼采，最终自己不会成为人们崇拜的偶像。尼采在鲁迅的心目中，从来就不是什么‘外国的偶像’，而是战斗的武器”……如此敢于并善于利用尼采作为锐利武器进行战斗的，在当时是亦有过人者的。”[①]

第二章“第一次尼采热”，作者指出，1919年爆发的“五四”运动，是中国历史上第一次彻底的反帝反封建的爱国运动，“它揭开了中国现代史的光辉篇章，而与‘五四’运动一道兴起的是中国历史上第一次‘尼采热’”。[②]这种“尼采热”，主要体现在两个方面：其一是对尼采著作的初步翻译。在中国对于尼采学说的早期介绍阶段，除了个别文章中出现过摘译尼采著作的极少片段之外，对于尼采著作的翻译“几乎是一片空白”，而第一次的“尼采热”直接推动了中国对于尼采著作的初步翻译工作，其中有代表性的是矛盾、鲁迅、张叔丹、郭沫若等人翻译的尼采的《查拉图斯特拉如是说》一书的序言和片段，刘文超所译的尼采《人性的，太人性的》一书的片段，以及包寿眉所译的尼采《善恶的彼岸》一书的片段等。[③]其二是对尼采学说的专题研究，其中的代表性研究成果是茅盾于1920年在《学生杂志》上连载（第七卷第一至四号）的长篇论文《尼采的学说》，“是他自己研究尼采的最大成就，有人说这篇论文‘代表了当时中国研究尼采的最高水平’”，[④]以及李石岑主编的《民铎》杂志1920年推出的专门一期的“尼采号”（第二卷第一号），具体内容包括三篇介绍和评述尼采学说的论文，即李石

---

① 成芳：《尼采在中国》，南京：南京出版社1993年版，第28—32页。

② 同上书，第33页。

③ 有关此一期间中国翻译尼采著作片段的具体篇名及所发表的刊物情况，参阅成芳：《尼采在中国》，南京：南京出版社1993年版，第41—44页。

④ 同上书，第48页。

岑的《尼采思想之批判》、S. T. W 的《尼采学说之真价》、朱侣云的《超人和伟人》，两篇翻译尼采著作的译文，即张叔丹的《查拉图斯特拉的绪言》、刘文超的《自己与自身之人类》（选自尼采的《人性的，太人性的》），一篇有关尼采的传记，即白山的《尼采传》，“此外，还开列了‘尼采之著述及关于尼采研究之参考书’，并把曾载于《晨报》的符译英人 Miigge 所谓《尼采之一生及其思想》作为附录收入，为的是‘取与本期尼采传相勘证，益可得尼采之真相也’”，[1] 故此一期“尼采号”成为引爆中国第一次“尼采热”的重要推手，“当年（即 1904 年，引者注）王国维在他主编的《教育世界》上系列性地介绍尼采，已属罕见，而像李石岑这样在他主编的《民铎》杂志上以专号介绍尼采，更是历史上绝无仅有的”。[2]

第三章“第一次‘尼采热’以后”，作者指出，国内学界有学者认为“1925 年以后，由于革命形势的蓬勃发展，广大工农群众和很多知识分子都已找到了适合中国社会的革命道路，纷纷投身于反帝反封建的革命洪流，尼采的影响逐渐减弱以至消亡”，[3] 而实际上，“说 1925 年以后，第一次‘尼采热’退潮了，这是符合事实的，但是说，‘尼采的影响逐渐减弱以至消亡’，则不是事实”，[4] 这主要表现为：其一是第一次“尼采热”之后研究尼采的论文发表状况，即从 1926 年至 1936 年间在中国发表的尼采研究的文章数量并不算少，其中有代表性的论文有刘宏谟的《尼采的战争哲学》（1933 年《东方杂志》第三十卷第

① 成芳：《尼采在中国》，南京：南京出版社 1993 年版，第 53 页。

② 同上书，第 50 页。

③ 乐黛云：《尼采与中国现代文学》，成著对其观点的引述见《尼采在中国》，南京：南京出版社 1993 年版，第 63 页。

④ 成芳：《尼采在中国》，南京：南京出版社 1993 年版，第 63 页。

十六号)、黄素秋的《谈谈尼采的超人哲学》(1934年《每周评论》第37期)、贺麟的《从叔本华到尼采——评赵懋华著〈叔本华学派的伦理学〉》(1934年天津《大公报》)等，专著方面则有李石岑的《超人哲学浅说》(商务印书馆1931年)，而且，“尤其值得注意的是，在第一次‘尼采热’中呼声并不算高的鲁迅，恰是从1926年到1935年（鲁迅逝世的前一年，鲁迅逝世后第二年便随着抗日战争而兴起了第二次‘尼采热’）这十年间，屡次论及尼采。……（诸如)《论照像之类》《再论雷峰塔的倒掉》《有趣的消息》《新的世故》《怎么写》《致〈近代美术史潮论〉的读者诸君》《我和〈语丝〉的始终》《“硬译”与“文学的阶级性”》《祝〈涛声〉》《由聋而哑》《拿来主义》《〈中国新文学大系〉小说二集序》《“寻开心”》《“题未定”草》等……（并且）鲁迅创作的许多文学作品都不同程度地受到尼采的影响”。[①] 其二是第一次“尼采热”之后中国翻译尼采原著的译文出版状况，即在中国的第一次“尼采热”时，尽管出版开始了对于尼采原著的节译工作，但整体上的翻译状况还是很落后的，而在第一次“尼采热”之后，中国对于尼采原著的翻译已经有了明显的进步，其中，林语堂、梁宗岱翻译了尼采的部分诗作，郁达夫翻译了尼采致露西夫人（Madame O. Luise）的七封信，而在期间在翻译尼采原著上最为著力且取得丰硕成果的就是梵澄（即徐诗荃)，他先后翻译出版了《尼采自传》(良友图书公司1935年)、《启示艺术家与文学者的灵魂》《宗教生活》(这两篇译自尼采的《人性的、太人性的》，分别刊载于《世界文库》1935年第六、七辑)、以及《苏鲁支语录》(连载于1935年《世界文库》的第八、九、十一、十二辑)，“梵澄在中国尼采研究史上是立下了不朽的功绩的。由于有了他的译

① 成芳：《尼采在中国》，南京：南京出版社1993年版，第63—100页。

本，鲁迅所说的那种对待尼采态度上的‘彻底的高谈中的空虚’[①]才第一次得到一定的填补”。[②]

第四章“第二次‘尼采热’”，作者指出，1937年日本帝国主义发动侵华战争，中国人民奋起抗战，进行了长达八年的抗日战争，曾有学者认为“这期间整个中国陷入空前大浩劫的境地，解救民族的灾难，必需凝聚众智众力，共策共进，而尼采式的个人主义的观念与作风，遂为时代所搁置”，[③]但考察尼采学说在中国的抗日战争期间的真实际遇状况，上述结论中“重要的两点不能成立”[④]：其一，1937年中国抗日战争爆发后，一些中国学者就“非常自觉地”利用尼采的学说来为抗战服务，相对于“五四”时期人们主要赋予尼采的个人意志、超人哲学以反封建的进步意义，抗战时期人们则是更多地赋予尼采学说以反帝（日本帝国主义）的时代意义，比如，1938年8月《新动向》第一卷第四期刊登的杨白萍的《尼采参战的经验》、楚图南的《悲剧精神与悲观主

---

① 按照成芳在《尼采在中国》一书中的说明，鲁迅所说的中国对待尼采态度上的“彻底的高谈中的空虚”是对刻意模仿尼采而不真正懂得尼采的虚狂国人（如高长虹）的批评，而在翻译上就是对于国内无人潜心翻译尼采原著的状况的不满，即“郁达夫在1933年曾说过：‘薄命的尼采，在中国虽也曾传噪过一时，但三十年来，他的作品，却还不见有一部完全的翻译’（断残集·自序）。对于尼采著作翻译的这种落后状况，鲁迅是很不满意的，虽然鲁迅曾表示要把他所没有译完的《查拉图斯特拉如是说》‘仍从日文来重译，或者取一本原文，比照了日译本来直译’，却至死也没有译出。他的夙愿是通过帮助青年译者梵澄翻译出版尼采著作才得以实现的”。见成芳：《尼采在中国》，南京：南京出版社1993年版，第110页。

② 成芳：《尼采在中国》，南京：南京出版社1993年版，第120页。

③ 陈鼓应：《悲剧哲学家尼采·增订版新序》，成著对其观点的引述见《尼采在中国》，南京：南京出版社1993年版，第123页。

④ 成芳：《尼采在中国》，南京：南京出版社1993年版，第123页。

义》，就明确地提出要采用尼采的民族主义和悲剧精神来为中国的抗战服务，1940年5月《战国策》第五期刊载的林同济模仿尼采的《查拉图斯特拉如是说》所写的《寄给中国青年》，更是直接借助尼采氏的口吻和观点，敬告中国青年要努力克服自身的懦弱，勇敢地投身于抗日战争中去，因此，"1937—1945年这八年抗战期间，尼采并未为整个时代所搁置，相反，随着1937年抗日战争的爆发，兴起了中国第二次的'尼采热'"。[①] 其二，在整个抗日战争期间生发的中国第二次"尼采热"中，出现了一股逆流，即"战国策派"[②] 对于尼采学说的法西斯化，其表现就是"战国策派"中的代表性人物陈铨在《尼采思想的转变》(《战国策》第七期)、《尼采的政治思想》、《尼采心目中的女性》(《战国策》第八期)、《尼采的政治思想》(《战国策》第九期)、《尼采的道德观念》(《战国策》第十二期）等文章中对于尼采哲学的法西斯化的论证及宣扬，而这也激起了中国当时的进步思想界对于尼采学说的法西斯化的猛烈批判，但是，"这期间尼采曾受到进步思想界的批判，主要的并不是其与凝聚众智众力，共策共进以解救民族的灾难这一时代需要不相协调的个人主义的观念与作风，而是压制民主的所谓法西斯主义"。[③] 另外，关于尼采学说在中国抗战胜利之后的际遇状况，作者指出，抗战胜利之后，固然与抗日战争一同兴起的中国的第二次"尼采热"明显

① 成芳：《尼采在中国》，南京：南京出版社1993年版，第123页。

② 1940年4月云南大学和西南联大教授陈铨、林同济、雷海宗等人在昆明创办了《战国策》半月刊，发表文化重建和时政评论文章，为抗战救国献计献策，1941年7月《战国策》半月刊停刊后，他们又与1941年12月至1942年7月，在重庆《大公报》上开辟"战国策"副刊，继续文化和时政的研究和讨论，因此被称为"战国策派"。

③ 成芳：《尼采在中国》，南京：南京出版社1993年版，第123—124页。

地降温了，但从1946年开始到1949年新中国建立之前，在中国的学术界和翻译界中仍然可以清楚地见到第二次“尼采热”的余波，比如，在学术界，有代表性的尼采学研究成果包括：刘恩九的专著《尼采哲学之主干思想》（1947年沈阳永康书局出版）、朱光潜的《看戏与演戏——两种人生理想》（《文学杂志》1947年第二卷第二期）、华村的《尼采与居友的思想比较》（《世界》1946年半月刊第一卷第四期）、蒋蕴刚的《超人与至人》（《东方杂志》1947年第四十三卷第十二号）等论文。在翻译界，也推出了几本对于尼采原著的中文新译本，如刘恩久的译本《看哪，这个人》（沈阳文化书局1947年出版），以及楚图南的译本《查拉图斯特拉如是说》（贵阳文通书局1947年出版）和《看哪这人》（贵阳文通书局1947年出版）等。

第五章“第三次‘尼采热’的前前后后”，作者指出，1949年新中国建立后，马克思列宁主义成为中国文艺界和思想界的指导原则，“可是，我们在普及马克思列宁主义的同时，却在很大程度上对马克思列宁主义抱着一种教条主义的态度，对非马克思主义的各种哲学流派一概加以排斥，尼采哲学由其历史的原因，更是首先被打入冷宫，列为禁区”，[①] 一直到1976年随着“文革”的结束和“四人帮”的垮台，尼采才在中国被重新提起，即“在第二次世界大战中，尼采背上了‘法西斯主义的预言家’的恶谥，这回，他又被当作林彪、‘四人帮’两个反党阴谋集团的理论家而被揪了出来。1978年间，哲学界在进一步深入揭批林彪、‘四人帮’的运动中，大家一致认为，他们的反动世界观是主观唯心主义的。……（其中）有一种意见认为，林彪、‘四人帮’反动

① 成芳：《尼采在中国》，南京：南京出版社1993年版，第213页。

世界观的核心是尼采的权力意志论”。[①] 尽管中国学界在此期间把尼采学说作为林彪、“四人帮”反动世界观的核心进行批判的做法，“未能深中肯綮，但客观上却起到了把尼采从长达三十年的冷宫中提出来的效果。尼采这个早已被人吐弃的东西，又重新引起了人们的兴趣”。[②] 进入二十世纪八十年代以后，随着西方学术界对尼采的重新估价而兴起一股新的尼采热，中国的第三次“尼采热”也在二十世纪八十年代中后叶蔚然成风，即：

> 第三次“尼采热”在改革开放进行到1987年左右而兴起，我想有三方面的原因，一是呼唤深化改革需要尼采那种“重估一切价值”的勇气，二是面对社会急剧变化需要尼采酒神式的审美态度，三是决定社会价值趋向时需要尼采超人学说的超越性。[③]

而第三次“尼采热”在中国的表现及影响也是多方面：其一是大量的尼采研究论文、论著的发表，其中，有代表性的有周国平的《哲人尼采剪影》《翻译尼采作品有感——写在〈悲剧的诞生——尼采美学文选〉出版之际》《“上帝死了！”——论尼采“重估一切价值”的思想》《尼采与现代人的精神危机》、汪家堂的《一个后结构主义眼中的尼采》、吕竺笙的《对叔本华、尼采等非理性主义思想的认识与批判》、郭田的《评介尼采的人生哲学》、陈鼓应的《悲剧哲学家尼采》、宋继凯的《尼采、弗洛伊德、萨特》、李克的《尼采与艺术》、汝信的《尼采的美学和

① 成芳：《尼采在中国》，南京：南京出版社1993年版，第229页。

② 同上书，第234页。

③ 同上书，第324页。

文艺思想》、赵勇的《从〈悲剧的诞生〉看尼采的悲剧观》、赵凯的《论尼采的悲剧观》、龙德的《尼采的“权力意志”和“超人哲学”》、张念冬的《尼采和〈权力意志〉》、张刚成和于华江的《论尼采的人生哲学》、郭昌瑜的《尼采文艺思想的反理性特征》、孙月才的《论叔本华、尼采的唯意志自由观》等等。其二是尼采酒神精神对于中国当代文学艺术创作的影响，即“尼采虽然没有创造什么系统的文艺理论，但是，它所倡导的非理性的‘酒神精神’却对传统的文艺理论产生了不可抗拒的冲击”，[①] 其中，最为显著的就是由中国当代导演张艺谋执导的电影《红高粱》(改编自当代作家莫言的同名小说)，“虽然张艺谋自己也许是不自觉的，然而我们一眼就能看出影片中浓重的尼采色来。……莫言曾向我们透露说：‘很久以前，张艺谋给我们几位编剧来信，说他正在读尼采的《悲剧的诞生》，说他特别崇尚尼采所高扬的酒神精神。从这部片里，可以看到尼采对张艺谋的影响’”。[②] 其三是比较文学中对于尼采的比较研究。其中的一个重要题目就是“尼采与鲁迅”，诸如程致中的《论鲁迅与尼采》《鲁迅的“立人”思想和尼采学说》《鲁迅前期小说与尼采》、史志瑾的《浅议尼采道德观与鲁迅道德观的关系》、张钊贻的《进化论与超人的矛盾——论五四时期尼采对鲁迅思想的影响》、闵抗生的《〈狂人日记〉中尼采的声音》《尼采的“超人”基督与鲁迅的“人之子”》、王本朝的《诗化哲学：鲁迅〈野草〉与尼采〈查拉图斯特拉如是说〉之比较》等等。此外，还有尼采与中外学人的比较研究，如顾国柱、蔡祥云的《茅盾与尼采》、聂心国的《酒神精神与郭沫若早期诗论》、魏星的《王国维“三境界”源出尼采说》、张世英的《尼采与老

① 成芳：《尼采在中国》，南京：南京出版社 1993 年版，第 347 页。

② 同上书，第 351—352 页。

庄》、王兴国的《庄子哲学与尼采哲学的比较研究》、周国平的《阮籍与尼采》、陆永平的《马克思与尼采的人的解放理论比较》等等。其四是对尼采原著的新译本，其中最具代表性的就是周国平译的《悲剧的诞生——尼采美学文选》《偶像的黄昏》《尼采诗集》。[①]

最后，实在地讲，比较文学的誉舆学研究，强调的是对一位作家或思想家（尤其是著名作家或思想家）在外国的传播、译介和评价的际遇状况的长时段的资料收集、整理、归纳及总结，其研究难度和艰辛是不言而喻的，诚如成芳在谈及自己萌生从事“尼采在中国”的研究念头时所坦言的：

> 我的这本书取名《尼采在中国》，不是一本尼采东游漫记，而是一本评述尼采近一个世纪来影续中国的历史。尼采的名字自从梁启超1902年第一次介绍给国人，迄今整整九十年了。这九十年是中国从近代走向现代，从现代走向当代的轰轰烈烈的九十年。在这九十年中，发生了三个大事件，1919年的五四运动，1937年开始的八年抗日战争，二十世纪八十年代直至今日的改革开放。而伴随着这三个大事件，都兴起了一股“尼采热”，单凭这一点，“尼采在中国”这一课题就颇值得研究。
>
> ……

① 对于尼采原著在中国的翻译状况，成芳认为是很明显不足和缺憾的，因为不仅尼采的许多重要的著作没有中译本，而且现有的尼采的中译本的翻译质量也是不能令人满意的，故其关于中国第三次“尼采热”的翻译部分，所罗列的成果不多，并寄望中国的翻译界能够出版更多、更好的尼采著作（尤其是尼采全集）的中文译本。参阅成芳：《尼采在中国》，南京：南京出版社1993年版，第393－408页。

然而，时至今日，“尼采在中国”的研究尚未在中国结出令人满意的成果来，或者说，根本就没有真正开展起来……我便立志要写出自己的一部《尼采在中国》。有了这样的决心，便开始利用业余时间留心收集一些资料，做些索隐钩沉的工作……我决心通过自己的努力，亲自占有尽可能全的第一手资料，否则绝不动手写书。

对“尼采在中国”这个题目接触得越多，就越感到自己的力量不足。随着案头资料堆的不断增高，信心也一天天在下降。有时真想拉倒算了，可是一想到自己为搜集这些资料所花费的时间、心血和钞票，便又欲罢不能。况且，我想到，有多少相识、不相识的朋友千里之外把我索要的资料印好、寄来，一封封信中所表达的对我的愿望，如果我就此半途而废，又对得起谁呢？

我有很长时间，生活在这些资料堆中，我多么希望尽快消化完这些资料，将它们浓缩成自己的《尼采在中国》一书，……但我又实在不能为了急于了此心愿，而一日千里……为了这本书，我熬过了多少不眠之夜，真所谓三更灯火五更鸡。[①]

而如前所述，比较文学的誉舆学研究是西方比较学界较早涉足的一个研究课题或领域，也出现了诸如巴登斯贝格的《歌德在法国》、伽列的《歌德在英国》等声名卓著的比较文学誉舆学研究成果，相较而言，中国比较学界在这方面的研究还存在着明显的差距和不足，正因如此，笔者在此节特别选取了中国学者成芳的《尼采在中国》为研究案例，

① 成芳：《尼采在中国·前言》，南京：南京出版社 1993 年版，第 2—9 页。

借此说明和展现中国学者在比较文学的誉舆学研究上的付出和实绩，[①]并期待中国学界能够出现更多的可以比肩于西方同行的比较文学研究成果。

---

① 这里需要说明的是，成芳的《尼采在中国》成书于1993年，其对“尼采在中国”的誉舆学考察的时间下限就止于二十世纪九十年代初，并认为中国的第三次“尼采热”到了1989年就“开始有所降温”了（见成芳：《尼采在中国·结束语——精神三变》，南京：南京出版社1993年版，第414页），而实际上，从二十世纪九十年代尤其是进入二十一世纪以来，尼采在中国的热度及影响，仍然是令人关注的，比如，2000年，值尼采逝世100周年之际，中国学者郜元宝编选了《尼采在中国》一书，全书汇编了中国一个世纪里对于尼采及其学说的译介、解读及研究的基本文献资料，不仅特别提及了中国学者刘小枫的《尼采的微言大义》一文“打开了汉语思想家研究尼采的新视野”（见郜元宝：《尼采在中国1编后记》，上海：上海三联书店2001年版，第952—953页），而且增补了二十世纪九十年代至2000年间中国学界对尼采的研究成果资料。另外，进入二十一世纪以来，笔者的硕士生导师中国人民大学文学院的杨恒达教授一直在进行从德文版翻译《尼采全集》的工作，迄今已陆续出版了多部尼采原著的中文译作（其中的几部译作都是以前没有中文译本的），成芳在《尼采在中国》一书中曾愿“在有生之年能看到”《尼采全集》译本在中国有人完成（见成芳：《尼采在中国》，南京：南京出版社1993年版，第406页），这应该是能如其所愿的。

第十章 媒 介

在梵·第根《比较文学论》所说的由放送者、经传送者到接受者构成的影响路线中，媒介作为传播或沟通影响的发出者与接受影响者之间的传送者，在跨国界的文学影响中，是一个不可或缺的中间环节或中介，媒介也由此成为比较文学研究中除了放送者研究和接受者研究之外的一个重要研究内容或对象，即“在两国文学交换的形态间，我们应该让一个地位——而且是一个重要的地位——给促进一种外国文学所有的著作、思想和形式在一个国家中的传播，以及它们之被一国文学的采纳的那些‘媒介者’。我们可以称这类研究为‘仲介学’（语源出自希腊文MEOOS译为居间者）”。[①] 媒介作为传播或沟通跨国界文学影响的中间环节或中介，可以细分为不同的种类：个人、团体、书籍、报章、杂志以及翻译等等，

---

① 梵·第根：《比较文学论》，戴望舒译，台北：台湾商务印书馆1937年版，第154页。

而其中，最为比较文学学者关注及重点研究的就是作为跨国界文学影响传播媒介的个人和翻译。

第一节
作为跨国界文学影响传播媒介的个人及比较文学的相关研究案例

梵·第根的《比较文学论》在论述比较文学的媒介学研究时，把作为跨国界文学影响传播媒介的个人列为首要的考察对象，即“第一是那些‘个人’。在第一个场合中，那是关于属于‘接受者’国家中的那些人的。这些人或则由于他们生活中的偶然，或则由于决然的意志，认识了那些外国的作品，并将它们传播到自己的国家中”。[①] 梵·第根指出，在欧洲国家中由于一些个人的原因离开自己的祖国来到欧洲其他国家接触到这些国家的文学并把它们引入、传播到自己的国家，从而自觉或不自觉地充当了向本国读者传播外国文学的媒介或中介，这是欧洲文学尤其是十八世纪欧洲近代文学以来在跨国界文学传播和影响上的一个常见的文学现象，比如：

> 在十八世纪，法国有拉勃朗教士（Abbé Beblanc）、泊莱服教士（Abbé Lrévost）、拉·柏拉斯（La Place）、须阿尔（Suard）、勒·都尔纳（Le Tourneur）相承地做著英国文学的传令使；对于德国文学有力波（Liebault）、鲍纳维尔（Bonnevilie），对于西班牙文学有兰

① 梵·第根:《比较文学论》，戴望舒译，台北:台湾商务印书馆 1937 年版，第 154 页。

> 该（Linguet）等，担任著同样的任务；都尔各（Turgot）早就第一个发现了莪相和格斯奈尔。在同一个时代，阿尔加洛谛（Algarotti）和倍尔多拉（Bertola）一个将牛顿的哲学，一个将德国的诗歌，介绍到意大利去。俄罗斯人加拉姆斯（Karamzine）做了卢骚的使徒。瑞典人乔尔威尔（Giŏrwell）呈显出这类各外国文学的热忱者的一个完备的典型：他的好奇心特别侧重于英国的新奇事物。德国人鲍德（Bode），英国人太劳（Taylor）和克拉勃·鲁宾生（Crabb Robinson），都是德国文学和英国文学的重要的媒介者。在十九世纪的初叶，那完全归化于德国的哲学和文学的流寓德国的法国人查理·德·维莱（Charles de Villers），竭其全力把德国的文学和哲学介绍给他的祖国；丹麦人奥兰式莱格尔（Oehlensehlaeger）在把德国的浪漫主义介绍到斯干第拿维亚（现通译为斯堪的纳维亚，引者注）去的时候担任著一个重要的脚色。以后蒙德居（Montégut）使法国更认识英国文学，而那北方诸国的大旅行家克沙维艾·马尔密（Xavier Marmier）又使法国知道了斯干第拿维亚文学。[①]

但同时，梵·第根也特别强调，上述所列举的这些人物，“没有几个人本身是重要的作家；他们之所以见重者，是为了他们的促成某一些外国作品在他们本国之传播或成功这任务”，[②]对于比较文学的媒介学研究而言，更重要的是要关注那些本身就是第一流作家并在跨国界的文学传播中承担了中介作用的媒介者，比如，法国的著名女作家斯达尔夫

---

① 梵·第根：《比较文学论》，戴望舒译，台北：台湾商务印书馆 1937 年版，第 154—155 页。

② 同上书，第 156 页。

人，“由于她的《德国论》在八十年后起了一种更决然的作用……文学在她的这部书中占著一个极大的位置，人们称这部书为‘浪漫主义者的圣经’，因为许多法国作家是通过了这部书去认识、欣赏并甚至模仿德国文学的”。[①]而在西方比较文学领域，对于斯达尔夫人在传播德国文学至法国文学中所扮演的媒介者作用的代表性研究成果，就是勃兰兑斯在《十九世纪文学主流·流亡文学》中关于斯达尔夫人的《德国论》的个案分析。

关于斯达尔夫人的《德国论》，勃兰兑斯在《十九世纪文学主流·流亡文学》中指出，斯达尔夫人的这部书的写作，源于她与当时的法国执政者拿破仑政见不同被迫流亡德国，有机会接触到当时德国文学的一些著名人物如席勒、歌德、施莱格尔等人，对德国文学产生了浓厚兴趣，并由此萌生了要将德国文学介绍给她的法国同胞的写作念头，即：

> 在斯塔尔夫人接到驱逐她出境的命令后，她……出发前往魏玛。在那里她结识了公爵一家，并就法国文学和德国文学的相互关系和席勒作了多次长谈，还天南地北问了歌德各种各样的问题。他（指歌德，引者注）说她特别爱讨论那些引起争议的问题。但使歌德和其他著名人士最感吃惊的是，她不仅愿意认识他们，还想在各方面对现状施加影响；她谈起话来，就仿佛行动的时候已经到来，他们必须起来行动似的。她从魏玛又来到柏林，结识了路易·费迪南亲王，被接纳入费希特、雅各比和亨利爱特·赫尔兹等人的圈子，还带走了奥·威·施莱格尔作为她孩子的家庭教师。

① 梵·第根：《比较文学论》，戴望舒译，台北：台湾商务印书馆1937年版，第156页。

……

但对法国的想念使她不能平静……从她访问德国以来，她一直继续不断地学习德语，研究德国文学，不过她感到如果想把她看到的这个新世界完整地介绍给她的同胞，她还有必要到这个国家再住一段时间。她已到过德国北部，这次她就在维也纳待了一年，在回到瑞士以后她就着手撰写她的三卷本巨著《德国论》。这部书是1810年完稿的。[①]

在勃兰兑斯看来，斯塔尔夫人是她那个时代的一位非凡女性，她的家庭出身背景[②]和她个人的多舛命运[③]，造就了她不流于时俗的反叛精神和超越狭隘民族主义的宽广视野，即：

斯塔尔夫人的命运使她比一般作家面对更多的偏见。她是天主教国家里的一个新教徒，虽然在一个新教徒家庭长大，她却同情天主教徒。在法国她是一个瑞士公民的女儿，在瑞士她又感到她是一个巴黎人。作为一个有头脑有强烈情感的女人，她注定要和公众舆

① 勃兰兑斯：《十九世纪文学主流·流亡文学》，张道真译，北京：人民文学出版社1997年版，第107—108页。

② 斯塔尔夫人，原名安纳·玛丽·日尔曼妮·奈克，1766年出生于法国巴黎，她的父亲是瑞士日内瓦的大金融家，在法国大革命爆发前不久担任法国总理，她自小深受父亲宠爱，跟着父亲接触到那个时代的最有名的人物，见多识广，招人喜欢，后来顺从父母的安排，嫁给了瑞典驻法公使爱里克·马格纳斯·斯塔尔·荷尔斯丹男爵，成为斯塔尔夫人，但她本人在婚后拥有很大的自由，是当时政治圈、文学圈和社交圈中的当红人物。

③ 斯塔尔夫人由于政见不同先后被法国的大革命执政府和拿破仑政权流放，长达十年之久。

> 论发生冲突，作为一个作家、一个天才女人，她注定要和把妇女限制在家庭生活圈子里的社会秩序作进攻性和防御性的斗争。她能比当代任何其他作家更清楚地看透周围的那些偏见，这主要是因为她作为一个政治流亡者，不得不从一个外国跑到另一个外国，而这样就使她那永远活跃的爱好分析的头脑有机会把一个民族的精神和理想和另一个民族的精神和理想加以比较。[①]

而最能代表斯塔尔夫人成熟和深刻的思想或见解的著作就是她的《德国论》，这部巨著不仅奠定了斯塔尔夫人在法国流亡文学中的统治地位，即：

> 使流亡文学意识到它的目标和最好倾向的是斯塔尔夫人。她是这一集团中占统治地位的人物。她的作品集中了流亡者们所产生的最优秀最健康的作品。回到过去和奔向未来的倾向，在这个集团别的成员身上造成了行动和作品的不调和，而在她身上却结合在一起，形成一种既不反对、又不革命而是进行改革的努力。和其他人一样，她首先从卢梭那里得到启发；和其他人一样，她哀叹革命中出现的过火行为；但比其他如何人都强的是，她热爱个人的以及政治上的自由。她和国家专制主义、社会上的虚伪、民族的骄傲自大和宗教上的偏见进行了战斗。她教育她的同胞们去理解邻国的特点和文学；她亲手拆除了胜利的法国在自己周围筑起的一道自我满足的墙。[②]

---

① 勃兰兑斯：《十九世纪文学主流·流亡文学》，张道真译，北京：人民文学出版社 1997 年版，第 105—106 页。

② 同上书，第 201—202 页。

而且在将德国文学引入进法国方面起到了至关重要的媒介作用，即：

这本遭到强烈反对、长期受到压制的谈德国的书是斯塔尔夫人的文化修养和聪明才智最成熟的产物。在她较长的作品中，这样全神贯注于主题，显然完全忘记了自己，这还是第一本。在这本书里，她不再去描写自己，只是讲到在德国旅行以及和这个国家那些卓越人物谈话时才提到自己。她不再那样自我辩护和自我赞赏，而是向她的同胞全面地介绍了一个崭新世界。法国人对德国文化生活的最新了解是，柏林有一位国王，他每天由法国学者和诗人陪着吃饭，把他写的无足轻重的法文诗送给伏尔泰修改，而且根本否认存在一种德国文学。现在，没隔多少年，他们却了解到，就是这同一个国家在法国的常胜军把它踩在脚下的时候，仅仅经过一代人的时间，就仿佛变魔术似地产生了一种伟大的有教育意义的文学，有人竟敢把它和法国文学并列在一起，甚至摆在更高的位置。这本书对这个外国的文化生活和文艺作品作了全面综合的介绍。一开始它描绘了这个国家及其城镇的外貌；它还注意到德国南方和北方在性格上的差异，柏林和维也纳在风气和道德上的不同；关于德国的大学教育……对儿童教育所赋予的新生命，它也作了介绍。从这儿它进而泛论德国的当代诗歌，并提供了许多诗和剧本片段的译文，从而把一切讲得更加清楚。作者还不惜提纲挈领地叙述了德国哲学从康德到谢林的发展情况，以此作为全书的高潮。

直到 1870 年法国人一直觉得德国人天真、善良、坦率，这都是斯塔尔夫人的书造成的。[①]

---

① 勃兰兑斯：《十九世纪文学主流 · 流亡文学》，张道真译，北京：人民文学出版社 1997 年版，第 168—169 页。

应该说，欧洲国家间地理位置的邻近及彼此之间人员来往与交流的便利和密切，使得一些个人尤其是作家在跨国界的文学传播和影响上扮演了重要而活跃的中介人或媒介者的角色。而事实上，在欧洲之外的其他区域的国家，在其本国与外国文学的相互联系和交往的过程中，同样存在着一些个人由于自身生活中的偶然或自己决然的意志接触到外国文学并将其引入、传播到本国从而承担起本国文学与外国文学之间的中介者或媒介者角色的文学现象。比如中国，在十九世纪中后叶中华文明与西方文明发生实质性的碰撞及交往之前，中国的对外文化交往的主要对象就是地处南亚次大陆的印度，在中国文化与印度文化（主要是印度佛学）的交往过程中，除了来自印度、西域等异域的一些佛教人员和学者从事着将印度佛学典籍传入中国的工作之外，一些中国学者也不畏路途遥远和艰辛从本土出发前往印度学习印度佛学，并将大量的佛学经典带回中国，从事翻译和传播的工作，其中最为著名的例子就是唐代的玄奘的西天取经的传奇经历。而在十九世纪中后叶，伴随着西方近代资本主义的全球扩张，西方文明以强势之姿开始涌入中国，中国的对外文化的主要交往对象，也由古代的印度转变为近代的西方。在中国与西方的文化交往中，除了一些西方人（开始主要是西方的传教士）在从事将西学（尤其是基督教）引入、传播至中国的工作之外，一些被大时代变局所警醒开始“睁眼看世界”的中国学者，也自觉地承担起接触、认识西方文化并将其引入、介绍给国人的先驱性角色，其中的代表性人物就是王韬。王韬（1828—1897），出生于江苏省甫里镇，原名王利宾，字兰瀛，后改名为王瀚，字懒今，紫诠、兰卿，号仲弢、天南遁叟、甫里逸民、淞北逸民、欧西富公、弢园老民、蘅华馆主等。王韬早年在家乡父亲开设的私塾里学习儒学经典，打下了深厚的中国传统文化根基。1846年，王韬参加科举考试失败，出于对科考制度的不满和厌恶，就此放弃了中国传统读书人科考入仕之途。1847 年，王韬父亲到上海设馆授徒。1848 年春，王韬赴沪探望父亲，首次接触到寓居上海的西方人及西方文化。1849 年，王韬受聘到上海的由西方传教士在华成立的新伦敦会办的墨海书馆当中文翻译，担任知名汉学家麦都思（Dr Walter Henry Medhurst，1796—1857）的中文助手。1862 年，王韬涉嫌卷入“黄畹密信太平军”事件[①]被清政府通令缉拿，到英国驻上海领事馆避难，后在英国领事馆的安排下，秘密逃往香港，就此开始长达二十多年的流亡生涯，其间他不仅与著名汉学家理雅各（James Legge，1815—1897）合作完成了《诗经》《易经》《礼记》等中国文化经典的翻译工作，而且先后漫游法、英、日本诸国，亲身体验、考察了西方文化，撰写了介绍法国历史的《法国志略》和记录 1870—1871 年普法战争的长篇记录《普法战纪》，并创办《循环日报》（同时兼任报纸的主笔），评议时政，提倡变法革新，其观点犀利的政论文章，加上优雅自然的文风，对当时的文坛和后来的维新变法运动产生了很大的影响，奠定了其在中国晚清之际沟通中西文化交流的“第一人”的历史地位，其本人也因此成为中外学界考察中国晚清知识分子在中西文化交往中所承担的中介或媒介作用的一个引人关注的研究对象。在这方面，比较有代表性的研究成果，就是美国学者保罗·柯文（Paul A. Cohen）的专著《在传统与现代性

① 1862 年有人以“黄畹”之名投书太平军，献上如何攻取上海的谋略及建议，此信被与太平军交战获胜的清军缴获，引发清廷震怒，清廷认定“黄畹”是王韬写作该信时所使用的化名，因而下令缉拿王韬。有关“黄畹”是否为王韬化名一事，学界存有争议。美国学者保罗·柯文（Paul A. Cohen）经过考证认为，“黄畹”就是王韬本人写作此信的化名。参阅保罗·柯文：《在传统与现代性之间：王韬与晚清改革》，雷颐、罗检秋译，北京：中信出版社 2016 年版，第 46—52 页。

之间：王韬与晚清改革》（*Between Tradition and Modernity: Wang T'ao and Reform in Late Ch'ing China*）。

在《在传统与现代性之间：王韬与晚清改革》一书的中文版序言中，柯文明确指出："王韬是位杰出的历史人物，作为十九世纪后几十年的改革推动者，以及作为（中西）两种文明间的调停者，他都占有极其重要的地位"。[①] 在柯文看来，王韬之所以能够成为十九世纪中后叶中西文明之间的一个重要中介人，从大时代语境而言，是与十九世纪中后叶中西文明之间发生深度碰撞所引发的时代变局密切相关的，但从个体境遇上讲，则是由王韬个人的独特经历所造就的。为此，在《在传统与现代性之间：王韬与晚清改革》这部著作中，柯文在开篇"一个新人的诞生"中从生平考证入手，勾勒了王韬的个人成长经历，尤其是他来到上海最初接触西方人及西方文化的心路历程：

> 王韬（早年）一直生活在一个封闭的中国人的世界之中。19世纪40年代早期的一些事件——鸦片战争、中英《南京条约》、上海及其他几个沿海城市开口外贸——几乎没有打扰内地中国人的生活。即便是在1848年（这一年王韬来到上海，引者注），也无法得出这些将影响中国人生活的结论。因而，在王韬对跟西方人初次接触的描绘中充满一种世界主义的倾向，就的确使人惊讶……王韬对他所置身其中的上海氛围的种种反应，随时间发展而各不相同……这正是王韬的本性。我们将会看到，在他的一生中，他不仅扮演了一系列使人惊讶的外在角色，而且还过着一种不同的精神、情感和

---

① 保罗·柯文：《在传统与现代性之间：王韬与晚清改革·中文版序言》，雷颐、罗检秋译，北京：中信出版社2016年版，第v页。

社会生活。[1]

柯文指出，在十九世纪中叶，像王韬这样有机会接触到西方人和西方文化，以及受聘与西方汉学家合作一起翻译中国文化经典，并非孤立的个例，而是当时中国“条约口岸知识分子”[2]中的一个常见文化现象，但王韬的个人经历中的独特之处在于他后来因为政治原因被迫长年流亡海外，这是使其成为十九世纪中后叶沟通中西文化的“独一无二”的中介者或媒介者的关键所在，即：

> 王韬可能是现代第一个既受过中国经典训练又在西方读过一段有意义时光的中国学者。在19世纪40年代和50年代，一小批与传教士有联系的广东人，其中最有名的是容闳、黄胜及黄宽等人，曾在西方受过教育，但他们却不像王韬那样曾经深浸在中学之中。而直到19世纪70年代，才有更为正式的儒生作为学生或外交人员到欧洲和北美做长期访问。
>
> ……
>
> 王韬在欧洲的经历使他对欧洲的生活和文化现实有了具体的感受。在19世纪70年代和80年代，别人也会和王韬一起为采用铁路、现代工业等等辩护。但与他们不同的是，王韬本人实际乘坐过

① 保罗·柯文：《在传统与现代性之间：王韬与晚清改革》，雷颐、罗检秋译，北京：中信出版社2016年版，第11—12页。

② 所谓“条约口岸知识分子”，是指十九世纪中叶鸦片战争之后西方列强依靠船坚炮利逼迫清政府签订不平等条约开放中国沿海通商口岸，由此催生出的一个以与洋人打交道为生的中国知识分子群体。参阅保罗·柯文：《在传统与现代性之间：王韬与晚清改革》，雷颐、罗检秋译，北京：中信出版社2016年版，第17页。

> 火车并参观过范围极广的各种不同工厂。随着王韬越来越下力向中国人写作介绍西方，这种直接的切身实感使他优于同时的其他“西化论者”。[①]

值得注意的是，柯文在历数了王韬向中国广泛地介绍西学方面所做出的历史性贡献的同时，也特别指出：“我的主要兴趣与其说是王韬本人，不如说是从王韬身上了解近代中国。如果不是王韬具有比自身更大的启发意义，则他的一生对我来说就不那么重要了”。[②] 在柯文看来，在十九世纪中后叶的中国，尽管王韬的个人经历有其独特之处，但在当时的中国，还有其他的一些人如容闳、何启、唐景星、伍廷芳、郑观应、马建中、马良、冯桂芬、薛福成、黄遵宪和郭嵩焘等人，不仅与王韬的人生经历有类似的地方，而且从事着与王氏相同的引入西学革新中国社会的改革工作，即：

> 他们中有一半人获得了外国大学的学位，其余4位中除郑观应外，都在1890年前长期考察过西方。除了王韬这个特例外，他们都能说一种欧洲语言。至少有6人（容闳、何启、唐景星、伍廷芳和马氏兄弟）能流利地阅读一种以上的西方语言。而且，……在不同时期所从事的职业，如新闻、法律、牧师、现代企业、驻外使节等等，大多是鸦片战争前闻所未闻的。……他们孜孜不倦地推动发展西方技术……（他们的）观念中包含了对中国与世界关系的新看

---

① 保罗·柯文：《在传统与现代性之间：王韬与晚清改革》，雷颐、罗检秋译，北京：中信出版社2016年版，第63—69页。

② 同上书，第213页。

法。……（他们的）世界观念中不存在天朝上国、无所不有的陈旧傲慢观念。相反，它是基于诚挚地尊崇西方文明和根本变革中华文明的崭新愿望。[①]

换言之，在十九世纪中后叶的中国，基于时代的和个人的原因，在中西文化之间自觉地承担了中介者或者柯文所谓的“调停者”的角色或人物，并非王韬一人，而是一个群体。这也更加凸显出了比较文学对于跨国界的文化（文学）传播及影响中的媒介或中介研究的意义和价值。

第二节
作为跨国界文学影响传播媒介的翻译及比较文学的相关研究案例

所谓翻译，“翻”者，反转也，即对原有的事物进行变动和改变，“译”者，转述也，即把一种语言文字依照原义转变或表述为另一种语言文字，故翻译的本义，就是在尊重原文的基础上，把一种语言信息转变为另一种语言信息的行为或工作。在世界文学范围内，一国对于外国的文学作品进行文学翻译，是一个常见而普遍的文学现象。如果单就翻译本身着眼，文学翻译注重的是翻译的文本对于外国文学的原本是否“忠实”、“准确”和“通顺”，而对于比较文学而言，除了要考

① 保罗·柯文：《在传统与现代性之间：王韬与晚清改革》，雷颐、罗检秋译，北京：中信出版社 2016 年版，第 227—228 页。

察翻译的上述内容之外，更主要的是关注其在跨国界的文学影响中所起到的媒介或中介作用，诚如梵·第根在《比较文学论》中所总结的：

> 碰到绘画或音乐的时候，媒介者在以短论或著作介绍之后。再开展览会或演奏会，把他要介绍的外国作品使他的同国人认识，那么媒介者的任务也就差不多完结了。那些好奇的人们看著或听著；业余家讨论著；批评家写他们的文章；于是介绍便达到目的……或落了空。
>
> 在文学中，语言的歧异把这从这一国到那一国的过程弄复杂了。这过程往往是像在音乐中或绘画中一样，是从论文和书籍开始的；这些论文或书籍使读者知道某一外国作家的存在，说出他的独特性和他的利害关系，陈述他的思想，称颂他的艺术。可是，这只是一个饵；如果要欣赏它，那必须先读它。读它的外国原文本吗？一般上说来，很少有好奇者有这能力。然而这里我们也得区别一下。在从前和在现在一样有许多作者是被一些外国的读者从原文本认识的，我们在这方面可以分成三个等级：法文写的著作是最多被人用原文本读的；意大利、西班牙、英国、德国的作家们在各种时代曾不经媒介而被许多外国读者读过的；荷兰文、丹麦文、瑞典文、匈牙利文、波兰文、俄文、葡萄牙文的书，则差不多从来也没有直接地达到全欧洲的读者们过。因此，在大多数的场合中，翻译便是传播的必要的工具，而“译本”之研究是比较文学的大部分工作的不可少的大前提。[1]

---

① 梵·第根：《比较文学论》，戴望舒译，台北：台湾商务印书馆 1937 年版，第 163 页。

不过，从梵·第根对于欧洲读者阅读外国文学作品的三个等级的区分来看，由于在欧洲读者们很多都是通过法文原文阅读法国作家的作品，意大利、西班牙、英国、德国的作家们的文学作品“在各种时代曾不经媒介而被许多外国读者读过的”，只有遇到荷兰文、丹麦文、瑞典文、匈牙利文、波兰文、俄文、葡萄牙文写作的文学作品，欧洲的读者们才需要借助到翻译，因此，翻译虽然在传播欧洲各国文学的过程中也是一个“必要的工具”，但其必要性和重要性或不可或缺性，远远不能与越出了欧洲文学范围之后涉及欧洲文学与非欧洲文学尤其是与欧洲文学在语言、文化、地缘上存在着明显差异的东方文学之间的文学传播和影响相提并论。有鉴于此，本节在选择比较文学对于翻译作为跨国界的文学传播和影响的媒介的研究案例时，不在欧洲的比较文学范围内选取，而是着眼于从事中西比较文学研究的学者对于翻译作为媒介在跨中西文化上的传播和影响问题的关注与探讨。在这方面，比较有代表性的比较文学研究案例，就是中国学者钱锺书的《林纾的翻译》。

林纾（1852—1924），字琴南，号畏禄，别署冷红生，福建闽侯人，晚清著名古文学家和翻译家。林纾本人不懂外文，但他通过与通晓外文的王寿昌、魏易、曾宗凡、陈家麟等人合作，翻译了大量的外国文学作品，其中，翻译最多的外国文学作品是英国小说家哈葛德[①]的小说，此外还有莎士比亚、笛福、斯威夫特、兰姆、史蒂文森、狄更

① 葛哈德（Henry Rider Haggard，1856—1925），是英国维多利亚时代（Victorian Era，1837—1901）最受欢迎的小说家，擅长描写浪漫的爱情和惊险的冒险故事。林纾翻译了大量葛哈德的小说，如《伽因小传》《埃及金字塔剖尸记》《英孝子火山报仇录》《鬼山狼侠传》《斐洲烟水愁城录》《玉雪留痕》《洪罕女郎传》《雾中人》《蛮荒志异》《橡湖仙影》《红礁画桨录》等。

斯、柯南·道尔、雨果、大仲马、小仲马、巴尔扎克、易卜生、托尔斯泰等西方名家的名作，这些译作在当时的中国读者群中引起巨大反响，不仅创造了近代中国翻译史上的一个奇特景观（林纾本人不通外文，他翻译外国文学作品时，先由通晓外文的合作者向他口述外国文学作品的内容大概，然后由他本人使用中国古文进行笔译，两方合作默契，效率超高，翻译出几乎是海量的外国文学作品，不懂外文的林纾也就此成为中国近代远近闻名且产生极大影响的外国文学翻译大家，堪称近代中国翻译史上的一个奇观），而且也成为近代中国接触西洋文学的一个重要的文学现象（晚清之际，中国遭遇数千年历史上从来未有之变局，西洋文明以强势之姿侵入中国，而在文学领域，引入西洋文学作品，既为时代的大势所趋，也是其时中国读者渴望睁开眼睛向外看的现实需求，然当时中国与西洋各国文学之间的交流既浅，且国人中绝大多数不通西文，只能通过翻译的途径阅读西洋文学作品，林纾本人虽然也不懂外文，但他的翻译合作者都是当时国人中通晓西文的佼佼者，这样的合作式的文学翻译，既能保证译本大致忠实于原本，同时又能借助林氏古文大家的出众文笔，吸引了大量中国读者的阅读兴趣，林氏的外国文学译本风行一时，无论是对西洋文学在近代中国的传播，还是对于中国近代文学自身的变革[①]，都起到了不容忽视的影响作用）。这也意味着，如何来看待和评价林纾对于外国文学作品的翻译，已经不是单纯的探讨林氏翻译准确与否的问题，而是一个引人注目的涉及跨中西文化的文学传播及影响的比较文学话题，正如钱锺书在《林纾的翻译》一文中的开篇所指出的：

① 中国近代文学的变革的一个直接因缘和走向就是通过外国文学作品的翻译，学习、借鉴、模仿外国文学作品再造中国的“新文学”。

汉代文字学者许慎有一节关于翻译的训诂，义蕴颇为丰富。《说文解字》卷六《口》部第二十六字：“囮，译也。从‘口’，‘化’声。率鸟者系生鸟以来之，名曰‘囮’，读若‘伪’。”南唐以来，“小学”家都申说‘译’就是传四夷及鸟兽之语，好比“鸟媒”对禽鸟所施的引“诱”，“伪”、“讹”、“化”和“囮”是同一个字。“译”、“诱”、“媒”、“讹”、“化”这些一脉通连、彼此呼应的意义，组成了研究诗歌语言的人，所谓“虚涵数意”（manifold meaning），把翻译能起的作用、难以避免的毛病、所向往的最高境界，仿佛一一透示出来了。文学翻译的最高标准是“化”。把作品从一国文字转变成另一国文字，既能不因语文习惯的差异而露出生硬牵强的痕迹，又能完全保存原有的风味，那就算得入于“化境”。……但是，一国文字和另一国文字之间必然有距离，译者的理解和文风跟原作品的内容和形式之间也不会没有距离，而且译者的体会和他自己的表达能力之间还时常有距离。从一种文字出发，积寸累尺地度越那许多距离，安稳到达另一种文字里，这是很艰辛的历程，一路上颠顿风尘，遭遇风险，不免有所遗失或受些损伤。因此，译文总有失真和走样的地方，在意义或口吻上违背或不尽贴合原文。那就是“讹”，西洋谚语所谓“翻译者即反逆者”（Traduttore traditore）。中国古人也说翻译的“翻”等于把绣花纺织品的正面翻过去的“翻”，展开了它的反面。……（然而）“媒”和“诱”当然说明了翻译在文化交流里所起的作用。它是个居间者或联络员，介绍大家去认识外国作品，引诱大家去爱好外国作品，仿佛做媒似的，使国与国之间缔结了“文学因缘”。[1]

---

① 钱锺书：《林纾的翻译》，见北京师范大学中文系比较文学研究组选编：《比较文学研究资料》，北京：北京师范大学出版社 1986 年版，第 248—249 页。

围绕着翻译在文化交流中所起的中间环节或中介作用，钱锺书重点谈论了林纾的翻译在联结中国与外国文学作品方面所起到的两个重要作用：

首先是林纾的翻译将中国读者导向外国文学作品的媒介作用。在钱锺书看来，文字翻译的作用是要为不懂外文的本国读者提供阅读外国文学作品的便利，在这方面，林纾的翻译作为把外国文学作品引入中国的中间环节所扮演的媒介作用，“已经是文学史上公认的事实”。[1] 不仅如此，由于在文学翻译的过程中，彻底和全部的“化”是一个不可能实现的理想，必然会出现某些方面、某种程度的“讹”，因此，本国读者在通过文学翻译译本对于外国文学作品产生了兴趣和好奇之后，还会进一步激发他们对于外国文学原作的无限向往，“仿佛让他们尝到一点儿味道，引起了胃口，可是没有解馋过瘾。他们总觉得读翻译像隔雾赏花，不比读原作那么情景真切”，[2] 其结果是文学翻译诱发了本国读者学习外语的兴趣，“引导他们去跟原作发生直接关系”。[3] 在钱锺书眼中，林纾的翻译在引导中国读者通过学习外文直接阅读外国文学作品上所起到的媒介作用，同样是非常显著和突出的。为此，钱锺书特别以自己的亲身经历为例，说明了林纾的翻译对于自己学习外国文学的直接影响作用：

我自己就是读了他的翻译而增加学习外国语文的兴趣的。商务印书馆发行的两小箱《林译小说丛书》是我十一二岁时的大发现，

① 钱锺书：《林纾的翻译》，见北京师范大学中文系比较文学研究组选编：《比较文学研究资料》，北京：北京师范大学出版社 1986 年版，第 251 页。

② 同上书，第 250 页。

③ 同上书，第 251 页。

> 带领我进了一个新天地、一个在《水浒传》、《西游记》、《聊斋志异》以外另辟的世界。我事先也看过梁启超译的《十五小豪杰》、周桂笙译的侦探小说等等，都觉得沉闷乏味。接触了林译，我才知道西洋小说会那么迷人。我把林译里哈葛德、欧文、司各特、狄更斯的作品津津不厌地阅览。假如我当时学习英文有什么自己意识到的动机，其中之一就是有一天能够痛痛快快地读遍哈葛德以及旁人的探险小说。……因为翻来覆去地阅读，我也渐渐对林译发生疑问。……我开始能读原文，总先找林纾译过的小说来读。后来，我的阅读能力增进了，我也听到舆论指摘林译的误漏百出，就不再而也不屑再看它。它只成为我生命里积累的前尘旧蜕的一部分了。[①]

事实上，这不是单独发生在钱锺书一个人身上的特例或孤例，而是那个时代的国人与外国文学作品之间产生直接关联的一个普遍路径。比如，在二十世纪中国现代文学诸大家中，自己坦诚早年受到林译外国文学作品影响的，就有很多位，如李叔同、曾孝谷、鲁迅、郭沫若、郁达夫、田汉、沈雁冰、林语堂、郑振铎、朱自清、巴金、老舍、曹禺等人，胡适在《五十年来中国之文学》中称赞“林纾是介绍西洋近世文学的第一人”，[②]即是对林氏的文学翻译在中国与外国文学作品之间所起到的媒介作用的经典评价。

其次是林纾的文学翻译利用外国文学作品译本反证中国古文义法

---

① 钱锺书：《林纾的翻译》，见北京师范大学中文系比较文学研究组选编：《比较文学研究资料》，北京：北京师范大学出版社1986年版，第251—252页。

② 胡适：《五十年来中国之文学》，见《胡适文集》第3卷，北京：北京大学出版社1998年版，第211页。

的文化策略与文学后果。钱锺书指出，林纾对于外国文学作品的翻译，不仅有明显的误译漏译之处，而且经常对原文进行加工改造，常为人所非议和质疑，但世人往往只批评林译本对于外国文学作品原作的删节或误漏，而没有注意到其对于原作所做的增补工作，这类的增补，既体现于林纾在翻译时外国文学作品时会根据他本人对于原作的理解或情境的想象增添一些原作中没有的内容，比如，林纾翻译狄更斯的小说《滑稽外史》时，每逢遇到他觉得后者的描写不够淋漓尽致，他本人就会对原作加工改造，浓浓地渲染一番，"换句话说，林纾认为原文美中不足，这里补充一下，那里润饰一下，因而语言更具体、情景更活泼，整个描述笔酣墨饱。不由我们不联想起他崇拜的司马迁在《史记》里对过去记传的润色或增饰。……他在翻译时，碰见他心目中认为是原作的弱笔或败笔，不免手痒难熬，抢过作者的笔代他去写"，[①] 更表现在林纾在翻译外国文学作品尤其是其前期的翻译[②]时为译本所写的序跋以及在译文中所添加的按语和评语，即"他前期的译本绝大多数有自序或旁人序，有跋，有《小引》，有《达旨》，有《例言》，有《译余剩语》，有《短评数则》，有自己和旁人所题的诗、词，在译文里还时

---

① 钱锺书：《林纾的翻译》，见北京师范大学中文系比较文学研究组选编：《比较文学研究资料》，北京：北京师范大学出版社 1986 年版，第 255 页。

② 钱锺书认为，林纾对于外国文学作品的翻译以民国二年（1913）译完《离恨天》为界限明显地分为前、后两个时期，其前期翻译，态度热情饱满，译笔出色，译作十之七八都很醒目，深受读者喜爱和追捧，然其后期翻译，纯然是应付差事，"译笔逐渐退步，色彩枯暗，劲头松懈，使读者厌倦"。参阅钱锺书：《林纾的翻译》，见北京师范大学中文系比较文学研究组选编：《比较文学研究资料》，北京：北京师范大学出版社 1986 年版，第 262—263 页。

常附加按语和评语。这种种都对原作的意义或艺术作了阐明或赏析”。[①]梵·第根在《比较文学论》中指出，在文学翻译的过程中，译者通常都会根据本国的现实情况和文化传统对原作进行相应的改动或润饰的工作，而最能显示译者本人在跨国界的文学传播和交流中的态度或文化策略的内容就是他的译序部分：

> 译者的“序文”给予了我们最可贵的材料。在用批评和鉴别的眼光读过之后，它们便告诉了我们许多事：关于每个译者的个人思想以及他所采用（或自以为采用）的翻译体系的；关于那对于原作者的同时，也就是当时大众的态度的他的态度，或他所参与其间的种种不同的态度的；关于那外国作者被移植到本国中的变迁以及多少有点长久的历史的。这些有时候火气很旺，有时却谨慎或甚至胆小的序文，有时答覆那些指摘和攻击，用以替原作者和译者本身辩护。在这场合之中，它们是刊在以被翻译的作家为对象的那些书籍和短篇论文中的；为要了解它们并从它们那儿获益起见，我们应该把它们重新安置在它们刊出时的确切的争论点上来看，这是传播和影响之研究的一个主要的因子。[②]

而在钱锺书看来，林纾的翻译对于外国文学作品原作的增补以及他本人的译序和按语、评语，同样表现出林氏本人在跨中西文化的文学传播和交流中的思想态度和文化策略，那就是借此来向国人灌输或宣扬

---

① 钱锺书：《林纾的翻译》，见北京师范大学中文系比较文学研究组选编：《比较文学研究资料》，北京：北京师范大学出版社 1986 年版，第 263 页。

② 梵·第根：《比较文学论》，戴望舒译，台北：台湾商务印书馆 1937 年版，第 169 页。

中国古文义法之微言大义，即：

> 林纾反复说外国小说"处处均得古文义法"，"天下文人之脑力，虽欧亚之隔，亦未有不同者"，又把《左传》、《史记》等和狄更斯、森彼得的叙事来比拟，并不是在讲空话。他确按照他的了解，在译文里有节制地渗进评点家所谓"顿荡"、"波澜"、"画龙点睛"、"颊上添豪"之笔，使作品更符合"古文义法"。一个能写作或自信能写作的人从事文学翻译，确保不像林纾那样的手痒；他根据自己的写作标准，要充当原作者的"诤友"，自以为有点铁成金或以石攻玉的义务和权利，把翻译变成借体寄生的、东鳞西爪的写作。[①]

钱锺书认为，林纾的翻译对于外国文学作品的加工改造或增饰，尽管有些地方难免有画蛇添足之嫌，但从整体上而言反映了林氏译本的特色，即"林译除狄更斯、欧文以外，前期的那几种哈葛德的小说也颇有它们的特色。我……自己宁可读林纾的译文，不乐意读哈葛德的原文。理由很简单：林纾的中文文笔比哈葛德的英文文笔高明得多。哈葛德的原文很笨重，对话更呆蠢板滞，……林纾的译笔说不上工致，但大体上比哈葛德的轻快明爽"，[②] 所以，林纾所翻译的外国文学作品能够在当时的中国风行一时，除了这些外国文学作品本身是西方文学中的名家名著之外，也与林纾的高明的译笔密切相关。不过，对于林纾通过翻译外国文学作品宣示中国古文义法的做法，钱锺书并不能

---

① 钱锺书：《林纾的翻译》，见北京师范大学中文系比较文学研究组选编：《比较文学研究资料》，北京：北京师范大学出版社 1986 年版，第 256—257 页。

② 同上书，第 271 页。

认同。在他看来，世人包括林纾本人所谓的用中国“古文”来翻译外国文学作品的说法，从根本上讲是站不住脚的，因为“‘古文’是中国文学史上的术语，自唐以来，尤其在明、清两代，有特殊而狭隘的涵义。并非一切文言都算‘古文’，……林纾译书所用文体是他心目中认为较通俗、较随便、更富于弹性的文言。它虽然保留有若干‘古文’成分，但比‘古文’自由得多；在词汇和句法上，规矩不严密，收容量很宽大”，[①] 同时，林纾在翻译的过程中又杂糅进许多当时流行的外来新名词，使得林译文在语言上出现了明显的“欧化”现象，即：

> “古文”里绝不容许的文言“隽语”、“佻巧语”象“梁上君子”、“五朵云”、“土馒头”、“夜度娘”等形形色色地出现了，口语像“小宝贝”、“爸爸”、“天杀之伯林伯”等也经常掺进去了。流行的外来新名词——林纾自己所谓“一见之字里行间便觉不韵”的“东人新名词”——象“普通”、“程度”、“热度”、“幸福”、“社会”、“个人”、“团体”、“脑筋”、“脑球”、“脑气”、“反动之力”、“梦境甜蜜”、“活泼之精神”等应有尽有了。还沾染当时的译音习气，“马丹”、“密司脱”、“安琪儿”、“苦力”、“俱乐部”之类不用说，甚至毫不必要地来一个“列底”（尊闺门之称也），或者“此所谓‘德武忙’耳（犹华言为朋友尽力也）”。意想不到的是，译文里包含很大的“欧化”成分。好些字法、句法简直不像不懂外文的古文家的“笔达”，却像懂外文而不甚通中文的人的硬译。那种生硬的——毋宁说死硬的——翻译是双重的“反逆”，既损坏原作的表达效果，又违背了祖国的语

① 钱锺书：《林纾的翻译》，见北京师范大学中文系比较文学研究组选编：《比较文学研究资料》，北京：北京师范大学出版社 1986 年版，第 266 页。

> 文习惯。[①]

其结果是，与林纾利用翻译外国文学作品宣扬中国古文义法的本意截然相反，他的译作非但没有让国人信服他本人所念兹在兹的古文义法，反而是借着他的译作让包括钱锺书在内的诸多中国读者愈加倾心于外国文学，诚如钱锺书以其自身经历所说的：

> 我有一次和陈衍先生谈话，陈先生知道我懂外文，但不知道我学的专科是外国文学，以为总不外乎理工科或法科之类。那一天，他查问明白了，就慨叹说："文学又何必向外国去学呢！咱们中国文学不就很好么？"我不敢跟他理论，只抬出他的朋友挡一下，就说读了林纾的翻译小说，因此对外国文学发生兴趣，陈先生说："这事做颠倒了。琴南如果知道，未必高兴。你读了他的翻译，应该进而学他的古文，怎么反而向往外国了？琴南岂不是'为渊驱鱼'么？"[②]

而更为重要的是，林纾的翻译不仅让中国读者更加向往外国文学，而且他所开创的杂糅文言和欧化语言用作叙述叙事的文体形式，已经跃出了中国传统的古文文学或文言文学的范式，为二十世纪初以"别求新声于异邦"为主旨的中国新文学提供了最初的、可资借鉴和模仿的叙事文学样板，说其为二十世纪早期中国新文学之先声，也并不为过。

---

① 钱锺书：《林纾的翻译》，见北京师范大学中文系比较文学研究组选编：《比较文学研究资料》，北京：北京师范大学出版社1986年版，第266—267页。

② 同上书，第273页。

第十一章　接　受

在二十世纪上半叶的比较文学尤其是由法国学派所主导的比较文学中，尽管“接受者”被看作比较文学影响研究中与“发出者”和“中介者”一样不可或缺的一个环节或要素，但也仅仅是把它定位为一种从外部接收到文学影响的被动角色，其结果是跨国界的文学“接受”被简单地归结为从一国的文学影响发出者到另一国的文学接受者的各项事实，众多的比较文学接受研究，通常就是对于上述文学影响事实所做的编年性的罗列、归纳和整理。然而，随着二十世纪六十年代中后叶的接受美学的异军突起，包括比较文学在内的传统文学研究对于文学接受的既有主张或观点，受到了前所未有的质疑和批评，接受美学在文学接受方面提出来的新见解，不仅在文学理论领域引发了比较文学界对于接受美学的文学接受的新见解的积极回应，而且接受美学在比较文学接受研究上所呈现出来的新示例，也给当代比较文学的接受研究实践以新的启发。

第一节
接受美学关于文学接受的新见解及其在比较文学界的理论回应

接受美学（Receptional Aesthetic）是二十世纪六十年代中后期在西方兴起的一个文学理论流派，其发端是德国文学理论家、文学批评家汉斯·罗伯特·姚斯（Hans Robert Jauss）于1967年发表的题为《文学史作为向文学理论的挑战》（*Literary History as a Challenge to Literary Theory*）的长篇论文。在这篇被公认是“接受美学宣言”的著名文章的开篇部分，姚斯就以挑战的口吻，对于传统文学史作为一门文学研究学科的合法性提出了尖锐的质疑与批判：

> 在我们时代，文学史日益落入声名狼藉的境地，这绝不是毫无缘由的。在过去的150年中，这一有价值的学科的历史，毫无疑问是走过了一条日趋衰落的历程。19世纪是文学史登峰造极的时代，对于杰文纳斯[①]、舍勒尔[②]、德·桑克蒂斯和朗松来说，写作一部民族文学史，是作为一位语文学家的极其荣耀的工作。这一学科的创始人认为他们的最高目标是在文学作品的历史中展现民族个性的复归。这一最高目标业已湮入遥远的记忆。文学史的既定形式在我们时代的理智生活中几乎已无地容身了。它过去赖以维系的静态的考察系统本身，如今已自身难保……

---

① 杰文纳斯（Georg Gottfried Gervinus，1805—1871），十九世纪德国文学史家，著有《德国民族文学诗学史》。

② 舍勒尔（Wilhelm Scherer，1841—1886），十九世纪德国文学史家，著有《德国文学史》。

> 文学史在大学课表中已明确地消失。废除了不同阶段的、作为整体的民族文学的传统描述，用对某一问题的历史的专题论述或其他系统方法取而代之，这是我们这一时代语文学家的得意之举，如今已不是什么秘密。学术研究也出现了相应的景象：手册、百科全书形式的研究科目集成，以及作为所谓《出版家大全》的最近的分支的“系列阐释集”，已把文学史作为不严肃的、自以为是的学科放逐了。[①]

姚斯指出，文学史主要呈现为两种形式：一种是针对现代作家及作品的文学史，这种文学史“仅仅依据总的趋势、类型以及各种属性来安排材料，搞一个编年史一类的事实堆积；在这个成规之下，研究编年系列中的文学史；作为一种附带的形式，作者及其作品的评价在文学史中一带而过”；[②] 另一种是针对古代作家及作品的文学史，这种文学史则是“根据伟大作家的年表，直线型地排列材料，遵照‘生平与作品’的模式予以评价。这里，次要的作家被忽略了（他们被安置于间缺之中），而流派的发展也被肢解了”，[③] 而它们都面临着其自身无法克服或摆脱的窘境，即：

> 简单地按编年序列排列作家生平与作品的这种文学描述“不是历史，仅仅是历史的断片”。同样，没有哪个历史学家会通过类型

---

① 姚斯：《文学史作为向文学理论的挑战》，见 H. R. 姚斯、R. C. 霍拉勃：《接受美学与接受理论》，周宁、金元浦译，沈阳：辽宁人民出版社 1987 年版，第 3—4 页。

② 同上书，第 5 页。

③ 同上。

为历史思考一个文学现实，把一部作品改变成一种“登记注册”。而类型则谨守着抒情诗、戏剧和小说的发展形式这唯一的律条，仅仅用一种关于这些年代的时代精神和政治趋势的普遍性观察（大部借自历史研究）来架构文学发展中的仍不清晰的特点。这种方法不仅显得疏而无实，而且几乎禁止了文学史对过去年代的作品质量进行判断，而采用这种方法的历史撰写者却标榜历史学的客观性观念。这样做至多不过是描述“事实究竟”，为他的审美节制找个好借口而已。结果，对文学作品的质量和等级既不从其渊源上的传记、生平或历史条件上去把握，也不从某一单独类型发展的先后连续性出发，而是相反，从影响、接受以及身后的名声的准则来确定。但这一准则是很难掌握的。①

有鉴于此，姚斯认为，我们必须反思“今天的文学史究竟应该是什么”？寻找出一条能够整合文学与历史、历史方法与美学方法的文学研究的新方法，这就是接受美学，即：

即使对于判断一部新作品的批评家来说，那些根据对先前著作的肯定或否定的标准来涉及自己作品的作者，以及按其传统讲作品归类并历史地予以解释的文学史家，在他们对文学的反映关系变成再生产之前，也都是最早的读者。在这个作者、作品和大众的三角形之中，大众并不是被动的部分，并不仅仅作为一种反应，相反，它自身就是历史的一个能动的构成。一部文学作品的历史生命如果

① 姚斯：《文学史作为向文学理论的挑战》，见H. R. 姚斯、R. C. 霍拉勃：《接受美学与接受理论》，周宁、金元浦译，沈阳：辽宁人民出版社1987年版，第5—6页。

没有接受者的积极参与是不可思议的。因为只有通过读者的传递过程，作品才进入一种连续性变化的经验视野。在阅读过程中，永远不停地发生着从简单接受到批评性的理解，从被动接受到主动接受，从认识的审美标准到超越以往的新的生产的转换。文学的历史性及其传达特点预先假定了一种对话并随之假定在作品、读者和新作品间的过程性联系，以便从信息与接受者、疑问与回答、问题与解决之间的相互关系出发设想新的作品。如果理解文学作品的历史连续性时像文学史的连贯性一样找到一种新的解决方法，那么过去在这个封闭的生产和再现的圆圈中运动的文学研究的方法论就必须向接受美学和影响美学开放。

接受美学的观点，在被动接受与积极理解、标准经验的形成和新的生产之间进行调节，如果文学史按此方法从形成一种连续性的作品与读者间的对话的视野去观察，那么，文学史研究的美学方面与历史方面的对立便可不断地得以调节。这样，曾被历史主义割断的过去的文学现象到现在的经验之间联系的线索，便又被重新连结起来了。①

并从接受美学的观点出发，详细阐述了接受美学视域下的文学研究所要探讨的七个论题，即：

论题 1. 文学史的更新要求建立一种接受和影响美学，摈弃历史客观主义的偏见和传统的生产美学与再现美学的基础。文学的历

① 姚斯：《文学史作为向文学理论的挑战》，见 H. R. 姚斯、R. C. 霍拉勃：《接受美学与接受理论》，周宁、金元浦译，沈阳：辽宁人民出版社 1987 年版，第 24 页。

史性并不在于一种事后建立的“文学事实”的编组，而在于读者对文学作品的先在经验。

论题 2. 从类型的先在理解、从已经熟识作品的形式与主题、从诗歌语言和实践语言的对立中产生了期待系统。如果在对象化的期待系统中描述一部作品的接受和影响的话，那么，在每一部作品出现的历史瞬间，读者文学经验的分析就避免了心理学的可怕陷阱。

论题 3. 按照这样一种方法重新结构——一部作品的期待视野允许人们根据它对于一个预先假定的读者发生影响的种类何等级来决定它的艺术特性。假如人们把既定期待视野与新作品出现之间的不一致描绘成审美距离，那么新作品的接受就可以通过对熟悉经验的否定或通过把新经验提高到意识层次，造成“视野的变化”，然后，这种审美距离又可以根据读者反应与批评家的判断（自发的成功、拒绝或振动，零散的赞同，逐渐的或滞后的理解）历史性地对象化。

论题 4. 面对过去人们对一部作品的创造和接受，期待视野的重构使得人们从另一方面提出问题以求本文给出回答，从而去发现当地读者是如何看待和理解这一作品的。这一途径校正了最难以认识的古典主义标准，及现代化的艺术理解，避免诉诸普遍的“时代精神”的循环。它揭示了一部作品以前理解和目前理解的诠释的差异性，建立起调节二者地位的接受史意识，并因之回归于柏拉图式的语言学形而上学的教条。这一明显的自我确证要求：在文学本文中，文学永远是表现，而被一次性决定的客观意义对于阐释者在任何时代都是可以马上接受的。

论题 5. 接受的审美理论不仅让人们构想一部文学作品在其历史的理解中呈现出来的意义和形式，而且要求人们将个别作品置于所在的“文学系列”中从文学经验的语境上去认识历史地位和意义。从作品接受史到文学事件史，在这一步中后者表现为一个过程，在此过程中作者只是被动的接受。易言之，后继作品能够解决前一作品遗留下来的形式的和道德的问题，并且再提出新问题。

论题6. 语言学区分历时性分析与共时性分析两种方法论上的相关方法，其成就在于打破了单一的历时性角度——以前人们唯一使用过的——在文学中具有相同意义。我们一旦考虑到审美态度的变化，新作品的理解与旧作品的意义之间的功能联系便与接受史的角度相抵触。我们还可以利用文学发展中一个共时性的横切面，同等安排同时代作品的异质多重性，反对等级结构。从这里出发，一种新文学史的缩写原则得以发展。假如进一步将这一横断面的以前和以后都作这样的历时性安排，那么文学结构的演变在其创新新纪元的瞬刻，便被历史地接合起来了。

论题7. 只有当文学生产不仅仅在其系统的继承中得到共时性和历时性的表现，而且也在其自身与“一般历史”的独特关系中被视为“类别史”时，文学史的任务方可完成。这一关系并未结束这样的事实：在所有时代的文学中均能发现的一种典型的、理想化的、讽刺的或者乌托邦式的社会生活幻想。这种文学的社会功能，只有在读者进入他的生活实践的期待视野，形成他对世界的理解，并因之也对其社会行为有所影响、从中获得文学体验的时候，才真正有可能实现自身。[①]

---

① 姚斯：《文学史作为向文学理论的挑战》，见 H. R. 姚斯、R. C. 霍拉勃：《接受美学与接受理论》，周宁、金元浦译，沈阳：辽宁人民出版社 1987 年版，第 26—56 页。

并且，为了论证接受美学在文学研究上的合理性和有效性，姚斯对于十九、二十世纪的传统文学史研究以及二十世纪新出现的新的文学批评及文学理论如俄国形式主义、布拉格结构主义、英美新批评、马克思主义文学理论、英伽顿（roman Ingarden）的现象学美学以及伽达默尔（Hans Georg Gadamer）的解释学等在研究方法或范式上的利弊得失，都一一作了细致的点评，其中就特别地提到了比较文学，诚如其在《走向接受美学》（*Toward an Aesthetics of Reception*）一书中所指出的：

> “比较不是理由”：一种独立的方法，不能仅仅建立在比较之上。直到今天还没有谁像艾今伯勒（又译为艾田伯，引者注）的尖刻犀利的论述那种击中比较文学研究对自身那种天真的理解。如果一个学科的方法论过程属于许多学术活动通常惯用的方法范围，它怎么能作为一个学科而独立存在？学识渊博的人文学者，从浩瀚的材料中重建一个历史事件；语言学家在对比中或从语言的不同状态中探讨语言的结构；法学家依照前例解决法律问题。他们都无时不在进行比较，只有那些职业比较学者才会忘记，比较的方法论的应用应比单纯的比较意味着更多的东西。即便是最精密的比较实践也不能告诉我们什么该比较、什么不该比较，比较的目的何在。比较的相关物或比较的选择不能从被比较的因素本身直接得出，即便最后意义明显是从自身“生发”出的，它也要在诠释上预先假定一个先在概念（Vorgriff），尽管这个假定常常用不上。
>
> 只需看一下大量的比较文学研究，就不难得出，在其研究的规范程序上，比较文学仍在很大程度上停留在朴素的、解释学意义上

> 未开化的客观主义。比较文学并没有留意其比较的相关物问题，因此，比较文学实际上靠一种对救世主的期待度日，企望着有一天，某一集大成者降临于世，将比较文学那些杂乱无章的知识综合成一个整体，举手之间整理出众多比较研究的意义。近年来，有人把这一整体创作“世界文学”(Welt-literatur)。晚年的歌德以及马克思、恩格斯都可以说是世界文学这一已经建立起来的和谐境界的教父。我们不得不承认，从浪漫主义文学思想中解放出来，文学的普遍性已经向前迈了一大步。……但是今天，文学史的浪漫主义解释，作为个性和民族史的理想形式的文学史，已经成为过去了。人们对历史的新的理解证明，文学艺术是真正社会历史进程中的相对的自足体，因此，一种新的比较文学研究同时面临着其自身的合理性和方法论问题。[①]

而这也很自然地引发了当代比较文学对于接受美学的密切关注及理论回应，其中有代表性的就是意大利比较文学学者弗朗科·梅雷加利（Franco Meregalli）所撰写的论文《论文学接受》(*On Literary Reception*)。

在《论文学接受》一文的开篇，梅雷加利开宗明义地指出，在二十世纪的文学研究中，传统的文学史对于文学与文学外部事实关联的实证主义研究受到了新的文学理论的质疑和批判，其中，形式主义文学理论诸如俄国的形式主义、美国的“新批评”、德国的“文本内在含义论”以及法国的文学结构主义等反对传统的文学史研究用文学之外的

---

① 姚斯：《走向接受美学》，见 H. R. 姚斯、R. C. 霍拉勃：《接受美学与接受理论》，周宁、金元浦译，沈阳：辽宁人民出版社 1987 年版，第 138—140 页。

社会因素去机械地解释文学现象，主张把文学研究的重心从文学外部转向文学自身也即文本，而最新的文学研究取向则是接受美学所提出的以文学作品的读者或接受者为中心的理论主张。关于接受美学，梅雷加利指出，“接受美学”这个用语，虽然在当代已经非常流行，但是由于“美学”的内涵及外延涵盖甚广，使用“接受美学”这个用语极易产生“超出使用者愿望的不合理的影响”，即：

> 应用“接受美学”这个术语的人之所以对文学接受感兴趣，实际上不仅仅在于其美学尺度，还在于文学接受的所有尺度。必须明确人们所理解的“美学”和“文学”到底是什么，因为人们应用这些术语时往往并不明确其外延，因而有时掩盖了某些没有答案的问题，这些问题被掩盖在对另一些问题的所谓答案中……“美学”这个词，从词源上看（与人们所说的非美学的东西相反），应当和表现在文学作品的某一部分经验有关，而在实际应用中也的确如此，这种经验是和感觉、激情、想象密切相关的。在文学中，人类的经验得以表现和交流，在这经验的赓续中，我们用另一些名称来标示和命名经验的环节，如“存在经验”，“美学意识”，“思辨的考虑”等等。①

因此，梅雷加利主张在文学研究中最好使用“文学接受理论”一语来取代“接受美学”的用语：

> 因为，一方面这个术语比“接受美学”的涵义更广（“文学接受

① 梅雷加利：《论文学接受》，冯汉津译，见干永昌等编选：《比较文学研究译文集》，上海：上海译文出版社1985年版，第404页。

理论”是文学中人类一切表现的理论），同时它的涵义又比较狭窄（它是“文学的”接受，而不是“一般的”接受）。“接受美学”无论如何应当包括以美学系数为特征系数的人类表现的接受研究。从这意义上说，我们可以采纳“接受美学”这个术语，这种接受是与美学因素很小、甚至等于零的接受（例如司法上的接受）相对立的。[①]

关于文学作品的接受者，梅雷加利指出，“接受”这一术语是跟信息与接受者之间的关系紧密相连的，由于“信息”与“接受者”之间的关系存在着两种不同的方式：一种是从“信息”到“接受者”，另一种则是从“接受者”到“信息”，故在文学研究中，对于文学接受的研究也分为两个不同的方向：一个是关于信息对于接受者产生影响的专门研究，也即通常所说的“影响”，另一种则是关于接受者反作用于信息的专题研究，也即接受美学或文学接受理论所主张的“接受”。在梅雷加利看来，无论是传统文学史的“影响”研究，还是接受美学的“接受”研究，都是各有偏重，也都存在着明显的片面和不足，即：

用一种稍许简单的方式说，实证主义所研究的是信息→接受者的关系，其研究目的几乎只局限在影响上。现代最新的研究则侧重在从特殊意义上说的接受上面。显然，这两种方法都不全面，仅仅偏爱其中一种是有缺陷的。所有这一切都与文学史上从传统到改革的原动力问题有关。形式主义学派所确立一种偏离的概念，意即偏离传统的准则；在姚斯“可望境界”（现通译为“期待视野”，引者

---

① 梅雷加利：《论文学接受》，冯汉津译，见干永昌等编选：《比较文学研究译文集》，上海：上海译文出版社 1985 年版，第 406 页。

注）的概念中，还打上这种偏离论的烙印。[①]

因此，梅雷加利主张，在文学研究中，不应是把实证主义的影响研究与接受美学的接受研究完全对立起来，而应是将两种文学研究的所长做有机的结合，即：

有些人在理论上否定文学史，然而文学史却始终实际存在着，现在慢慢地从理论上又重新肯定它。甚至连俄国的形式主义学派也承认文学现象的历史特征，虽说他们倾向于把它描写成独立自主所谓文学现象。但是，文学现象同意识形态、美学、社会和宗教等倾向的关系非常明显，因而人们不能不注意文学史和这些倾向的历史之间的密切关系。这并不意味着完全反顾过去的思想观念和方法，这是自不待言的。我们对历史的回顾不可避免地要联系当前的现实，从这意义上说，有人认为历史总是当代的历史，这是绝对正确的。确认这种概念的人也许没有发觉到，如此一来，他们就把注意力集中在历史现象的接受者和文学文本的接受者身上，而这种文学文本始终是历史的文本，哪怕它再久远也罢。在一定的时期，把注意力转移到文本上，使之逸出作者和它所处的时代而加以考察，这似乎是合宜的；现在我们把注意力转移到文本的接受者身上，目的在于把各种占主导地位的研究方法结合起来，而不是对立起来，这似乎同样也是必需的。[②]

① 梅雷加利：《论文学接受》，冯汉津译，见干永昌等编选：《比较文学研究译文集》，上海：上海译文出版社 1985 年版，第 406—407 页。

② 同上书，第 400—401 页。

要之，接受美学以文学史作为文学理论的挑战之姿，对于过往的文学史、文学批评及文学理论提出了尖锐的批评，确立了以文学接受者为中心的新的文学理论架构及文学研究模式，引发了包括比较文学在内的当代文学各研究领域的密切关注及理论回应。不可否认，接受美学在文学接受方面所提出来的新见解，对于补正过往的文学史和文学理论在文学研究上过于关注作者及文本而忽视读者的缺失方面，有其合理和可取之处，但是，如果我们就此把接受美学看作文学研究中的一尊而从根本上否定或摈弃以往的文学史和文学理论在文学研究上的合理之处的话，也同样是不可取的。事实上，正如梅雷加利在《论文学接受》中所分析指出的，接受美学与传统的文学史和二十世纪文学理论在文学研究上并不是完全对立的，而是各有侧重并且可以有机地接合在一起的：

因此，我们可以把交流理论的著名模式应用于文学事实，在交流程序中区分出放送者，信息和接受者。不用说，信息是放送者的产品，在我们研究的特殊领域中，放送者就是作者。同样明确无误的是，假如信息不被一方收到，交流就是一句空话。信息必须以一定的方式被一定的接受者收到。一个文本在不同时代、被不同的民族的每一个读者读到，由于读者各不相同，这个文本同脱离作者之手问世时的文本也就大不相同。从这个意义上说，作为作者产品的文本同作为被接受了的文本即作品，两者是不同的。文本是固定不变的，作品却是变动的。……文本是属于作者一极的，作品则是属于接受者一极的。“作品”在文学生活中起着根本的作用，无论在传统文学的历史（一切都要进入历史，甚至对历史的否定也要进入历

> 史）上还是在与文学革新相关的历史上，都是如此。但是，必须说明的是，传统文学史几乎只研究作者，研究文本与作者的关系，研究文本及其影响；其方向是：从文本和作者出发，走向接受者。受实证主义启发的种种文学史，给予文学事实以一种决定论的观念，而上述从文本和作者为起点波及接受者的方向，也许就是对这种观念的感受臻于登峰造极地步的一种表现。当然，人们经常说："每本书都有自己的命运"，并说接受的各种情况具有偶然性，因而有时会对文本作出种种令人难以置信的解释。但是，要是人们以为存在着某种歪曲的解释时，某个重新阅读同样文本的读者会汰除这些解释，从而给以一种不可更改的定论性解释，那就大错特错了。因此，文学的接受问题，不管它是一般性的还是应用性的，都不是文学思考的特殊对象，虽说人们直觉地了解到它的重要性。新近，人们的注意力转向文学作品的接受者，这种转移变成为一种有主观意图、有程序的行为了。但是我们强调指出，如果对那些把重点放在文本上的人加以吹毛求疵，那就似乎有些过火了；从历史角度来看，注意力转移到接受者身上这件事，是在以文本为重点的这种倾向以后出现的，实际上这两者并不是互相对立的，而是一种相互结合的关系。①

这对于我们深化包括比较文学在内的当代文学研究，无疑是有很好的启示作用的。

① 梅雷加利：《论文学接受》，冯汉津译，见干永昌等编选：《比较文学研究译文集》，上海：上海译文出版社 1985 年版，第 401—403 页。

第二节
接受美学关于比较文学的接受研究的新示例

接受美学，不仅在文学研究的观念或方法论上提出了有别于传统的文学史研究和二十世纪的文学理论的新见解，而且在具体的文学研究实践上提供了一些新示例，其中，在比较文学研究领域，最具代表性的研究示例，就是姚斯在《走向接受美学》一书中对于德国十八、十九世纪文豪歌德的经典名剧《浮士德》与法国二十世纪著名作家瓦莱里的新剧《浮士德》之间进行的比较研究。

在《走向接受美学》一书的第四章“歌德的《浮士德》与瓦莱里的《浮士德》：论问题与回答的解释学”，姚斯对于比较文学在研究对象和方法论上的局限性和随意性提出了严厉的批评：

> 我们今天，尤其是在大学中，从教学角度把文学按民族语言和历史时期分割开来，远没有留心这些概念问题。但是，除了“世界文学”作为相关性的轴心的历史问题之外，人们还可以提出方法论问题，那是我在开篇时批判过的对比较文学研究的传统对象的限定[①]：诠释性反思只有付诸于比较方法的思考，比较的相关物只要不拘泥于传统的偏见，才能摆脱随意性的取舍。[②]

---

① 关于姚斯在此章中对于比较文学在研究对象的人为限定和方法论上的随意性的批判，本书在上一节中已经引述，具体内容可参阅姚斯：《走向接受美学》，见 H. R. 姚斯、R. C. 霍拉勃：《接受美学与接受理论》，周宁、金元浦译，沈阳：辽宁人民出版社 1987 年版，第 138—140 页。

② 同上书，第 141 页。

并特别选取了比较文学研究中的一个传统课题——对于歌德《浮士德》与瓦莱里的《浮士德》的比较分析，说明了接受美学的比较文学研究与传统的比较文学研究在研究内容和方法论上的根本性差异，即：

传统比较文学总是津津乐道，什么是德国的特性，什么是法国的特性，两部作品如何表现了它们各自的民族传统。(但) 我们也不想纠缠于浮士德神话的两次创作中，究竟何为“歌德特色”，何为“瓦莱里特色”。(因为) 即使是只研究作家的个性，而非民族文学的本质，仍然会落入非时间性比较的幻觉中。

这样比较歌德与瓦莱里的《浮士德》，将二者放到一个没有时间概念的比较层次上，仿佛是同一实体的两种不同表现。或者，用文学史的隐喻说，仿佛是两个精神的高层次的对话，只有哲学家才能侧耳倾听，分辨声音的巨细，在比较中解释他们。但是，仔细一观察，很快就能发现，直接的比较只是外在的，从二者共有的或二者不同的特征中无法确定某种突出的意义，而且实际上歌德的声音与瓦莱里的声音根本没有对话：它们不过是两段独白，是比较者把它们拉倒一起的。……

“比较不是理由”：只有人们明显意识到主导比较研究方向的问题或一系列问题时，比较原则才能成为理由。哲学研究中客观主义所常常不予回答的一些初步问题，也多少有所涉及，有待争论。但是，当阐释者对本文提出的问题在问题与回答的诠释过程中一旦确立为与本文意义相关的问题时，我们就必须紧扣问题来开展讨论。我们研究《浮士德》时所提出的问题，一定要针对歌德的《浮士德》和后来瓦莱里的《浮士德》所回答的问题，对症下药。而且，在整个问题与回答系列的终结之处，我们还要观察回答是否满足了最后一位诠释者，或者留有没有回答的问题。[①]

姚斯并不否认，在瓦莱里的新剧《浮士德》与歌德的名剧《浮士德》之间在题材、人物、情节上，的确存在着比较文学者们所考证出来的"具有某种沿革的关系"，[②]但他认为，相较于两者之间的这些有历史沿革的关系，我们更应该关注它们之间在戏剧内容上的差异，即：

> 在瓦莱里的《浮士德·第三部》中，其第一部分的中心重新出现了玛加蕾特（歌德《浮士德》中与男主人公浮士德相恋的女主人公，引者注）韵事，与歌德的《浮士德》第一部、第二部并不一致，更不是它的复述。这使比较者大为恼火：对这两篇文学本文所作的传统的比较，较之相应的方式所得出的证据，二者大相径庭。瓦莱里的《浮士德·第三部》没有以浮士德在书斋中的古典主义独白开场，而是以对话开篇，陈述了这位温文尔雅、学识渊博的人的生平。陈述者不是"干瘪的虫豸"瓦格纳（歌德《浮士德》中的一位人物，是浮士德博士书斋中的一位学生，引者注），而是可爱聪慧的女秘书拉斯特（瓦莱里新剧《浮士德》中的一位女性，意为"享乐"、"欲望"，引者注）与魔鬼打赌后（意义正好相反），原剧（指歌德的《浮士德》，引者注）的好几场都消失了："奥艾尔巴赫地下酒室"，"街道"、"傍晚"、"散步之路"、"邻妇之家"、"庭园"，以及后面的"森林与

①　姚斯：《走向接受美学》，见H. R. 姚斯、R. C. 霍拉勃：《接受美学与接受理论》，周宁、金元浦译，沈阳：辽宁人民出版社1987年版，第141－142页。

②　同上书，第144页。

山洞”、“井边”、“城墙里巷”、“夜”、“教堂”、“瓦尔吉普斯之夜”，代之以花园一场（但没有马尔太），场面很大，学生一场的情节也复杂化了（新加入了三人一组的魔鬼），颇有囊括整个（歌德的）《浮士德》第二部之势：“幕间插曲——仙女”，位于“孤独”篇最后，进一步补充了（歌德《浮士德》）第二部第一场《美丽的乡间》。[①]

因此，姚斯对于歌德的《浮士德》与瓦莱里的《浮士德》之间的比较分析，摈弃了传统的比较文学在进行这个比较话题时所通常采用的将二者共置于一个非时间性的共时性比较模式，而代之以一个有着明确的时间先后的历时性比较模式。关于歌德的《浮士德》，姚斯指出，浮士德神话源于中世纪后期，表现的是人们对于追求知识的罪恶的恐惧，到了文艺复兴时代，英国剧作家马洛对中世纪浮士德故事的改写，体现的是人们对于知识的追求已经无可置疑，到了十八世纪启蒙时代，德国启蒙主义作家莱辛的《浮士德》残篇，又提出了追求知识与获得幸福之间应该是怎样的一种关系的新问题，而在莱辛之后的歌德，在他自己所处的新的时代里，同样是透过对浮士德神话的改写，对于莱辛所提出的问题，提出了他自己的新见解，即：

歌德在他的新《浮士德》中，试图对求知欲与幸福实现之间的关系这一老问题有所发新，通过把传统的魔鬼契约变成一场赌注，产生了一种当代形式的承认罪恶存在的自然神学理论。如果人们认为，这部作品不过是靡菲斯特（歌德《浮士德》中的魔鬼，引者注）

① 姚斯：《走向接受美学》，见 H. R. 姚斯、R. C. 霍拉勃：《接受美学与接受理论》，周宁、金元浦译，沈阳：辽宁人民出版社 1987 年版，第 144—145 页。

> 式怀疑的折射，这个世界或许不仅是为上帝安排的，也是为人类幸福安排的，那么，公正的读者就会得出这样的印象，歌德实际上有意避开他的回答所造成的必然结论。这一回答流露于不同言论中。歌德继承了莱辛气势磅礴的豪言："生生不息的完成"。人"具有生生不息的完成"，与其说掌握真理，不如说是"追求真理"：人类存在的幸福并不作为一个终极目标实现自身，而是在"高层次的追求"的永无止境的特征中不断实现。但是，在新浮士德的形象中，难道这就不意味着人类能够通过他的追求解放自己，且不必说人通过自身为之负责的历史的劳作而使自己得以解放：显然，歌德回避了这一激进的解决方法。……（所以）歌德的浮士德还不是人类解放的历史中的形象。浮士德不但没有通过他的"高层次的追求"获得自由，反倒使他重陷于罪恶之中，在他与甘泪卿、欧福里翁鲍里斯（均为歌德《浮士德》中的人物，引者注）的关系中，他越陷越深。因此，救赎只有"来自上苍"，超验地求助于中世纪信仰的建立。[①]

在姚斯看来，歌德的《浮士德》对于浮士德神话的改写及新解，无疑为后世留下了一个疑问，即"为什么在启蒙运动通过求知的神圣化消除了罪恶的母题之后，歌德反倒创造出一山甘泪卿悲剧，重新提出罪恶的母题？"[②] 而瓦莱里的新剧《浮士德》对于歌德《浮士德》的改写，可以被视作是后世人们对于歌德《浮士德》所提出的上述疑问的新的思考或回答。所以，关于瓦莱里的新剧《浮士德》，姚斯不仅在宏观方面指

① 姚斯：《走向接受美学》，见 H. R. 姚斯、R. C. 霍拉勃：《接受美学与接受理论》，周宁、金元浦译，沈阳：辽宁人民出版社 1987 年版，第 152 页。

② 同上书，第 153 页。

出瓦莱里的新剧《浮士德》在创作意图上体现了其对歌德的《浮士德》的有意翻转和重构，即：

> 瓦莱里的新《浮士德》，作为喜剧和梦幻剧，有意与歌德的悲剧对立，绝非偶然之举。瓦莱里似乎要证明，那些曾使他的前辈激动不已的东西如今已经索然寡味，事过境迁了。瓦莱里起初不过是想反传统之道而用之，结果却是无心插柳柳成荫。旧浮士德辞退了，他的知识有限，新的浮士德则无所不知。老态龙钟的靡菲斯特曾经复活过浮士德，如今要由浮士德来复活，由浮士德将之引入歧途。旧甘泪卿乞求“上苍”的救赎，而新的“克丽斯达尔小姐”远不需这些。“克丽斯达尔小姐”升任浮士德的秘书，她毫不相信彼岸世界的实现。这种喜剧性的倒置，对于浮士德神话本身的重要问题有什么意义呢？
>
> 瓦莱里的浮士德，绝不是将浮士德神话老掉牙的形式改动一下，旧调重弹。这部作品的意义只有在充分的历史具体化中才能展示自身。人们在瓦莱里的《浮士德》中看出与歌德和整个现代传统的浮士德对立的形象：瓦莱里雄心勃勃，大有以此神话截断永恒生命的循环，他不仅要表现一个新浮士德，还要表现一个“最后的浮士德”。因此，瓦莱里开篇便道出风烛残年的浮士德，在一切探求好奇的活动中进行最后一次行动，以前的活动在回忆中历历在目。果不出人们所料，瓦莱里的这个母题，在这里还讽刺了浮士德想通过回顾往昔获得关于自己的知识这一企图。因此，《我的浮士德》带来了瓦莱里竭尽一生反对的历史主义的终结：过去的历史不会比可能发生的

事具有更高的真理被好奇心导入迷途。[①]

而且在微观层面以瓦莱里的《浮士德》中的“花园”一场为例，详细论述了瓦莱里的新剧《浮士德》对于歌德《浮士德》所提出的“追求知识与人类幸福之间关系”的全新解读，即：

> 《我的浮士德》中《花园》一场是瓦莱里对人类幸福可能性问题的回答。但是，这种回答一定要满足歌德留下来的问题的需要：浮士德从科学好奇心中拔出身来，无止境地追求知识，或假设一个超验的目标、最终的“救赎”，在历史的非理性面前，摆脱最终的、唯心主义的、承认罪恶存在的自然神学，这都不能成为回答。只有人们真正看到瓦莱里对这种关系的回答，才能赞同克特·韦斯的观点：瓦莱里的浮士德把“歌德所完成的……作为界定（有限即是无限），作为呼吸，作为凝视，作为通过触觉最后获得的你（Du）”来欣赏。瓦莱里的“充实”概念与浮士德的幸福恰恰相反。（歌德的）浮士德的幸福正在与永不满足地追求和最后从“美的一瞬”中获得补偿。瓦莱里的浮士德则全然忘记感性实在，他全然忘记拉斯特与他同在时那段伟大的独白与歌德有关存在的实现的道白相去甚远。
>
> ……
>
> 瓦莱里对歌德的“如此伟大的幸福”的回答否定了那种唯心主义的观念：在自我的纯粹存在中，我的经验会与世界整体和谐共存。“你的眼睛似乎在通过这所小园审视整个宇宙”，拉斯特在此相信她

---

① 姚斯：《走向接受美学》，见 H. R. 姚斯、R. C. 霍拉勃：《接受美学与接受理论》，周宁、金元浦译，沈阳：辽宁人民出版社 1987 年版，第 153—154 页。

> 以富于灵感的语言理解的东西，遭到瓦莱里的浮士德的拒绝，比当初歌德的浮士德拒绝甘泪卿还要坚决："宇宙对我毫无意味，我什么都不想"。对于瓦莱里来说，像对于他的浮士德来说一样，整体不是宇宙，（诚如洛维特在评论瓦莱里的《浮士德》时所说的，瓦莱里的《浮士德》的中心思想在于）："创造并维护世界和人的，不是上帝。宇宙存在也不是出于自然的生成，而是联系与区别，是躯体、精神与世界之间的关系与非关系——在《练习簿》（瓦莱里的新剧《浮士德》最先是以草稿的形式写在他的《练习簿》上，引者注）中，他就以'CEM'（肉体—精神—宇宙）的公式来表示，并称之为'他的'全部思想"。《我的浮士德》以下述方式批判了宇宙思想：整体构成被描述为殊相感觉的功能，符合CEM公式。正如自我存在（moipur）的纯粹性的经验一样，整体冲破了经验主体的牢笼。……与（歌德的《浮士德》中）浮士德的自然科学态度形成对照。[①]

最后，需要指出的是，在传统的比较文学尤其是在二十世纪上半叶由法国学派所主导的比较文学的影响—接受研究中，在"影响"与"接受"之间，通常是不作任何区分的，而这在二十世纪中叶之后，已经受到比较学界的强烈质疑与批评。比如，美国学者威斯坦因在《比较文学论》中就直言不讳地提出必须在"影响"与"接受"之间进行"明确的区分"，即：

> "影响"（influence）应该用来指已经完成的文学作品之间的关

---

① 姚斯：《走向接受美学》，见H. R. 姚斯、R. C. 霍拉勃：《接受美学与接受理论》，周宁、金元浦译，沈阳：辽宁人民出版社1987年版，第163—165页。

系，而“接受”（reception）则可以指明更广大的研究范围，也就是说，它可以指明这些作品和它们的环境、氛围、作者、读者、评论者、出版者及其周围情况的种种关系。因此，文学“接受”的研究指向了文学的社会学和文学的心理学范畴。[1]

另一位美国学者哈罗德·布鲁姆则在其《影响的焦虑》一书中指出，在传统的有关“影响”的理论中，存在着一种明显的偏向，即把“影响”仅仅看作一种单向度的后世作家对于前辈作家的被动接受，而事实上，后世作家（尤其是重要作家）在受惠于前辈作家的文学影响的同时，也会相应地产生“影响的焦虑”的问题，这种“影响的焦虑”促使在吸纳前辈作家的文学影响时，会有意识地针对“影响”做出自己的能动的或逆反式的反应。布鲁姆把它称之为“创造性误读”，即：

诗的历史是无法和诗的影响截然区分的。因为，一部诗的历史就是诗人中的强者为了廓清自己的想象空间而相互“误读”对方的诗的历史。

……

诗的影响已经成为一种忧郁症或焦虑原则。……但是，诗的影响并非一定会影响诗人的独创力；相反，诗的影响往往使诗人更加富有独创精神——虽然这并不等于使诗人更加杰出。诗的影响是一门玄妙深奥的学问。我们不能将其简单地还原为训诂考证学、思想发展史或者形象塑造术。诗的影响——在本文中我将更多地称之为

---

① 乌尔利希·威斯坦因：《比较文学论》，刘象愚译，沈阳：辽宁人民出版社 1987 年版，第 47 页。

> “诗的有意误读”（misprision）——必须是对作为诗人的诗人的生命循环的研究。[①]

而姚斯在对歌德的《浮士德》与瓦莱里的《浮士德》之间进行比较分析时，也引人注目地借助了布鲁姆的“创造性误读”概念，来为自己的比较研究的合理性作方法论上的理论辩护，即：

> “《浮士德·第三部》，歌德所忽视的一切”——瓦莱里早期的这段注释（《练习簿》），如果从现代浮士德神话中构成历史变异的问题与回答之间关系的角度看，对我们的思考将是十分重要的。作为古典浮士德戏剧的先驱与世界文学中的诗人形象的歌德，他在19世纪中就被神话化了。而歌德对于瓦莱里所扮演的角色，用哈罗德·布罗姆的“对立批评”的范畴比“有机”的隐喻更好把握一些。有机论主张和谐的进步，而事实上，传统的形成方式是非有机性的，表现为从作者到作者的跳跃过程，大多采取“创造性误解”的形式。这个观点首先对我们研究克特·韦斯的理论很有启发。韦斯从瓦莱里1932年论歌德的讲演出发，试图证明两个诗人，甚至他们各自全然不同的浮士德戏剧之间的“相当大的一致性”。而我们认为，正是在一些一致的范畴内，歌德的浮士德与瓦莱里的浮士德大相径庭：瓦莱里的纯粹自我CEM公式和“歌德的存在的充分性”（“过去高于现在”）及自然概念毫无相同之处。瓦莱里重可能、轻实际，与“歌德的不满足”相互矛盾。同样，那些富于启示性的打赌场面的倒置（复活），甘泪卿的角色（救赎），“请停一下”的状态，以及最后

① 哈罗德·布鲁姆：《影响的焦虑》，徐文博译，北京：三联书店1989年版，第3—6页。

的“格言诗句”“你们便如神”，使人们不得不从历史角度，把《我的浮士德》当作一种反浮士德的戏剧（剧名中的“我的”与1940年这个日期也能帮助说明。）如果不是有益于方法论的证实，我也不愿争论，当两位作者在解释学上无法解释时，人们便通过“比较”来探究。对神秘的连续性与和谐的诗歌对话到底能达到什么层次的元批评，这是有待方法论的证实的。“创造性误解”具有六个范畴［克里纳门（clinamen）、苔瑟拉（tessera）、克诺西斯（kenosis）、魔鬼化（daemonization）、阿斯克西斯（askesis）、阿·波弗里达斯（apophradcs）］[①] 哈罗德·布鲁姆试图用此六个范畴根据父子关系模式来解释文学传统的形成。在两个“世界文学的巨人”之间揭示出可以想象的内在关系，而非影响、模仿或“中介”的一维概念。如果我的阐释准确地把瓦莱里与歌德之间的关系当作倾斜来把握，那么也就说明，用某种解释学方法，同样能够获得对立批评的直觉效果。[②]

而且，从姚斯对于歌德的《浮士德》与瓦莱里的《浮士德》所作的具体的比较分析来看，也是一反传统的比较文学研究仅仅关注传统的比较文学研究仅仅关注歌德的《浮士德》与瓦莱里的《浮士德》之间所存在的历史沿革关系的做法，而是从接受美学的观念出发，结合两部《浮士德》产生的不同时代语境，揭示出两者之间的根本性区别，并进而

① 以上是哈罗德·布鲁姆在分类“创造性误读”时所采用的名称或术语，语词出自西方的神话或典故，具体的涵义可参阅哈罗德·布鲁姆:《影响的焦虑》，徐文博译，北京：三联书店1989年版，第13—15页。

② 姚斯：《走向接受美学》，见H. R. 姚斯、R. C. 霍拉勃：《接受美学与接受理论》，周宁、金元浦译，沈阳：辽宁人民出版社1987年版，第169—171页。

凸显出对它们进行比较研究的价值或意义，即：

> 诠释反思不能、也不需要否定当代趣味的视野。即便问题及回答的选择与结果要从研究对象的角度去矫正与确定，当代趣味的视野也要不断规定问题的类型和方式。如果总结一下，我们回顾这一过程便可看到：歌德更新了浮士德神话的问题。人类知识世界是否能够并且怎样才能实现人类的幸福，对此问题至今人们兴趣犹浓。对于当今的诠释者来说，歌德的回答不会因为对幸福的唯心主义阐述而招致非难，也不因为幸福不仅在于最后的获得，还在于对它的不断追求，而是因为那一具有模糊不清的前提与结论、承认罪恶存在的自然神学究竟是否具有合理性的问题。早在歌德时代，“来自上苍”的救赎，不再能解决“这一整体”是否真正“为上帝而成”的问题：即便在《浮士德》第二部的结尾处，人们仍然期望看到诗歌正义的伸张。这种审美的解决，仍然使他人的存在与命运，非正义地落入自我欣赏的主体性的救赎的世俗的途径。
>
> 在瓦莱里看来，歌德以降的历史发展，排除了对自然神学问题的兴趣，以及罪恶与救赎的正义性问题。同时，由歌德复兴的幸福论问题对于瓦莱里来说，也不是通过理论好奇心就可以克服的。而且，这个问题在科学知识真理化的过程中变得更为尖锐了。瓦莱里的新回答在于放弃浮士德的一切追求，包括用技术统治世界的幻想，最后克服了笛卡尔纯粹思维的偶像，推出一种幸福理论：把人堕落的神话置于邪恶之中。[①]

① 姚斯：《走向接受美学》，见H. R. 姚斯、R. C. 霍拉勃：《接受美学与接受理论》，周宁、金元浦译，沈阳：辽宁人民出版社1987年版，第173—174页。

从这个意义上讲，姚斯对于歌德的《浮士德》与瓦莱里的《浮士德》比较分析的某些具体观点或结论，毕竟只是一家之言，不必奉为圭臬，但其所代表的接受美学在比较文学接受研究上提供出来不同于传统比较文学接受研究的新观念和新示例，对于我们进一步拓展和深化当代比较文学的文学接受研究，则无疑是有一定的启发和示范作用的。

结语

影响研究与中国比较文学的历史渊源及当代命运

比较文学是十九世纪中后叶源生于欧美诸国文学研究领域内的一门新兴学科，而关注跨越国家边界的国与国之间的文学事实关联的影响研究则是比较文学内部最先兴起、成熟并在二十世纪上半叶产生广泛影响的一种比较文学研究范式。在中国，二十世纪初就由当时留学海外的中国学者把发轫于欧美诸国的比较文学介绍给国人，并在其后的数十年间里获得了较大的发展，其表现为在中国的部分大学里不仅按照西方大学模式设置了比较文学的课程讲座，而且有一批学贯中西的中国学者开始运用比较文学之法从事中外文学的比较研究，其中，无论是中国学者对于西方比较文学的理论引入还是在文学研究领域内的比较研究实践，大都是从属于比较文学的影响研究范畴的。依笔者个人浅见，拙著《影响研究》的写作，主要是基于两个目的：一个目的是对比较文学影响研究的发生、发展、理论及研究特点作系统的梳理和介绍，让读者对比较文学影响研究这一重要研究范式有个全面、深入的认识；另一个目的则是希望以比较文学影响研究的百年发展作为中国比较文学的发展借镜。如果单纯地从对比较文学影响研究的介绍而言，本书上下两编“比较文学影响研究的缘起及理论概述”和“比较文学影响研究的诸领域及案例说明”，已经完成了这项任务。因此，在本书的结语部分，对于比较文学影响研究的内容不再重复赘述，而是着重梳理一下在中国百年的比较文学学科发展过程中影响研究与中国比较文学之间的历史渊源，并就影响研究在比较文学的当代运命，发表一些个人的感想。

一、影响研究与中国比较文学在二十世纪上半叶的历史渊源

二十世纪上半叶是比较文学学科发展的一个重要历史时段，比较文学作为文学研究领域内一门新兴学科不仅在十九世纪末二十世纪初被正式确立，而且在以后的半个世纪的学科发展过程中形成了由法国学派所奠定的以影响研究为导向的比较文学学科发展格局。对于中国的比较文学学科发展而言，从二十世纪初从欧美诸国引入比较文学，一直到1949年新中国建立之前（在时间上正好对应的是二十世纪上半叶），同样是比较文学在中国由发端到获得显著发展的重要历史时段。关于二十世纪上半叶中国比较文学的历史发展状况，学界通常采用编年性史实的罗列及介绍，材料虽多，但不免流于庞杂、零散，笔者则尝试从理论与实践两个方面归纳中国比较文学在二十世纪上半叶的主要内容和研究特点。

首先是二十世纪上半叶中国比较文学对于比较文学的理论认识。

比较文学是中国在二十世纪初从国外引入的，在二十世纪上半叶，中国对于比较文学的理论认识主要是通过译介外国的比较文学理论著作获得的，其中，最为国人所熟知并经常提及的就是二十世纪三十年代由中国现代翻译大家傅东华所翻译的法国文学史家弗利德里克·洛里哀（Frederic Loliere）的《比较文学史》（*The History of Comparative Literature*）以及由中国著名诗人戴望舒所翻译的法国学派的代表人物梵·第根的《比较文学论》。但需要指出的是，洛里哀的《比较文学史》一书的全称是《比较文学史：自滥觞至二十世纪》（*The History of Comparative Literature: From Origin to 20th Century*）。在这部书里，作者洛里哀借助了源自歌德、维耶曼、马克思等人所提出来的“世界文学”观念，把包括西方文学以及中国、印度所代表的东方文学在内的世界范围内的文学作为一个整体进行了从最远古的文学发生一直到二十世纪初的发展历程的总体性的描述。从积极的意义上讲，洛里哀的《比较文学史》打破了西方学者的“西方中心主义”的局限，不仅在源自古希腊的西方文学史内容之外，加入了大量源自中国、印度的东方文学史内容，而且把世界范围内的各种不同文学（尤其是与西方文学不同的非西方文学），置于完全平等的地位，对于它们的各自特点和发展状况，分别给予客观的评述。但就实质内容而言，洛里哀的《比较文学史》尽管是一部以“比较文学史”为专名的著作，但它所涉及的并不是“比较文学”的历史，只是用“比较”的视野而非单纯的西方视野来整体地叙述世界范围内不同文学的发生、发展历程而已，其对“比较文学”一词的使用，与稍早的英国人波斯奈特的《比较文学》类似，即仅仅是把“比较”看作文学研究的一种手段、视野或方法，而非是像后来的法国学派的梵·第根等人把“比较文学”看作一门文学研究中的专门领域和研究范式。然而，由于洛里哀的《比较文学史》是二十世纪初较早出现的一本以“比较文学史”为专名的著作，且很早就被翻译为英文、日文出版，故这部著作在法国之外的名声却是不小的，其在1930年被中国的商务印书馆选入汉译名著翻译出版的原因也正如此。[①] 梵·第根的《比较文学论》则被公认是比较文学法国学派的“理论基石”，也是二十世纪上半叶国际比较文学领域内最具权威性的一部理论著作，而更为中国比较学界所瞩目的是，这部专著在1931年出版后数年就由中国著名诗人戴望舒完成汉译，并于1937年中国上海的商务印书馆出版，“中译本是该书最早的外文译本之一”。[②] 令人遗憾的是，在由国内学者所编写的各类比较文学的概论或教材中，往往就是简单地提及了一下戴望舒翻译了梵·第根的《比较文学论》，再无下文。为此，笔者在2013年发表了《戴望舒翻译梵·第根〈比较文学论〉的缘由及意义》一文。在这篇文章中，一方面考证、介绍了戴望舒翻译梵·第根《比较文学论》的因缘：1932年至1935年间戴望舒留学法国，就学于法国的里昂大学，里昂大学是法国比较文学的重镇，梵·第根本人曾经在里昂大学教学，而戴望舒在里昂大学所选的文科中的一门主要课程就是比较文学，学校所使用的比较文学课程的教材就是梵·第根的《比较文学论》。戴望舒留学法国属于自费留学性质，他在法国的生活费用是靠给国内的出版社提供翻译书稿，所以，戴望舒在留学法国期间就为国内的出版社提交了大量翻译书稿，1935年戴望舒回国后，又陆续为国内的出版社提交了多部翻译书稿，其中就包括1937年由上海商务印书馆出版的梵·第根《比较文学论》的中文译本。另一方面强

---

① 参阅傅东华：《比较文学史·译序》，上海：上海书店1931年根据商务印书馆1930年原版影印，第7页。

② 乐黛云主编:《中西比较文学教程》，北京:高等教育出版社1988年版，第66页。

调、论述了戴望舒翻译梵·第根《比较文学论》对于中国比较文学学科发展的理论价值与意义：

尽管比较文学作为一门独立的学科最先是由西方学者提出来的，但中国学者对于比较文学的关注几乎是与西方学者同步的。早在十九世纪末二十世纪初，比较文学在西方各国兴起之初，以梁启超、王国维和鲁迅为代表的一批有着世界性眼光的中国学者就已经有意识地使用跨越中西文化的理论视野及方法进行中西文学与文论的比较研究。尤其是当时留学日本的鲁迅，不仅在1907年的《摩罗诗力说》中明确提出“欲扬宗帮之真大，首在审己，亦必知人，比较既周，爰生自觉”的比较主张，而且在1912年与友人许寿裳的信中提到了日本学界对于法国比较学者洛里哀的《比较文学史》的翻译。而1924年吴宓在东南大学开设中国第一个比较文学性质的讲座“中西诗之比较”，成为比较文学在中国出现勃兴的先兆。进入二十世纪三十年代，比较文学学科发展在中国取得了长足的进步，其标志是除了中国的知名高校如清华大学、北京大学、燕京大学、齐鲁大学、复旦大学纷纷引入比较文学作为正式课程之外，就是对于西方比较文学学术名著的翻译出版，其中最具影响力的就是1931年傅东华翻译的洛里哀的《比较文学史》和戴望舒1937年翻译的梵·第根《比较文学论》。从对法国比较文学的这两部译本选择上可以明显看出，当时中国国内对于法国比较文学学派在比较文学上的重要作用和巨大影响是有明确的认知的。特别是梵·第根的《比较文学论》，既为比较文学法国学派的理论基石，发表的时间又去时未远，而译者戴望舒，本身既是中国现代的著名诗人，又有数年前亲历法国的留学经历，这样的著、译组合，可谓珠联璧合，堪称绝配。[①]

戴望舒翻译的梵·第根的《比较文学论》于1937年2月由上海商务印书馆出版，本应成为推动二十世纪三十年代中国比较文学繁荣兴盛的一个重要助力，但不幸的是，由于1937年7月日本帝国主义发动全面侵华战争，包括比较文学在内的中国大学的学科建设和正常教学惨遭破坏，戴望舒翻译的《比较文学论》也受战乱波及，未及产生影响就湮没于乱世之中。但尽管如此，以我个人浅见，二十世纪上半叶中国比较文学在理论上的亮点，就是戴望舒对于梵·第根的《比较文学论》的中文翻译，中国比较文学在源生及发展过程中与法国学派所主导的比较文学影响研究之间所形成的密切的历史渊源关系，也由此可见一斑。

其次是二十世纪上半叶中国比较文学在比较文学研究方面的具体实践。在北京大学比较文学研究所汇编的《中国比较文学研究资料》(1919—1949）一书中，收录了二十世纪上半叶中国比较文学的各类文章，除了部分涉及比较文学的理论方法的内容介绍之外，主要是中国学者所撰写的中外文学比较文章。这些文章从类型上可以分为两类：一类是没有事实关联的中外文学之间的比较分析，如朱光潜的《中西诗在情趣上的比较》、梁宗岱的《李白与歌德》、余岚的《论中国诗与西洋诗》、冰心的《中西戏剧之比较》、尧子的《读〈西厢记〉与Romeo and Juliet之一——中西戏剧基本观念之不同》和《读〈西厢记〉与Romeo and Juliet之二——元曲作者描写方法与Shakespearian

---

① 范方俊：《戴望舒翻译梵·第根〈比较文学论〉的缘由及意义》，《中国现代文学研究丛刊》2013年第4期，第167—168页。

Method之根本不同》、邵荃麟的《〈北京人〉与〈布雷曹夫〉》、赵景深的《汤显祖与莎士比亚》、吴宓的《〈红楼梦新谈〉》、袁圣时的《中西小说之比较》、程憬的《中国的羿与希腊的赫克利斯》等。另一类则是在事实关联基础上的影响研究，如方重的《十八世纪的英国文学与中国》、范存忠的《威廉·琼斯爵士与中国文化》、杨宪益的《零墨新笺》(三则)、王统照的《清中叶中鲜文艺的交流》、周其勋的《中国诗对于西洋诗之贡献》、李满桂的《〈沙贡特拉〉和"赵贞女型"的戏剧》、陈寅恪的《〈西游记〉玄奘弟子故事之演变》、霍世休的《唐代传奇与印度故事》、季羡林的《从比较文学的观点看寓言和童话》等。值得注意的是，尽管汇编者对于所收录的比较文学研究文章都一视同仁地给予了肯定，但对于二十世纪上半叶中国比较文学研究中所表现出来的流于"简单的"、"比附的"中外文学比较研究，也提出了委婉的批评，并特别引证了陈寅恪对于中国比较文学研究之法的看法：

> 今日中国文学系之中外比较一类之课程，亦只能就白乐天等在中国及日本文学上，或佛教故事在印度及中国文学上之影响及流变等问题，互相比较研究，方符合比较研究之真谛。盖此称比较研究方法，必须具有历史演变及系统异同之观念。否则古今中外，人天龙鬼，无一不可取以相与比较。荷马可比屈原，孔子可比歌德，穿凿附会，怪诞百出，莫不追仙，更无谓研究可言矣。①

① 陈寅恪：《与刘叔雅论国文试题书》，北京大学比较文学研究所汇编的《中国比较文学研究资料》(1919—1949)对陈文的这段引述见《中国比较文学研究资料》(1919—1949)的"编者前言"部分，见北京大学比较文学研究所编：《中国比较文学研究资料》(1919—1949)，北京：北京大学出版社1989年版，第3页。

而由乐黛云所主编的《中西比较文学教程》一书，在论及二十世纪上半叶中国比较文学所取得的实绩时，也特别肯定了陈寅恪等学者在中外文学的影响研究上的贡献：

> 这个时期，出现了一批在理论上和实际研究上水平都较高的作品，但也有一些肤浅牵强的“滥比”工作。……陈寅恪先生主张严格的影响和渊源的比较研究，不赞成“孔子比歌德”之类毫无边际的比较。他所坚持恪守的“朴学”的治学原则与法国学派的主张不谋而合。他写的《敦煌本维摩诘文殊师利品疾品演义跋》、《三国志曹操华佗与印度故事》、《西游记玄奘弟子故事之演变》等论文，可以看作是影响研究的范文。……（另外）在中外文学关系影响研究方面，这一时期出现了一批材料扎实、研究较为深入的论文。如《十八世纪的英国文学与中国》（方重）……《唐代长安与西域文明》（向达）、《中国纯文学对德国文学的影响》（陈铨）。陈铨的一组文章，举出大量的材料，全面考察了中国传统小说、诗歌、戏剧在德国的流播及对德国文学的影响，作者修改后出版的《中德文学关系》是（20世纪）30年代中外文学关系研究的重要收获。①

换言之，对于二十世纪上半叶中国比较文学在中外文学比较研究上的成果，尽管我们没有必要完全否定没有事实关联的中外文学比较研究，但最能代表此一时期中国比较文学在中外文学比较研究方面的实绩的，无疑是基于事实关联之上的中外文学之间的影响研究。

---

① 乐黛云主编：《中西比较文学教程》，北京：高等教育出版社1988年版，第67—69页。

二、影响研究在二十世纪七十年代末至八十年代中期比较文学在中国的复兴的发展状况

二十世纪七十年代末至八十年代中期（1979—1985）被公认是比较文学在中国获得复兴的历史时段，即“1978年后，由于中国共产党十一届三中全会所制定的路线、方针、政策，促进了伟大的思想解放运动的持续发展，比较文学这门学科开始在中国全面复兴。从1979年到1985年中国比较文学学会成立的六年时间内，在钱锺书、季羡林等著名学者的倡导下，中国的比较文学工作者从介绍和进一步引起这门学科到深入进行理论方法探讨以及实际的研究，做了大量的工作，发表了各种文章1500多篇，出版了各类著作、译作、资料60多本。在全国高等院校中，已有40多所大学开始了比较文学课程，出版了6种比较文学刊物，成立了6个比较文学学术团体。1985年10月29日，中国比较文学学会的成立，标志着中国比较文学从复兴阶段步入成长阶段，预示着中国比较文学光辉灿烂的前景”，[①] 而具体呈现出比较文学在中国的复兴的代表性成果，就是由北京大学比较文学研究所和《中国比较文学年鉴》编委会编辑出版的中国比较文学的首部年鉴——《中国比较文学年鉴》（1986年卷）。

如前所述，中国的比较文学是在比较文学这门新兴学科在西方世界于二十世纪初正式确立后不久就被引入中国，而且整个二十世纪上半叶，中国的比较文学的发展是与同时期的西方比较文学的发展主流合拍的。然而，新中国建立之后，由于众所周知的原因，比较文学在中国的发展出现了较长时间的停滞，到了二十世纪七十年代末，当比

---

① 《中国比较文学年鉴（1986年卷）·编者说明》，北京：北京大学出版社1987年版，第1页。

较文学在中国复兴之时，比较文学在世界范围内的发展已经呈现出不同于二十世纪上半叶的新格局。这种新格局，从比较文学的发展区域上讲，是比较文学超出了西方文学的范围，扩展到了西方文学之外的世界文学范围，而从比较文学的研究重心上看，则是从传统的国与国之间的文学关系史研究，明显地转向到可以涵盖不同文学或所有文学的共同的文学理论的研究。国际比较文学研究的这种新动向或新趋势，也直接影响到了处于复兴之中的中国比较文学的发展走向，诚如乐黛云在《中国比较文学年鉴》（1986 年卷）的专文《中国比较文学的现状与前景》中所指出的：

> 关于文学共同规律的探索引起了很多学者的兴趣。苏联学者日尔蒙斯基认为“人类社会发展的共同过程”决定着文学也有自己发展的共同过程。“比较文学之所以重要是可以通过比较，确定在社会制约中文学发展的共同规律。”韦勒克也认为“文学是一元的，犹如艺术和人性是一元的一样”所以“重要的是把文学看作一个整体，并且不考虑语言上的区别，去探索文学的发生和发展”。他们的出发点显然不同，但承认和探讨文学的共同规律则是一致的。另一方面，从世界文学的角度来研究某种文学现象的传播、接受和发展也取得一定成绩……从前者出发，比较文学愈来愈趋向于理论化；从后者出发，比较文学日益趋向于“从国际角度来展望建立全球文学史和文学学术”，这就不能不日益重视距离遥远的更广大、更不同的文学体系，如东方和西方文学体系的比较研究和探讨。[①]

---

① 乐黛云：《中国比较文学的现状与前景》，见杨周瀚、乐黛云主编：《中国比较文学年鉴（1986 年卷）》，北京：北京大学出版社 1987 年版，第 12 页。

而从《中国比较文学年鉴》(1986年卷)在第一部分所选摘的中国学者的比较文学论文来看，比如，林林的《中日的自然诗观》、钱锺书的《诗可以怨》、王元化的《刘勰的譬喻说和歌德的意蕴说》、周来祥的《东方与西方古典美学理论的比较》、商伟的《比较中西文论中关于创作灵感的一些认识》、张赣生的《中西戏剧美学的不同体系》、金克木的《〈梨俱吠陀〉的祭祖诗和〈诗经〉的"雅"、"颂"》、杨铁原的《李白诗歌崇高美与西方艺术崇高美的比较》、董道明的《文学艺术的假定性》、于成鲲的《中西喜剧观念比较》、齐德文的《中西悲剧观探异》、张隆溪的《诗无达诂》、钱中文的《"复调小说"及其理论问题》、苏丁的《中西方文学批评的心态层次比较》、夏志厚和陈静漪的《中国古代为何鲜有系统的文艺理论著述》、张月超的《中西文论方面几个问题的初步比较研究》、杨周瀚的《弥尔顿的悼亡诗——兼论中国文学史里的悼亡诗》、陈孝信和胡健的《〈乐记〉与〈诗学〉的比较研究——兼论中西艺术的美学性格》、曹顺庆的《意境说与典型论产生原因比较》、张维芳和张辉的《金圣叹的"亲动心"与福楼拜的"深入"说》、朱存明的《说中西灵感观》、刘纲纪的《中西美学比较方法论的几个问题》、宗白华的《中西戏剧比较及其他》、徐赉的《中西诗歌内在人物性探异》、冯国忠的《浅谈中西古典爱情诗的不同》、茅于美的《中西隐逸诗人》、何焕群的《中西古代短篇小说几个问题的比较研究》、王长俊的《诗乐异同论》、谢天振的《形象与性格》、连文光和陈邵群的《印度〈舞论〉和我国古代文论几个问题的比较》等等，都很明显地显示出此一时期中国比较文学关注中外文学理论比较的研究趋向。

而从《中国比较文学年鉴》（1986年卷）第二部分[①]所选摘的中国学者的比较文学论文来看，比如薛诚之的《闻一多和外国诗歌》、季羡林的《印度文学在中国》、王富仁的《鲁迅前期小说与安特莱夫》、王瑶的《论鲁迅作品与外国文学的关系》、钱仲联的《佛教与中国古代文学的关系》、乐黛云的《尼采与中国现代文学》、温儒敏的《鲁迅前期美学思想与厨川白村》、唐弢的《西方影响与民族风格》、刘守华的《印度〈五卷书〉和中国民间故事》、潘克明的《〈原野〉与表现主义》、王锦园的《外来文艺思潮与五四新文学》、王佐良的《中国新式中的现代主义——一个回顾》、杨宪益的《诗论欧洲十四行诗及波斯诗人莪默凯延的鲁拜体与我国唐代诗歌的可能联系》、袁可嘉的《西方现代派诗与九叶诗人》、许国璋的《鲁迅在日本留学期间与西方文学的接触和他的哲学探索》、赵毅衡的《关于中国古典诗歌对美国新诗运动影响的几点刍议》、阙国虬的《诗论戴望舒诗歌的外来影响与独创性》、应锦襄的《现代派对中国二十年代小说之影响》、郭米瞬的《郁达夫与日本的"自我小说"》、程代熙的《朱光潜与尼采》、丰华瞻的《艾米·洛厄尔与中国诗》、田本相的《试论西方现代派戏剧对中国话剧发展之影响》、颜保的《越南文学与中国文化》、黎舟和阙国虬的《茅盾与外国文艺思潮流派》、盛宁的《爱伦·坡与中国现代文学》、赵瑞蕻的《中西诗歌多彩交辉的旅程》、严家炎的《创造社前期小说与现代主义思潮》、方锡德的《冰心与泰戈尔》、易新农的《易卜生和中国现代文学》、蓝峰的《"维护

---

① 《中国比较文学年鉴》（1986年卷）的比较文学论文选摘分为第一部分和第二部分，其中，第一部分的论文属于中外文学、文论之间没有事实关联的平行研究，第二部分则是属于考察中外文学、文论之间基于事实关联之上的相互关系及影响研究。

说”析——庞德诗歌理论及其与孔子思想的关系》、严绍璗的《白居易文学在日本中古韵文史上的地位和意义》、陈思和与李辉的《巴金与欧洲恐怖主义》、陈平原的《林语堂与东西方文化》、伍晓明的《郭沫若早期文学观与西方文学理论》、宋永毅的《西方文学的影响与老舍的思想艺术》、梁守锵的《瑟加兰的〈碑林集〉与中国文化》、刘庆福的《普列汉若夫的文艺论著在中国之回顾》等等，中国学者对于中外文学、文论之间相互关系及影响作用的比较研究，无论是在数量上还是质量上同样是非常显著的。这也意味着，二十世纪七十年代末至八十年代中叶复兴时期的中国比较文学研究，尽管出现了比较明显的在中外文学、文论之间进行超越事实关联的平行研究趋向，但是，对于中外文学、文论之间基于事实关联的相互关系及影响作用的比较研究，仍然是一个不容忽视的重要领域及内容。

三、如何看待影响研究在当代比较文学研究中的命运及走向

从二十世纪八十年代中叶至今，包括中国比较文学在内的世界范围内的比较文学的发展，出现了许多新的变化及趋向，有关当代比较文学的命运及未来走向，也成为国际比较文学界热烈讨论的一个话题。而从比较文学自身的百年学科所走过的跨越——危机——转向的发展历程来看，比较文学从其产生之初就是打破或超越国家、民族、语言边界的开放性产物，而且在其后续的学科发展过程中，也不断地伴随着时代的发展、变化呈现出新的面目或趋向。因此，我们在探讨当代比较文学的命运及未来走向时，必须关注（比较）文学所置身其间的时代发展的变化及走向。事实上，自二十世纪八十年代以来，世界范围的整体格局正发生着一场深刻的变化，如果用一个热门的术语来说明的话，就是“全球化”。

作为一个专门术语，“全球化”（Globalization）是二十世纪八十年代中后叶由西方学者在经济学领域内最先提出的，意指自二十世纪八十年代中后期以来随着世界各国之间经济交流的日益广泛、频繁以及跨国企业加快进行全球布局所导致的在世界范围内出现的世界各国经济一体化的现象及趋势。事实上，自二十世纪八十年代中后叶以来，随着世界各国在经济、政治、文化等方面的相互交往与联系日益深入和广泛，世界的一体化趋势并不仅仅表现于经济领域，而是全方位地表现在包括政治、文化在内的各个领域，因此，自从“全球化”的观念被提出之后，很快就跃出了单纯的经济学范畴，成为表征世界范围内在政治、经济、文化等诸多领域方面日益呈现出世界一体化发展趋势的一个热门语汇，并且发展至今仍然方兴未艾。以我个人浅见，“全球化”对于当今比较文学的发展和未来走向所产生的直接影响，至少有两个方面：

其一是对比较文学研究对象及方法的再认识。正如本书在前面业已指出的，任何一门学科的确立，都需要明确自身有别于别的学科的研究对象和方法，而从比较文学在十九世纪中后叶的发生来看，比较文学最初是从国别文学史研究中衍生出来的一个分支，国别文学史着重探讨的是一国文学内部的作家、作品之间的渊源关系及影响作用，比较文学则专门关注的是一国文学与外国文学之间的渊源关系及影响作用，在二十世纪上半叶，法国比较文学学者从理论明确了比较文学的专属研究对象及方法论原则，即比较文学的研究对象是两国文学之间的事实关联，所属的方法论原则是历史地探寻不同国别文学之间文学影响发生的由“放送者”、“传送者”、“接受者”联结而成的经过路线，并由此划分和归纳了比较文学的专项研究领域，如“文体与风格”、“题材典型与传说”、“思想与情感”、“源流”、“媒介”等，而在比较文学的实践上，法国比较文学学者也进行了大量的考证法国文学与外国文学之间存在渊源关系及影响作用的研究案例，法国学派建基于国与国之间文学事实关联之上的影响研究，主导了二十世纪上半叶比较文学的发展主流。二十世纪五十年代末，随着比较文学美国学派的异军突起，美国学派对于法国学派的影响研究在题材与方法的人为的划分、来源与影响的机械概念以及狭隘的文化民族主义的泛滥等方面所存在的问题和不足，提出了强烈的质疑和批评，主张比较文学必须打破法国学派所主导的事实关联的束缚，注重对于文学的“文学性”或共同的美学价值的探讨。而从比较文学自二十世纪五十年代末至八十年代中叶的发展来看，比较文学研究的理论化倾向已成学界共识。但同时我们也必须指出的是，美国学派所主张的文学理论研究与法国学派所主张的文学史研究，并不是完全对立的，而是如法国比较学者艾田伯所说的是可以互补的。事实上，从二十世纪五十年代末至八十年代中叶，尽管在比较文学领域内出现了明显的文学理论研究转向，但是关注不同国家文学之间的渊源关系及影响作用的相关研究，仍然是比较文学研究领域内的一个常见内容。而且，更为重要的是，进入二十世纪八十年代以来，随着世界一体化或“全球化”趋势的不断深入，尤其是包括互联网在内的新的传播媒介和手段的出现及在全球的普及，世界各国间的文学交往和联系日益广泛和紧密，无论是在广度上还是深度上，都是过往的时代所无法比拟的。如何在新的时代情势下回应“全球化”所出现的世界各国间的文学交往和联系的新形态、新内容、新问题，已然成为当代比较文学必须予以重视并亟待探讨的一个重要内容，在这方面，以关注世界各国文学之间相互关系及紧密联系为导向的影响研究，在“全球化”语境下的当代比较文学中，理应而且可以承担一个全新和重要的角色。

其二是对比较文学世界格局的新定位。比较文学是从十九世纪西方的民族文学中衍生出来的一个文学研究分支，尽管在比较文学的早期发展过程中，有部分西方比较学者提出了涵盖西方文学之外的包括东方文学在内的世界文学概念，但是从整体上而言，比较文学从其最初发生至二十世纪上半叶的很长一段时期里，基本上都是局限于西方文学之内的，由法国学派所奠定的影响研究的核心内容，就是梳理、考证、归纳本国文学与欧洲其他国家文学之间的事实关联和影响作用。二十世纪五十年代末，随着美国学派的崛起，比较文学由单纯的国际（欧洲）文学关系史研究转向所谓的共同的文学规律的探寻，但必须指出的是，虽然美国学派标榜其对文学共同规律的总结是包括所有的文学的，实际上只是把比较文学的研究区域由早先的欧洲文学扩展至北美（美国）文学，而众所周知，北美（美国）文学与欧洲文学之间不仅在文学传承上存在明显的渊源关系且彼此间的文学交往和联系极为密切、广泛，北美（美国）文学与欧洲文学同属于西方文学的范畴，以此而言，美国学派所谓的共同的文学规律，只能说是西方文学的共同规律，而非包括了西方文学之外的世界范围内所有文学的共同规律。正因如此，自二十世纪六十年代末，美籍华裔刘若愚等人指出，美国学派所探寻的文学共同规律只是一种局限于西方文学的西方文学理论，要建构一种世界范围内的共同的文学理论，必须打破西方文学的局限，吸纳非西方文学尤其是中国的文学理论资源，并开始了借助西方文论的体系、术语、方式阐发中国文学理论的尝试。二十世纪七十年代，随着港台学者大力倡导援用西方文论理论、方法阐发中国文学建构比较文学的中国学派，不仅引起了西方比较文学界的关注，而且在二十世纪七十年代末八十年代的中国比较文学的复兴中，也激发了中国大陆比较学界的激烈讨论和回应。从文学性质上讲，中国文学与西方文学是不同的文化传统中的产物，中西文学之间的异质性远大于彼此间的同质性，在文学研究上机械地援用西方文论理论、方法阐发中国文学及理论，固然存在着西方比较学界所抨击的生搬硬套、文化错用的弊端，但西方比较学界在贬斥非西方文学上所体现出来的西方中心主义的狭隘心态也是暴露无遗的，而阐发研究的提出对于国际比较文学发展格局的积极意义恰恰在于打破了过往的局限，把比较文学的研究范围由单纯的西方文学扩展至非西方文学（中国文学）。而进入二十世纪八十年代中后叶以来，随着“全球化”趋势的日益深化，在比较文学领域，西方中心主义的瓦解，以及包括中国比较文学在内的广大第三世界国家比较文学的不断发展、进步，比较文学的世界格局正发生着一场深刻的变化。对于中国比较文学而言，比较文学的世界格局的变化，在给中国当代比较文学走向世界提供了历史性机遇的同时，也面临着严峻的挑战。比如，中国大陆的比较学者们，多年来一直喜好用法国学派—美国学派—中国学派的三阶段论，来论证比较文学由西方扩展至中国的必然性，并憧憬着中国比较文学引领比较文学世界发展新潮流的美好未来。然而，与此形成鲜明对应的是，在比较文学的世界格局中，中国比较文学的地位是边缘的，声音也是微弱的。对于造成这种巨大反差的原因，国内学者往往把它归结于西方中心主义对于中国的压制，但恰恰忘了去反思中国比较文学究竟对比较文学的发展有过什么实质性的理论建树和研究实绩。以影响研究为例，中国的对外文学交流历史源远流长，在中国的对外文学交往中，在明中叶以前，中国对外文学交往的主要对象是印度文学，而自明中叶以后尤其是十九世纪中叶以后，中国的对外文学交往的主要对象就是西方文学，这些都成为二十世纪中国比较文学影响研究的主要内容。不可否认，二十世纪中国比较文学在梳理、考察中国对外文学交往的研究上取得了一定的实绩，但同时我们也不必讳言，相较于西方比较文学尤其是法国学派的影响研究，中国比较文学在影响研究上的差距和不足是显而易见的。正因此，中国当代著名学者钱锺书在二十世纪八十年代初谈到对于中国比较文学的研究展望时曾经明确指出："要发展我们自己的比较文学研究，重要任务之一就是清理一下中国文学与外国文学的相互关系"。[①]在我看来，钱先生之所以要特别提及这一点，就是委婉地指出了过往的中国比较文学在这方面的研究上存在着明显的不足。事实上，自二十世纪八十年代以来，随着中国的改革开放，中国再一次开始了引入外国文学、文论的热潮，中国文学与外国文学之间的相互关系也呈现出不同以往的新内容，而且新的内容随着二十世纪八十年代中后叶的"全球化"趋势的不断深化而加速、成倍的出现。从这个意义上讲，中国当代的比较文学，不仅要追根溯源地清理中国文学与外国文学之间的历史关系，弥补过往研究的不足，而且必须与时俱进地关注和探讨二十世纪八十年代以来尤其是"全球化"语境下中国文学与外国文学之间不断出现的新的相互关系，在这方面，影响研究同样是不可或缺而且应该是大有所为的。

① 张隆溪：《钱锺书谈比较文学与"文学比较"》，见杨周瀚、乐黛云主编：《中国比较文学年鉴（1986年卷）》，北京：北京大学出版社1987年版，第48页。

参考书目

中文部分（按照在本书中所出现的先后排序）：

陈惇、孙景尧、谢天振主编：《比较文学》，北京：高等教育出版社 1997 年版。

梵·第根：《比较文学论》，戴望舒译，台北：台湾商务印书馆 1937 年版。

张隆溪选编：《比较文学译文集》，北京：北京大学出版社 1982 年版。

黄维樑、曹顺庆编：《中国比较文学学科理论的垦拓——台港学者论文选》，北京：北京大学出版社 1998 年版。

孙景尧选编：《新概念　新方法　新探索——当代西方比较文学论文选》，桂林：漓江出版社 1987 年版。

艾田伯：《比较文学之道：艾田伯文论选集》，罗芃译，北京：三联书店 2006 年版。

干永昌等编选：《比较文学研究译文集》，上海：上海译文出版社 1985 年版。

马·法·基亚：《比较文学》，颜保译，北京：北京大学出版社 1983 年。

大塚幸男：《比较文学原理》，陈秋蜂、杨国华译，西安：陕西人民出版社 1985 年版。

哈罗德·布鲁姆：《影响的焦虑》，徐文博译，北京：三联书店 1989 年版。

昂利·拜尔编：《方法、批评及文学史——朗松文论选》，徐继曾译，北京：中国社会科学出版社 1992 年版。

艾克曼辑录：《歌德谈话录》，吴象婴、潘岳、肖芸译，上海：上海社会科学院出版社 2001 年版。

马克思恩格斯：《共产党宣言》，见《马克思恩格斯选集》第 1 卷。北京：人民出版社 1972 年版。

勒内·韦勒克：《文学理论》，刘象愚、邢培明、陈圣生、李哲明译，北京：三联书店 1984 年版。

乌尔利希·韦斯坦因：《比较文学与文学理论》，刘象愚译，沈阳：辽宁人民出版社 1987 年版。

胡戈·狄泽林克：《比较文学导论》，方维规译，北京：北京师范大学出版社 2009 年版。

孙景尧等编著：《西方比较文学要著研读》，上海：上海教育出版社 2014 年版。

雷内·韦勒克：《近代文学批评史》一至四卷，杨自伍译，上海：上海译文出版社 2009 年版。

波斯奈特：《比较文学》，姚建彬译，北京：中国社会科学出版社 2015 年版。

维谢洛夫斯基：《历史诗学》，刘宁译，天津：百花文艺出版社 2003 年版。

刘介民编：《比较文学译文选》，长沙：湖南人民出版社 1984 年版。

北京师范大学中文系比较文学研究组选编：《比较文学研究资料》，北京：北京师范大学出版社 1986 年版。

雷内·韦勒克：《批评的诸种概念》，丁泓等译，成都：四川文艺出版社 1988 年版。

杰拉德·吉列斯比：《欧洲小说的演化》，胡家峦、冯国忠译，北京：三联书店 1987 年版。

伍蠡甫、胡经之主编：《西方文艺理论名著选编》上卷，北京：北京大学出版社 1985 年版。

罗贝尔·穆尚布莱：《魔鬼的历史》，张庭芳译，桂林：广西师范大学出版社 2005 年版。

霍夫曼：《弗洛伊德主义与文学思想》，王宁等译，北京：三联书店 1987 年版。

勃兰兑斯：《十九世纪文学主流》，张道真等译，北京：人民文学出版社 1997 年版。

季羡林著：《比较文学与民间文学》，北京：北京大学出版社 1991 年版。

成芳：《尼采在中国》，南京：南京出版社 1993 年版。

乐黛云：《比较文学与中国现代文学》，北京：北京大学出版社 1987 年版。

郜元宝编：《尼采在中国》，上海：上海三联书店 2001 年版。

保罗·柯文：《在传统与现代性之间：王韬与晚清改革·中文版序言》，雷颐、罗检秋译，北京：中信出版社 2016 年版。

H. R. 姚斯、R. C. 霍拉勃：《接受美学与接受理论》，周宁、金元浦译，沈阳：辽宁人民出版社 1987 年版。

洛里哀：《比较文学史》，上海：上海书店 1931 年根据商务印书馆 1930 年原版影印。

刘若愚：《中国文学理论》，杜国清译，南京：江苏教育出版社 2006 年版。

乐黛云主编：《中西比较文学教程》，北京：高等教育出版社 1988 年版。

北京大学比较文学研究所编：《中国比较文学研究资料》（1919—1949），北京：北京大学出版社 1989 年版。

杨周瀚、乐黛云主编：《中国比较文学年鉴（1986 年卷）》，北京：北京大学出版社 1987 年版。

外文部分（按出版时间排序）：[1]

Duquesnel, Amédée: *Histoire des lettres, cours de Littéatures comparées, Bd. 1.* Paris 1836.

Puibusque, Adolphe de: *Histoire comparée des littératures espagnole et francaise. 2Bde.* Paris 1843.

Graf, Arturo: *Storia letteraria e comparazione. Prolusione al corso di storia compara delle letterature neolatine.* Roma, Torino, Firenze 1877.

---

① 比较文学涉及多国的语言及文学，本书在使用外国学者的比较文学著述时，尽量选取了有中文译本的著作。在外文参考书目部分，笔者把西方学者比较文学关于影响研究的一些有代表性的著作，按时间发布顺序原文列出，以供读者参考。

Posnett, Hutcheson Macaulay: *Comparative Literture.* London 1886.

Texte, Joseph: *Jean-Jacques Roussaeu et les origines du coamopolitisme littéraire. Etude sur les relations littéraires de la France et de L'Angleterre au XVIILe siècle.* Paris 1895.

Betz, Louis-Paul: *Studienzur vergleichenden Litteratrgeschichte der neueren Zeit.* Frankfurt/M 1902.

Baldensperger, Fernand: Etudes d'histoire littéraire. Paris 1907.

Baldensperger, Fernand: *La Littérature. Création, succès, durée.* Paris 1913.

Van Tieghem: *La littérature comparée. Paris 1931.*

Fransen, J.: *Iets over vergelijkende literatuurstudie, 'perioden' en 'invloeden'.* Groningen 1936.

Wellek, René: *Theory of Literature (with Austin Warren),* NewYork 1949.

Guyard, Marius-Francios*:* *La littérature comparée.* Paris 1951.

Wellek, René: *Concepts of Criticism,* New Haven 1963.

Etiemble, René: *Comparaison n'est pas raison. La crise de la littérature comparée.* Paris 1963.

Weisstein, Ulrich: *Einführung in die Vergleichende Literurwissenschaft.* Stuttgart 1968.

Block, Haskell M.: *Nouvelles tendances en littérature comparée.* Paris 1970.

Bloom, Harold: *The Anxiety of Influence. A Theory of Poetry.* NewYork 1973.

Dyserinck, Hugo: *Kormparatistik: Eine Einführung.* Bonn: Bouvier Verlag Hwrbert Grundmanna 1977.

Dutu, Alexandru: *Modele, imagini, privelisti.* Bucuresti 1979.

Etiemble, René: *Quelques essais de littérature universelle.* Paris 1982.

Guillen, Claudio: *Entre lo uno y lo diverso: Introduccion a la literatura comparada.* Barcelona 1985.